ISABEL ALLENDE

Eva Luna

TRADUIT DE L'ESPAGNOL
PAR CLAUDE ET CARMEN DURAND

FAYARD

Isabel Alle... ... ... le coup
d'Etat m... ... ...tion
du roman ... ...abel
Allende ... ... succès international :
La Mais... ... ... (1984)
et D'amo...

Elle s'ap... Eva ... ...ant voulu qu'elle
y morde à belles dents; Eva Luna, parce qu'elle fut conçue par
un Indien de la tribu des Fils de la Lune piqué par un aspic, que
sa mère arracha à l'agonie en lui faisant l'amour. Petite
bonnich... ...ebelle et émerveillée, écoutant aux portes et abreu-
vée de f...illetons radiophoniques, elle a le don d'inventer des
histoires ...ocambolesques, improbables, renversantes, drôles et
dra...tiques comme la vie même, ce qui lui vaudra plus tard de
sortir ... la misère, de la servitude et de l'anonymat.
Entre temps, son destin aura croisé celui de dizaines de person-
na...s plus hauts en couleur les uns que les autres – sa
ma...., qui donnera le jour à un monstre à deux têtes, l'une
bl...che et l'autre noire; grand-mère Elvira, qui couche dans
son ...ueil et sera sauvée par cette arche de fortune lors d'une
ino...ion catastrophique; la Madame, puissante maquerelle de
la c...tale, et Mimi, travesti promu star de la télévision nationale; Huberto Naranjo, gosse de la rue qui grandira dans les
ma...is de la guérilla; oncle Rupert et tante Burgel, aubergistes
et f...ants de pendules à coucous dans un village danubien au
cœur ...es montagnes tropicales; leurs filles dodues à ravir et
volup...euses à souhait; et un dictateur, un tortionnaire au
gard... à la boutonnière, un commerçant moyen-oriental au
cœur ...endre et aux caresses savantes, sa femme Zulema,
vain...e par la fatigue de vivre, un gros journaliste sagace et
épic...en, un ministre déféquant sur une chaise percée tendue
de ve...urs épiscopal... –, sans oublier Rolf en qui Eva reconnaîtra l'...omme de sa vie, puisque à en vivre une, il lui faut bien
conce...oir que certaines histoires finissent bien.

Dans Le Livre de Poche :

LA MAISON AUX ESPRITS.
D'AMOUR ET D'OMBRE.

Il dit alors à Shéhérazade :
« Allah soit sur toi, ma sœur, raconte-nous une histoire qui nous fasse passer la nuit.

Contes des Mille et Une Nuits.

CHAPITRE UN

JE m'appelle Eva, qui veut dire vie d'après un livre que consulta ma mère pour me choisir un nom. Je suis née dans la chambre la plus reculée d'une sombre demeure et j'ai grandi au milieu de meubles anciens, de volumes en latin et de momies humaines, mais rien de cela ne parvint à me rendre mélancolique, car je suis venue au monde avec des bouffées de forêt vierge dans la mémoire. Mon père, un Indien aux yeux jaunes, était natif de l'endroit où confluent cent rivières, son odeur était celle des bois, jamais il ne regardait le ciel en face, car il avait grandi sous le dôme des arbres et la lumière du jour lui paraissait quelque chose d'indécent. Consuelo, ma mère, avait passé sa propre enfance dans une région enchantée où les aventuriers s'étaient succédé au fil des siècles en quête de la cité de l'or pur qu'avaient entrevue les conquistadores en se penchant au-dessus de l'abîme de leur convoitise. Elle était restée marquée par ce paysage et, d'une certaine manière, elle s'arrangea pour m'en imprégner à mon tour.

Les missionnaires avaient recueilli Consuelo alors qu'elle ne savait pas encore marcher, ce n'était qu'un petit animal tout nu, couvert de boue et d'excréments, apparu un beau jour sur l'embarcadère où elle se traînait comme un Jonas miniature vomi par quelque baleine d'eau douce. Ils la lavèrent et purent alors constater sans l'ombre d'un doute possible qu'il s'agissait d'une petite fille, ce qui ne manqua pas de les plonger dans une certaine confusion, mais ils l'avaient bel et bien sur les bras et, comme il n'était pas pensable de la rebalancer dans le fleuve, ils masquèrent avec un linge les parties honteuses de son anatomie, lui mirent quelques gouttes de jus de citron dans les yeux pour guérir l'infection qui l'empêchait de les ouvrir, et la baptisèrent du premier prénom féminin qui leur vint à l'esprit. Ils s'employèrent à l'éduquer sans se poser de questions sur ses origines et sans trop donner de la voix, convaincus que si la Divine Providence l'avait conservée en vie jusqu'à ce moment où ils l'avaient découverte, elle continuerait aussi bien à veiller sur son intégrité physique et morale, ou, au pire, l'enverrait au Ciel parmi les autres innocents. Consuelo grandit ainsi sans place bien définie dans la stricte hiérarchie de la Mission. Elle n'était pas tout à fait une servante, n'avait pas le même statut que les Indiens de l'école, et quand elle demandait lequel des prêtres était son papa, on la gratifiait d'une paire de claques pour son insolence. Elle devait me raconter plus tard que c'était un marin hollandais qui l'avait abandonnée sur un esquif à la dérive, mais il s'agit là à l'évidence d'une légende qu'elle avait forgée après coup pour que je cesse de la harceler de questions. En réalité, je crois bien qu'elle ignorait tout de ses antécédents et de la façon dont elle avait échoué en cet endroit.

La Mission était une petite oasis environnée d'une végétation voluptueuse, croissant enroulée sur elle-même depuis les berges jusqu'au pied de monumentales colonnes rocheuses dressées jusqu'au firmament comme des aberrations du Créateur. Ici le temps zigzaguait, les distances abusaient le regard, conduisant le voyageur à tourner en rond. L'air humide et lourd était tantôt chargé de parfums de fleurs et d'herbes, tantôt d'odeur de sueur humaine et d'exhalaisons animales. Il régnait une chaleur accablante, sans le soulagement de la moindre brise, les pierres étaient chauffées à blanc et le sang bouillait dans les veines. A la tombée du jour, le ciel se remplissait de moustiques phosphorescents dont les piqûres plongeaient dans d'interminables cauchemars; la nuit, on entendait distinctement les cancanages des oiseaux, les criailleries des singes, le lointain fracas des chutes nées dans la montagne à très haute altitude et qui s'écrasaient à ses pieds dans une déflagration guerrière. Le modeste édifice de paille et de boue séchée, surmonté d'une tour de rondins et d'une cloche pour sonner la messe, reposait comme le reste des cases sur des pilotis enfoncés dans la vase d'un fleuve aux eaux opalescentes dont les contours se dissolvaient dans la réverbération du jour. Ces gîtes de fortune paraissaient flotter à la dérive entre les pirogues silencieuses, les détritus, les cadavres de chiens et de rats, et d'inexplicables fleurs d'un blanc immaculé.

Même de loin, on n'avait aucun mal à repérer Consuelo avec son ample chevelure rougeoyante comme un rouleau de feu dans le vert immuable de cette nature originelle. Elle avait pour compagnons de jeux quelques petits Indiens aux ventres proéminents, un perroquet effronté qui récitait le *Pater noster* en l'entrecoupant de gros mots, et un singe attaché au pied d'une table par une chaînette dont elle le délivrait de temps à autre pour lui permettre d'aller se trouver une petite amie parmi les arbres, mais qui revenait sans coup férir se gratter les puces au même endroit. Déjà à cette époque, les parages étaient sillonnés de protestants qui distribuaient des bibles et prêchaient contre le

Vatican, par tous les temps transbahutant en chariot leur harmonium pour faire chanter les convertis lors de cérémonies publiques. Cette concurrence mobilisait tout le zèle des prêtres catholiques, de sorte qu'ils s'occupaient fort peu de Consuelo qui survivait vaille que vaille, tannée par le soleil, tant bien que mal nourrie de tubercules et de poisson, bourrée de parasites, couverte de piqûres de moustiques, mais libre comme un oiseau. En dehors de l'aide à apporter aux tâches domestiques, de la fréquentation des offices religieux et de quelques cours de lecture, de calcul et de catéchisme, elle n'avait pas d'autres obligations et passait son temps à flâner, respirant tout ce qui pousse, courant après tout ce qui bouge, l'esprit gorgé d'images, d'odeurs, de couleurs et de saveurs, de contes colportés à travers la frontière, de mythes charriés par le fleuve.

Elle avait une douzaine d'années quand elle rencontra l'homme aux poules, un Portugais torréfié par les intempéries, dur et sec d'apparence, plein d'éclats de rire au-dedans de lui-même. Ses volailles picoreuses avalaient tout objet brillant qui leur tombait sous le bec, de sorte qu'un peu plus tard il ne restait plus à leur propriétaire qu'à leur ouvrir le gésier d'un coup de lame pour récolter quelques miettes d'or, bien trop insignifiantes pour en faire un homme fortuné, mais suffisantes pour nourrir ses illusions. Un matin, le Portugais avisa cette gamine à la peau blanche et à la tête en flammes, la jupe retroussée, les jambes enfoncées dans la bouillasse, et il se crut repris par un de ses accès de fièvre intermittente. Il émit un sifflement de surprise qui retentit comme l'ordre donné à un cheval d'aller de l'avant. L'appel traversa l'espace, Consuelo leva la tête, leurs regards se croisèrent et ils eurent ensemble le même sourire. A compter de ce jour-là, ils se revirent fréquemment, lui pour la contempler d'un œil ébloui, elle pour apprendre à chanter des airs du Portugal.

– Allons à la récolte de l'or, lui dit l'homme un beau jour.

Ils s'engouffrèrent dans la forêt jusqu'à perdre de vue la cloche de la Mission, s'enfonçant au plus profond par des sentiers qu'il était le seul à déceler. Tout le jour ils traquèrent les poules, les appelant à grands renforts de cocoricos, les attrapant au vol dès qu'ils en entrevoyaient à travers le feuillage. Tandis qu'elle les coinçait entre ses genoux, il les ouvrait d'une entaille précise où il plongeait les doigts pour en extraire les pépites. Celles qui n'en mouraient pas étaient recousues à l'aide d'une aiguillée de fil afin de continuer à servir leur propriétaire, et ils fourraient les autres dans un sac en vue de les vendre au village ou de s'en servir comme appâts, cependant qu'avec les plumes ils faisaient un grand feu, car elles portaient malheur et transmettaient la morve. A la tombée du jour, Consuelo s'en revint les cheveux en désordre, toute couverte de taches de sang et ravie. Elle prit congé de son ami, remonta l'échelle reliant la berge en surplomb à l'embarcation, et son nez vint à la rencontre des quatre sandales crottées d'une paire d'enfroqués d'Estrémadure qui l'attendaient bras croisés sur la poitrine, arborant un air de terrible réprobation.

– Il est temps que tu partes en ville, lui dirent-ils.

Elle eut beau supplier, ses prières restèrent vaines. Ils ne l'autorisèrent pas davantage à emmener le singe et le perroquet, deux compagnons peu indiqués pour la nouvelle vie qui l'attendait. On l'embarqua avec cinq autres jeunes indigènes en leur entravant les chevilles pour les empêcher de sauter de la pirogue et de s'esquiver au fil de l'eau. Le Portugais fit ses adieux à Consuelo sans même l'effleurer, d'un long regard, lui laissant en souvenir un petit morceau d'or en forme de molaire, traversé d'une ficelle, qu'elle devait porter à son cou presque toute sa vie, jusqu'au jour où elle trouverait à qui l'offrir en gage d'amour. Puis il la contempla une toute dernière fois dans son tablier de coton délavé, un chapeau de paille enfoncé jusqu'aux oreilles, les pieds nus, lui faisant tristement adieu de la main.

Le voyage commença en pirogue, d'un affluent à l'autre, à travers un paysage démentiel, puis à dos de mulet par de hauts plateaux où les pensées gelaient dans le froid nocturne, enfin en camion à travers des plaines humides, des forêts de bananiers sauvages, puis de pins rabougris, des chemins de sable et de sel, mais rien de cela n'était fait pour surprendre la fillette, car celui qui a ouvert les yeux sur le coin de terre le plus hallucinant qui soit au monde a perdu toute faculté d'étonnement. Durant ce long trajet, elle versa toutes les larmes de son corps, sans en garder en réserve pour ses chagrins ultérieurs. Une fois ses pleurs taris, elle ferma la bouche et décréta qu'à compter de cet instant, elle ne la rouvrirait que pour répondre le strict nécessaire. Ils débarquèrent à la capitale au bout de plusieurs jours et les frères conduisirent les gamines terrorisées au couvent des Petites Sœurs de la Charité où une religieuse vint leur ouvrir le portail en fer avec une clé de geôlière et les guida jusqu'à une large cour ombragée, entourée de galeries, au centre de laquelle se dressait une fontaine en mosaïque multicolore où venaient boire colombes, étourneaux et colibris. Plusieurs adolescentes en uniforme gris, assises en rond à l'ombre, piquaient dans des housses à matelas avec leurs aiguilles courbes, ou tressaient des paniers d'osier.

– C'est dans la prière et l'effort qu'elles se

trouveront soulagées du poids de leurs péchés. Je ne suis pas venu guérir les bien portants, mais soigner les malades. Le pasteur éprouve plus de joie à retrouver la brebis égarée que tout son troupeau rassemblé. Ainsi parle le Seigneur, que loué soit son Saint Nom, amen – récita à peu de chose près la religieuse, les mains dissimulées dans les plis de son habit.

Consuelo ne comprit rien à la signification de cette harangue et n'y prêta d'ailleurs aucune attention, car elle n'en pouvait plus de fatigue et le sentiment de claustration la laissait accablée. Jamais elle n'avait vécu entre quatre murs et, à regarder au-dessus de sa tête le ciel réduit à un quadrilatère, elle crut qu'elle allait périr asphyxiée. Quand on la sépara de ses compagnes de voyage pour la conduire au bureau de la mère supérieure, elle ne pouvait imaginer que la cause en était la couleur claire de sa peau et de ses yeux. Cela faisait nombre d'années que les Petites Sœurs n'avaient pas reçu livraison d'une enfant comme elle, elles n'héritaient que de sang-mêlé en provenance des quartiers les plus pauvres, ou d'Indiennes emmenées de force par les missionnaires.

– Qui sont tes parents?
– Sais pas.
– Quand es-tu née?
– L'année de la comète.

Consuelo s'entendait déjà à suppléer par des tournures poétiques les renseignements qui lui faisaient défaut. Depuis qu'elle avait entendu mentionner pour la première fois le passage de la comète, elle avait résolu d'en faire sa date de naissance. Dans son enfance, quelqu'un lui avait narré avec quel effroi le monde avait alors attendu le prodige céleste. On appréhendait qu'elle ne surgît comme un dragon de feu et qu'en entrant en contact avec l'atmosphère terrestre, sa queue n'enveloppât la planète de gaz empoisonnés et qu'une chaleur de lave en fusion ne fît disparaître toute forme de vie. Certaines gens s'étaient suicidés pour ne pas finir en grillades, d'autres avaient préféré s'étourdir en ripailles, beuveries et fornications de dernière minute. Le Bienfaiteur lui-même avait été impressionné de voir le ciel virer au vert et de constater que l'influence de la comète décrépait les cheveux des mulâtres et frisait ceux des Chinois, et il avait fait relâcher un petit nombre d'opposants, incarcérés depuis si longtemps qu'ils en avaient oublié jusqu'à la lumière du jour, même si certains d'entre eux conservaient intact en eux-mêmes le germe de la rébellion et restaient disposés à le léguer aux générations futures. Consuelo s'était laissé séduire par l'idée d'avoir vu le jour au milieu d'une pareille épouvante, malgré ce que la rumeur disait des enfants nés à ce moment-là, à savoir qu'ils étaient tous horribles à voir, et l'étaient restés bien des années après que la comète eut été perdue de vue comme une grosse boule de glace et de poussière sidérale.

— Il faudra commencer par nous faire disparaître cette queue de Lucifer, décréta la mère supérieure en soupesant à deux mains la tresse de cuivre bruni qui pendait dans le dos de la nouvelle pensionnaire.

Elle donna l'ordre qu'on lui coupât les cheveux et lui lavât la tête avec un mélange d'eau de Javel et d'*Aureolina Onirem*, afin d'exterminer les poux et d'atténuer l'insolence d'un semblable éclat, après quoi on amputa la chevelure de Consuelo de moitié et ce qu'il en resta prit un ton argileux plus conforme au caractère et aux objectifs de l'institution religieuse que le voile flamboyant qu'elle arborait à son arrivée.

Consuelo passa trois ans dans ces lieux, le corps et l'âme transis de froid, solitaire et abattue, incapable de croire que le soleil malingre, dans la cour, fût le même qui faisait mijoter la forêt où elle avait laissé son chez-soi. Là ne pénétrait pas l'agitation profane, ni cette prospérité nationale qui était apparue du jour où quelque quidam avait creusé un puits et qu'en lieu et place de l'eau avait jailli un jet noirâtre, fétide et pâteux comme une diarrhée de dinosaure. La Patrie était assise sur une mer de pétrole. La découverte avait quelque peu sorti la dictature de sa somnolence, car elle avait fait tant et si bien déborder la fortune du tyran et de son entourage qu'il avait fini par en retomber quelques miettes pour les autres. On avait assisté à un certain nombre de progrès dans les villes; sur les champs pétrolifères, le contact avec les puissants chefs d'équipe venus du nord avait perturbé les vieilles traditions et une brise de modernisme était venue soulever les jupes des femmes, mais rien de tout cela n'avait affecté ce qui se passait entre les murs du couvent des Petites Sœurs de la Charité. La vie commençait à quatre heures du matin avec les premières prières; la journée se déroulait au gré d'un ordre immuable et s'achevait quand la cloche sonnait six heures, moment de l'acte de contrition destiné à laver l'esprit et à se préparer à l'éventualité de la mort, la nuit pouvant se révéler un voyage sans retour. Silences interminables, couloirs au carrelage encaustiqué, odeurs de lis et d'encens, marmottements des prières, murs blancs dépourvus de tout ornement. Dieu était une présence totalitaire. Hormis les sœurs et une paire de servantes, le vaste bâtiment de briques et de tuiles n'abritait que seize filles, pour la plupart orphelines ou abandonnées, qui apprenaient là à porter des chaussures, à manger avec une fourchette et à assurer certaines tâches domestiques élémentaires, afin de trouver plus tard à s'employer à de modestes travaux d'intérieur, car on ne pouvait les supposer bonnes à autre chose. Son aspect distinguait Consuelo des autres et les sœurs, persuadées qu'il n'y avait rien là de fortuit, mais un signe de la volonté divine, s'escrimèrent à fortifier sa foi dans l'espoir qu'elle se déciderait à prendre le voile et à servir l'Eglise, mais tous leurs efforts se brisèrent contre le rejet instinctif de la fillette. Elle eut beau s'y appliquer de bonne grâce, jamais elle ne parvint à accepter ce Dieu tyrannique que lui prêchi-prêchaient les religieuses; sa préférence allait à une divinité plus gaie, maternelle et compatissante.

— Quant à celle-là, c'est la Très Sainte Vierge, lui expliquèrent-elles.

— Elle est Dieu?

— Non, c'est la mère de Dieu.

— Oui, mais qui commande au Ciel, le Bon Dieu ou sa maman?

— Veux-tu te taire, petite folle, tais-toi et prie! Demande plutôt au Seigneur qu'Il t'éclaire, lui recommandaient-elles.

Consuelo prenait place dans la chapelle, contemplant l'autel dominé par un Christ d'un réalisme terrifiant, et elle s'évertuait à réciter son rosaire, mais son esprit avait tôt fait de se perdre dans d'interminables équipées où les réminiscences de la forêt alternaient avec les personnages de l'Histoire sainte, chacun avec son lot de passions, de vengeances, de martyres et de miracles. Elle avalait tout avec avidité : les formules rituelles de la messe, les sermons dominicaux, les lectures édifiantes, les bruits de la nuit, le vent entre les colonnes du déambulatoire, l'air niais des saints et des anachorètes dans leurs niches. Elle apprit à tenir sa langue et à garder sa formidable provision de fables comme un trésor secret, jusqu'à ce que je lui donne l'occasion de libérer ce torrent de mots qu'elle portait en elle.

Consuelo passait tant de temps à la chapelle, immobile, les mains jointes, avec une placidité de ruminant, que se répandit dans le couvent la rumeur que c'était une sainte et qu'elle avait des visions célestes; mais la mère supérieure, une Catalane aux pieds sur terre, moins encline à croire aux miracles que les autres sœurs de la congrégation, eut tôt fait de se rendre compte qu'il s'agissait moins de sainteté que d'une incurable distraction. Comme la gamine montrait aussi peu d'enthousiasme à coudre les matelas, fabriquer des hosties ou tresser des paniers, elle estima sa formation terminée et la plaça au service d'un médecin étranger, le professeur Jones. Elle la conduisit par la main jusqu'à une grande demeure quelque peu décrépite, mais encore splendide, qui dressait son architecture française en lisière de la ville, au pied d'une colline que les autorités ont à présent reconvertie en Parc national. D'emblée, l'homme fit sur Consuelo une impression telle que des mois s'écoulèrent sans qu'elle se départît de sa frayeur. Elle le vit entrer au salon dans un tablier d'équarrisseur, tenant à la main un bizarre instrument métallique, il ne les salua même pas, congédia la religieuse en trois ou quatre bouts de phrases incompréhensibles, et, trop occupé par ce qu'il avait à faire, d'un grognement il expédia Consuelo à la cuisine sans lui accorder le moindre regard. Elle, en revanche, l'avait examiné avec une extrême attention, car jamais elle n'avait vu quelqu'un d'aussi menaçant, tout en ne pouvant s'empêcher de remarquer qu'il était beau comme une image de Notre Seigneur Jésus, tout doré, doté de la même barbe blonde qu'on voit aux princes, des mêmes yeux d'un incroyable éclat.

Le seul et unique patron qu'eut jamais Consuelo de toute son existence avait passé des années à mettre au point un système de conservation des morts dont il devait finalement emporter le secret dans sa tombe, ce dont l'humanité n'eut qu'à se féliciter. Il travaillait également à un traitement du cancer, car il avait remarqué que ce mal est peu répandu dans les régions infestées par le paludisme, et il en avait tout naturellement déduit qu'on pouvait soulager les victimes de ce fléau en les exposant aux piqûres de moustiques des marais. Obéissant à la même logique, il faisait l'expérience d'asséner des coups sur la tête des idiots de naissance ou de vocation, car il avait lu dans la *Gazette du carabin* qu'à la suite d'un traumatisme cérébral, certain individu s'était mué en génie. C'était un antisocialiste convaincu. Il avait calculé que si on répartissait les richesses du monde entre tous les habitants de la planète, il reviendrait à chacun moins de trente-cinq centimes, et que, de ce fait, toutes les révolutions étaient vaines. De lui émanait une impression de force et de santé, mais il était en permanence d'une humeur exécrable et il alliait les connaissances du savant à des maniaqueries de sacristain. Sa formule d'embaumement était d'une simplicité admirable, comme le sont presque toutes les grandes découvertes. Pas question d'extraire les viscères, de vider le crâne, de plonger le corps dans du formol, de le farcir d'étoupe et de goudron, pour le laisser en fin de compte ratatiné comme un pruneau, lançant un regard ahuri de ses yeux de verre coloré. Il retirait tout bonnement le sang du cadavre encore frais et le remplaçait par un liquide qui le conservait comme en vie. La peau, quoique pâle et froide, ne se dégradait pas, les cheveux demeuraient solides et les ongles eux-mêmes, dans certains cas, non seulement ne tombaient pas, mais continuaient de pousser. Peut-être le seul inconvénient était-il une odeur âcre qui flottait en permanence, mais les familiers, avec le temps, s'y accoutumaient. A cette époque, rares étaient les malades à se porter volontaires pour les piqûres d'insectes curatifs ou les coups de massue à développer l'intellect, mais sa réputation d'embaumeur avait franchi l'océan et débarquaient fréquemment, pour lui rendre visite, des scientifiques européens ou des hommes d'affaires américains avides de lui arracher sa formule. Ils repartaient immanquablement bredouilles. Le cas le plus fameux, qui avait propagé sa renommée à travers le monde, avait été celui d'un célèbre avocat de la capitale qui nourrissait de son vivant des penchants libéraux et que le Bienfaiteur avait ordonné d'abattre à la sortie de la première de l'opérette *La Paloma*, qu'on donnait au Théâtre Municipal. On avait amené le cadavre encore chaud au professeur Jones, criblé de tant de balles qu'on n'aurait pu en faire le décompte, mais le visage intact. Bien qu'il considérât la victime comme son adversaire idéologique, lui-même étant partisan des régimes autoritaires et ne se fiant pas à la démocratie, qui lui paraissait par trop vulgaire et trop apparentée au socialisme, il s'était donné le mal de conserver le corps de si belle façon que la famille avait installé le défunt assis dans sa bibliothèque, paré de sa plus belle robe, une plume coincée dans la main droite; elle devait le protéger ainsi des mites et de la poussière plusieurs décennies durant, comme une sorte de mémorial à la brutalité du dictateur, lequel n'avait osé intervenir, car une chose est de s'en prendre aux vivants, une autre, bien différente, de chercher noise aux morts.

Une fois surmontée sa peur initiale, et dès lors

qu'elle eut compris que le tablier d'équarrisseur et l'odeur de caveau de son patron n'étaient que des détails sans importance, car c'était en fait quelqu'un de facile à vivre, vulnérable et même sympathique en certaines occasions, Consuelo se sentit à l'aise dans cette maison qui, comparée au couvent, lui sembla un paradis. Là, personne ne se levait dès l'aube pour réciter son chapelet pour le bien de l'humanité, il n'était pas davantage nécessaire de se mettre à genoux sur une poignée de pois chiches pour racheter par sa propre souffrance les péchés d'autrui. Tout comme l'antique bâtiment des Petites Sœurs de la Charité, cette demeure aussi était sillonnée de discrets fantômes dont tout un chacun percevait la présence, hormis le professeur Jones qui s'entêtait à en nier l'existence dans la mesure où elle ne reposait sur aucun fondement scientifique. Bien qu'elle fût chargée des tâches les plus rudes, l'adolescente trouvait le temps de rêvasser sans que nul ne vînt la déranger en prenant ses silences pour quelque prédisposition miraculeuse. Robuste, jamais elle ne se plaignait et elle obéissait sans poser de questions, ainsi que le lui avaient enseigné les sœurs. En sus d'aller jeter les ordures, de laver et repasser le linge, de nettoyer les cabinets, de prendre quotidiennement livraison, pour les chambres froides, de la glace qu'on apportait à dos d'âne, conservée dans du gros sel, elle aidait le professeur Jones à préparer sa formule dans de grands flacons d'apothicaire, elle s'occupait des corps, les débarrassait de leur poussière, des petits parasites collés dans le pli des articulations, elle les habillait, les peignait, leur mettait du rouge à joues. Le savant était enchanté de sa petite bonne. Jusqu'à ce qu'elle fût venue lui tenir compagnie, il avait travaillé seul, dans le plus grand secret, mais, avec le temps, il s'était fait à la présence de Consuelo, et, se disant que cette fille muette ne présentait aucun danger, il lui avait permis de l'assister dans son laboratoire. Sûr de l'avoir toujours à proximité en cas de besoin, il ôtait sa veste et son chapeau sans même jeter un regard en arrière, en les laissant tout simplement tomber de sorte qu'elle les saisît en vol avant qu'ils n'eussent touché terre, et comme jamais elle n'y avait manqué, il avait fini par lui faire une confiance aveugle. C'est ainsi qu'en dehors de l'inventeur lui-même, Consuelo en vint à être la seule à posséder la formule magique, mais cette connaissance ne lui servit de rien, car l'idée de trahir son patron et de faire commerce de son secret ne lui effleura jamais l'esprit. Elle détestait manipuler les cadavres et ne comprenait pas à quoi rimait le fait de les embaumer. Si la chose avait présenté quelque utilité, se disait-elle, la nature en aurait eu l'idée et n'aurait pas permis aux morts de se décomposer. Pourtant, vers la fin de sa vie, elle devait trouver une explication à ce très vieux désir de l'humanité de conserver ses défunts : elle découvrit qu'avec leurs corps à portée de main, il est tout de même plus commode de se souvenir d'eux.

De nombreuses années sans encombre s'écoulèrent ainsi pour Consuelo. Passée du couvent de bonnes sœurs à cet autre cloître qu'était la demeure du professeur, elle ne percevait rien de ce qui changeait autour d'elle. Il y avait bien un poste de radio pour écouter les nouvelles, mais on l'allumait très rarement; on n'écoutait que des disques d'opéra que le patron mettait sur son pick-up flambant neuf. Il n'entrait non plus aucun journal, seulement des revues scientifiques, le savant montrant une totale indifférence aux événements qui se produisaient dans le pays ou dans le reste du monde et s'intéressant bien davantage aux connaissances abstraites, aux annales de l'histoire ou aux pronostics sur un hypothétique futur qu'aux vulgaires contingences du présent. La demeure était un gigantesque labyrinthe de livres. Tout au long des murs, et du sol au plafond, s'entassaient les sombres et odorants volumes aux reliures de cuir, doux ou craquants au toucher, avec leurs titres et leurs tranches dorés, leurs pages translucides, leurs typographies délicates. Toutes les œuvres de la pensée universelle se trouvaient réunies sur ces rayonnages, rangées sans ordre apparent, bien que le professeur se souvint avec précision de la place de chacune. Les pièces de Shakespeare reposaient à côté du *Capital*, les maximes de Confucius jouxtaient *La Vie des phoques*, les portulans des anciens navigateurs gisaient près de romans de chevalerie ou de poèmes en sanscrit. Consuelo passait plusieurs heures par jour à épousseter les livres. Lorsqu'elle en avait terminé avec le tout dernier rayonnage, il ne lui restait plus qu'à recommencer par le premier, mais c'était là la part la plus agréable de son travail. Elle saisissait les volumes avec délicatesse, en secouait la poussière tout en les caressant, puis elle en tournait les pages pour se plonger quelques minutes dans l'univers protégé de chacun. Elle apprit à les connaître, à les localiser sur les étagères. Jamais elle n'aurait osé demander à les emprunter; elle les sortait en catimini, les emportait jusque dans sa chambre, les dévorait durant la nuit et les remettait en place dès le lendemain.

Consuelo ignora tout des nombreux bouleversements, cataclysmes ou progrès de son époque, mais elle fut informée en détail des troubles estudiantins que connut alors le pays; ils éclatèrent en effet alors que le professeur Jones passait par le centre de la capitale, et il s'en fallut d'un cheveu que la police montée le laissât sans vie. C'est à elle que revint le soir d'étendre des onguents sur ses ecchymoses, de l'alimenter de soupe et de bière au biberon, le temps que se consolide sa dentition ébranlée. Le docteur était sorti acheter quelques produits indispensables à ses expériences, sans se rappeler le moins du monde que c'était Carnaval, fête paillarde qui laisse annuellement sur le carreau son contingent de morts et de blessés; en l'occurrence, pourtant, les rixes d'ivrognes eurent tendance à être reléguées au second plan par d'autres événements qui vinrent secouer les consciences assoupies. Jones traversait la chaussée au moment même où se produisit la mêlée. En fait, les problèmes avaient commencé quarante-huit heures auparavant, quand les jeunes de l'université avaient élu leur miss en procédant, pour la première fois dans ce pays, à un vote démocratique. Après l'avoir couronnée, avoir prononcé des discours fleuris dans lesquels la langue de certains se délia, parlant de liberté et de souveraineté populaire, les jeunes avaient décidé de défiler. Jamais on n'avait assisté à une chose pareille, et il fallut deux jours à la police pour réagir, précisément à l'instant où le professeur Jones sortait d'une pharmacie avec ses flacons et ses sachets. Il vit les policiers foncer en galopant en rang d'oignon, brandissant leurs machettes, il ne dévia pas de sa route ni ne hâta le pas, déambulant distraitement, l'esprit absorbé par telle ou telle de ses formules chimiques, et ce charivari lui parut du plus mauvais goût. Il reprit connaissance sur une civière acheminée vers l'hôpital des pauvres, et il parvint à bredouiller qu'on changeât de direction et le reconduisît chez lui, maintenant ses dents d'une main pour éviter qu'elles n'allassent rouler sur la chaussée. Et tandis qu'il se remettait, enfoui dans les oreillers, la police arrêta les meneurs du soulèvement et les fourra au trou, mais sans les bastonner, car il se trouvait parmi eux quelques rejetons des familles les plus en vue. Leur incarcération suscita une vague de solidarité et, dès le lendemain, des dizaines de jeunes se présentèrent à l'entrée des casernes et des pénitenciers pour se porter prisonniers volontaires. On les y boucla au rythme des arrivages, mais, au bout de quelques jours, la place venant à manquer pour fourrer tous ces gosses en cellules, et la clameur des mères commençant à troubler la digestion du Bienfaiteur, il fallut bien les libérer. Quelques mois plus tard, alors que la dentition du professeur Jones avait recouvré sa solidité et qu'il commençait à se remettre de ses meurtrissures morales, les étudiants se soulevèrent de nouveau, cette fois avec la complicité d'une poignée de jeunes officiers. Le ministre de la Guerre écrasa la subversion en sept heures d'horloge, et ceux qui étaient parvenus à s'échapper durent partir en exil où ils demeurèrent sept ans, jusqu'à la mort du maître du pays, lequel se paya le luxe de trépasser tranquillement dans son lit, et non pendu par les couilles à un réverbère de la place, comme l'avaient si fort souhaité ses adversaires et si fort redouté l'ambassadeur nord-américain.

Avec la disparition du vieux caudillo et la fin de cette longue dictature, le professeur Jones fut sur le point de rembarquer pour l'Europe, convaincu – comme beaucoup d'autres – que le pays allait irrémédiablement sombrer dans le chaos. De leur côté, les ministres d'Etat, atterrés par l'éventualité d'un soulèvement populaire, se réunirent en hâte et quelqu'un émit l'idée de faire appel au docteur, suggérant que si le cadavre du Cid Campeador attaché à sa monture avait pu livrer bataille aux Maures, il n'y avait aucune raison pour que le Président à vie ne pût continuer à gouverner, embaumé dans son fauteuil de tyran. Le savant se présenta, accompagné de Consuelo qui portait sa mallette et contemplait d'un œil impassible les maisons aux toits rouges, les tramways, les hommes à canotier et souliers bicolores, le singulier mélange de luxe et de laisser-aller du palais. Au fil des mois qu'avait duré l'agonie, les mesures de sécurité s'étaient relâchées et dans les heures qui suivirent la mort régnait la plus grande confusion, si bien que personne n'empêcha le visiteur et son employée d'entrer. Ils traversèrent des vestibules et des salons et finirent par pénétrer dans la chambre où gisait cet homme tout-puissant – géniteur d'une centaine de bâtards, maître de la vie et de la mort de ses sujets, détenteur d'une fortune inouïe –, en chemise de nuit et gants de chevreau, croupissant dans ses urines. A la porte tremblaient les membres de sa suite et quelques concubines, cependant que les ministres hésitaient entre prendre la poudre d'escampette à l'étranger et rester pour voir si la momie du Bienfaiteur serait capable de continuer à diriger les destinées de la Patrie. Le professeur Jones s'immobilisa près du cadavre qu'il examina avec l'intérêt d'un entomologiste.

– Est-il exact que vous pouvez conserver les morts, docteur? demanda un gros homme pourvu de moustaches analogues à celles du dictateur.

– Hum...

– Si c'est le cas, je vous conseille de n'en rien faire, car à partir de maintenant, c'est mon tour de gouverner, pour la simple raison que je suis son frère, né du même lit et du même sang – menaça l'autre en exhibant un impressionnant tromblon glissé dans sa ceinture.

Le ministre de la Guerre survint sur ces entrefaites, prit le savant par le bras et l'entraîna à part pour lui parler seul à seul :

– Vous ne songez tout de même pas à nous embaumer le Président...

– Hum...

– Mieux vaut ne pas vous mêler de ça, car c'est

maintenant mon tour de commander, pour l'excellente raison que j'ai la haute main sur l'armée.

Déconcerté, le professeur sortit du Palais, suivi de Consuelo. Il ne sut jamais qui l'y avait appelé, ni pour quoi faire. Il s'en fut, marmonnant qu'il n'y avait pas moyen de comprendre ces peuples tropicaux et que le mieux qui lui restait à faire était de s'en retourner dans sa chère ville natale où prévalaient les lois de la logique et de l'urbanité, et qu'il n'aurait jamais dû quitter.

Le ministre de la Guerre prit en charge le gouvernement sans savoir exactement ce qu'il lui fallait faire, car il avait toujours été sous la férule du Bienfaiteur et ne se souvenait pas d'avoir pris une seule initiative de toute sa carrière. Il y eut quelques moments d'incertitude, le peuple se refusant à croire que le Président à vie fût mort pour de vrai, se disant plutôt que le vieillard exposé dans son cercueil de pharaon n'était qu'une supercherie, un autre stratagème du vieux sorcier pour confondre ses détracteurs. Les gens se cloîtrèrent chez eux sans oser mettre le nez dans la rue, tant et si bien que la Garde dut forcer leurs portes pour les faire sortir *manu militari* et les obliger à former un cortège afin de rendre un dernier hommage au Maître du pays qui commençait déjà à empester entre les cierges de cire vierge et les lis expédiés par aéroplane de Floride. En voyant ces somptueuses funérailles présidées par plusieurs dignitaires de l'Eglise en habits de grand apparat, le peuple finit par se convaincre que le tyran avait bel et bien raté l'immortalité, et tous sortirent fêter l'événement. Le pays émergea d'une longue torpeur et, en l'espace de quelques heures, se dissipa l'impression de tristesse et de lassitude qui paraissait l'accabler. Les gens se prirent à rêver d'une timide liberté. Ils crièrent, dansèrent, lancèrent des cailloux, brisèrent des vitrines, mirent même à sac quelques résidences de favoris du régime, et incendièrent la longue Packard noire au klaxon reconnaissable entre tous, à bord de laquelle se promenait le Bienfaiteur en semant la terreur sur son passage. C'est alors que le ministre de la Guerre, surmontant son propre trouble, s'assit dans le fauteuil présidentiel, donna l'ordre d'apaiser les esprits en tirant en l'air, puis s'adressa à la population en annonçant à la radio l'avènement d'un régime nouveau. Peu à peu, le calme revint. On vida les prisons de leurs détenus politiques pour faire de la place à ceux qui étaient en train d'arriver, un gouvernement plus progressiste s'attela à la tâche, promettant d'ancrer le pays dans le vingtième siècle, ce qui n'était pas si saugrenu, vu qu'il aurait dû déjà y être depuis plus de trois décennies. Dans ce désert politique commencèrent à émerger les premiers partis, à se mettre sur pied un Parlement, et on assista à une certaine revivicence des idées, des projets.

Le jour où on inhuma l'avocat, sa momie préférée, le professeur Jones fut pris d'un accès de rage qui culmina en hémorragie cérébrale. Grâce à la sollicitude des autorités, qui ne souhaitaient pas assumer les morts visibles du régime précédent, les proches du célèbre martyr de la tyrannie lui firent de grandioses funérailles, en dépit de l'impression générale qu'on allait l'enterrer vif, tant il s'était conservé en bon état. Jones tenta par tous les moyens d'empêcher que son œuvre d'art ne finît dans un mausolée, mais en vain. Bras en croix, il se planta aux portes du cimetière, s'évertuant à barrer le passage au corbillard noir qui transportait le cercueil d'acajou à rivets d'argent, mais le croque-mort poursuivit son chemin et le docteur ne se fût pas écarté qu'il l'eût écrabouillé sans la moindre vergogne. Quand la tombe se fut refermée, l'embaumeur tomba foudroyé d'indignation, la moitié du corps raidie, l'autre moitié saisie de convulsions. Avec cette inhumation disparaissait sous une dalle de marbre la preuve la plus convaincante que la formule du savant était capable de se jouer indéfiniment de la décomposition.

Tels furent les seuls événements à marquer les années durant lesquelles Consuelo travailla au service du professeur Jones. Pour elle, la différence entre dictature et démocratie résida dans ses sorties intermittentes au cinématographe, voir les films de Carlos Gardel interdits auparavant aux demoiselles, et dans le fait qu'après son accès de rage, son patron était devenu un impotent dont elle devait s'occuper comme d'un bébé. L'ordinaire de sa vie changea peu, jusqu'à ce jour de juillet où le jardinier fut mordu par une vipère. C'était un Indien grand et bien charpenté, aux traits empreints de douceur, mais à l'air hermétique et taciturne, avec qui elle n'avait pas échangé plus de dix phrases, bien qu'il lui donnât de temps à autre un coup de main pour s'occuper des cadavres, des cancéreux et des débiles mentaux. Il soulevait les malades comme des plumes, les jetait sur son épaule et grimpait quatre à quatre l'escalier du laboratoire, sans témoigner la moindre curiosité.

— Le jardinier s'est fait mordre par un aspic, vint annoncer Consuelo au professeur Jones.

— Tu me l'amèneras quand il sera mort, ordonna le savant avec sa bouche tordue, déjà prêt à confectionner une momie indigène en position d'émondeur de philodendrons et à l'installer comme élément décoratif au jardin.

Il commençait à se faire vieux et à être pris de

délires d'artiste, rêvant de représenter tous les corps de métiers et de se constituer ainsi un musée personnel de statues humaines.

Pour la première fois de son existence, Consuelo désobéit à un ordre et prit une initiative. Avec l'aide de la cuisinière, elle traîna l'Indien jusqu'à sa chambre, au fond de l'arrière-cour, l'allongea sur sa paillasse, bien décidée à le sauver, pour la simple raison qu'il lui paraissait dommage de le voir métamorphoser en accessoire de décor pour satisfaire à un caprice du patron, mais aussi parce qu'à certaines reprises elle avait éprouvé un inexplicable émoi à voir les grandes, brunes et fortes paluches de cet homme soigner les plantes avec une aussi singulière délicatesse. Elle nettoya la plaie à l'eau et au savon, lui fit deux profondes incisions avec le couteau à découper la volaille, et s'employa un bon moment à sucer son sang empoisonné pour le recracher dans un récipient. Entre chaque aspiration, elle se rinçait la bouche avec du vinaigre pour ne pas trépasser elle aussi. Dans la foulée, elle le pansa avec des linges imbibés d'essence de térébenthine, le purgea aux infusions d'herbes, puis appliqua des toiles d'araignée sur la blessure et autorisa même la cuisinière à mettre des cierges allumés aux saints, bien qu'elle-même n'ajoutât aucune foi à ce genre de recours. Quand le malade se mit à pisser rouge, elle chaparda un flacon de santal Soleil dans le cabinet du professeur, remède infaillible contre les saignements des voies urinaires, mais, en dépit de tous ses soins, la jambe commença à se gangrener et l'homme à agoniser, lucide et muet, sans émettre la moindre plainte. Consuelo remarqua que, se souciant comme d'une guigne de la peur de mourir, des crises d'étouffement et de la douleur, le jardinier réagissait avec un fougueux enthousiasme lorsqu'elle lui frictionnait le corps ou lui administrait des cataplasmes. Son cœur de pucelle attardée se laissa émouvoir par cette érection inattendue et, quand il lui eut pris le bras et lancé un regard implorant, elle comprit que l'heure était venue de justifier son propre prénom et de le consoler de tant d'infortune. Au surplus, elle calcula qu'en ses trente et quelques années d'existence, elle n'avait jamais connu le plaisir charnel ni ne l'avait d'ailleurs recherché, convaincue que c'était là une affaire réservée aux personnages de cinéma. Elle résolut de s'accorder cette faveur et, par la même occasion, d'en faire cadeau au malade, afin de le voir partir d'un cœur plus léger pour l'autre monde.

Je connais ma mère comme si je l'avais faite, et je puis imaginer la cérémonie qui suivit, bien qu'en m'en parlant elle ne tînt pas à s'attarder sur les détails. Elle n'avait pas de vaines pudeurs et répondait toujours avec la plus grande franchise à mes questions, mais, quand il lui arrivait d'évoquer cet Indien, elle devenait brusquement silencieuse, perdue dans ses bons souvenirs. Elle ôta sa robe de coton, son jupon et sa culotte en toile de lin, dénoua le chignon qu'elle portait enroulé sur la nuque, comme l'exigeait son patron. Sa longue chevelure lui tomba sur le corps et c'est ainsi vêtue de sa plus belle parure qu'elle enfourcha le moribond avec une infinie douceur, pour ne pas bousculer son agonie. Elle ne savait pas très bien comment s'y prendre, dépourvue qu'elle était de toute expérience en ce genre d'occupation, mais ce dont la connaissance lui faisait défaut, l'instinct et le bon vouloir y pourvurent. Les muscles se tendirent sous le sombre épiderme de l'homme, et elle eut l'impression de chevaucher un grand animal sauvage. Tout en lui murmurant des mots qu'elle venait tout juste d'inventer, et en épongeant sa sueur avec un mouchoir, elle se coula là où il fallait et se mit à remuer avec ménagements, comme une épouse habituée à faire l'amour avec un barbon. Presque aussitôt, il la renversa pour la prendre dans la hâte que lui imposait l'imminence du trépas, et leur brève félicité commune perturba les esprits de la maison dans leurs recoins. Ainsi fus-je conçue, sur le lit de mort de mon père.

Pourtant le jardinier ne rendit pas l'âme, comme l'avaient escompté le professeur Jones et les Français du vivarium qui avaient jeté leur dévolu sur sa dépouille pour se livrer à certaines expériences. Contre toute logique, il commença à se rétablir, sa température baissa, sa respiration devint normale et il réclama à manger. Consuelo réalisa que, sans l'avoir voulu, elle avait découvert un antidote contre les morsures empoisonnées, et elle continua de le lui administrer avec zèle et tendresse toutes les fois qu'il l'en priait, jusqu'à ce qu'il fût remis sur pied. Peu de temps après, l'Indien s'en alla sans qu'elle cherchât à le retenir. Ils se tinrent les mains une minute ou deux, s'embrassèrent avec une certaine mélancolie, puis elle ôta sa pépite d'or dont la ficelle était usée d'avoir été si longtemps portée, et elle la suspendit au cou de son unique amant en souvenir des galopades qui les avaient réunis. Il partit plein de gratitude, presque guéri. Ma mère dit qu'il avait le sourire.

Consuelo ne manifesta aucune émotion particulière. Elle continua à travailler comme à son habitude, ignorant les nausées, les jambes lourdes, les points multicolores qui lui brouillaient la vue, sans faire la moindre allusion à l'extraordinaire médication qui lui avait permis de sauver le moribond. Elle se garda même d'en parler quand son ventre se mit à enfler, puis quand le professeur Jones la fit venir pour lui administrer une purge, persuadé que ce ballonnement était dû à quelque problème digestif, et elle ne s'en ouvrit pas davantage lorsque, à la date voulue, elle accoucha. Elle endura les douleurs treize heures d'affilée, sans interrompre son travail, puis, quand elle n'en put supporter davantage, elle alla s'enfermer dans sa chambre, se préparant à vivre cet instant dans sa plénitude, comme le plus important de sa vie. Elle se brossa les cheveux, en fit une natte serrée qu'elle noua avec un ruban neuf, elle ôta ses vêtements et se lava des pieds à la tête, puis elle déploya sur le sol un drap propre et se mit dessus à croupetons, comme elle l'avait vu figurer dans un livre sur les us et coutumes des Esquimaux. Baignée de sueur, un chiffon dans la bouche pour étouffer ses plaintes, elle poussa tant et plus pour mettre au monde ce bébé qui s'entêtait à rester accroché à elle. Elle n'était déjà plus toute jeune, et ce ne fut pas chose aisée, mais l'habitude de laver par terre à quatre pattes, de charrier des fardeaux par l'escalier, de frotter le linge jusqu'au milieu de la nuit, l'avait dotée de muscles fermes grâce auxquels elle finit par accoucher. Elle vit d'abord pointer deux minuscules petons qui remuaient imperceptiblement comme s'ils tentaient de faire leur tout premier pas sur un chemin ardu. Elle respira profondément et, dans un ultime gémissement, elle sentit quelque chose se détacher dans le mitan de son corps, et une masse devenue étrangère à elle lui glisser entre les cuisses. Un formidable soulagement lui chavira l'âme. J'étais arrivée, entortillée dans un cordon bleuâtre dont elle eut soin de me libérer le cou pour me permettre de vivre. A cet instant précis, la porte s'ouvrit sur la cuisinière qui, ayant remarqué la disparition de Consuelo, avait deviné ce qui était en train de se produire et accourait à son secours. Elle la trouva dans le plus simple appareil, avec moi allongée sur son ventre, encore unie à elle par ce lien palpitant.

— Mauvais numéro, c'est une pisseuse, dit la

sage-femme improvisée quand elle eut noué et coupé le cordon et m'eut prise entre ses mains.

– Elle est née par les pieds, signe de chance, fit en souriant ma mère dès qu'elle put parler.

– Elle a l'air costaude et elle a du coffre. Si vous voulez, je peux être la marraine.

– Je ne pensais pas la faire baptiser, répliqua Consuelo, mais, à voir l'autre se signer, outrée, elle ne tint pas à l'offenser. Après tout, un peu d'eau bénite ne peut lui faire de mal, et, qui sait, peut-être même que cela lui fera du profit. Elle se prénommera Eva, pour qu'elle morde dans la vie à belles dents.

– Quel nom de famille?

– Aucun, le nom n'a pas d'importance.

– Aux êtres humains il faut un nom. Il n'y a que les chiens qui peuvent vaquer en se contentant d'un petit nom.

– Son père appartenait à la tribu des Fils de la Lune. Qu'elle s'appelle donc Eva Luna. Passez-la-moi, que je voie s'il ne lui manque rien.

Assise dans la petite mare de la délivre, les os en flanelle, trempée de sueur, Consuelo chercha sur mon corps quelque marque fatidique transmise par le venin, mais, ne découvrant aucune trace d'anomalie, elle soupira, apaisée.

Je ne porte ni crochets ni écailles d'ophidien, du moins rien qui soit visible à l'œil nu. Les conditions un peu bizarres qui entourèrent ma conception ont eu des conséquences plutôt bénéfiques : elles m'ont dotée d'une santé inaltérable et de ce tempérament frondeur qui tarda quelque peu à se manifester, mais qui, finalement, m'épargna la vie d'humiliations à laquelle j'étais sans doute destinée. De mon père, j'héritai le sang à toute épreuve, car cet Indien avait dû être d'une constitution peu commune pour tenir tête autant de jours au venin du serpent et, en pleine agonie, donner du plaisir à une femme. De tout le reste, je suis redevable à ma mère. A quatre ans, je succombai à une de ces infections qui laissent le corps constellé de cratères, mais elle me guérit en me ligotant les mains pour m'empêcher de me gratter, en m'enduisant de graisse de brebis et en m'évitant d'être exposée à la lumière du jour pendant six mois. Elle mit à profit cette période pour me débarrasser de mes amibes à coups de tisanes de fleurs de courge, du ver solitaire à coups de décoctions de racines de fougères, et, depuis ce temps-là, j'ai été bien portante. Il ne me reste aucune marque sur la peau, hormis quelques brûlures de cigarettes, et je compte bien faire une petite vieille sans une ride, la graisse de brebis ayant des effets indélébiles.

Ma mère était quelqu'un de très discret, capable de se fondre parmi le mobilier, de se perdre dans le dessin d'un tapis, de ne pas émettre le moindre bruit, comme si elle n'existait pas; pourtant, dans l'intimité de la chambre que nous partagions, elle se métamorphosait. Elle se mettait à parler du passé ou à raconter ses histoires, et la pièce s'emplissait alors de lumière, les murs disparaissaient pour laisser place à des paysages incroyables, des palais bourrés d'objets jamais vus, de lointaines contrées sorties de son imagination ou de la bibliothèque du patron; elle déposait à mes pieds tous les trésors de l'Orient, la lune et mieux encore, elle me réduisait à la dimension d'une fourmi pour me donner à contempler l'univers depuis l'infiniment petit, elle me flanquait des ailes pour le voir depuis le firmament, elle me collait une queue de poisson pour explorer le fond des mers. Quand elle se mettait à raconter, le monde se peuplait de foules de personnages, et certains en venaient à m'être si familiers qu'aujourd'hui encore, au bout de tant d'années, je pourrais décrire la manière dont ils étaient habillés et jusqu'au ton de leur voix. Elle avait gardé intacts ses souvenirs d'enfance à la Mission des bons pères, elle avait retenu les anecdotes entendues en passant, ce que ses lectures lui avaient inculqué, elle avait ainsi élaboré la substance de ses propres rêves, et, avec tous ces matériaux, elle avait fabriqué un monde à mon intention. Les mots sont gratuits, disait-elle, et elle se les appropriait, les faisait tous siens. Elle sema dans mon esprit l'idée que la réalité n'est pas seulement telle qu'on la perçoit en surface, qu'elle a également une dimension magique, et que s'il vous en prend la fantaisie, il vous est tout à fait loisible de l'exagérer, de la colorier afin que votre passage ici-bas ne soit plus aussi terne. Les personnages convoqués par ses soins dans la sphère enchantée de ses contes sont les seuls souvenirs précis que je conserve de mes toutes premières années, le reste paraissant baigner dans un épais brouillard où se fondent les domestiques de la maison, le vieux savant prostré dans son fauteuil anglais équipé de roues de bicyclette, et le défilé de patients et de cadavres dont le docteur continuait à s'occuper en dépit de son invalidité. Les enfants dérangeaient le professeur Jones, mais, comme il était plutôt distrait, s'il venait à tomber sur moi à tel ou tel détour de la maison, c'est à peine s'il me voyait. J'en avais un peu peur, car je ne savais trop si c'était le vieillard qui avait confectionné les embaumés ou bien si ce n'étaient pas ceux-ci qui l'avaient engendré, tant ils paraissaient taillés dans le même parchemin; mais sa propre présence ne me gênait guère, dans la mesure où nous vivions dans des univers différents.

J'évoluais dans la cuisine, les cours, les chambres de service, le jardin, et quand j'accompagnais ma mère dans le reste de la demeure, j'y mettais la plus grande discrétion, de sorte que le professeur me prît pour un simple prolongement de son ombre à elle. La maison recelait tant d'arômes différents que je pouvais la sillonner les yeux fermés et deviner l'endroit où je me trouvais; ces odeurs de nourriture, de linge, de charbon, de médicaments, de livres et d'humidité ont fait corps avec les personnages des contes pour enrichir ma mémoire de ces années-là. On m'avait élevée dans la théorie que l'oisiveté est mère de tous les vices, idée semée par les Petites Sœurs de la Charité et cultivée par le docteur avec son sens despotique de la discipline. Je n'eus jamais ce qui s'appelle un jouet, mais, à la vérité, tout ce qui se trouvait dans la maison servait à mes jeux. Au cours de la journée, pas un moment de repos, on jugeait honteux d'avoir les mains inoccupées. Aux côtés de ma mère, je frottais les parquets, étendais la lessive, épluchais les légumes et, à l'heure de la sieste, m'essayais à tricoter et à broder, mais je n'ai pas gardé souvenir que ces tâches fussent le moins du monde lassantes. C'était comme de jouer à la dînette. Les sinistres expériences du savant n'étaient pas davantage source d'inquiétude, car Consuelo m'avait expliqué que les coups sur la tête et les piqûres de moustiques – par chance fort peu fréquents – n'étaient aucunement des manifestations de cruauté du patron, mais des méthodes thérapeutiques de la plus grande rigueur scientifique. Avec les façons carrées dont elle traitait les embaumés comme il s'agissait de parents tombés au plus bas, ma mère avait balayé en moi toute trace de peur, et elle veillait à ce que les autres employés de maison ne me plongeassent dans l'épouvante avec leurs idées macabres. Je crois qu'elle s'arrangeait pour me tenir à l'écart du laboratoire, et, à dire vrai, je n'eus presque jamais l'occasion de voir les momies : simplement, je savais qu'elles étaient là, derrière la porte. Ces pauvres gens sont très fragiles, Eva, me disait-elle, il vaut mieux que tu n'entres pas dans cette pièce, car tu pourrais d'un geste brusque leur briser les os, et le professeur risquerait alors de se fâcher tout rouge. Pour me rasséréner, elle avait donné un nom à chaque mort et leur avait inventé un passé, en faisant des êtres bénéfiques à l'instar des esprits et des fées. Nous mettions rarement le nez dehors. Une de ces rares fois, nous suivîmes la procession de la Grande Sécheresse à l'occasion de laquelle les athées eux-mêmes étaient disposés à prier, s'agissant d'un événement social plus que d'un acte de foi. On raconte que le pays n'avait pas reçu une goutte de pluie depuis trois ans, que la terre assoiffée se crevassait de partout, que la végétation mourait, que les bêtes crevaient le museau enfoui dans la poussière, et que les habitants des plaines marchaient jusqu'au littoral pour se vendre comme esclaves en échange d'un peu d'eau. Face à une telle calamité nationale, l'évêque décida de promener dans les rues l'effigie du Nazaréen pour implorer le terme de ce châtiment divin, et comme c'était le tout dernier espoir, nous y courûmes tous, riches et pauvres, vieux et jeunes, fidèles et mécréants. Barbares, bandes d'Indiens et de nègres sauvages! vociféra avec fureur le professeur Jones lorsqu'il fut au courant, mais il ne put empêcher sa domesticité de se mettre sur son trente et un et de se rendre à la procession. La foule, précédée du Nazaréen, partit de la cathédrale mais ne put parvenir jusqu'au siège de la Compagnie des Eaux, car à mi-parcours se déchaîna un incoercible déluge. En l'espace de quarante-huit heures, la ville fut transformée en lac, égouts et caniveaux étaient obstrués, les routes submergées, les maisons inondées, le flot torrentueux emporta les chaumières, et dans une localité de la côte, il se mit à pleuvoir des poissons. Miracle, miracle! clamait l'évêque. Et nous, nous faisions chorus, sans savoir que la procession avait été organisée après que la météo eut annoncé typhons et pluies diluviennes sur toute la zone des Caraïbes, ainsi que Jones le révéla d'une voix accusatrice depuis son fauteuil d'hémiplégique. Superstitieux! ignorants! analphabètes! hurlait le malheureux sans que personne lui prêtât la moindre attention. Ce prodige réussit là où avaient échoué les bons pères de la Mission et les Petites Sœurs de la Charité : ma mère se rapprocha du Bon Dieu, car en se le représentant sur son trône céleste, se moquant gentiment de l'humanité, elle se dit qu'il devait être bien différent du terrifiant patriarche que montraient les livres religieux. Peut-être sa façon de nous faire perdre la boule sans rien nous révéler de ses plans ni de ses desseins n'était-elle qu'une manifestation de son sens de l'humour? Quoi qu'il en soit, chaque fois que nous nous remémorions ce miraculeux déluge, nous étions mortes de rire.

Le monde finissait aux grilles du jardin. A l'intérieur, le temps obéissait à des lois capricieuses; en l'espace d'une demi-heure, j'étais capable de faire six fois le tour du globe terrestre, et un rayon de lune dans la cour pouvait alimenter toutes mes pensées d'une semaine. Le jour et l'obscurité déterminaient de très profonds changements dans la nature des objets; les livres, au repos dans la journée, s'ouvraient à la nuit tombante pour laisser sortir leurs personnages qui erraient dans les salons et vivaient leurs aventures; les embaumés, si humbles et discrets quand le soleil matutinal entrait par les fenêtres, se muaient en blocs de pierre dans la pénombre de l'après-midi et, dans le noir, grandissaient jusqu'à atteindre une taille de géants. L'espace s'étirait ou se rétrécissait à mon gré; le soupirail au pied des marches de l'entrée pouvait receler pour moi tout un système planétaire, alors que le ciel entrevu par l'œil-de-bœuf du grenier pouvait se réduire à un simple rond de verre incolore. Un seul mot de moi et crac! la réalité basculait cul par-dessus tête.

J'ai grandi libre et à l'abri dans cette demeure au pied de la colline. Je n'avais aucun contact avec les autres enfants et n'étais pas habituée à voir des inconnus, car on ne recevait guère de visiteurs, exception faite d'un homme en habit et chapeau noirs, pasteur protestant de son état, portant sous le bras une bible dont il affligea les toutes dernières années du professeur Jones. Il me faisait bien plus peur que le patron lui-même.

CHAPITRE DEUX

Huit ans avant ma propre naissance, le jour même où le Bienfaiteur rendit l'âme dans son lit comme un innocent vieillard, dans une bourgade du nord de l'Autriche vint au monde un petit garçon qu'on prénomma Rolf. C'était le dernier-né de Lukas Carlé, le pédagogue le plus redouté de tout le collège. Les châtiments corporels faisaient alors partie intégrante de l'instruction : on la fait mieux rentrer dans le crâne avec des coups, soutenaient la sagesse populaire et la théorie enseignante, si bien qu'il ne se serait point trouvé de parents sensés pour récriminer contre de pareilles pratiques. Mais quand Carlé vint à briser les doigts d'un jeune garçon, la direction de l'établissement ne put que lui interdire l'usage de la férule, car manifestement, dès qu'il se mettait à taper, un vertige de luxure lui faisait perdre tout contrôle de lui-même. Pour se venger, ses élèves couraient après son fils Jochen, et parvenaient-ils à l'attraper qu'ils le rouaient de coups. L'enfant grandit à l'écart des bandes, reniant jusqu'à son nom, se terrant comme un rejeton de bourreau.

Lukas Carlé avait imposé à son foyer la même loi de terreur qu'il avait instaurée au collège. A sa femme ne l'unissait qu'un mariage de convenance, l'amour n'entrait aucunement dans ses plans, il l'estimait à peine tolérable dans les arguments d'œuvres littéraires ou musicales, mais tout à fait inapproprié dans la vie courante. Tous deux s'étaient mariés sans avoir eu le loisir de se connaître de manière approfondie, et elle s'était mise à le haïr dès leur première nuit de noces. Pour Lukas Carlé, son épouse n'était qu'une créature inférieure, plus proche des animaux que de l'homme, seul être de la Création à être doué d'intelligence. Bien que la femme méritât en général quelque commisération, dans la pratique, la sienne s'arrangeait toujours pour le faire sortir de ses gonds. Lorsqu'il avait débarqué dans cette localité après avoir erré par monts et par vaux, chassé de sa terre natale après la Première Guerre mondiale, il avait près de vingt-cinq ans, un diplôme d'enseignement et de l'argent pour survivre une semaine. Avant toute chose, il avait cherché du travail, puis, dans la foulée, une épouse, choisissant la sienne à cause de l'air terrifié qui se glissait soudain dans son regard, et de ses larges hanches qui lui avaient paru une condition nécessaire pour engendrer des enfants mâles et assumer les tâches domestiques les plus lourdes. Avaient également pesé dans sa décision deux hectares de terrain, une demi-douzaine de têtes de bétail et une petite rente que la jeune femme avait hérités de son père, toutes choses qui étaient passées dans sa poche en tant que légitime gérant des biens conjugaux.

Lukas Carlé avait un faible pour les chaussures de femme à très hauts talons, et sa préférence allait à celles de cuir rouge. Au cours de ses déplacements en ville, il payait une prostituée pour qu'elle déambulât dans le plus simple appareil, sans autre parure que ces incommodes échasses, cependant que lui-même, vêtu de pied en cap, manteau sur le dos, chapeau sur la tête, trônant sur une chaise, l'air d'un haut dignitaire, atteignait à un plaisir indescriptible à la vue de ces fesses – si possible rebondies, blanches et creusées de fossettes – qui se balançaient à chaque déhanchement. Il ne la touchait évidemment pas. Saisi comme il l'était du prurit de l'hygiène, au grand jamais il ne l'aurait fait. Comme ses moyens ne lui permettaient pas de se payer ces frivolités aussi fréquemment qu'il l'aurait souhaité, il avait fait l'emplette de quelques paires de coquines bottines de marque française, qu'il avait planquées dans la partie la plus inaccessible de l'armoire. De temps à autre, il enfermait ses enfants à double tour, faisait tourner ses disques à plein volume et convoquait sa femme. Elle avait appris à deviner les sautes d'humeur de son époux et était capable de prévoir, avant qu'il n'en fût lui-même conscient, le moment où il se sentait des désirs de la martyriser. Elle se mettait alors à trembler par anticipation, la vaisselle lui tombait des mains et se fracassait sur le sol.

Carlé ne tolérait pas le bruit chez lui, c'est bien assez d'avoir à supporter les élèves au collège, disait-il. Ses enfants avaient appris à ne pas rire ni pleurer en sa présence, à se déplacer comme des ombres, à ne s'exprimer que par murmures, et si grande était leur habileté à passer inaperçus que leur mère en venait parfois à penser qu'elle devait voir au travers, atterrée à l'idée qu'ils fussent devenus transparents. Le professeur était persuadé que les lois de la génétique lui avaient joué un sale tour. Sa progéniture se révélait être un complet désastre. Jochen était lambin et gauche, très mauvais élève, il roupillait en classe, faisait pipi au lit, n'était bon pour aucun des plans esquissés à son intention. De Katharina, il préférait ne pas parler. La petite était idiote. Il était pourtant sûr d'une chose : il n'y avait pas de tares héréditaires de son côté, de sorte qu'il n'était en rien responsable de cette pauvre débile, allez d'ailleurs savoir si c'était bien sa fille, de la fidélité de personne on ne saurait mettre sa main au feu, encore moins pour ce qui est de sa propre femme; par bonheur, Katharina était née avec un point au cœur, et le médecin avait pronostiqué qu'elle ne ferait pas de vieux os. C'était mieux ainsi.

Etant donné le peu de satisfaction obtenu avec ses deux premiers rejetons, Lukas Carlé ne s'était guère félicité de la troisième grossesse de son épouse, mais le jour où vint au monde un grand poupon tout rose, aux yeux gris bien dessillés et aux petites mains résolues, il se sentit tout ragaillardi. Peut-être serait-ce là l'héritier qu'il avait toujours désiré, un vrai Carlé? Il lui fallait empêcher sa mère de le gâter, rien de plus dangereux qu'une femelle pour corrompre une bonne graine de mâle. Ne lui mets pas de laine sur le dos, qu'il s'habitue au froid et s'aguerrisse; laisse-le dans le noir, qu'il n'ait jamais peur de rien; ne le prends pas dans tes bras, peu importe qu'il braille jusqu'à virer au violet, ça lui fait les poumons, décrétait-il, mais, sitôt que son mari avait le dos tourné, la mère emmitouflait son bambin, lui donnait double ration de lait, le dorlotait et lui chantait des berceuses. Cette façon de l'habiller pour le déshabiller illico, de le taper puis de le cajoler sans motif apparent, de l'enfermer dans quelque obscur réduit pour le consoler ensuite de baisers, eût réduit n'importe quel marmot à la démence, mais Rolf Carlé fut particulièrement chanceux : non seulement il était né avec une force d'esprit capable de résister à ce qui aurait eu raison de tout autre, mais la Seconde Guerre mondiale vint sur ces entrefaites à éclater et son père s'enrôla dans l'armée, le délivrant ainsi de sa présence. La guerre fut le temps béni de son enfance.

Cependant qu'en Amérique du Sud les embaumés s'entassaient au domicile du professeur Jones, et qu'un piqué-par-un-aspic engendrait une petite fille que sa mère prénomma Eva pour qu'elle mordît dans la vie à belles dents, en Europe la réalité prenait des proportions qui n'avaient rien de bien naturel non plus. La guerre plongeait le monde dans la terreur et le chaos. Et à l'heure où la fillette commença à marcher, accrochée aux jupons de sa mère, la paix fut signée, de l'autre côté de l'Atlantique, sur un continent en ruines. Entre-temps, de ce côté-ci de l'océan, bien rares étaient ceux à qui ces lointains carnages avaient fait perdre le sommeil. Les gens avaient assez à s'occuper de leurs propres violences.

En grandissant, Rolf Carlé se révéla être un garçon observateur, fier et obstiné, doué d'un certain penchant romantique dont il avait honte comme d'un symptôme de faiblesse. En ce temps d'exaltation guerrière, il jouait avec ses camarades aux tranchées, aux avions abattus, mais, en secret, il se laissait aller à s'émouvoir devant les bourgeons de chaque printemps, les corolles épanouies en été, l'or automnal, la mélancolique blancheur de l'hiver. En toute saison il partait marcher dans les bois pour récolter feuilles et insectes qu'il étudiait à la loupe. Il arrachait des pages de ses cahiers pour y composer des vers qu'il dissimulait ensuite dans les anfractuosités des arbres ou sous les pierres, dans l'inavouable et vain espoir que quelqu'un les découvrirait. Jamais il ne s'en ouvrit à personne.

L'après-midi où on l'emmena à l'enterrement des morts, le jeune garçon allait déjà sur ses dix ans. Ce jour-là, il était tout content, car son frère Jochen avait attrapé un lièvre et l'odeur du ragoût mijotant à petit feu dans le vinaigre et le romarin se répandait dans toute la maison. Cela faisait bien longtemps qu'il n'avait humé le fumet d'un tel plat et il en avait tellement l'eau à la bouche que seule sa stricte éducation l'empêchait d'aller soulever le couvercle et de plonger une cuiller dans le faitout. Ce jour-là était aussi celui où l'on cuisait le pain. Il aimait voir sa mère penchée sur la grosse table de la cuisine, les avant-bras enfouis dans la pâte, tout son corps la travaillant en cadence. Elle pétrissait les ingrédients dont elle formait quelques gros rouleaux qu'elle découpait ensuite, chaque morceau donnant une miche bien ronde. Autrefois, du temps où on ne manquait de rien, elle mettait de côté un peu de pâte qu'elle additionnait de lait, d'œufs et de cannelle, pour en faire des biscuits qu'elle conservait dans une boîte en fer-blanc, un par enfant pour chaque jour de la semaine. A présent, elle mélangeait la farine avec le son et cela donnait quelque chose de noirâtre et de râpeux comme un pain de sciure.

La matinée avait débuté par une certaine agitation dans la rue : allées et venues des troupes d'occupation, ordres lancés à pleine voix, mais nul ne s'en était trop effrayé, les gens ayant déjà dilapidé toutes leurs peurs dans la confusion de la débâcle et n'en ayant plus beaucoup de reste pour alimenter des pressentiments de mauvais augure. Après l'armistice, les Russes s'étaient installés dans la bourgade. Le bruit de leur brutalité avait précédé les soldats de l'Armée rouge, et la population terrorisée s'attendait alors à un bain de sang. De vraies bêtes sauvages, disait-on, ils ouvrent le ventre des femmes enceintes et jettent les fœtus aux chiens, ils transpercent les vieillards de leurs baïonnettes, introduisent des bâtons de dynamite dans le cul des hommes et les font voler en éclats, ils n'ont de cesse de violer, piller, incendier. Pourtant, rien de cela ne s'était produit. Le maire s'était évertué à trouver une explication et avait conclu qu'ils avaient tout bonnement été vernis, les éléments qui occupaient la localité ne provenant pas des régions soviétiques les plus durement frappées par la guerre et nourrissant par là moins de rancœurs accumulées, moins de revanches à prendre. Ils avaient débarqué en traînant de lourds véhicules chargés de tout leur fourniment, sous les ordres d'un jeune officier au faciès asiatique, ils avaient réquisitionné toutes les vivres, enfourné dans leurs musettes tout objet de valeur qui leur tombait sous la main, et fusillé au petit bonheur seize membres de la communauté accusés d'avoir collaboré avec les Allemands. Ils avaient installé leur campement dans les environs et n'avaient plus fait parler d'eux. Ce jour-là, les Russes rassemblèrent les habitants en les convoquant par haut-parleurs et en forçant l'entrée des maisons pour stimuler les indécis avec des menaces. La mère passa un pale-tot à Katharina et se hâta de sortir avant que la troupe ne fît irruption chez elle et ne lui raflât le lièvre du déjeuner et tout le pain de la semaine. Avec ses trois mouflets, Jochen, Katharina et Rolf, elle marcha en direction de la place. Le bourg avait survécu à ces années de guerre dans de meilleures conditions que beaucoup d'autres, malgré la bombe qui était tombée sur le collège un dimanche en pleine nuit, ne laissant qu'un champ de ruines et disséminant dans tous les alentours des éclats de pupitres et de tableaux noirs. Tout un tronçon de la chaussée médiévale n'existait déjà plus, les bri-gades s'étant servi des pavés pour dresser naguère des barricades; étaient tombés aux mains de l'en-nemi la grosse horloge de la mairie, l'orgue de l'église et la dernière cuvée des vignobles, uniques trésors de l'endroit; les bâtiments arboraient des façades écaillées et quelques impacts de balles, mais l'ensemble n'avait rien perdu du charme que lui avaient conféré de nombreux siècles d'existence.

Les habitants du bourg s'étaient regroupés sur la place, encerclés par les soldats ennemis, cependant que le commandant soviétique, dans son uniforme dépenaillé, ses bottes trouées, avec une barbe de plusieurs jours, passait en revue leur rassemblement, dévisageant chacun à tour de rôle. Fixant le bout de leurs chaussures, la tête rentrée dans les épaules, dans l'expectative, tous se gardèrent de soutenir son regard, à la seule exception de Katharina qui leva ses yeux d'agneau sur le militaire tout en se fourrant un doigt dans le nez.

— C'est une demeurée? interrogea l'officier en désignant la gosse.

— Elle est née comme ça, répondit madame Carlé.

— Alors il n'est pas utile de l'emmener. Laissez-la ici.

— Elle ne peut pas rester seule. Par pitié, permettez-lui de venir avec nous...

— Comme il vous plaira.

Sous un maigre soleil printanier, ils durent attendre sur place plus de deux heures, tenus en joue, les vieux cherchant appui sur les plus robustes, les enfants dormant par terre, les plus petits dans les bras de leurs parents, jusqu'à ce que fût enfin donné l'ordre du départ et qu'ils se fussent mis en branle derrière la jeep du commandant, encadrés par la troupe qui les pressait, en une lente cohorte conduite par le maire et le proviseur du collège, seules autorités encore reconnues dans la catastrophe qui venait de s'abattre sur eux. Ils marchèrent en silence, remplis d'angoisse, se retournant pour contempler les toits de leurs maisons pointant entre les collines, chacun s'interrogeant sur l'endroit où on les conduisait, jusqu'à ce qu'il devînt évident qu'ils avaient pris la direction du camp de prisonniers, et leur âme de se contracter alors comme un poing.

Rolf connaissait bien la route, il était allé par là très souvent lorsqu'il partait avec Jochen à la chasse aux couleuvres, disposer des pièges à renards ou bien chercher du petit bois. A diverses reprises, les deux frères s'étaient accroupis sous les frondaisons, devant l'enceinte de barbelés, dissimulés par le feuillage. La distance les empêchant de rien distinguer avec netteté, ils se contentaient de prêter l'oreille aux sirènes et de humer l'atmosphère. Quand le vent se levait, la même odeur singulière pénétrait jusque dans les maisons, mais nul ne semblait y prêter attention, car on ne parlait jamais de ces choses-là. C'était la première fois que Rolf Carlé, à l'instar de tous les autres habitants du bourg, franchissait le portail métallique, et son attention fut attirée par le sol érodé, exempt de la moindre trace de végétation, désolé comme un désert de poussière stérile, si différent des terres de cette région à pareille époque, couvertes d'un doux duvet verdoyant. La colonne parcourut un long chemin, passa entre plusieurs chevaux de frise, sous des miradors et d'anciens nids de mitrailleuses, et déboucha enfin dans une grande cour carrée. Sur un côté se dressaient des baraquements aveugles, en face une construction de briques surmontée de cheminées et, tout au fond, les latrines et les potences. Le printemps s'était arrêté aux portes de cette prison où tout était gris, baignant dans la brume d'un hiver qui s'était éternisé là à demeure. Les villageois s'immobilisèrent près des baraquements, serrés les uns contre les autres à se toucher, comme pour se donner courage, oppressés par cette sérénité et ce silence sépulcral, par ce ciel de cendres. Le commandant donna un ordre et les soldats les poussèrent comme du bétail jusqu'au bâtiment principal. Et c'est alors qu'il leur fut donné à tous de les voir : ils étaient entassés là sur le sol par douzaines, pêle-mêle, les uns sur les autres, désarticulés, comme un amoncellement de bûches blafardes. Au début, les villageois ne purent croire qu'il s'agissait là de cadavres humains, on aurait plutôt dit les marionnettes de quelque macabre théâtre, mais les Russes les aiguillonnaient du canon de leurs fusils, les frappaient à coups de crosse, et force leur fut de s'approcher, de sentir, de regarder, de permettre à ces faciès aveugles et décharnés de se graver en lettres de feu dans leur mémoire. Chacun n'entendait plus que les battements de son propre cœur et nul ne dit mot, car il n'y avait rien à ajouter. Ils demeurèrent de longues minutes pétrifiés, jusqu'à ce que le commandant se fût emparé d'une pelle et l'eût tendue au maire. Les soldats distribuèrent à leur tour d'autres outils.

– Commencez à creuser, fit l'officier sans élever la voix, presque dans un murmure.

Ils envoyèrent Katharina et les plus petits s'asseoir au pied des potences, cependant que les autres se mettaient au travail. Rolf resta aux côtés de Jochen. Le sol était dur, les éclats de silex s'incrustaient dans les doigts, se glissaient sous les ongles, mais il trima sans relâche, courbé, les cheveux dans les yeux, en proie à une honte qu'il ne pourrait oublier et qui le poursuivrait tout au long de sa vie comme un infatigable cauchemar. Il ne releva pas la tête une seule fois. Il ne percevait autour de lui d'autres sons que le choc du fer contre les cailloux, les respirations haletantes, les sanglots de quelques femmes.

L'obscurité était tombée lorsqu'ils eurent fini de creuser les trous. Rolf remarqua qu'on avait allumé les projecteurs en haut des miradors et que la nuit était devenue toute claire. Obéissant à un ordre de l'officier russe, les habitants du bourg durent aller, deux par deux, quérir les cadavres. Le jeune garçon se récura les mains en les frottant à son pantalon, essuya d'un revers de manche la sueur de son front et s'avança en compagnie de son frère Jochen vers ce qui les attendait. Leur mère voulut les arrêter d'une exclamation enrouée, mais les enfants poursuivirent leur chemin, se penchèrent et, le saisissant par les chevilles et les poignets, s'emparèrent d'un cadavre nu comme un ver, glabre, auquel ne restait que la peau sur les os, léger et froid et sec comme de la porcelaine. Ils le soulevèrent sans effort, cramponnés à cette forme rigide, et se remirent en marche en direction des fosses creusées dans la cour. Leur fardeau se mit à osciller légèrement et la tête se renversa en arrière. Rolf se retourna pour lancer un regard à sa mère, il la vit pliée en deux par la nausée, il aurait voulu lui adresser un petit geste de réconfort, mais il avait les mains prises.

Il était minuit passé quand la corvée d'inhumation des prisonniers prit fin. Une fois les fosses remplies et recouvertes de terre, l'heure de repartir n'était pourtant pas encore venue pour les villageois. Les soldats les contraignirent à visiter les baraquements, à s'introduire dans les chambres de mort, à examiner les fours et à défiler sous les potences. Nul ne se hasarda à prier pour les victimes. Au fond, ils n'ignoraient pas qu'à compter de cet instant, ils feraient tout pour oublier, pour s'arracher cette horreur de l'âme, se promettant déjà de n'y faire jamais allusion, dans l'espoir que le cours de l'existence parviendrait à l'effacer. Ils s'en revinrent enfin lentement chez eux en traînant les pieds, morts de fatigue. En queue de cortège venait Rolf Carlé, marchant entre deux rangs de squelettes égaux entre eux dans la désolation de la mort.

Une semaine plus tard réapparut Lukas Carlé, que son fils Rolf ne remit pas : lors de son départ pour le front, lui-même n'avait pas encore l'âge de raison, et l'homme qui fit brusquement irruption dans la cuisine, ce soir-là, ne ressemblait en rien à celui de la photo posée sur la cheminée. Durant les années qu'il avait vécues sans père, Rolf s'en était inventé un de dimensions héroïques, il lui avait fait endosser un uniforme d'aviateur et lui avait constellé la poitrine de décorations, le métamorphosant en superbe et valeureux guerrier aux bottes si brillantes qu'un gosse comme lui pouvait s'y mirer. Cette image n'avait aucune espèce de rapport avec le personnage qui venait subitement de resurgir dans sa vie, si bien qu'il ne se donna même pas la peine de le saluer, le prenant pour un mendiant. L'homme de la photographie arborait des moustaches très soignées et ses yeux autoritaires et froids étaient couleur de plomb comme les nuages d'hiver. Celui qui avait fait irruption à la cuisine était attifé d'un pantalon trop large retenu à la taille par une ficelle, d'une vareuse déchirée, d'un foulard sale autour du cou et, en lieu et place de bottes miroitantes, il avait les pieds enveloppés dans des chiffons. C'était un type plutôt chétif, mal rasé, aux cheveux hirsutes taillés en escalier. Non, rien qui rappelât à Rolf quelqu'un qu'il eût connu. Le reste de la famille, en revanche, s'en souvenait avec précision. A sa vue, la mère porta les mains à sa bouche, Jochen se dressa, renversant sa chaise dans un brusque mouvement de recul, et Katharina courut s'abriter sous la table dans un geste qu'elle n'avait plus fait depuis belle lurette, mais que son instinct n'avait point oublié.

Lukas Carlé n'était pas revenu par nostalgie dans ses foyers, car jamais il ne s'était vraiment senti appartenir à ce patelin, pas plus qu'à aucun autre, c'était un être solitaire et sans attaches, mais, la faim au ventre et le désespoir au cœur, il avait préféré le risque de tomber aux mains de l'ennemi victorieux plutôt que de continuer à se traîner à travers champs. Il n'en pouvait plus. Il avait déserté et n'avait pu survivre qu'en se cachant le jour et en circulant la nuit. Il s'était emparé de l'identité d'un soldat mort, projetant de changer de nom et de gommer ainsi son passé, mais il s'était bientôt rendu compte que sur ce vaste continent en ruines, il n'avait où aller. Le souvenir du bourg avec ses maisons avenantes, ses vergers, ses vignobles, et le collège où il avait travaillé tant d'années, lui paraissait bien peu attrayant, mais il n'avait pas le choix. Au cours de la guerre, il avait obtenu du galon, non pour faits de bravoure, mais pour son art consommé de la cruauté. A présent il était un autre, car il avait touché le fond fangeux de son âme et savait jusqu'où il était capable d'aller. Après avoir ainsi frôlé les extrêmes, franchi les bornes de la perversité et du plaisir sadique, le fait de se retrouver comme devant et de devoir se résigner à faire rabâcher dans une salle de classe une bande de morveux et de malappris, lui paraissait une issue dérisoire. Il s'était persuadé que l'homme est fait pour la guerre : l'histoire montre que le progrès ne s'obtient jamais sans violence, serrez les dents, souffrez sans rien dire, fermez les yeux et lancez-vous à l'assaut, voilà pourquoi nous sommes des soldats! Toute la souffrance accumulée n'était pas parvenue à éveiller en lui la moindre nostalgie de la paix, mais lui avait plutôt enfoncé dans l'esprit la conviction que seuls la poudre et le sang versé peuvent engendrer des hommes capables de piloter à bon port le bateau en péril de l'humanité, abandonnant à la houle les débiles et les inutiles, conformément aux lois implacables de la nature.

– Que se passe-t-il? Vous n'êtes pas contents de me revoir? dit-il en refermant la porte derrière lui.

L'absence n'avait en rien émoussé sa capacité de terroriser sa famille. Jochen voulut dire quelque chose, mais les mots s'étranglèrent dans sa gorge et il ne put qu'émettre un son enroué, se campant devant son jeune frère pour le protéger de quelque vague danger. A peine put-elle réagir que madame Carlé s'en alla jusqu'au coffre à linge, s'empara d'une grande nappe blanche dont elle recouvrit la table afin que le père, n'avisant pas Katharina, pût d'aventure ne pas se remémorer son existence. D'un large et rapide coup d'œil, Lukas Carlé reprit possession des lieux et restaura son pouvoir sur les siens. Son épouse lui parut toujours aussi stupide, mais elle avait gardé intactes la lueur craintive de son regard et la fermeté de sa croupe; Jochen était devenu un adolescent si grand et si costaud qu'il ne put s'expliquer comment il avait bien pu couper à l'enrôlement dans les régiments de pionniers; quant à Rolf, c'est à peine s'il le connaissait, mais il ne lui fallut pas longtemps pour comprendre que ce mioche avait grandi dans les jupes de sa mère et qu'il aurait grand besoin d'être houspillé pour perdre ses airs de chaton dorloté. Il se chargerait d'en faire un homme.

– Mets de l'eau à chauffer pour que je me lave, Jochen. Y a-t-il quelque chose à manger dans cette baraque? Toi, tu dois être Rolf... Approche et donne la main à ton père. Tu ne m'entends pas? Rapplique ici!

A compter de ce soir-là, la vie de Rolf changea du tout au tout. Malgré la guerre et toutes les privations qu'il avait endurées, il n'avait pas vraiment connu la peur. Lukas Carlé la lui inculqua. Le garçon ne retrouverait un sommeil paisible que bien des années plus tard, quand on découvrirait son père se balançant à un arbre de la forêt.

Les soldats russes qui avaient occupé le bourg étaient des êtres aussi rudes et misérables que sentimentaux. En fin de journée, ils s'asseyaient avec leurs armes et tout leur attirail de bataille autour d'un feu pour entonner des rengaines de chez eux, et quand l'air s'emplissait de paroles dans ces doux patois de leurs terroirs, certains parmi eux laissaient couler des larmes de nostalgie. Parfois ils se soûlaient, se querellaient ou bien dansaient jusqu'à n'en plus pouvoir. Les habitants les évitaient, mais quelques filles allaient jusqu'à leur campement s'offrir silencieusement à eux, sans les regarder en face, en échange d'un peu de nourriture. Elles en rapportaient toujours quelque chose, bien que les vainqueurs eussent aussi faim que les vaincus. Les enfants aussi s'approchaient d'eux pour les observer, fascinés par leur langue, leurs machines de guerre, leurs coutumes bizarres, et attirés par un sergent au visage couturé de profondes cicatrices, qui les divertissait en jonglant avec quatre couteaux. Malgré l'interdiction formelle, Rolf s'avançait encore plus près que ses camarades, et il eut tôt fait de se retrouver assis aux côtés du sergent, essayant de saisir le sens de ses propos et s'exerçant à son tour au lancer de couteaux. Il n'avait fallu que quelques jours aux Russes pour identifier collaborateurs et déserteurs planqués, et les cours martiales avaient commencé à rendre leurs jugements expéditifs, faute de temps pour y mettre les formes, devant un public plutôt clairsemé, les gens n'en pouvant plus et n'ayant nulle envie d'entendre rabâcher les mêmes accusations. Cependant, quand vint le tour de Lukas Carlé, Jochen et Rolf firent une entrée discrète dans la salle et allèrent s'installer tout au fond. L'accusé ne paraissait guère se repentir des faits qui lui étaient reprochés et se borna à plaider qu'il avait obéi aux ordres supérieurs, car il n'avait pas fait la guerre pour mériter estime et considération, mais pour la gagner. Le sergent jongleur s'aperçut de la présence de Rolf, eut de la peine pour lui et voulut le faire sortir, mais le jeune garçon se cramponna à son siège, bien décidé à écouter jusqu'au bout. Il aurait eu du mal à expliquer à cet homme que sa pâleur n'était point l'effet de quelque compassion à l'égard de son père, mais d'un secret désir que les charges fussent suffisantes pour l'envoyer devant un peloton d'exécution. Quand on l'eut condamné à six mois de travaux forcés dans les mines d'Ukraine, Jochen et Rolf estimèrent que c'était là une peine bien légère, et, dans leur for intérieur, prièrent pour que Lukas Carlé crevât là-bas et ne revînt jamais.

Avec le retour de la paix ne finirent pas pour autant les privations : trouver de quoi manger avait été durant des années la première des préoccupations et continua de l'être. Jochen savait à peine lire couramment, mais il était robuste et opiniâtre, et, pendant l'absence de son père, quand la poudre avait ravagé les campagnes, il s'était chargé de ravitailler les siens en coupant du bois, en vendant des mûres et des champignons sauvages, en chassant lapins, perdrix et renards. Rolf s'initia rapidement aux petits métiers de son frère et apprit comme lui à accomplir de menus larcins dans les villages voisins, toujours en cachette de sa mère qui, à l'heure des pires angoisses, se comportait comme si la guerre n'était qu'un lointain cauchemar avec lequel elle n'avait rien à voir, auquel elle se sentait étrangère; de ce fait, elle ne ratait jamais une occasion d'inculquer à ses enfants les préceptes de sa propre morale. Le jeune garçon s'habitua si bien à sentir son estomac crier famine que, beaucoup plus tard, quand les marchés regorgeraient à nouveau de tous les produits de la terre et qu'on vendrait des frites, des friandises et des saucisses à tous les coins de rues, il continuerait à rêver la nuit du pain rassis planqué sous son lit, dans un trou entre les lattes du parquet.

Madame Carlé parvint à garder l'esprit serein et sa foi en Dieu jusqu'au jour où son époux revint d'Ukraine pour se réinstaller définitivement dans ses pénates. Dès cet instant, tout courage l'abandonna. Elle parut se recroqueviller, rentrer dans sa coquille, dans un obsédant dialogue avec elle-même. La peur qu'il n'avait cessé de lui inspirer avait fini par la paralyser, et comme elle ne pouvait donner libre cours à sa haine, celle-ci la rongeait de l'intérieur. Elle continua à remplir ses tâches avec un zèle toujours aussi éloquent, s'échinant de l'aube à la nuit tombée, s'occupant de Katharina, servant le reste de la famille, mais elle cessa de sourire et de parler et ne remit plus les pieds à l'église, n'étant plus disposée à aller s'agenouiller devant ce Dieu sans pitié qui n'avait pas voulu entendre sa juste supplique et expédier Carlé en enfer. De même, elle ne leva plus le petit doigt pour protéger Jochen et Rolf des excès de leur père. Les cris, les coups, les corrections avaient fini par lui paraître naturels et ne suscitaient plus de réactions de sa part. Elle s'asseyait devant la fenêtre, le regard perdu au loin, s'évadant dans un passé où son mari n'existait pas et où elle n'était encore qu'une adolescente épargnée par le malheur.

Carlé soutenait la théorie que les êtres humains se divisent en enclumes et en marteaux, les uns naissant pour frapper, les autres pour être frappés. Bien entendu, il souhaitait que ses enfants mâles fussent des marteaux. Il ne tolérait de leur part aucune faiblesse, en particulier chez Jochen sur qui il expérimentait ses propres méthodes d'enseignement. Il écumait de rage quand, pour toute réponse, le gosse se mettait à bégayer de plus belle et se rongeait les ongles. En proie au désespoir, Jochen imaginait la nuit diverses façons de se soustraire une fois pour toutes à ce martyre, mais, avec la lumière du jour, il redescendait sur terre, courbait le front et obtempérait à son père sans oser lui tenir tête, bien qu'il le dépassât d'une bonne vingtaine de centimètres et fût de la force d'un cheval de labour. Il se laissait ravoir par la soumission, jusqu'à cette soirée d'hiver où Lukas Carlé s'apprêta à refaire usage des fameuses chaussures rouges. Les garçons étaient déjà en âge de subodorer ce que pouvaient signifier ce lourd malaise, ces regards tendus, ce silence chargé de présages. Comme autrefois Carlé ordonna à ses fils de le laisser seul avec son épouse, d'emmener Katharina dans leur chambre et de ne se remontrer sous aucun prétexte. Avant de quitter la pièce, Jochen et Rolf eurent le temps de lire l'expression de terreur dans les yeux de leur mère et de percevoir jusqu'à son tremblement. Peu après, pétrifiés dans leur lit, ils purent entendre la musique se déchaîner à plein volume.

— Je vais voir ce qu'il fait à maman, décréta Rolf, incapable de supporter davantage la certitude que, de l'autre côté du couloir, se répétait un cauchemar qui n'avait cessé de hanter cette maison depuis toujours.

— Toi, tu ne bouges pas. C'est moi qui suis l'aîné, c'est à moi d'y aller, riposta Jochen.

Et, au lieu de se pelotonner sous les couvertures, comme il avait fait toute sa vie, il se leva comme un automate, enfila son pantalon, sa vareuse, son bonnet de laine et ses bottes de neige. Il finit de s'habiller à gestes précis, puis sortit de la chambre, traversa le couloir et tenta d'ouvrir la porte de la salle de séjour, mais le verrou avait été tiré. Avec la même lenteur et la même application qu'il mettait à disposer ses pièges ou à couper du bois, il leva la jambe et, d'un coup de pied bien ajusté, fit sauter les ferrures. En pyjama, nu-pieds, Rolf avait emboîté le pas à son frère; dès l'ouverture de la porte, il découvrit sa mère complètement nue, juchée sur d'absurdes bottines rouges à talons aiguilles. Hors de lui, Lukas Carlé leur hurla de disparaître sur-le-champ, mais Jochen s'avança, contourna la table, écarta la femme qui essayait de le retenir, et s'approcha avec une telle détermination que l'homme recula en vacillant. Le poing de Jochen frappa la figure de son père avec la force d'un marteau, le soulevant de terre et le projetant contre le buffet qui s'effondra dans un fracas d'assiettes brisées et de planches réduites en petit bois. Rolf contempla le corps inerte étendu par terre, il avala sa salive, puis se dirigea vers sa chambre, prit une couverture et revint couvrir sa mère.

– Adieu, maman, lança Jochen depuis la porte de la rue, sans même oser la regarder.

– Adieu, mon fils, murmura-t-elle, soulagée à l'idée qu'un des siens au moins serait sauf.

Le lendemain, Rolf roula les ourlets du pantalon long de son frère, qu'il passa pour conduire son père à l'hôpital où on lui remit la mâchoire en place. Carlé resta quelques semaines sans pouvoir proférer un mot, et il fallut l'alimenter sous forme liquide à l'aide d'une pipette. Son fils aîné parti, madame Carlé sombra définitivement dans la haine et Rolf dut affronter seul cet homme aussi abhorré que craint.

Katharina posait sur toute chose un regard d'écureuil et son esprit était exempt de tout souvenir. Elle savait manger toute seule, prévenir quand elle avait besoin d'aller aux cabinets, et courir se glisser sous la table dès l'arrivée de son père, mais c'était bien tout ce qu'elle avait pu apprendre. Rolf cherchait de petits trésors à lui offrir : scarabée, pierre polie, noix qu'il lui ouvrait avec soin pour en extraire les cerneaux. Elle le payait de retour par une dévotion totale. Elle l'attendait tout le jour et, quand elle entendait ses pas, puis découvrait son visage penché entre les pieds des chaises, elle émettait un jabotement de mouette. Elle passait des heures sous la grande table, sans bouger, à l'abri du bois massif, jusqu'à ce que son père fût parti ou se fût endormi et qu'on fût venu la délivrer. Elle s'était habituée à vivre dans sa tanière, à l'affût des pas qui s'approchaient ou s'éloignaient. Parfois, bien qu'il n'y eût plus de danger, elle se refusait à en sortir; sa mère lui glissait alors une écuelle et Rolf, après être allé chercher une couverture, se faufilait à son tour sous la table pour passer la nuit en sa compagnie, pelotonnés l'un contre l'autre. Il n'était pas rare, quand Lukas Carlé s'asseyait pour manger, que ses jambes vinssent frôler ses deux enfants terrés sous la table, immobiles et cois, se tenant par la main, isolés dans ce refuge où les sons, les odeurs, les signes de présences étrangères parvenaient amortis par l'illusion de se trouver sous l'eau. Le frère et la sœur passèrent là tant de moments de leur vie que Rolf Carlé devait rester marqué par le souvenir de cette lumière laiteuse de sous la nappe, et, nombre d'années plus tard, à l'autre bout du monde, il lui arriverait un jour de se réveiller en larmes sous la blanche moustiquaire où il aurait dormi aux côtés de sa bien-aimée.

CHAPITRE TROIS

Un soir de Noël, alors que j'avais dans les six ans, ma mère avala un os de poulet. Le professeur, toujours absorbé par son inassouvissable appétit de connaissances, ne s'accordait pas de loisir pour cette fête, pas plus que pour aucune autre, mais, chaque année, le petit personnel de la maison réveillonnait. On confectionnait une crèche à la cuisine, garnie de grossières figurines d'argile, on entonnait des chants de Noël, et chacun me faisait quelque cadeau. En s'y mettant plusieurs jours à l'avance, on préparait un ragoût créole concocté par les esclaves d'antan. A l'époque de la Colonie, les riches familles se réunissaient le 24 décembre en une immense tablée. Les reliefs du festin des maîtres finissaient dans les écuelles des domestiques qui hachaient le tout, l'entouraient d'une pâte à la farine de maïs, puis de feuilles de bananier, et mettaient à bouillir dans de grands chaudrons, ce qui donnait quelque chose de si savoureux que la recette s'en est conservée au fil des siècles et qu'elle ressert encore chaque année, bien que personne ne dispose plus aujourd'hui de restes de dîners de riches et qu'il faille cuisiner chaque ingrédient séparément, ce qui n'est pas une mince besogne. Dans l'arrière-cour de la maison, les employés du professeur Jones élevaient des poules,

60

des dindons et un cochon, qu'ils engraissaient tout au long de l'année en vue de cette seule et unique occasion de gueuletonner et de s'en mettre plein la lampe. Une semaine avant le festin, ils commençaient par gaver les volailles en leur faisant ingurgiter cerneaux de noix et rasades de rhum, et par obliger le cochon à avaler des litres de lait mêlé de sucre de canne et d'épices, afin que leur chair fût déjà toute tendre au moment de la cuisson. Tandis que les femmes faisaient sécher les feuilles à la fumée et préparaient marmites et braseros, les hommes abattaient les animaux dans une orgie de sang, de plumes de poulaille et de couinements porcins, en attendant de se retrouver ivres morts d'eau-de-vie, repus d'avoir tâté de toutes les viandes et d'avoir avalé l'épais bouillon de toute cette mangeaille, puis de s'égosiller en chantant les louanges du Divin Enfant sur un rythme de bamboula, cependant que dans l'autre aile de la maison, le professeur achevait de passer une journée comme les autres, sans même s'être rendu compte qu'on était Noël. L'os fatal s'était dissimulé dans la pâte et ma mère ne le sentit que lorsqu'il alla se planter dans sa gorge. Au bout de quelques heures, elle se mit à cracher du sang, et elle devait s'éteindre trois jours plus tard sans faire de drame, comme elle avait vécu. J'étais à ses côtés et ne suis pas près d'oublier ces heures-là, car c'est à partir de ce moment qu'il me fallut exercer mes sens à ne pas perdre sa trace parmi les ombres injoignables chez qui s'en vont finir les âmes trop disertes.

Pour ne pas m'effrayer, elle mourut sans peur. Peut-être l'esquille de poulet lui avait-elle déchiré quelque chose de vital et s'était-elle vidée de son sang par l'intérieur, je ne sais. Quand elle eut compris que sa vie fichait le camp, elle s'enferma avec moi dans notre chambre sur la cour, pour rester ensemble jusqu'à la fin. A gestes lents, pour ne pas hâter sa mort, elle se lava à l'eau et au savon afin de se débarrasser de l'odeur de musc qui commençait à l'incommoder, peigna sa longue tresse, revêtit un jupon immaculé qu'elle avait cousu aux heures de sieste, puis s'étendit sur la même paillasse où elle m'avait jadis conçue avec un Indien envenimé. Bien que je n'entendisse rien, sur le moment, à la signification de ce rituel, je l'observai avec tant d'attention que je me rappelle encore chacun de ses gestes.

— La mort n'existe pas, ma petite fille. Les gens meurent du jour où on les oublie, m'expliqua ma mère peu avant de s'en aller. Si tu parviens à te souvenir de moi, je resterai toujours à tes côtés.

— Je me souviendrai de toi, lui promis-je.

— Maintenant, tu vas aller chercher ta marraine.

Je m'en fus quérir la cuisinière, cette grande mulâtresse qui m'avait aidée à naître et qui, en temps voulu, m'avait portée sur les fonts baptismaux.

— Prenez soin de ma petite, je vous la confie, la pria ma mère en essuyant discrètement le filet de sang qui lui dégoulinait du menton.

Puis elle me prit la main et, du regard, continua à me dire à quel point elle m'aimait, jusqu'à ce qu'un voile vint recouvrir ses yeux et que la vie la lâchât sans bruit. L'espace d'un instant, on eût dit que quelque chose d'opalescent se mit à flotter dans l'air immobile de la chambre, l'illuminant d'un éclat bleuâtre et y répandant une bouffée de musc, mais tout revint bientôt à la normale : l'air, rien d'autre que de l'air; la lumière, à nouveau jaunâtre; l'odeur, derechef la simple odeur de tous les jours. Je pris son visage entre mes mains et le bougeai en appelant maman, maman, interloquée par ce silence inhabituel qui s'était installé entre nous deux.

– Tout le monde meurt, cela n'a pas grande importance, dit ma marraine tout en lui coupant les cheveux en trois coups de ciseaux, dans l'idée de les vendre ultérieurement à quelque marchand de perruques. On va la sortir d'ici avant que le patron ne la découvre et ne me la fasse porter au laboratoire.

Je recueillis la longue tresse, me l'enroulai autour du cou et allai me blottir dans un coin, la tête entre les genoux, les yeux secs, dans l'ignorance où j'étais encore de l'ampleur de la perte que je venais de subir. Je demeurai ainsi plusieurs heures, peut-être la nuit entière, jusqu'au moment où deux hommes entrèrent, enveloppèrent le corps dans le couvre-lit et l'embarquèrent sans le moindre commentaire. Un vide inclément occupa alors tout l'espace autour de moi.

Après le départ de l'humble tombereau funèbre, ma marraine revint me chercher. Elle dut craquer une allumette pour me trouver, car la chambre était plongée dans l'obscurité : l'ampoule de la lampe de chevet était grillée et l'aube paraissait s'être arrêtée sur le pas de la porte. Elle me découvrit par terre, roulée comme un balluchon, et dut me héler à deux reprises par mes nom et prénom : Eva Luna, Eva Luna, pour me faire revenir à la réalité. A la lueur de la flamme vacillante, j'aperçus ses grands pieds dans des savates, l'ourlet de sa robe de coton, je levai les yeux et rencontrai son regard mouillé. Elle m'adressa un sourire à l'instant où s'éteignait le brasillement irrégulier du phosphore; puis je la sentis se pencher dans le noir, me prendre dans ses gros bras, et elle se mit à me bercer dans son giron tout en me roucoulant une douce mélopée africaine pour m'endormir.

– Si tu étais un garçon, tu irais à l'école, puis tu ferais des études d'avocat pour assurer le pain de mes vieux jours, disait ma marraine. Ces gens de la chicane sont ceux qui gagnent le plus, ils savent comment embrouiller les choses. Ils font fortune à pêcher en eaux troubles.

Elle soutenait mordicus qu'il valait mieux être du sexe mâle, car même le plus déshérité a encore sa propre femme à qui donner des ordres, et, les années aidant, j'en vins à la conclusion qu'elle n'avait peut-être pas tort, bien que je n'en sois pas encore à pouvoir m'imaginer dans le corps d'un homme avec des poils sur la figure, le goût de commander et cette chose incontrôlable au-dessous du nombril que, pour être tout à fait franche, je n'aurais su, à l'époque, situer avec précision.

A sa façon, ma marraine m'aimait bien, et si elle ne parvint jamais à me le montrer, c'est parce qu'elle crut indispensable de m'élever avec rigueur, et qu'elle-même eut tôt fait de perdre la raison. En ce temps-là, elle n'avait rien de cette ruine qu'elle est devenue aujourd'hui, c'était une arrogante mulâtresse aux seins plantureux, à la taille marquée, avec des hanches opulentes qui faisaient comme un guéridon sous ses jupes. Quand elle sortait dans la rue, les hommes se retournaient sur son passage, ils lui lançaient les galanteries les plus salées, tentaient de lui pincer les fesses sans qu'elle cherchât à les esquiver, mais elle leur rendait la monnaie de leur pièce d'un bon coup de sac contondant, qu'est-ce que tu te figures, sale malappris de négro, et elle riait pour exhiber sa dent en or. Tous les soirs, elle se lavait debout dans un baquet, se douchant avec un broc d'eau et se récurant avec une guenille ensavonnée,

elle changeait de corsage deux fois par jour, s'as-
pergeait d'eau de rose, se lavait les cheveux aux
œufs et se brossait les dents au sel pour les faire
briller. Sa peau exhalait une odeur insistante et
douceâtre que toute l'eau de rose et le savon
n'arrivaient pas à atténuer, mais qui me plaisait
beaucoup car elle me rappelait celle du lait caramélisé. À l'heure de sa toilette, je l'aidais en lui
rinçant le dos, extasiée à la vue de ce corps sombre
aux tétins violets, au pubis ombré d'une toison
frisottée, aux fesses rembourrées comme le fauteuil de cuir capitonné où se morfondait le professeur Jones. Elle se caressait avec son chiffon savon-
neux et souriait, fière de l'abondance de ses formes. Elle déambulait avec une grâce provocante,
altière, au rythme de quelque musique secrète
qu'elle était seule à entendre. Tout le reste en elle
était dépourvu de distinction, y compris son rire et
ses larmes. Elle s'emportait sans motif et décrivait
alors des moulinets, lançait en l'air de grandes
claques qui, lorsqu'elles atterrissaient sur moi, me
faisaient l'effet d'un coup de canon. C'est de cette
façon, sans intention de nuire, qu'elle me creva un
tympan. Malgré la présence des momies pour
lesquelles elle n'avait jamais éprouvé la moindre
sympathie, elle avait servi de longues années
comme cuisinière du docteur, gagnant un salaire
de misère dont elle dépensait la plus grande part en
rhum et en tabac. Elle m'avait prise en charge
pour avoir contracté un devoir plus sacré que ceux
qu'inspirent les liens du sang : qui laisse tomber un
filleul n'a pas d'excuse, disait-elle, c'est encore pire
que d'abandonner son propre enfant, j'ai à faire de
toi une fille bonne, propre et travailleuse, car c'est
de cela qu'on me demandera compte au jour du
Jugement dernier. Ne croyant pas au péché origi-
nel, ma mère n'avait point jugé nécessaire de me
faire baptiser, mais elle-même avait insisté avec

une obstination sans faille. Bon, si ça vous fait tant plaisir, faites donc comme ça vous chante, mais n'allez pas changer le prénom que je lui ai choisi, avait fini par accepter Consuelo. La mulâtresse s'était abstenue trois mois de boire et de fumer afin de mettre quelques pièces de côté et, pour le grand jour, m'avait acheté une robe d'organdi couleur fraise, avait noué une choupette aux quatre misérables poils qui me couronnaient le crâne, m'avait arrosée de son eau de rose et portée dans ses bras jusqu'au lieu du culte. Il me reste une photo de mon baptême, sur laquelle je me fais l'effet d'un joyeux paquet-cadeau. Comme elle n'avait plus d'argent, ma marraine avait payé la cérémonie en faisant de fond en comble le ménage de l'église : du balayage du sol au fourbissage des ornements au blanc d'Espagne, en passant par l'encausticage des bancs de bois. Ainsi fus-je baptisée en grande pompe et selon tout le rituel requis, comme une gosse de riches.

– Si je n'avais pas été là, tu ne serais encore qu'une mahométane, ne laissait pas de me rappeler ma marraine. Les innocents qui meurent sans sacrement s'en vont dans les limbes pour ne plus en ressortir. Une autre, à ma place, t'aurait vendue. On n'a aucun mal à caser les petites filles aux yeux clairs, il paraît que les yankees en achètent pour les emporter chez eux, mais j'ai fait une promesse à ta mère, et si je ne la tiens pas, c'est moi qui irai rissoler dans les casseroles de Lucifer.

Pour elle, les frontières entre le bien et le mal étaient on ne peut plus nettes, et elle était disposée à me protéger du vice en me rouant de coups, seule méthode qu'elle connût pour avoir été elle-même élevée de la sorte. L'idée que le jeu ou la tendresse soient de bonnes choses pour les enfants est une découverte récente qui ne lui avait jamais traversé l'esprit. Elle s'évertua à m'apprendre à travailler avec diligence, sans perdre de temps à rêvasser, elle ne pouvait supporter qu'on gobe les mouches ou marche comme une limace, et quand j'avais reçu un ordre, elle aimait me voir courir. Tu as le ciboulot rempli de fumée et les mollets comme du sable, disait-elle, et elle me frictionnait les jambes à l'émulsion de Scott, un tonifiant tout ce qu'il y a de bon marché, mais de grande réputation, à base d'huile de foie de morue et qui, selon la publicité, pouvait se comparer à la pierre philosophale de la médecine reconstituante.

Le cerveau de Marraine était quelque peu dérangé à cause du rhum. Elle croyait dans les saints catholiques, en d'autres d'origine africaine, et en pas mal d'autres de son invention. Dans sa chambre, elle avait dressé un petit autel où s'alignaient, à côté de l'eau bénite, les fétiches du vaudou, la photographie de feu son père et un buste qu'elle croyait être de saint Christophe, mais que je découvris plus tard appartenir à Beethoven, sans jamais toutefois la détromper, car c'est ce que son autel recelait de plus merveilleux. Elle s'entretenait à tout bout de champ avec ses divinités sur un ton de conversation sentencieuse, sollicitant des petites faveurs, et, plus tard, quand elle prit goût au téléphone, elle les appelait au Ciel, prenant le bourdonnement de l'appareil pour la réponse parabolique de ses divins interlocuteurs. Elle recevait de cette façon des instructions de l'assemblée céleste, y compris sur les sujets les plus triviaux. Elle était entichée de saint Benoît, un beau blond un peu noceur que les femmes ne laissaient jamais tranquille, qui se roulait dans la fumée de l'âtre pour y roussir comme un rondin et, une fois dans cet état, pouvoir enfin adorer Dieu et accomplir en paix ses prodiges, débarrassé de cette grappe de luxurieuses agrippées à sa tunique. C'est lui qu'elle priait pour dissiper sa gueule de bois. Elle était experte en tourments et morts abominables, elle savait la raison pour laquelle telles vierges ou tels martyrs figuraient au calendrier des saints catholiques, et était toujours prête à m'en faire le récit. Je l'écoutais en proie à une terreur morbide, tout en réclamant chaque fois des détails supplémentaires. Le supplice de sainte Lucie avait ma préférence, j'aimais à tout moment l'entendre raconter par le menu : pourquoi Lucie avait repoussé l'empereur qui était tombé amoureux d'elle, comment on lui avait arraché les yeux, s'il était vrai que, depuis le plateau d'argent où elles reposaient comme deux petits œufs orphelins, ces prunelles dardèrent un regard si lumineux qu'il rendit l'empereur aveugle, cependant que lui repoussaient à elle deux magnifiques yeux bleus, beaucoup plus beaux encore que les originaux.

La foi de ma pauvre marraine était inébranlable, et aucune de ses vicissitudes ultérieures ne put l'entamer. Il y a peu, quand le pape est venu par ici, j'ai obtenu la permission de la faire sortir de l'asile, car il eût été dommage qu'elle ratât le pontife dans son habit tout blanc, avec sa croix en or, proclamant ses indémontrables convictions dans un espagnol impeccable ou en dialecte d'Indiens, selon l'occasion. En le voyant s'avancer dans son aquarium de verre blindé au long des rues fraîchement repeintes, au milieu des fleurs, Marraine, déjà très âgée, est tombée à genoux, persuadée que c'était le prophète Elie qui rappliquait en voyage de tourisme. J'ai eu peur qu'elle ne se fasse écraser par la multitude massée sur le passage et j'ai voulu l'éloigner, mais elle n'a pas bougé tant que je ne lui ai pas acheté un cheveu du pape en guise de relique. Au cours de ces journées, nombreux ont été ceux qui se sont convertis à la bonté, quelques-uns ont même promis de pardonner les offenses et de ne plus parler de lutte des classes ou de contraceptifs, afin de ne pas donner de motifs de chagrin au Saint-Père, mais je dois à la vérité de dire que l'illustre visiteur m'a plutôt laissée de marbre, car je n'ai pas gardé de très bons souvenirs de la religion. Un dimanche de ma petite enfance, Marraine m'avait conduite à l'église et fait agenouiller dans une cabine en bois garnie de rideaux, j'avais des fourmis dans les doigts et ne pus joindre les mains comme elle me l'avait enseigné. De derrière une grille me parvint une haleine chargée : récite-moi tes péchés, m'ordonna-t-on; aussitôt me sortirent de la tête tous ceux que je m'étais inventés, et je ne sus que répondre; à court, je me mis en peine de trouver quelque chose, fût-ce de tout à fait véniel, mais mon esprit ne m'était plus du moindre secours.

— Tu te touches le corps avec les mains?

— Oui...

— Souvent, ma fille?

— Tous les jours.

— Tous les jours! Combien de fois?

— Je n'ai pas compté... beaucoup de fois...

— Voilà qui est une insulte gravissime à la face de Dieu!

— Je ne savais pas, mon père. Et si je mets des gants, c'est encore un péché?

— Des gants! Mais que dis-tu là, insensée! Tu te moques de moi?

— Non, non, murmurai-je, atterrée, supputant que de toutes les façons je serais bien en peine de me laver la figure, de me brosser les dents ou de me gratter avec des gants.

— Promets-moi de ne plus recommencer. La pureté et l'innocence sont les plus belles vertus d'une petite fille. Pour pénitence, tu me réciteras cinquante *Ave* afin que Dieu te pardonne.

– Je ne peux pas, mon père, répondis-je, ne sachant compter que jusqu'à vingt.

– Comment cela, tu ne peux pas? rugit le curé, et une pluie de postillons, traversant le confessionnal, s'abattit sur ma tête.

Je sortis en courant, mais Marraine me rattrapa au vol et, tout en me retenant par une oreille, s'entretint avec le prêtre sur l'opportunité de me mettre au travail avant que mon caractère ne se gauchît davantage et que mon âme n'achevât tout à fait de se noircir.

Après la mort de ma mère vint l'heure du professeur Jones. Il mourut de vieillesse, sans illusions sur le monde, non plus que sur son propre savoir, mais je jurerais qu'il rendit l'âme en paix. Devant l'impossibilité de s'embaumer lui-même et de demeurer dignement au milieu de ses meubles anglais et de ses livres, il avait laissé un testament stipulant que ses restes fussent réexpédiées dans sa lointaine ville natale, car il ne souhaitait pas finir au cimetière local, recouvert de poussière étrangère, sous un soleil de plomb, dans la promiscuité d'allez savoir quelle racaille, comme il disait. Il agonisa sous le ventilateur de sa chambre à coucher, mijotant dans le bain de sueur de sa paralysie, sans autre compagnie que celle du pasteur à la Bible et la mienne. Je me débarrassai du dernier brin de peur qu'il m'inspirait quand je compris qu'il ne pouvait bouger sans aide et que sa voix tonitruante se fut muée en un interminable halètement de moribond.

Dans cette demeure fermée au reste du monde, où la mort avait installé ses quartiers depuis que le docteur y avait commencé ses expériences, j'allais et venais sans surveillance. Du jour où le professeur Jones ne put plus sortir de sa chambre pour les admonester depuis sa chaise à roulettes et les accabler d'ordres contradictoires, la discipline des domestiques s'était relâchée. Je ne fus pas sans remarquer qu'à chacune de leurs sorties, ils embarquaient couverts en argent, tapis, tableaux, et jusqu'aux bocaux dans lesquels le savant conservait ses mixtures. Déjà, nul ne servait plus le patron à table sur des nappes amidonnées et dans une vaisselle étincelante, nul n'allumait plus les plafonniers à pendeloques ni ne lui apportait sa pipe. Marraine cessa de se casser la tête avec les menus et s'en sortit en mettant bananes frites, riz et poisson grillé à tous les repas. Les autres délaissèrent leurs tâches ménagères, la crasse et l'humidité conquirent peu à peu murs et parquets. Le jardin n'avait pas été entretenu depuis la morsure d'aspic, plusieurs années auparavant, et, du fait de cet abandon une végétation agressive était sur le point d'engloutir l'habitation et d'envahir le trottoir. Le personnel de maison faisait la sieste, sortait se balader à toute heure, buvait du rhum plus que de raison, et passait toute la sainte journée avec une radio allumée hurlant des boléros, des danses de nègres et de culs-terreux. Il n'est pas de mot pour dire ce que pouvait ressentir l'infortuné professeur en entendant tout ce boucan, lui qui, lorsqu'il était valide, ne tolérait que ses disques de musique classique, et c'est en vain qu'il se pendait à la clochette pour appeler ses domestiques, personne ne venait. Seule ma marraine montait jusqu'à sa chambre, lorsqu'il était assoupi, pour l'asperger d'eau bénite barbotée à l'église, car elle aurait trouvé d'une mauvaiseté foncière de le laisser crever sans le moindre sacrement, comme un gueux.

Le matin où une des femmes de chambre, à cause de la chaleur croissante, alla ouvrir en soutien-gorge et culotte au pasteur protestant, je dus en déduire que le relâchement avait atteint son point de non-retour et que je n'avais plus aucune raison de rester à distance respectueuse du maître. A compter de cet instant, je commençai à lui rendre de fréquentes visites, d'abord en le reluquant depuis le seuil, puis en me hasardant progressivement à l'intérieur de sa chambre, pour finir par jouer sur son lit. Je passai des heures en compagnie du vieillard, essayant de communiquer avec lui, jusqu'à parvenir à comprendre ses marmottements d'hémiplégique étranger. Quand j'étais à ses côtés, le professeur avait l'air d'oublier, l'espace de quelques instants, l'humiliation de son agonie et les tourments de l'immobilité forcée. Je sortais les livres de leurs rayonnages sacrés et les tenais par-devant lui pour qu'il pût les lire. Certains étaient rédigés en latin, mais il me les traduisait, apparemment enchanté de m'avoir pour élève et déplorant à intelligible voix de ne point s'être aperçu à temps que je vivais sous son toit. Peut-être n'avait-il jamais posé la main sur un enfant et découvrait-il trop tard son goût pour l'art d'être grand-père...

– D'où a bien pu sortir cette gamine ? demandait-il en mâchonnant l'air. Serait-ce ma fille, ma petite-fille, ou une hallucination de mon cerveau malade ? Elle est brune, mais ses yeux tiennent des miens... Viens-t'en voir ici, petite, que je t'examine de plus près.

Il ne pouvait faire le rapprochement entre Consuelo et moi, bien qu'il se souvînt fort bien de cette femme qui l'avait servi plus de vingt ans durant et qui s'était mise une fois à enfler comme un zeppelin sous l'effet d'une indigestion carabinée. Il m'en parlait souvent, persuadé qu'avec elle à son chevet, ses derniers jours eussent été bien différents. Elle au moins ne l'aurait pas trahi, disait-il.

Je lui introduisais des bouchons d'ouate dans les oreilles pour lui épargner de devenir fou à cause des rengaines et des feuilletons de la radio, je le lavais et lui glissais sous le corps des serviettes-éponges pliées en quatre pour éviter qu'il ne trempe le matelas, j'aérais sa chambre et lui servais à la becquée une bouillie de bébé. Ce petit vieux à la barbe d'argent était devenu mon poupon. Je l'entendis confier un jour au pasteur que je comptais bien plus à ses yeux que tous les acquis remportés jusque-là par la science. De mon côté, je lui glissai quelques mensonges : comme quoi il avait une nombreuse famille qui l'attendait au pays, qu'il était déjà grand-père de plusieurs petits-enfants et qu'il possédait un jardin tout rempli de fleurs. Dans la bibliothèque trônait un puma embaumé, objet d'une des premières expérimentations du savant avec son liquide miraculeux. Je le traînai jusqu'à sa chambre, le couchai au pied de son lit et lui annonçai qu'il s'agissait de son toutou préféré, peut-être ne se souvenait-il plus de lui? La pauvre bête avait l'air si triste.

— Consignez-le dans mon testament, monsieur le pasteur : je veux faire de cette enfant ma seule et unique héritière. A ma mort, tout ce que j'ai lui reviendra, parvint-il à dire dans son hémilangage au ministre réformé qui lui rendait quotidiennement visite, gâchant son soulagement d'en finir par ses menaces de vie éternelle.

Marraine m'installa un lit de camp à côté de celui du moribond. Un matin, le malade se réveilla plus pâle et défait que les autres jours, il ne voulut pas du café au lait que j'essayai de lui faire boire, mais il se laissa en revanche laver, peigner la barbe, changer de chemise de nuit et asperger d'eau de Cologne. Il resta ainsi jusqu'à midi, calé entre ses oreillers, muet, le regard dirigé vers la fenêtre. Il refusa sa bouillie du déjeuner et quand je l'eus arrangé pour la sieste, il me demanda de m'allonger et de rester en silence à ses côtés. Nous étions l'un et l'autre paisiblement assoupis quand sa vie s'éteignit.

Le pasteur débarqua en fin d'après-midi et se chargea de toutes les formalités. Renvoyer le corps dans son pays d'origine se révélait bien peu commode, d'autant que personne, là-bas, n'était intéressé à le réceptionner, si bien qu'il passa outre aux dernières volontés et le fit enterrer sans tralala. Nous autres, le personnel de maison, fûmes les seuls à assister à cette triste cérémonie : le prestige du professeur Jones avait fini par se dissiper, relégué par les nouvelles avancées de la science, et personne ne s'était dérangé pour l'accompagner jusqu'à sa dernière demeure, bien qu'un avis eût été publié dans la presse. Au bout de tant d'années de claustration, rares étaient ceux qui se souvenaient encore de lui, et quand quelque étudiant en médecine citait son nom, c'était pour se moquer de ses coups de gourdin à stimuler l'intelligence, de ses insectes anticancer et de sa mixture à conserver les cadavres.

Le patron disparu, le monde où j'avais vécu s'effondra. Le pasteur dressa l'inventaire des biens et, partant du principe que le savant, aux derniers temps de sa vie, avait perdu la tête et n'était plus en état de décider, il se les arrogea. Tout alla atterrir dans son temple, à l'exception du puma dont je refusai de me séparer, l'ayant chevauché depuis ma tendre enfance et ayant si bien répété au malade qu'il s'agissait d'un chien que j'avais moi-même fini par y croire. Quand les débardeurs voulurent le hisser dans le camion de déménagement, je fus prise de convulsions spectaculaires et, me voyant l'écume aux lèvres et m'entendant pousser des hurlements, le révérend préféra céder. Je suppose au demeurant que cette bête ne pouvait être d'aucune utilité pour personne, de sorte que je pus la conserver. Il fut impossible de vendre la maison, nul ne voulant s'en porter acquéreur. Marquée par le stigmate des expériences du professeur Jones, elle finit par être vouée à l'abandon. Elle existe encore. Avec les années, elle s'est transformée en maison de l'épouvante : les garçons font la preuve de leur virilité en allant y passer la nuit au milieu des grincements de portes, des courses de rats, des sanglots d'âmes mortes. Les momies du laboratoire ont été transférées à la faculté de médecine, où on les a longtemps reléguées dans une cave, jusqu'au jour où s'est refait subitement jour l'envie de découvrir la formule secrète du docteur et où trois promotions d'étudiants se sont acharnées à en arracher des lambeaux pour les faire passer à travers divers appareils, jusqu'à n'en laisser subsister qu'un abominable hachis.

Le pasteur avait congédié la domesticité et fermé la demeure. C'est ainsi que je quittai le lieu de ma naissance, emportant le puma en le tenant par les pattes de derrière, cependant que ma marraine le tenait par celles de devant.

– Tu es grande, à présent, et je n'ai pas de quoi te nourrir, me dit Marraine. Tu vas te mettre à travailler bien comme il faut pour gagner ta vie et prendre des forces.

J'avais sept ans.

Marraine attendit à la cuisine, assise sur une chaise paillée, le dos droit, un sac en simili garni de menue verroterie posé sur les genoux, les seins à demi sortis du décolleté de son corsage, les cuisses débordant du siège. Debout à ses côtés, je passai en revue tout le bataclan de fer-blanc, la glacière rouillée, les chats couchés sous la table, le garde-manger sur le treillis duquel venaient se cogner les mouches. Cela ne faisait que deux jours que j'avais quitté la maison du professeur, et je n'en étais pas encore remise. En l'espace de quelques heures, j'étais devenue farouche, refusant de parler à qui que ce fût. Je m'accroupissais dans un coin, le visage enfoui entre les bras, et, comme elle le fait aujourd'hui encore, ma mère m'apparaissait, fidèle à sa promesse de rester vivante tant que je me souviendrais d'elle. Au milieu des faitouts, dans cette cuisine étrangère, s'affairait une négresse sèche et revêche qui nous reluquait d'un œil méfiant.

– Elle est de vous, la gamine ? interrogea-t-elle.

– Comment voulez-vous ? Vous n'avez pas vu sa couleur ? répondit ma marraine.

– A qui elle est, alors ?

– C'est ma filleule par le baptême. Je l'amène ici pour travailler.

La porte s'ouvrit sur la maîtresse de maison, une femme boulotte coiffée d'un complexe échafaudage de rouleaux et de frisottis cartonneux, habillée en deuil strict et arborant, pendu à son cou, un gros médaillon doré pareil à un crachat d'ambassadeur.

– Approche-toi que je te regarde d'un peu plus près, m'ordonna-t-elle, mais j'étais clouée au sol, incapable de bouger, et Marraine dut me pousser en avant pour que la patronne pût m'examiner : le cuir chevelu pour le cas où j'aurais eu des poux, les ongles, en quête de ces raies transversales propres aux épileptiques, les dents, les oreilles, la peau, la robustesse des bras et des jambes... – Tu as des vers ?

– Non, madame, elle est aussi propre en dedans qu'au-dehors.

– Elle est maigrichonne.

– Depuis quelque temps, elle a moins d'appétit,

mais ne vous en faites pas, c'est une vaillante, elle apprend vite et a de la jugeote.

– Pleurnicharde ?

– Elle n'a même pas versé une larme quand nous avons enterré sa mère – qu'elle repose en paix !

– Elle restera un mois à l'essai, décréta la patronne avant de sortir sans un au revoir.

Marraine me fit ses dernières recommandations : ne sois pas insolente, veille à ne rien casser, abstiens-toi de boire de l'eau en fin de journée si tu ne veux pas mouiller ton lit, tiens-toi bien et fais ce qu'on te dit.

Elle se pencha comme pour m'embrasser, mais elle se ravisa et me fit sur le crâne une caresse bourrue, puis elle tourna les talons et s'éloigna d'un pas décidé par la porte de service, sans parvenir à dissimuler sa tristesse. Nous avions toujours vécu ensemble, c'était notre première séparation. Je restai figée sur place, le regard rivé au mur. La cuisinière acheva de faire frire quelques tranches de bananes, puis elle me prit par les épaules, m'installa sur une chaise, s'assit à mes côtés et sourit :

– Comme ça, tu es la nouvelle bonne... C'est pas tout, mon petit oiseau, mais il faut manger – et elle glissa une assiette sous mon nez. Moi, on m'appelle Elvira, je suis née sur la côte, un dimanche 29 mai, mais je ne me rappelle pas l'année. Je n'ai rien fait d'autre dans ma vie que travailler, et, à ce que je vois, tu n'es pas près de prendre un autre chemin. J'ai mes habitudes, mes manies, mais nous allons bien nous entendre si tu ne fais pas l'effrontée ; j'ai toujours rêvé d'avoir des petits enfants à moi, mais Dieu m'a faite si pauvre qu'il ne m'a même pas donné de famille.

A compter de ce jour-là commença pour moi une nouvelle vie. La maison où j'étais employée était encombrée de meubles, de tableaux, de statuettes, de pieds de fougère sur colonnettes de marbre, mais toute cette décoration ne parvenait pas à occulter la mousse qui poussait dans les tuyauteries, les taches d'humidité qui envahissaient les murs, la poussière des ans accumulée sous les lits, derrière les armoires. Tout me paraissait sale, aux antipodes de la belle demeure du professeur Jones qui, avant son transport au cerveau, se mettait à quatre pattes par terre pour passer son doigt dans les recoins. Il planait une odeur de melons pourris et, malgré les persiennes fermées pour barrer l'entrée au soleil, la chaleur était suffocante. Les maîtres des lieux étaient frère et sœur, tous deux célibataires : la dame au médaillon et un gros sexagénaire pourvu d'un long nez charnu, semé de petits trous et tatoué d'une arabesque de veinules bleues. Elvira me raconta que la femme avait passé une grande partie de sa vie dans une étude de notaire à calligraphier en silence, refrénant une envie de crier qu'elle ne pouvait satisfaire que maintenant qu'elle était à la retraite et dans ses propres murs. Tout le jour elle dispensait des ordres d'une voix stridente, pointant un index péremptoire, infatigable dans son travail de harcèlement, fâchée avec le reste du monde comme avec elle-même. Son frère se bornait à lire le journal et la gazette des courses, à boire, à roupiller dans le fauteuil à bascule de la véranda ou à déambuler en pyjama, traînant ses pantoufles sur le carrelage tout en se grattouillant l'entrejambe. En fin d'après-midi, il émergeait de sa somnolence diurne, s'habillait et sortait jouer aux dominos dans les cafés, sauf le dimanche où il se rendait à l'hippodrome perdre tout ce qu'il avait gagné le reste de la semaine. Vivaient également sous ce toit une grande perche à cervelle de canari qui faisait office de femme de chambre – elle travaillait de l'aube à la nuit tombante et s'éclipsait à l'heure de la sieste dans la chambre du vieux garçon –, la cuisinière, les chats, sans oublier un perroquet taciturne et à demi déplumé.

La patronne ordonna à Elvira de me laver au savon désinfectant et de brûler tous mes vêtements. Si elle ne me coupa pas les cheveux à ras, comme on le faisait alors aux petites bonniches pour éviter les poux, ce fut parce que son frère l'en empêcha. L'homme au nez comme une fraise parlait d'un ton sucré, souriait à tout bout de champ et me paraissait plutôt sympathique, même lorsqu'il était fin soûl. Remarquant mon angoisse à la vue des ciseaux, il fut saisi de pitié et parvint à sauver la tignasse que ma mère avait si souvent brossée. C'est étrange, je ne peux même plus me rappeler son nom... A l'intérieur de la maison, j'allais pieds nus, vêtue d'un tablier confectionné par la patronne sur sa machine à coudre. Au bout du premier mois d'essai, on me fit comprendre qu'il fallait travailler davantage, puisque j'allais à présent toucher des gages. Jamais je n'en vis la couleur : c'est ma marraine qui les percevait au terme de chaque quinzaine. Au début, j'attendais ses visites avec impatience, à peine surgissait-elle que je me pendais à ses jupes en la suppliant de m'emmener avec elle, mais, par la suite, je m'habituai, je finis par m'attacher à Elvira et par lier amitié avec les chats et le volatile. Du jour où la patronne m'obligea à me rincer la bouche au bicarbonate pour m'ôter la mauvaise manie de marmonner entre mes dents, je cessai de parler à voix haute avec ma mère, tout en continuant à le faire en secret. On ne chômait pas dans cette maison : on eût dit une caravelle échouée par suite d'un mauvais sort, et le balai et la brosse avaient beau faire, on n'en finissait pas de lutter contre cette efflorescence insidieuse qui envahissait les murs. La nourriture n'était guère variée ni abondante, mais Elvira planquait les restes des maîtres et me les servait au petit déjeuner, car elle avait entendu dire à la radio qu'il est bon de débuter sa journée avec l'estomac calé, pour que ça te profite à la cervelle et qu'un jour mon petit oiseau soit instructionné, me disait-elle. Quant à la vieille fille, elle avait l'œil à tout : aujourd'hui tu laveras les cours au crésyl, n'oublie pas de donner un coup de fer aux serviettes et prends garde à ne pas me les brûler, il faut aussi nettoyer les carreaux avec du papier journal et du vinaigre, et quand tu en auras terminé, tu viendras me voir, que je t'apprenne à faire briller les souliers de Monsieur. J'obtempérais sans hâte, car j'eus tôt fait de découvrir qu'en musardant et feignassant avec prudence, je pouvais presque passer la journée à me tourner les pouces. La femme commençait à distribuer ses instructions dès son lever, tout en se parant déjà, à cette heure matinale, de la noire vêture de ses deuils superposés, de son sempiternel médaillon et de l'échafaudage complexe qui lui tenait lieu de coiffure, mais elle finissait par s'embrouiller dans ses propres ordres et on n'avait aucun mal à la tromper. Le patron s'intéressait fort peu aux problèmes domestiques, il ne vivait que pour les courses de chevaux, étudiant le pedigree des bêtes, faisant des calculs de probabilités et buvant pour se consoler de ses paris infructueux. Parfois son nez devenait comme une aubergine et il m'appelait alors pour que je l'aide à se mettre au lit et fasse disparaître les chopines vides. De son côté, la femme de chambre n'avait aucune espèce d'intérêt à se lier avec qui que ce fût, encore moins avec moi. Si bien qu'Elvira était la seule à s'occuper de ma petite personne : elle me forçait à manger, m'initiait aux tâches de la maisonnée, me soulageait des travaux les plus lourds. Nous passions des heures à bavarder et à nous raconter des histoires. C'est à cette époque que commencèrent à se faire jour certaines de ses excentricités, comme sa haine irrationnelle des étrangers à cheveux blonds et celle des cafards qu'elle combattait avec toutes les armes à sa disposition, depuis la chaux vive jusqu'aux coups de balai. Elle ne dit rien, en revanche, quand elle découvrit que je mettais à manger aux rats et protégeais leurs nichées pour éviter que les chats n'aillent les dévorer. Elle appréhendait de mourir dans le dénuement et que ses ossements ne finissent dans quelque fosse commune; aussi, pour se prémunir contre cette déchéance posthume, avait-elle acheté à crédit un cercueil qu'elle gardait dans sa chambre, s'en servant comme d'un coffre pour y ranger ses frusques. C'était une grande caisse en bois tout ce qu'il y a d'ordinaire, fleurant bon la colle de menuisier, capitonnée d'un satin blanc piqué de faveurs célestes, et agrémentée d'un petit oreiller. De temps à autre, j'obtenais le privilège de m'y coucher et de refermer le couvercle, cependant qu'Elvira simulait d'inconsolables lamentations et, entre ses sanglots, débitait mes hypothétiques mérites : aïe! Dieu tout-puissant, pourquoi m'as-tu enlevé mon petit oisillon, elle qui était si bonne, si proprette, si ordonnée, je la chérissais plus que si elle avait été ma propre petite-fille, fais donc un miracle, rends-la-moi, Seigneur... Le jeu se prolongeait jusqu'au moment où la pauvre servante, ne sachant plus où elle en était, se mettait à hurler pour de bon.

Pour moi, les jours se suivaient et se ressemblaient tous, à l'exception du jeudi dont je calculais l'approche sur l'almanach de la cuisine. Je passais tout le reste de la semaine à attendre ce moment de franchir la grille du jardin pour nous rendre au marché. Elvira me faisait chausser mes sandales de caoutchouc, mettre un tablier propre, elle me peignait avec une tresse dans le dos et me glissait une petite pièce pour m'acheter un sucre d'orge quasi inattaquable par une dentition humaine, bariolé de couleurs éclatantes, qui pouvait être suçoté des heures durant sans que sa taille fondît le moins du monde. Avec cette sucrerie, j'en avais pour six ou sept nuits d'intense délectation, sans compter le plaisir vertigineux de la pourlécher entre deux corvées rebutantes. La patronne ouvrait la marche, serrant bien son sac, ouvrez l'œil et le bon, ne bayez pas aux corneilles, restez à côté de moi, c'est plein de vauriens par ici, nous avertissait-elle. Elle avançait d'un pas décidé, examinant, palpant, marchandant, ces prix sont un scandale, en prison que je t'enverrais moisir les spéculateurs!. J'avançais sur les talons de la femme de chambre, un cabas dans chaque main, mon sucre d'orge glissé dans une poche. Je reluquais les badauds, essayant de percer le secret de leur vie, celui de leur personnalité, leurs aventures. Je rentrais à la maison le cœur en fête et le regard brûlant, me précipitais à la cuisine et, tout en aidant Elvira à décharger les provisions, je l'étourdissais d'histoires de carottes et de poivrons enchantés qui, en tombant dans la soupe, se métamorphosaient en princes et en princesses, bondissaient et jouaient à saute-mouton parmi les casseroles, des branches de persil enroulées à leur couronne, leurs atours royaux ruisselant de bouillon de pot-au-feu.

– Chut!... Voilà la patronne qui rapplique! Empare-toi du balai, mon petit oiseau.

A l'heure de la sieste, quand le silence et la paix

régnaient dans la maison, je laissais mes travaux en plan et me dirigeais vers la salle à manger où était suspendu un grand tableau dans son cadre doré, fenêtre ouverte sur un horizon marin fait de vagues, de rochers, de ciel brumeux, de vols de mouettes. Je restais plantée là, mains au dos, les yeux rivés par la fascination sur ce paysage mouvant, l'esprit ailleurs, emporté dans des périples sans fin semés de sirènes, de dauphins, de raies géantes surgis naguère des livres du professeur Jones ou de l'imagination de ma mère. Parmi toutes les histoires qu'elle me racontait, j'avais un faible pour celles où il y avait la mer, car elles me faisaient rêver d'îles lointaines, de grandes cités englouties, de tout un réseau de routes océaniques pour la navigation des poissons. Je mettrais ma main au feu que nous avons eu un ancêtre dans la marine, laissait entendre ma mère chaque fois que je lui réclamais une de ces histoires, et c'est ainsi qu'avait fini par naître la légende du grand-père hollandais. Devant ce tableau, je ressentais la même émotion qu'autrefois, quand je m'installais à ses côtés pour l'écouter ou que je la suivais pas à pas dans ses tâches domestiques pour mieux m'imprégner de sa délicate odeur de linge propre, d'eau de Javel et d'amidon.

– Qu'est-ce que tu fabriques ici ? me houspillait la patronne quand elle venait à me surprendre. Tu n'as donc rien à faire ? Ce tableau n'est pas pour toi !

J'en déduisis que les peintures devaient s'user, leurs couleurs transfusées dans le regard de ceux qui les contemplent, et qu'à déteindre de la sorte, elles devaient finir par disparaître.

– Bien sûr que non, ma petite fille, comment une pareille sornette peut-elle te venir à l'esprit ? me disait le patron. Les peintures ne s'usent pas. Si tu me donnes un bécot sur le bout du nez, je te laisserai regarder la mer. Et si tu m'en donnes un autre, je te glisserai une petite pièce, mais ne va pas le dire à ma sœur, elle ne comprend rien à rien. Mon nez te dégoûte? — et il m'entraînait à l'abri des pots de fougères pour cette furtive caresse.

On m'avait affecté, pour y passer la nuit, un hamac suspendu dans la cuisine, mais quand tout le monde était couché, je m'introduisais dans la chambre de bonne et me faufilais sur la paillasse que partageaient tête-bêche la cuisinière et la femme de chambre. Je me lovais tout contre Elvira et lui faisais cadeau d'une histoire en échange de la permission de rester à ses côtés.

— Bon, raconte-moi celle de l'homme qui a perdu la tête par amour.

— Celle-là, je l'ai oubliée. Mais il m'en vient une autre où il y a des bêtes...

— Pour sûr, mon petit oiseau, que ta maman devait avoir un ventre pas comme les autres pour te faire naître avec une imagination aussi fertile en belles histoires!

Je m'en souviens fort bien, c'était un jour de pluie, de la rue montait une vapeur tiède chargée de relents de melons pourris et de pisse de chats, une étrange odeur qui envahissait toute la maison, si forte qu'on aurait pu l'attraper avec les doigts. Je me trouvais dans la salle à manger, voguant sur la mer. Je n'avais pas entendu venir la patronne et, en sentant ses griffes sur mon cou, la surprise me fit brusquement revenir de très loin, paralysée de ne plus du tout savoir où j'étais.

– Je te retrouve encore ici! Veux-tu aller faire ton travail! Pourquoi penses-tu que je te paie?

– Mais j'ai tout fini, madame...

La patronne s'empara du vase posé sur le buffet et le renversa, répandant par terre l'eau croupie et les fleurs déjà fanées.

– Nettoie ça, m'ordonna-t-elle.

S'évanouirent la mer et les rochers baignés de brume, la tresse rousse de mes nostalgies, et jusqu'aux meubles de la salle à manger, je ne vis plus que ces fleurs sur le carrelage, enflant et se mettant à bouger, à prendre vie, et cette femme avec son échafaudage de rouleaux et son médaillon en sautoir. Un *non* monumental se mit à grandir en moi jusqu'à m'étouffer, je le sentis jaillir en cri profond et exploser au nez poudré de la patronne. La gifle qu'elle m'appliqua sur la joue ne me fit aucun mal, car il y avait belle lurette que la rage m'avait envahie tout à fait et que je bouillais d'envie de lui sauter sur le paletot, de la précipiter par terre, de lui griffer la figure, de lui empoigner les cheveux et de tirer dessus de toutes mes forces. Et c'est ainsi que l'édifice de rouleaux céda, que ses boucles s'affaissèrent, que son chignon se détacha et que toute cette masse de cheveux rêches me resta entre les mains comme un renardeau à l'agonie. Terrorisée, je réalisai que je venais de lui arracher le cuir chevelu. Je partis comme un trait à travers la maison, puis par le potager sans trop savoir ce que je piétinais, et m'élançai dans la rue. La tiède pluie d'été eut tôt fait de me saucer et quand je me sentis trempée de la tête aux pieds, je m'arrêtai. Je détachai de mes doigts les touffes de poils du trophée et le laissai choir au bord du trottoir où l'eau du caniveau l'entraîna, voguant parmi les détritus. Je restai quelques minutes à contempler ce naufrage d'une chevelure partant tristement à la dérive, persuadée d'être arrivée au bout de mon propre destin, sûre de n'avoir plus de lieu où me terrer après un tel crime. Je tournai le dos aux rues du quartier, dépassai l'emplacement du marché du jeudi, quittai la zone résidentielle aux demeures closes à l'heure de la sieste, et poursuivis ma route. Bientôt la pluie s'arrêta et le soleil de quatre heures de l'après-midi fit s'évaporer l'humidité de l'asphalte, enveloppant toute chose d'un voile poisseux. La foule, le trafic des voitures, beaucoup de bruit partout, des bâtiments où rugissaient de gigantesques machines jaunes, le tintamarre des marteaux-piqueurs, les coups de freins des véhicules, les concerts d'avertisseurs, les cris des marchands ambulants... De vagues odeurs de vase et de friture s'échappaient des cafétérias, me remettant en mémoire qu'il était l'heure de faire collation; j'eus soudain faim, mais je n'avais pas d'argent sur moi et, dans ma fuite, j'avais laissé les restes de mon sucre d'orge hebdomadaire. Je calculai que cela faisait plusieurs heures que je tournais en rond. Tout me plongeait dans une profonde stupéfaction. En ce temps- là, la capitale n'était pas encore l'irrémédiable désastre qu'elle est devenue aujourd'hui, mais elle proliférait déjà, difforme, comme une tumeur maligne, victime d'une architecture démentielle mêlant tous les styles, des petits palais de marbre italien aux ranchs texans, des manoirs Tudor et des gratte-ciel d'acier aux résidences en forme de navires, de mausolées, de salons de thé japonais, de chalets alpestres ou de pièces montées aux choux en stuc. Je ne savais plus où donner de la tête.

J'arrivai en fin d'après-midi sur une place bordée de kapokiers, arbres solennels qui montaient la garde en ce lieu depuis la guerre d'Indépendance; au centre s'élevait une statue équestre en bronze du Père de la Patrie, le drapeau dans une main, les rênes de sa monture dans l'autre, se morfondant d'humiliation sous les fientes de pigeons et les désillusions de l'Histoire. A un coin de rue, j'aperçus un paysan vêtu de blanc, coiffé d'un chapeau de paille et chaussé d'espadrilles, entouré de badauds. Je m'approchai pour mieux voir. Il déclamait des vers et, contre quelques piécettes, changeait de thème tout en continuant à improviser, sans marquer ni pause ni hésitation, conformément aux demandes des clients. Je m'essayai à l'imiter à voix basse et découvris qu'en ménageant des rimes il est moins malaisé de se remémorer une histoire, le récit obéissant alors à sa propre musique. Je restai à écouter l'homme jusqu'à ce qu'il ramassât sa petite monnaie et s'en allât. Je m'amusai un moment à chercher des mots à consonances voisines, c'était décidément une bonne façon de ne pas perdre le fil de ses idées, ainsi pourrais-je répéter sans coup férir mes histoires à Elvira. A peine eus-je songé à elle que me revint sa bonne odeur d'oignons frits, je me rendis compte de la situation dans laquelle je me trouvais et sentis quelque chose de froid me couler entre les omoplates. Je revis en pensée le chignon de ma patronne flottant dans le caniveau comme un cadavre de sarigue, et les sombres prophéties que m'avait si souvent faites Marraine revinrent me marteler les oreilles : mauvaise, mauvaise fille, tu finiras en prison, on commence par désobéir et manquer de respect, puis ça se termine derrière les barreaux, je t'aurai prévenue, voilà comment tu finiras. Je m'assis au bord du bassin, à contempler les poissons multicolores et les nénuphars ramollis par le temps.

– Qu'est-ce qui t'arrive?

C'était un gamin au regard sombre, vêtu d'un pantalon de coutil et d'une chemise trop grande pour lui.

– On va me mettre en prison.

– Quel age as-tu?

– Plus ou moins dans les neuf ans.

– Alors tu n'as pas le droit d'aller en prison. T'es mineure.

– J'ai arraché la peau du crâne à ma patronne.

– Comment ça?

– D'un seul coup.

Il s'installa à mes côtés en m'examinant à la dérobée, tout en se curant les ongles à l'aide d'un canif.

– Je m'appelle Huberto Naranjo, et toi?

– Eva Luna. Tu veux bien être mon ami?

– Je ne me mêle pas aux filles.

Mais il resta là et nous nous montrâmes jusqu'à une heure avancée nos cicatrices respectives, échangeant des confidences, faisant connaissance, inaugurant cette longue relation qui devait plus tard nous conduire sur les chemins de l'amitié, puis de l'amour.

Du jour où il s'était tenu sur ses deux jambes, Huberto Naranjo avait vécu dans la rue, d'abord comme cireur de chaussures et porteur de journaux, puis il avait subsisté de menus trafics et de larcins. Il possédait un don inné pour embobeliner les gogos et j'eus l'occasion d'apprécier ses talents au bord de la pièce d'eau de la place. Par ses cris, il rameutait les passants jusqu'à créer un petit attroupement de fonctionnaires de l'administration, de retraités, de poètes, sans oublier les quelques factionnaires postés là pour empêcher les irrévérencieux de passer en bras de chemise devant la statue équestre. L'objet du pari consistait à attraper un poisson du bassin en pénétrant dans l'eau jusqu'à mi-corps, en farfouillant parmi les tiges des plantes aquatiques et en raclant à tâtons le fond visqueux. Huberto avait coupé la queue à l'un d'eux et la pauvre bestiole était condamnée à nager en rond comme une toupie ou à demeurer pétrifiée sous un nénuphar d'où il l'extirpait d'un seul coup. Tandis que Huberto brandissait triomphalement sa pêche, les autres payaient ce qu'ils devaient, les manches mouillées et leur dignité éclaboussée. Une autre façon de gagner quelque menue monnaie consistait à deviner une carte marquée d'un repère parmi les trois qu'il déplaçait à toute vitesse sur un bout de tissu déployé à même le sol. Il était capable de délester un badaud de sa montre en moins de deux secondes et de la faire se volatiliser en aussi peu de temps. Quelques années plus tard, fagoté comme un cow-boy mâtiné de cul-terreux mexicain, on le verrait vendre des tournevis fauchés et jusqu'à des chemises bradées dans les liquidations de fabriques. A seize ans, il deviendrait un chef de bande redouté et respecté, contrôlant plusieurs voiturettes de cacahuètes grillées, de saucisses et de jus de canne, héros du quartier chaud, cauchemar de la Garde civile, jusqu'au jour où de tout autres occupations l'entraîneraient dans la montagne. Mais ce fut beaucoup plus tard... Quand je le rencontrai pour la première fois, ce n'était encore qu'un mioche, même si, l'observant plus attentivement, j'aurais peut-être pu discerner en lui l'homme qu'il promettait d'être, car il avait déjà le cœur ardent et les poings décidés. Pas de demi-portion! disait Naranjo. C'était sa rengaine, étayée sur des attributs masculins qui ne différaient en rien de ceux des autres garçons mais qu'il mettait à l'épreuve en se mesurant le pénis à l'aide d'un mètre de couturière ou en faisant la démonstration de la puissance de son jet d'urine, comme je l'appris des années plus tard, quand lui-même se moquait bien désormais de ce genre de méthodes! Sans doute lui avait-on appris entre-temps qu'en matière de virilité, la taille de la chose ne constitue pas une preuve irréfutable. Il n'empêche : ses conceptions de mâle étaient enracinées en lui depuis l'enfance et tout ce qu'il allait expérimenter par la suite, luttes et passions, rencontres et discussions, révoltes et déroutes, ne devait pas suffire à le faire changer d'avis.

A la nuit tombante, nous partîmes en quête de nourriture autour des restaurants du quartier. Accroupis dans une étroite ruelle sur laquelle donnaient les cuisines de l'un d'eux, nous partageâmes une pizza toute brûlante que Huberto avait échangée au serveur contre une carte postale représentant une blonde minaudante aux seins globuleux. Puis nous parcourûmes un labyrinthe de cours et d'arrière-cours, franchissant des clôtures, violant des propriétés privées, et parvînmes jusqu'à un parking. Nous nous glissâmes par une bouche d'aération afin d'éviter le malabar qui surveillait l'entrée, et nous nous faufilâmes jusqu'au dernier sous-sol. Dans un obscur recoin entre deux piliers, Huberto avait aménagé un nid de fortune garni de vieux journaux, dont il se contentait lorsqu'il ne trouvait pas de gîte plus accueillant. Installés là, nous nous disposâmes à y passer la nuit, allongés côte à côte dans la pénombre, enveloppés par l'odeur d'huile de moteur et l'oxyde de carbone qui imprégnait l'atmosphère, dans une touffeur de transatlantique. Je me pelotonnai au milieu des vieux papiers et offris à Huberto de lui raconter une histoire pour le payer de ses multiples et si délicates attentions.

— D'accord, acquiesça-t-il, un peu désarçonné dans la mesure où il n'avait, à mon avis, jamais entendu de son existence quelque chose qui ressemblât de près ou de loin à une histoire.

– De quoi veux-tu que ça parle ?

– De bandits, dit-il pour dire quelque chose.

J'appelai à ma rescousse quelques épisodes de feuilletons radiophoniques, des paroles de complaintes et divers autres ingrédients de mon invention, et me lançai aussitôt dans l'histoire d'une donzelle amoureuse d'un brigand, un vrai chacal qui réglait à coups de pistolet le moindre contretemps, semant la région de veuves et d'orphelins. La jeune fille ne perdait pas l'espoir de l'amender par la force de sa passion et la douceur de son caractère, et c'est ainsi, tandis qu'il allait perpétrant ses méfaits, qu'elle recueillait les petits orphelins produits par les insatiables pistolets du scélérat. Sa venue à la maison était comme une bourrasque d'enfer, il y faisait irruption en défonçant les portes à coups de pied et en tirant en l'air; elle le suppliait à genoux de se repentir de ses cruels agissements, mais il se moquait d'elle, pris de formidables éclats de rire qui faisaient trembler les murs et glaçaient le sang dans les veines. Que se passe-t-il, ma belle ? demandait-il d'une voix tonitruante, cependant que les marmots terrorisés couraient se cacher dans l'armoire. Comment vont les mioches ? Et il ouvrait la porte de la penderie pour les en sortir par les oreilles. Il jaugeait alors leurs mensurations et s'exclamait : eh ! je trouve ceux-là bien grandis, mais ne t'en fais pas, en un clin d'œil je serai au village et t'aurai fabriqué d'autres petits orphelins pour ta collection ! Ainsi s'écoulèrent les années, ainsi continua d'augmenter le nombre des bouches à nourrir, jusqu'au jour où la jeune fille, lassée de tant d'exactions, comprit qu'il était vain d'espérer le rachat du bandit et s'affranchit de sa propre bonté. Elle se fit une permanente, s'acheta une robe écarlate et transforma sa maison en un lieu de fêtes et de divertissement où l'on pouvait consommer les plus savoureux sorbets et le meilleur lait malté, jouer à toutes sortes de jeux, chanter et danser. Les mouflets s'amusaient beaucoup a servir la clientèle, c'en fut bientôt fini des privations et de la mouise, et la jeune fille était si contente qu'elle finit par oublier les déboires d'antan. Tout allait à merveille, jusqu'au jour où la rumeur parvint aux oreilles du chacal qui réapparut une nuit comme à son habitude, donnant des coups de pied dans les portes, tirant au plafond, appelant les enfants. Une surprise l'attendait : nul ne se mit à trembler devant lui, aucun ne s'enfuit en courant vers l'armoire, la jeune fille ne se jeta pas à ses pieds pour implorer sa pitié. Tous continuaient à vaquer joyeusement à leurs occupations, les uns servant les glaces, d'autres jouant de la batterie, elle dansant un mambo sur une table, coiffée d'un magnifique chapeau orné de fruits tropicaux. Furieux et mortifié, le bandit rengaina ses pistolets et s'en fut chercher une autre fiancée à qui faire peur, et c'est ainsi, tirela-tireli, que l'histoire se finit.

Huberto Naranjo m'avait écoutée jusqu'au bout.

– C'est une histoire idiote... D'accord, ajouta-t-il, je veux bien être ton ami.

Nous vagabondâmes à travers la ville pendant un jour ou deux. Il m'initia aux avantages de la rue et m'enseigna quelques trucs pour survivre : évite de tomber entre les pattes des autorités, car lorsqu'elles te tiennent, tu es foutue; pour chouraver dans les bus, place-toi à l'arrière, et profite de l'instant où la porte s'ouvre pour plonger la main, puis descendre à l'arrêt; on trouve les meilleures choses à manger entre le cœur de la matinée, parmi les restes et les détritus du Marché central, et le cœur de l'après-midi, dans les poubelles des hôtels-restaurants. Le suivant dans ses expéditions, j'éprouvai pour la première fois l'ivresse de la liberté, ce mélange d'ardente exaltation et de vertige de mort qui, à compter de ce moment-là, n'a plus cessé de hanter mes rêves avec une acuité telle que c'est comme de le vivre tout éveillée. Mais, au bout de la troisième nuit passée à la belle étoile, sale et fatiguée, je me laissai aller à un accès de nostalgie. Je songeai d'abord à Elvira en déplorant de ne plus pouvoir revenir sur les lieux de mon crime; puis à ma mère : j'aurais voulu récupérer sa tresse, revoir le puma empaillé. Je demandai alors à Huberto Naranjo de m'aider à retrouver Marraine.

– Pour quoi faire ? On n'est pas bien comme ça ? T'es une vraie patate.

Je ne parvins pas à lui expliquer mes raisons, mais j'insistai tant et si bien qu'il finit par se résigner à me prêter main-forte, après m'avoir prévenue que je m'en repentirais pour le restant de mes jours. Il connaissait la ville comme sa poche, se déplaçait juché sur les marchepieds ou accroché aux pare-chocs des bus, et, d'après mes vagues indications, grâce aussi à son sens de l'orientation, il aboutit sur un coteau où s'agglutinaient des cabanes édifiées avec des matériaux de fortune, emballages en carton, tôles, parpaings, pneus usés. A première vue, ce bidonville ne différait guère des autres, mais je le reconnus sur-le-champ à cause de la décharge publique qui occupait toute la largeur des ravins de la colline. C'est là que les camions municipaux venaient vider leurs chargements d'immondices et, vus d'en haut, les ravins brillaient de la phosphorescence bleu-vert des mouches.

– Voilà la maison de ma marraine ! m'écriai-je en apercevant de loin les planches badigeonnées d'indigo.

Je n'y étais venue qu'une ou deux fois, mais je

m'en souvenais fort bien, car en guise de foyer, c'était ce que j'avais de plus approchant.

La bicoque était fermée; de l'autre côté du passage, une voisine nous cria d'attendre : Marraine était partie au marché et ne tarderait pas à revenir. L'heure des adieux avait sonné et Huberto Naranjo, les joues empourprées, tendit la main pour serrer la mienne. Je lui sautai au cou pour l'embrasser, mais il me repoussa et faillit me faire tomber les quatre fers en l'air. Je m'agrippai de mon mieux à sa chemise et lui appliquai un baiser que je destinais à sa bouche, mais qui lui atterrit sur le nez. Huberto s'en fut en dévalant la côte sans un regard en arrière, tandis que je m'asseyais sur le seuil en fredonnant.

Marraine ne tarda guère à reparaître. Je vis sa grande et forte silhouette gravir la côte par le chemin tortueux, un gros carton dans les bras, suant sous l'effort dans une robe jaune citron. Je la hélai à grands cris et courus à sa rencontre, mais elle ne me laissa pas le temps de lui expliquer ce qui s'était passé, elle était déjà au courant par la patronne qui l'avait informée de ma disparition et de l'impardonnable outrage que je lui avais fait subir. Marraine m'empoigna par la peau du cou et nous nous engouffrâmes dans la cabane. Le contraste entre l'éclat extérieur de midi et l'obscurité qui régnait à l'intérieur me rendit aveugle. Je n'eus pas le loisir d'attendre que mes yeux se fussent accoutumés à la pénombre, car une formidable beigne vint me projeter en l'air. Je me retrouvai étalée par terre. Marraine continua à me taper dessus jusqu'à ce que fussent accourues les voisines qui me soignèrent avec du sel.

Au bout de quatre jours, on me réexpédia sur mon lieu de travail. L'homme au nez comme une grosse fraise me donna une petite tape affectueuse sur la joue et profita d'un moment d'inattention pour me glisser qu'il était bien content de me revoir, que je lui avais manqué, à ce qu'il me dit. La femme au médaillon me reçut, trônant sur un siège du salon, sévère comme un juge, mais j'eus l'impression qu'elle avait rapetissé de moitié, on aurait dit une vieille poupée de chiffons en habits de deuil. Elle n'arborait pas un crâne chauve enveloppé de bandages rougis, comme je m'y attendais, mais le même échafaudage de rouleaux et de frisottis compacts, d'une couleur différente, mais intact. Abasourdie, je m'évertuai à trouver une explication à un aussi extraordinaire miracle, sans prêter cas au fastidieux sermon de la patronne ni aux pinçons que m'infligeait Marraine. Tout ce que je retins de la réprimande, c'est qu'à compter de ce jour-là, je devrais travailler double, afin de n'avoir plus de temps à perdre en contemplations artistiques, et que le portail du jardin resterait fermé à clé pour empêcher toute nouvelle fugue.

– Je la materai, promit la patronne.

– Rien de tel que les arguments frappants, renchérit Marraine.

– Baisse les yeux quand je t'adresse la parole, sale petite morveuse ! s'écria la femme au médaillon. Tu as les yeux mauvais du démon et je ne te passerai aucune insolence. Compris ?

Je la fixai sans ciller, puis tournai les talons et, la tête haute, me dirigeai vers la cuisine où m'attendait Elvira qui avait espionné la conversation, l'oreille collée à la porte.

– Mon petit oiseau... Viens-t'en par ici que je mette des compresses sur tes bleus. Ils ne t'ont pas cassé quelque chose, au moins ?

Je n'eus plus à subir de mauvais traitements de la vieille fille. Comme elle s'abstint de faire la moindre allusion aux cheveux qu'elle avait perdus, je finis par considérer toute cette histoire comme un mauvais cauchemar qui s'était infiltré un jour dans la maison par quelque interstice. De même, elle ne m'interdit plus la contemplation du tableau, pressentant probablement qu'en cas de besoin je lui aurais tenu tête, toutes griffes dehors. Cette marine, avec ses vagues écumantes et ses mouettes épinglées dans le ciel, était devenue pour moi quelque chose d'essentiel, comme la récompense de mes efforts quotidiens, une porte donnant sur la liberté. A l'heure de la sieste, quand les autres allaient prendre quelque repos, je renouais avec ce rituel inchangé, sans demander la permission ni fournir aucune explication, prête à tout pour défendre ce privilège. Je me passais la figure et les mains sous le robinet, me donnais un coup de peigne, défroissais mon tablier, chaussais mes sandalettes de sortie et me dirigeais vers la salle à manger. Là, je plantais une chaise devant cette fenêtre à fictions, m'y asseyais le dos droit, genoux serrés, mains posées sur la jupe, comme à la messe, et embarquais pour un voyage au long cours. Je remarquais parfois la patronne qui m'épiait dans l'encadrement de la porte, mais jamais plus elle ne me fit la moindre remarque, elle avait bien trop peur de moi.

– C'est parfait, mon petit oiseau, disait Elvira pour m'encourager. A la guerre comme à la guerre! Personne ne se risque à embêter les chiens enragés. Les tout doux, par contre, on ne regarde pas à leur donner des coups de pied. Il faut tout le temps se battre.

C'est le meilleur conseil que je reçus de ma vie. Elvira faisait griller des citrons sur les braises, puis les coupait en quartiers, les jetait dans l'eau bouillante et me donnait à boire cette mixture pour me rendre encore plus vaillante.

Je restai plusieurs années à travailler chez le vieux garçon et la vieille fille. Entre-temps, bien des choses avaient changé dans le pays. Elvira m'en parlait. Après une brève période de libertés démocratiques, nous avions de nouveau droit à un dictateur. Il s'agissait d'un militaire à l'air si inoffensif que nul n'aurait pu imaginer chez lui un pareil appétit de pouvoir. Toutefois, l'homme fort du régime n'était pas le Général, mais celui qu'on surnommait l'homme au gardénia, chef de la police politique, un type aux manières affectées, aux cheveux gominés, toujours vêtu d'impeccables costumes de lin blanc, une fleur à la boutonnière, parfumé à la française et les ongles faits. Jamais nul n'aurait pu lui reprocher l'ombre d'une vulgarité. Il n'était pas pédéraste, comme le laissaient entendre ses nombreux ennemis. Il dirigeait en personne les séances de tortures sans se départir de son élégance et de sa courtoisie. C'est à cette époque que fut restauré le pénitencier de Santa Maria, sinistre enceinte située sur une île au beau milieu d'un fleuve infesté de caïmans et de piranhas, à la lisière de la forêt, où prisonniers politiques et détenus de droit commun, traités pour leur malheur à la même enseigne, succombaient à la faim, aux coups, aux maladies tropicales. Elvira faisait de fréquentes allusions à ces événements dont elle était informée par la rumeur pendant ses jours de sortie, rien n'en filtrant à la radio ni dans les colonnes des journaux. Je m'étais beaucoup attachée à elle et l'appelais grand-mère : jamais nous ne nous laisserons séparer, mon petit oiseau, me promettait-elle, mais je n'en étais déjà pas si sûre, pressentant que ma vie ne serait qu'une longue série d'adieux. Comme moi, Elvira avait commencé à travailler dès son plus jeune âge, la fatigue l'avait pénétrée jusqu'à la moelle des os et avait fini par envahir son âme. L'accumulation d'efforts et la pauvreté à perpétuité avaient tué en elle toute velléité d'aller de l'avant et elle s'était mise à converser avec la mort. Elle dormait la nuit dans son cercueil, en partie pour s'y habituer peu à peu et se débarrasser de la peur du trépas, en partie aussi pour faire tourner en bourrique la patronne qui n'avait jamais pu se faire à la présence de cette boîte macabre sous son toit. Quant à la femme de chambre, elle fut incapable de supporter plus longtemps la vision de ma grand-mère d'adoption gisant au fond de sa couche mortuaire dans la pièce qu'elles partageaient pour la nuit, elle prit ses cliques et ses claques et partit sans même en aviser le patron qui resta à l'attendre pendant toute l'heure de la sieste. Avant de quitter les lieux, elle dessina à la craie blanche des croix sur toutes les portes de la maison, et comme nul d'entre nous ne fut capable d'en percer la signification, personne ne se hasarda à les effacer. Pour ce qui est d'Elvira, elle continua à se comporter avec moi comme une vraie grand-mère. C'est avec elle que j'ai appris à échanger des mots contre d'autres biens, et on peut dire que j'ai eu la chance insigne de toujours trouver quelqu'un de disposé à ce genre de commerce.

Au cours de ces années-là, je ne changeai pas beaucoup, tout aussi chétive et malingre, baissant toujours aussi peu les yeux pour faire enrager la patronne. Mon corps mettait du temps à s'épanouir mais, à l'intérieur, quelque chose s'était mis à bouillonner et cascader comme un invisible torrent. Pourtant, j'avais beau me sentir devenir femme, la vitre de la fenêtre me renvoyait l'image falote d'une pauvre gamine. Si peu que je grandisse, c'était néanmoins assez pour que le patron s'occupât davantage de moi. Il faut que je t'apprennes à lire, ma fille, disait-il, mais il ne trouva jamais le temps de le faire. A présent, il ne se contentait plus de quémander des bécots sur son appendice nasal, il me refilait quelques piécettes si je l'accompagnais dans la salle de bains pour lui passer l'éponge sur tout le corps. Après quoi il s'allongeait sur le lit et je le séchais, le talquais et lui passais sa tenue d'intérieur, comme s'il se fût agi d'un nouveau-né. Parfois, il demeurait des heures à barboter dans sa baignoire, jouant avec moi à la bataille navale; en d'autres circonstances, il pouvait rester des jours sans me prêter aucune attention, absorbé par ses paris ou bien cuvant, la trogne couleur d'aubergine. Elvira m'avait préve-nue que les hommes portent entre les jambes une excroissance aussi affreuse à voir qu'un gros salsi-fis, par où sortent les bébés miniatures qui s'en vont se fourrer dans le ventre des femmes où ils se mettent à pousser. Je ne devais toucher ces parties honteuses sous aucun prétexte, car la bestiole assoupie ne manquerait pas de redresser son horri-ble tête et de me sauter dessus, et je me retrouve-rais dans de beaux draps. Mais je ne croyais pas un mot de ce qu'elle disait, tout cela ressemblait par trop aux autres extravagances qu'elle proférait. Le patron n'était doté que d'une grosse et piteuse limace, toujours recroquevillée, dont jamais n'était sorti quoi que ce fût de ressemblant à un bébé, du moins en ma présence. Ça n'était pas sans rappeler l'appendice charnu qui lui pendouillait au milieu de la figure, et j'eus alors la révélation – avant d'en avoir plus tard la preuve – de cette espèce d'étroite relation entre nez et pénis. Il me suffit à présent de dévisager un homme pour deviner comment il sera dans le plus simple appareil. Nez longilignes ou courtauds, fins ou gros, pleins de morgue ou d'humilité, nez avides, fureteurs, hardis, ou bien nez indifférents qui ne servent qu'à souffler dans un mouchoir, nez de toutes catégories, pour tous les goûts. L'âge aidant, la plupart deviennent ventripotents, flasques, bulbeux, et perdent la superbe des sexes bien campés.

Quand je me penchais au balcon, je me disais que j'aurais mieux fait de rester de l'autre côté de la grille. La rue était bien plus attrayante que cette maison où la vie dévidait son cours fastidieux, ressassant à pas comptés les mêmes routines, juxtaposant des jours monocolores comme le temps en égrène dans les hôpitaux. La nuit, je contemplais le ciel et m'imaginais petit nuage de fumée pour me faufiler à travers les barreaux du portail fermé à clé. Ou bien un rayon de lune m'effleurait le dos et il me poussait des ailes d'oiseau, deux grandes ailes emplumées pour m'envoler loin. Certaines fois, je me pénétrais si bien de cette idée que je réussissais à planer au-dessus des toits de la ville – ne monte pas le bourrichon, mon petit oiseau, il n'y a que les sorcières ou les avions pour voler la nuit. J'allais rester sans nouvelles de Huberto Naranjo jusque bien plus tard, mais je pensais très souvent à lui, prêtant sa brune frimousse à tous mes princes charmants. J'avais eu très tôt idée de ce qu'est l'amour, et je ne me privais pas d'en mettre dans mes histoires. Lui-même m'apparaissait en rêve, me tournicotait autour. Je scrutais les clichés des pages de faits divers, m'évertuant à élucider les drames et crimes passionnels qui s'étalaient dans les journaux; je ne perdais pas une bouchée des conversations entre adultes, collais mon oreille aux portes quand la patronne parlait au téléphone, et harcelais de questions la pauvre Elvira – mais veux-tu bien me ficher la paix, mon petit oiseau! La radio était ma principale source d'inspiration. A la cuisine, il y avait un poste allumé du matin au soir, mon seul contact avec le monde extérieur; il nous vantait les incomparables mérites de cette terre bénie de Dieu, nantie de toutes sortes de bienfaits, depuis sa position à l'ombilic de la planète, la compétence et la sagesse de ses dirigeants, jusqu'à la nappe de pétrole sur laquelle nous flottions. C'est grâce à ce poste de radio que j'appris à chanter des boléros, entre autres airs populaires, à réciter par cœur les slogans publicitaires, à suivre un cours d'anglais pour débutants à raison d'une demi-heure par jour et à pouvoir ressasser *this pencil is red, is this pencil blue? no, that pencil is not blue, that pencil is red*, je connaissais les horaires de chaque émission et étais capable d'imiter la voix de tous les présentateurs. Je suivais tous les feuilletons, et les mots sont impuissants à exprimer la souffrance que j'éprouvais en compagnie de ces personnages fustigés par le destin, toujours prise de court par le dénouement où les choses finissaient par s'arranger si bien pour l'héroïne qui, durant une soixantaine d'épisodes, n'avait rien fait que se conduire comme la dernière des gourdes.

— Moi, je te dis que Montedonico va la reconnaître comme sa fille. Et s'il lui donne son nom, elle va pouvoir épouser Rogelio de Salvatierra, soupirait Elvira, l'oreille collée au poste.

— Elle porte la médaille de sa mère. C'est une preuve ou je ne m'y connais pas. Pourquoi ne dit-elle pas à tout le monde qu'elle est la fille de Montedonico sans chercher midi à quatorze heures?

— Elle ne peut pas faire ça à l'auteur de ses jours, mon petit oiseau.

— Comment ça? Alors qu'il l'a tenue enfermée dans un orphelinat pendant dix-huit ans!

— C'est parce que c'est un détraqué, un sadique, comme ils disent...

— Ecoute, grand-mère, si elle ne change pas, elle se fera toujours battre comme plâtre.

– Ne t'en fais pas, tout finira bien. Tu ne vois donc pas qu'elle fait partie des bons?

Elvira avait raison. Les gentils finissaient toujours par l'emporter, et les méchants par subir leur châtiment. Montedonico tombait foudroyé par quelque maladie fatale, implorait son pardon depuis son lit d'agonie, la fille prenait soin de lui jusqu'à son dernier soupir, puis, après en avoir hérité, convolait en justes noces avec Rogelio de Salvatierra, me fournissant au passage d'appréciables matériaux pour mes propres histoires, bien que je me pliasse rarement à la règle d'or des épilogues roses. Dis-moi, mon petit oiseau, pourquoi donc personne ne se marie jamais dans tes histoires?

Il suffisait souvent d'une ou deux syllabes pour déclencher dans ma tête toute une cascade d'images. Un jour, j'entendis prononcer un nom aussi doux qu'étrange et volai jusqu'à Elvira pour lui demander: grand-mère, qu'est-ce que c'est que la neige? De ses explications, je déduisis qu'il devait s'agir d'une sorte de meringue glacée. A compter de ce moment, je me métamorphosai en personnage de contes hyperboréaux, j'étais une abominable femme des neiges, féroce et couverte de poils, en lutte contre des scientifiques qui voulaient me capturer pour se livrer sur moi à des expériences de laboratoire. J'eus l'occasion de découvrir ce qu'était réellement la neige le jour où une nièce du Général fêta ses quinze ans; l'événement fut tant et si bien annoncé à la radio qu'Elvira ne put faire autrement que m'emmener assister de loin au spectacle. Mille invités convergèrent ce soir-là vers le meilleur hôtel de la ville, transformé pour l'occasion en réplique hivernale du château de Cendrillon. On avait élagué les philodendrons et les fougères tropicales, décapité les palmiers pour planter à leur place des sapins de Noël importés d'Alaska, couverts de laine de verre et de cristaux de glace artificielle. Pour patiner, on avait aménagé une grande piste couverte d'un revêtement de plastique blanc à l'imitation des confins polaires. On avait givré les carreaux des fenêtres à coups de pinceaux et on avait répandu partout une telle quantité de neige synthétique qu'une semaine plus tard, on en retrouvait encore des flocons dans la salle d'opération de l'hôpital militaire, à cinq cents mètres de là. Comme on n'était pas parvenu à geler l'eau de la piscine – les machines venues du nord étaient tombées en panne et, en lieu et place de glace, on n'avait obtenu qu'une espèce de glaire gélatineuse –, on s'était rabattu sur deux cygnes teints en rose qui voguaient à grand-peine, traînant dans leur sillage une banderole arborant le prénom de l'adolescente en lettres dorées. Pour donner plus de lustre à la fête, on avait fait venir par avion deux membres de l'aristocratie européenne et une star de cinéma. Sur le coup de minuit, on fit descendre l'héroïne de la soirée du plafond du grand salon dans une escarpolette en forme de luge se balançant à quatre mètres au-dessus du crâne des invités, à demi évanouie du fait de la chaleur et du vertige. Ce spectacle resta hors de portée des badauds qui, comme nous, se pressaient aux alentours de l'hôtel, mais tout en fut reproduit dans les magazines, et si nul ne parut s'étonner de voir un hôtel métropolitain miraculeusement plongé dans les rigueurs du climat arctique, peut-être est-ce parce qu'on avait assisté sur le territoire national à des choses encore plus inouïes. Mais rien d'autre ne captiva mon attention que les bacs remplis de neige authentique, installés à l'entrée de la fête à l'intention de l'élégante assemblée pour qu'elle s'amusât à se lancer des boules et à modeler des bonshommes, comme on était réputé le faire ailleurs par grands froids. Echappant à la surveillance d'Elvira, je parvins à me faufiler parmi les invités et les gardes, et m'approchai pour prendre un peu de ce trésor dans mes mains. Sur le coup, la peur de m'être brûlée me fit pousser un cri de frayeur, mais je ne pus bientôt plus lâcher cette poignée de neige, fascinée par l'éclat de la lumière retenue captive dans cette substance poreuse et glacée. Un factionnaire faillit m'attraper par le collet, mais je m'accroupis à temps et lui filai entre les jambes, emportant la neige pressée contre ma poitrine. Quand elle se fut évanouie entre mes doigts comme un filet d'eau, je me sentis flouée, mais, quelques jours plus tard, Elvira me fit cadeau d'un petit hémisphère transparent renfermant une cabane et un sapin miniatures; quand on le secouait, tout plein de flocons blancs se mettaient à voleter. C'est pour que tu aies ton hiver à toi, mon petit oiseau, me dit-elle.

Je n'étais pas en âge de m'intéresser à la politique, mais Elvira me bourrait le crâne d'idées subversives pour tenir tête aux patrons.

— Dans ce pays, tout est pourriture et compagnie, mon petit oiseau. C'est moi qui te le dis : il y a trop d'étrangers aux cheveux jaunes, un jour ils vont emporter jusqu'à notre terre par chez eux et on se retrouvera le cul dans la mer, comme je te le dis.

La dame au médaillon était d'un avis exactement opposé.

— Infortuné destin que le nôtre! Il a fallu que ce soit Christophe Colomb qui nous découvre, au lieu d'un Anglais! Non, il faut faire venir des gens de la bonne race de ceux qui en veulent, qui savent se frayer un chemin dans la forêt, ensemencer les terres arides, faire jaillir des industries du sol. N'est-ce pas ainsi que se sont constitués les Etats-Unis? Il n'est que de voir où ils en sont!

Elle était d'accord avec le Général qui avait

ouvert les frontières à tous ceux qui avaient voulu venir d'Europe, fuyant le marasme d'après guerre. Les immigrants avaient débarqué par centaines avec femmes et enfants, grands-parents et arrière-cousins, amenant leurs dialectes si divers, leurs plats typiques, leurs légendes, les fêtes auxquelles rester fidèles, toute une cargaison de nostalgies. Notre exubérante géographie n'en avait fait qu'une bouchée. On avait aussi autorisé l'entrée de quelques Asiatiques qui, une fois installés, crûrent et se multiplièrent avec une rapidité stupéfiante. Une vingtaine d'années plus tard, quelqu'un put faire remarquer qu'à chaque coin de rue de la capitale avait surgi un restaurant arborant démons colériques, loupiotes en papier et toit de pagode. A l'époque, les journaux évoquèrent le cas d'un jeune Chinois qui, plaquant le service des clients attablés dans la salle, était allé trouver son patron dans son bureau situé à l'étage, et, à l'aide d'un couteau de cuisine, lui avait tranché la tête et les mains pour avoir enfreint quelque règle religieuse en collant une figure de dragon à côté de celle d'un tigre. L'enquête avait permis de découvrir que tous les protagonistes du drame étaient des immigrants clandestins. Chaque passeport servait une bonne centaine de fois, car si les fonctionnaires des douanes avaient déjà du mal à deviner le sexe des Orientaux, ils étaient encore plus incapables de les distinguer d'après la photo agrafée sur le document. Tous ces étrangers étaient arrivés dans l'intention de faire fortune, puis de s'en retourner dans leur pays d'origine, mais tous étaient restés. Leurs descendants finirent par oublier leur langue maternelle, ils se laissèrent séduire par l'arôme du café, par le tempérament enjoué et le charme d'un peuple qui ignorait encore la convoitise. Peu nombreux furent ceux qui partirent cultiver les terres offertes par le gouvernement : on y manquait trop de routes, d'écoles et de dispensaires, et y pullulaient au contraire les maladies, les moustiques, les bêtes venimeuses. L'intérieur du pays était la chasse gardée des bandits, des contrebandiers et des forces armées. Les immigrants demeurèrent dans les villes, travaillant avec acharnement, économisant un sou après l'autre sous les quolibets des autochtones qui considéraient le gaspillage et la prodigalité comme les vertus cardinales de tout honnête homme.

– Je ne crois pas que toutes ces machines aient du bon. C'est mauvais pour l'âme que de vouloir copier en tout les étrangers, soutenait Elvira, outrée par l'étalage des nouveaux riches qui prétendaient vivre comme au cinéma.

Pour le vieux garçon et la vieille fille, vivant de leurs retraites respectives, l'argent ne tombait pas du ciel, de sorte que le gaspillage n'avait pas place sous leur toit, mais ils pouvaient mesurer à quel point il se propageait autour d'eux. Chaque citadin entendait être propriétaire d'une limousine de chef d'Etat, tant et si bien qu'il était devenu impossible de circuler dans les rues embouteillées. On avait troqué le pétrole contre des téléphones en forme d'obusiers, de conques marines, d'odalisques; on avait importé de telles quantités d'objets en matière plastique que les routes avaient fini par être bordées de monceaux de rebuts indégradables; un vol quotidien livrait les œufs-coque pour le petit déjeuner du pays; chaque fois que quelques cageots se renversaient au cours du déchargement, l'asphalte brûlant de l'aérodrome se couvrait d'énormes omelettes.

– Le Général a raison : ici, personne ne meurt de faim, tu n'as qu'à tendre la main pour cueillir une mangue, c'est pour cela qu'il n'y a aucun progrès. C'est parce que le climat force les gens à travailler que les pays froids sont plus civilisés –, dissertait le patron, affalé à l'ombre, s'éventant avec le journal tout en se grattant le ventre, et il se fendit d'une lettre au ministère des Travaux publics pour suggérer la possibilité de remorquer jusqu'ici un morceau de calotte polaire, de le réduire en poudre et de l'essaimer depuis les airs pour voir à modifier le climat et à amender ainsi une paresse si intolérable chez les autres.

Cependant que les détenteurs du pouvoir se remplissaient les poches sans vergogne, les voleurs par métier ou par nécessité osaient à peine se livrer à leurs activités, car l'œil de la police était partout. De la sorte put se répandre l'idée que seule une dictature était à même de faire respecter la loi et l'ordre. Quant au commun des mortels, incapable de se payer des téléphones de fantaisie, des caleçons jetables ou des œufs d'importation, il vivait sa vie de toujours. Les leaders politiques étaient en exil, mais Elvira me confia que dans l'ombre et le silence grandissait parmi le peuple la colère indispensable au renversement du régime. De leur côté, les patrons étaient des partisans inconditionnels du Général, et quand les gardes civils passaient à domicile pour vendre sa photo, ils ne manquaient jamais d'exhiber avec fierté celle qui trônait déjà à la place d'honneur dans leur salon. Elvira nourrissait une haine totale envers ce militaire replet et distant qu'elle n'avait jamais vu de près ou de loin, le maudissant et lui lançant le mauvais œil chaque fois qu'avec son chiffon elle en époussetait le portrait.

CHAPITRE QUATRE

LE jour où le facteur découvrit le corps de Lukas
Carlé, la forêt était fraîchement lavée, toute luisante d'humidité; du sol montaient de puissants
relents de feuilles pourries et une brume laiteuse
d'un autre monde. Cela faisait quarante ans que,
chaque matin, l'homme sillonnait à bicyclette le
même sentier. C'est en pédalant dans ces parages
qu'il avait gagné son pain, traversé indemne deux
guerres, l'Occupation, la disette et mainte autre
vicissitude. Grâce à son métier, il connaissait tous
les habitants du crû par leurs nom et prénom, de
même qu'il était capable d'identifier chaque arbre
de la forêt par son âge et son espèce. A première
vue, ce matin-là ne différait en rien des autres :
c'étaient bien les mêmes chênes, hêtres, châtai-
gniers et bouleaux, la même mousse tendre, les
mêmes champignons au pied des plus grands fûts,
la même brise odorante et frisquette, les mêmes
ombres et losanges de lumière. C'était un jour en
tout point pareil aux autres, et quelqu'un de moins
averti des choses de la nature n'eût sans doute pas
remarqué certains détails annonciateurs, mais le
facteur était aux aguets, un picotement lui parcourait la peau, car il percevait des signaux qu'aucun
autre regard humain n'eût su capter. Il se représentait la forêt comme une énorme bête verte dans

les veines de laquelle coulait un sang paisible, un animal à l'humeur placide mais qui, ce jour-là, paraissait inquiet. Il descendit de sa bécane et huma l'air matinal, cherchant les causes de cette anxiété. Le silence était si total qu'il craignit d'être devenu sourd. Il laissa tomber son vélo à terre et fit quelques pas hors du sentier pour inspecter les alentours. Il n'eut pas à chercher plus loin : l'homme était là à l'attendre, pendu à une branche médiane, une grosse corde autour du cou. Le facteur n'eut guère besoin de dévisager le pendu pour savoir de qui il s'agissait. Il connaissait Lukas Carlé depuis qu'il avait débarqué au village, bien des années auparavant, venant d'on ne sait où, peut-être de quelque province de France, avec ses malles pleines de livres, sa mappemonde et son diplôme, pour convoler avec le plus joli brin de fille de l'endroit et ternir sa beauté en l'espace de quelques mois. Il le reconnut à ses guêtres et à ses manchettes de maître d'école, et il eut l'impression d'avoir déjà assisté à cette scène, comme s'il s'était attendu depuis des années à ce que l'histoire de cet homme connût un semblable dénouement. Il n'éprouva d'abord aucune panique, plutôt l'envie de lui lâcher avec ironie : je t'avais pourtant prévenu, fripouille! Il lui fallut quelques secondes pour mesurer toute la gravité de l'événement, et c'est alors que l'arbre émit un craquement, que le paquet fit un tour sur lui-même et que le regard désespéré du pendu s'accrocha au sien, le paralysant sur place. Le facteur et le père de Rolf Carlé restèrent ainsi à s'entre-regarder jusqu'à ce qu'ils n'eussent plus rien à se communiquer. Alors le vieux réagit, revint ramasser sa bicyclette, et, en se penchant, sentit une douleur lui poignarder la poitrine, brûlante et persistante comme un chagrin d'amour. Il enjamba son vélo et s'éloigna aussi vite qu'il put, ployé sur le guidon, un sourd gémissement au fond de la gorge. Il déboula au village en pédalant avec un tel acharnement que son cœur usé de fonctionnaire des postes faillit voler en éclats. Il parvint à donner l'alarme avant de s'écrouler devant la boulangerie, le cerveau envahi d'un essaim de guêpes bourdonnantes, la prunelle des yeux reflétant l'épouvante. Les mitrons le ramassèrent et l'allongèrent sur la table où l'on confectionnait la pâtisserie, et c'est là qu'enfariné, hors d'haleine, il pointa le doigt en direction de la forêt, répétant qu'enfin cette fripouille de Lukas Carlé se balançait au bout d'une corde, et que ça faisait longtemps qu'un pendard pareil aurait dû être pendu. C'est ainsi que le village fut mis au courant. La nouvelle s'infiltra de maison en maison, frappant d'effroi les habitants qui n'avaient pas connu pareil choc depuis la fin de la guerre. Tous descendirent dans la rue pour commenter l'événement, à l'exception d'un petit groupe de cinq élèves de fin d'études qui enfouirent leur tête sous l'oreiller, simulant un profond sommeil.

Peu après, la police vint sortir du lit le juge et le médecin et ils s'en allèrent, suivis par plusieurs voisins, dans la direction mentionnée par l'index tremblant de l'employé des postes. Ils découvrirent Lukas Carlé qui oscillait comme un épouvantail à moineaux à proximité du sentier. C'est alors qu'ils réalisèrent que nul ne l'avait plus revu depuis le vendredi précédent. Le froid de la forêt et le poids de la mort l'ayant rendu d'un seul bloc, il fallut quatre hommes pour le décrocher. Un simple coup d'œil suffit au médecin pour constater qu'avant de périr étranglé, il avait reçu sur la nuque un coup à assommer un bœuf, et un autre coup d'œil suffit aux policiers pour déduire que les seuls à pouvoir fournir une explication étaient ses propres élèves, avec qui il était parti faire l'excursion de fin d'année scolaire

– Amenez-moi ces garnements, ordonna le brigadier.

– Pour quoi faire? Ce n'est pas un spectacle à montrer à des enfants, répliqua le juge dont le petit-fils comptait parmi les élèves de la victime.

Mais on ne put s'abstenir de les convoquer. Au cours de la brève enquête menée par le parquet local, plus par sens du devoir accompli que par véritable désir de connaître la vérité, les élèves furent appelés à déposer. Ils déclarèrent ne rien savoir. Ils étaient allés en forêt comme tous les ans à la même époque, ils avaient joué au ballon, s'étaient livrés à des combats à mains nues, avaient pris leur goûter puis, munis de leurs paniers, s'étaient dispersés dans toutes les directions pour ramasser des champignons sauvages. Conformément aux instructions reçues, dès que le jour s'était mis à décliner, ils s'étaient rassemblés au bord du chemin, bien que le maître n'eût pas donné de coup de sifflet pour les rameuter. Ils l'avaient alors cherché en vain, puis ils s'étaient assis à l'attendre; à la nuit tombante, ils avaient décidé de rentrer au village. Il ne leur était pas venu à l'esprit de prévenir la police, car ils avaient supposé que Lukas Carlé, de son côté, avait regagné son domicile ou bien le collège. Ils n'avaient rien à ajouter. Ils n'avaient pas la moindre idée de la manière dont il en était venu à finir ainsi ses jours, pendu à cette branche d'arbre.

Accoutré de l'uniforme des élèves, souliers cirés, béret enfoncé jusqu'aux oreilles, Rolf Carlé parcourut en compagnie de sa mère le long vestibule de la sous-préfecture. Le garçon avait cet air dégingandé des adolescents qui ne tiennent pas en place; svelte, il avait des mains délicates, un regard déluré, le visage constellé de taches de rousseur. On les conduisit jusque dans une pièce nue et glacée aux murs carrelés, au centre de laquelle reposait sur une civière le cadavre dans un halo de lumière blafarde. La mère sortit un mouchoir de sa manche et essuya méticuleusement ses lunettes. Quand le médecin légiste eut soulevé le drap, elle se pencha et, durant une minute interminable, scruta le faciès déformé. Elle fit signe à son fils qui s'approcha à son tour pour regarder, tandis qu'elle-même baissait les yeux et se cachait le visage entre les mains pour dissimuler sa joie.

– C'est bien mon mari, dit-elle enfin.

– C'cst bien mon père, compléta Rolf Carlé en s'évertuant à garder une voix sereine.

– Je suis désolé. Je devine combien tout cela doit vous être pénible..., bredouilla le médecin légiste sans bien comprendre l'origine de son propre émoi.

Il recouvrit le corps et tous trois restèrent ainsi à contempler en silence, bras ballants, la silhouette gisant sous le drap.

– Je n'ai pas encore pratiqué l'autopsie, reprit-il, mais il semble qu'il s'agisse d'un suicide. Je suis vraiment navré...

– Bien. Je suppose que c'est tout? fit la mère.

Rolf lui prit le bras et tous deux repartirent sans hâte. L'écho de leurs pas sur le sol cimenté resterait associé dans son souvenir à un sentiment d'intense soulagement et de paix retrouvée.

– Il ne s'agit pas d'un suicide. Ton père a été tué par tes camarades d'école, déclara madame Carlé dès qu'ils furent rentrés à la maison.

– Comment le savez-vous, mère?

– J'en suis certaine, et je me réjouis qu'ils l'aient fait; autrement, le jour serait venu où nous aurions dû nous en charger nous-mêmes.

– De grâce, ne parlez pas ainsi », murmura Rolf avec épouvante. Il avait toujours perçu sa mère comme un être résigné, et il n'imaginait pas qu'elle eût emmagasiné dans son for une telle rancœur contre cet homme. Il croyait être le seul à le haïr. « Tout cela est du passé, oubliez-le.

– Au contraire, mon fils, nous devons en garder à jamais souvenir, lui dit-elle en souriant, son visage rayonnant d'une expression toute nouvelle.

Les villageois s'employèrent tant et si bien à gommer la mort du professeur Carlé de la mémoire collective qu'ils y seraient presque parvenus si ses propres assassins ne s'en étaient eux-mêmes mêlés. Cela faisait des années que les cinq garçons rassemblaient leur courage en vue de ce crime, et, pressentant qu'il serait l'acte le plus saillant de leur existence, ils n'étaient guère disposés à faire silence et à ce que leur fait d'armes s'estompât dans l'épais brouillard du non-dit. Lors des obsèques du pédagogue, ils chantèrent des cantiques en costumes du dimanche, déposèrent une couronne de fleurs au nom du collège et gardèrent les yeux rivés au sol, de sorte que nul ne les surprît à échanger des regards complices. Les deux premières semaines qui suivirent, ils restèrent bouche cousue, espérant qu'un beau matin le village se réveillerait avec des preuves suffisantes pour les expédier en prison. La peur s'installa alors en eux et ne les lâcha plus, si bien qu'ils résolurent de la mettre en mots pour lui donner forme. L'occasion se présenta à l'issue d'un match de football, dans les vestiaires du stade où s'agglutinaient les joueurs dégoulinant de sueur, surexcités, se déshabillant en échangeant blagues et horions. Sans s'être concertés, ils demeurèrent dans les douches jusqu'à ce que tous les autres s'en fussent allés. Toujours nus, ils se campèrent devant la glace, s'examinèrent mutuellement, pour constater qu'aucun d'entre eux ne portait de stigmates visibles de ce qui s'était passé. L'un se prit alors à sourire, dissolvant l'ombre qui s'était accumulée entre eux, et ils redevinrent les mêmes qu'auparavant, se tapèrent dans le dos, s'embrassèrent, se remirent à jouer comme de grands gosses qu'ils étaient. Carlé méritait ce qui lui était arrivé, c'était une sale bête, un vrai psychopathe, conclurent-ils en chœur. Ils passèrent en revue les détails de leur action; ils constatèrent avec stupeur qu'ils avaient laissé une telle traînée d'indices qu'il paraissait incroyable qu'on ne les eût pas encore arrêtés; ils comprirent alors les raisons de leur impunité, et que nulle voix ne s'élèverait pour les dénoncer. La moindre enquête eût échu au père de l'un d'eux, chef de la gendarmerie; dans un éventuel procès, c'est le grand-père de tel autre qui eût présidé le tribunal, et le jury n'eût pas manqué d'être composé de parents ou de voisins. Tout le monde se connaissait, était plus ou moins apparenté, et personne ne souhaitait remuer la fange qui recouvrait cet assassinat, pas même la propre famille de Lukas Carlé. En fait, ils soupçonnaient même la veuve et son fils d'avoir désiré sa disparition depuis des années; le vent de libération suscité par sa mort avait commencé par envahir sa propre maison, la balayant de la cave au grenier, la laissant nette et pimpante comme jamais on ne l'avait connue auparavant.

Les garçons s'employèrent à garder vivant le souvenir de leur forfait et y réussirent si bien que l'histoire se propagea de bouche à oreille, embellie de maints détails surajoutés après coup, jusqu'à la transformer en geste héroïque. Ils constituèrent une sorte de club, fraternisèrent aux termes d'un serment secret. Certaines nuits, ils se rassemblaient à la lisière du bois pour commémorer ce vendredi unique dans leur vie et perpétuer dans leur mémoire la façon dont ils avaient assommé leur victime avec une pierre, le nœud coulant confectionné à l'avance, la courte échelle pour grimper à l'arbre, la corde passée autour du cou du maître encore évanoui, comment il avait rouvert les yeux à l'instant précis où ils le hissaient, comment les spasmes de l'agonie l'avaient fait se tortiller en l'air. Leur signe de reconnaissance était un rond de tissu blanc cousu sur la manche gauche de leur veste, et bientôt le village entier n'ignora plus la signification de cet emblème. Rolf Carlé ne tarda pas à être lui aussi au courant, partagé entre la gratitude qu'on l'eût débarrassé de son tortionnaire, l'humiliation de porter le nom de l'exécuté, la honte de n'avoir ni la force ni la volonté de le venger.

Rolf Carlé se mit à dépérir. Dès qu'il portait la nourriture à sa bouche, il voyait la cuiller se muer en la langue de son père; au fond de son assiette, à travers le potage, le dévisageaient les yeux du mort; jusqu'au pain qui prenait la couleur de sa peau. La nuit, il grelottait de fièvre; le jour, en proie à la migraine, il invoquait mille prétextes pour ne pas sortir de la maison. Mais sa mère l'obligeait à s'alimenter et à assister aux cours. Il endura ce régime vingt-six jours; au matin du vingt-septième, quand apparurent à la récréation les cinq compagnons à la manche marquée d'un rond blanc, il fut pris de vomissements tels que le proviseur du collège s'en émut et réclama une ambulance pour le transporter à l'hôpital de la ville la plus proche où il demeura tout le reste de la semaine à rendre l'âme. Le voyant dans cet état, madame Carlé comprit d'instinct que les symptômes de son fils ne correspondaient en rien à ceux d'une banale indigestion. Le médecin du bourg, qui l'avait vu naître et avait rédigé le certificat de décès de son père, l'ausculta avec soin, lui prescrivit toute une série de médicaments et recommanda à la mère de ne pas se faire de mauvais sang, car Rolf était un garçon tout ce qu'il y avait de sain et robuste, cette crise d'angoisse lui passerait et on le reverrait sous peu s'adonner au sport et courir les filles. Madame Carlé lui administra ponctuellement ses remèdes, mais, comme elle ne constatait aucune amélioration, de sa propre initiative elle en doubla les doses. Tout resta sans effet, le garçon ne recouvrait pas l'appétit et demeurait prostré, mal dans sa peau. A l'image de son père pendu venait se surimposer le souvenir de cette journée où il était allé enterrer les morts au camp de prisonniers. Katharina ne le lâchait pas de ses yeux placides et le suivait partout dans la maison; elle finit par lui prendre la main et essaya de l'entraîner avec elle sous la table de la cuisine, mais l'un comme l'autre étaient devenus trop grands pour cela. Alors elle se pelotonna contre lui et se mit à lui fredonner une de ses longues litanies enfantines.

Le jeudi de bon matin, sa mère vint le réveiller pour qu'il se rendît au collège et le trouva tourné contre le mur, hâve et livide, manifestement décidé à se laisser mourir, ne pouvant plus supporter d'être assiégé par tant de fantômes. Elle comprit que, pour avoir désiré commettre lui-même ce crime, la brûlure du péché finirait par le consumer, et, sans dire mot, madame Carlé se dirigea vers l'armoire et se mit à y fouiller. Elle tomba sur des objets perdus de vue depuis des années, vêtements hors d'usage, jouets qui avaient appartenu à ses enfants, radiographies du cerveau de Katharina, carabine de chasse de Jochen. S'y trouvaient également les fameux talons aiguilles de cuir rouge, et elle fut étonnée qu'ils éveillassent en elle aussi peu de rancœur, elle n'eut même pas envie d'aller les jeter aux ordures, mais les porta jusqu'à la cheminée où elle les disposa de part et d'autre du portrait de son défunt mari, comme sur un autel. Enfin elle mit la main sur un havresac en toile goudronnée dont Lukas Carlé s'était servi pendant la guerre, un grand sac kaki aux solides courroies de cuir, et, avec cette méticulosité excessive dont elle faisait montre dans les tâches domestiques et les travaux des champs, elle y disposa la garde-robe de son plus jeune fils, une photo d'elle au jour de ses noces, une petite boîte en carton garnie de papier de soie où elle conservait une mèche de cheveux de Katharina, et un paquet de gâteaux aux amandes confectionnés par elle de la veille.

— Habille-toi, mon fils, tu vas partir pour l'Amérique du Sud, lui annonça-t-elle avec une inébranlable détermination.

C'est ainsi que Rolf Carlé s'embarqua à bord d'un bâtiment norvégien qui le conduisit à l'autre bout du monde, on ne peut plus loin de ses cauchemars. Sa mère l'accompagna en train jusqu'au port le plus proche, lui acheta un billet de troisième classe, enveloppa l'argent qui restait dans un mouchoir, avec l'adresse de l'oncle Rupert, et le cousit à l'intérieur de son pantalon avec ordre de ne s'en séparer sous aucun prétexte. Elle accomplit ces gestes sans manifester la moindre émotion et, au moment de le quitter, elle lui déposa un rapide baiser sur le front, comme elle faisait chaque matin quand il se rendait en classe.

— Combien de temps vais-je rester éloigné, maman?

— Je n'en sais rien, Rolf.

— Je ne devrais pas partir. A présent, je suis le seul homme de la famille, c'est à moi de prendre soin de vous.

— Tout ira bien pour moi. Je t'écrirai.

– Katharina est malade, je ne peux pas la laisser dans cet état...

– Ta sœur n'en a plus pour longtemps, nous avons toujours su qu'il en irait ainsi, inutile de se faire du souci pour elle. Que se passe-t-il? Tu pleures? On ne dirait pas que tu es mon fils, Rolf, tu n'es plus d'âge à te comporter comme un enfant. Mouche-toi et monte à bord avant que les gens ne se mettent à nous regarder.

– Je ne me sens pas bien, maman, je crois que je vais vomir.

– Je te l'interdis! Ne me fais pas honte. Allez, emprunte cette passerelle, va jusqu'à la proue et restes-y. Ne jette pas un regard en arrière. Adieu, Rolf.

Mais le garçon alla se cacher en poupe pour contempler les quais et sut ainsi que sa mère n'en bougea pas jusqu'à ce que le bateau se fût évanoui à l'horizon. Il conserva en lui l'image de cette femme habillée de noir, avec son chapeau de feutre et son sac en simili-croco, debout, immobile et solitaire, le visage tourné vers la mer.

Rolf Carlé vogua presque un mois sur le pont supérieur du bateau au milieu des réfugiés, des émigrants, des voyageurs sans fortune; son orgueil et sa timidité lui interdisaient d'échanger le moindre mot avec personne, et il scrutait l'océan d'un regard si farouche qu'il finit par voir le fond de sa propre tristesse et s'en débarrasser. Dès lors cessa de le tourmenter ce chagrin qui, pour un peu, l'eût poussé à se précipiter par-dessus bord. Au bout d'une douzaine de jours de traversée, l'air salin lui rendit l'appétit, le guérit de ses mauvais rêves, ses nausées disparurent et il s'intéressa aux gentils dauphins qui faisaient de longs bouts de chemin dans le sillage du bateau. Quand il arriva enfin en vue des côtes sud-américaines, ses joues avaient repris des couleurs. Il s'examina dans le petit miroir du cabinet de toilette commun aux passagers du pont supérieur et remarqua que son visage n'était plus celui de l'adolescent tourmenté qu'il avait été, mais celui d'un homme. Il eut plaisir à découvrir cette image de lui-même, respira profondément et, pour la première fois depuis longtemps, se prit à sourire.

Une fois à quai, le navire stoppa ses machines et les passagers descendirent le long d'une passerelle. La chevelure agitée par une brise tiède, les yeux éblouis, se sentant comme un flibustier de roman d'aventures. Rolf Carlé fut l'un des premiers à fouler la terre ferme. Dans la lumière matinale se déploya devant ses yeux l'extraordinaire panorama du port. A flanc de collines s'accrochaient des bicoques multicolores, un entrelacs de ruelles zigzagantes, le linge étendu en plein air, une luxuriante végétation dans toute la gamme des verts. L'air vibrait de boniments et d'appels, de chants de femmes, de rires d'enfants et de cris de perroquets; y planaient toutes sortes d'odeurs, une moiteur d'arrière-cuisine, une concupiscence bon enfant. Parmi le tohu-bohu des porteurs, des matelots et des passagers, au milieu des ballots, des malles, des camelots et des badauds, oncle Rupert l'attendait avec son épouse Burgel et ses deux filles, deux adolescentes vermeilles et bien en chair dont le jeune homme tomba aussitôt amoureux. Petit cousin de sa mère, Rupert était menuisier de son état, grand buveur de bière devant l'Eternel et amateur de chiens. C'est pour fuir la guerre qu'il s'en était parti avec les siens à l'autre bout de la planète, car il n'avait pas l'âme d'un soldat et il lui paraissait de la dernière stupidité d'aller se faire massacrer pour un drapeau dans lequel il ne voyait rien de plus qu'un bout de chiffon accroché à un bâton. Il n'avait pas le moindre penchant patriotique et quand il avait eu la certitude que la guerre était devenue inéluctable, il s'était souvenu de lointains aïeux qui s'étaient jadis embarqués à destination de l'Amérique pour y fonder une colonie, et il avait décidé de prendre le même chemin. Sans transition, il conduisit Rolf Carlé du débarcadère à un petit village de rêve, comme préservé à l'intérieur d'une bulle, où le temps paraissait s'être arrêté, où toutes les lois de la géographie semblaient avoir été bafouées. La vie s'y écoulait comme au cœur des Alpes au siècle passé. Le jeune homme eut l'impression d'être entré par effraction dans un film. Il resta plusieurs mois sans rien voir du reste et put croire qu'il n'y avait guère de différences entre les rives de la Caraïbe et celles du Danube.

C'est vers le milieu du XIXe siècle qu'un célèbre Sud-Américain propriétaire de terres fertiles coincées entre les montagnes, à proximité de la mer et à distance raisonnable de la vie civilisée, s'était mis en tête de les peupler de colons de bonne souche. Il était parti pour l'Europe, avait affrété un bateau et, parmi les paysans appauvris par les guerres et les épidémies, avait fait courir le bruit qu'un monde utopique les attendait de l'autre côté de l'Atlantique. Ils allaient édifier une société parfaite où régneraient la paix et la prospérité, régie par de fermes principes chrétiens, à l'écart des vices, des ambitions et des maux souterrains qui avaient frappé l'humanité depuis les débuts de la civilisation. Quatre-vingts familles furent sélectionnées pour leurs mérites et leurs bonnes dispositions, parmi lesquelles on comptait des représentants de plusieurs corps de métiers, un instituteur, un médecin et un prêtre, tous pourvus de leurs outils de travail et nantis de plusieurs siècles de traditions et de savoirs accumulés. En foulant le littoral des tropiques, certains furent saisis d'épouvante, persuadés de ne jamais pouvoir s'acclimater à un pareil endroit, mais ils se ravisèrent en gravissant le sentier qui les menait vers les cimes montagneuses et en découvrant cette terre promise, une région tempérée, clémente, où l'on pouvait cultiver les fruits et légumes d'Europe et où poussaient aussi bien tous les produits du Nouveau Continent. Ils bâtirent là une réplique exacte de leurs bourgades natales, avec des maisonnettes à colombages, des enseignes en lettres gothiques, des fleurs en pots aux balcons des fenêtres et une petite église où ils accrochèrent la cloche de bronze qu'ils avaient emportée avec eux à bord du bateau. Ils clôturèrent la Colonie et barrèrent le sentier afin d'empêcher qui que ce fût d'y accéder ou d'en sortir, et pendant un siècle se conformèrent aux vœux de l'homme qui les avait conduits jusque-là pour vivre selon les préceptes du Créateur. Mais l'utopie ne put indéfiniment rester secrète et quand les journaux s'emparèrent de la nouvelle, ce fut un tollé. Le gouvernement, peu disposé à accepter sur son territoire la présence d'une population étrangère dotée de ses propres lois et coutumes, contraignit les colons à ouvrir leurs portes et à permettre l'accès de leurs terres aux autorités du pays, au tourisme et au commerce. Ce faisant, on découvrit une bourgade où on ne parlait pas un traître mot d'espagnol, peuplée d'êtres blonds aux yeux clairs et où une bonne proportion des enfants étaient tarés de naissance par suite des mariages consanguins. On bâtit une route pour la relier à la capitale, transformant la Colonie en lieu d'excursion favori des familles motorisées qui allaient y faire emplette de fruits d'hiver, de miel, de charcuterie fine, de pain cuit à la maison et de nappes brodées main. Les colons transformèrent leurs demeures en restaurants et en auberges destinés aux visiteurs, et quelques hôtels en vinrent même à accepter les couples irréguliers, ce qui ne coïncidait pas exactement avec l'idéal du fondateur de la communauté, mais les temps avaient changé, il fallait bien se mettre au goût du jour. Rupert était arrivé là à l'époque où l'on y vivait encore en vase clos, mais il s'était débrouillé pour s'y faire admettre après avoir décliné ses origines européennes et montré qu'il était homme de bien. Du jour où les ponts furent rétablis avec le monde extérieur, il fut l'un des premiers à comprendre tous les avantages de la nouvelle situation. Il cessa de fabriquer des meubles, dont on pouvait se procurer de meilleurs et de plus variés à la capitale, et se lança dans la production de pendules à coucous et dans l'imitation de jouets anciens décorés à la main, destinés à la vente aux touristes. Il mit également sur pied une affaire de commerce de chiens de race, et une école pour leur dressage, idée qui n'avait encore effleuré personne sous ces latitudes car, jusqu'alors, les bêtes naissaient et se reproduisaient à la va comme je te pousse, sans pedigrees ni clubs ni concours, sans toiletteurs ni entraîneurs spécialisés. Mais le bruit eut tôt fait de se répandre que les bergers allemands étaient du dernier chic, et tous les riches tinrent à avoir le leur, certificat de garantie à l'appui. Ceux qui pouvaient s'en payer faisaient l'acquisition d'une bête et la laissaient en stage à l'école de Rupert, d'où elle revenait capable de marcher sur les pattes postérieures, de tendre une patte de devant pour dire bonjour, d'apporter dans sa gueule le journal ou les pantoufles de son maître, et de faire le mort dès qu'elle en recevait l'ordre en langue étrangère.

Oncle Rupert était propriétaire d'une bonne portion de terrain et d'une vaste demeure aménagée en pension de famille, dotée d'un grand nombre de chambres, qu'il avait construite et meublée de ses propres mains en bois d'ébène, dans le style des maisons de Heidelberg, bien qu'il n'eût jamais mis les pieds dans cette ville. Il en avait trouvé le modèle dans un magazine. Son épouse cultivait les fraises et les fleurs; elle avait un poulailler dont elle tirait des œufs pour tout le village. La famille vivait de l'élevage des chiens, de la vente des pendules à coucous et de l'hébergement des touristes.

La vie de Rolf Carlé changea du tout au tout. Ayant terminé ses études secondaires, il était exclu qu'il les poursuivît à la Colonie, et son oncle, pour sa part, était plutôt partisan de l'initier à ses propres activités, afin qu'il lui donnât un coup de main et pour en faire éventuellement son héritier, car il ne perdait pas espoir de le voir marié à l'une de ses filles. Dès qu'il l'avait aperçu, il l'avait pris en affection. Depuis toujours, il avait souhaité avoir un descendant mâle, et ce garçon se révélait conforme à ses rêves, robuste, noble de caractère, habile de ses mains, et rouquin comme tous les hommes de sa lignée. Rolf eut tôt fait d'apprendre à manier les outils de menuisier, à monter les mécanismes d'horlogerie, à ramasser les fraises et à s'occuper de la clientèle de la pension de famille. Son oncle et sa tante se rendirent compte qu'on pouvait tout obtenir de lui dès lors qu'on faisait appel à ses bons sentiments et qu'on lui laissait croire que l'initiative était sienne.

– Rolf, tu as vu le toit du poulailler? Que peut-on y faire? soupirait Burgel d'un air impuissant.

– Il faut le goudronner.

– Mes pauvres poules qui vont crever dès que les pluies auront commencé!

– Laissez-moi faire, ma tante, j'aurai résolu la question en un rien de temps.

Et le jeune homme de s'activer trois jours durant à touiller du goudron dans un chaudron et, perché en équilibre sur le toit, d'expliquer aux passants ses théories sur l'imperméabilisation, suscitant les regards admiratifs de ses cousines et les sourires sous cape de Burgel.

Rolf tint à apprendre la langue du pays et n'eut de cesse d'obtenir qu'on la lui enseignât de façon méthodique. Il était doué d'une oreille musicale, qu'il mit à profit pour jouer de l'harmonium à l'église, interpréter des airs d'accordéon devant les visiteurs et assimiler l'espagnol, y compris un vaste répertoire de gros mots d'usage courant qu'il n'employait qu'en de rares occasions, mais qu'il emmagasinait pour enrichir sa culture. Il occupait tout son temps libre à lire et, en l'espace de moins d'un an, il eut dévoré tous les livres du village, qu'il empruntait et restituait avec une ponctualité frisant l'obsession. Son excellente mémoire lui permettait d'engranger des informations presque toujours inutiles ou impossibles à vérifier, destinées à éblouir la famille ou le voisinage. Il était capable de dire sans la moindre hésitation combien d'habitants comptait la Mauritanie, ou la largeur du détroit du Pas-de-Calais en milles nautiques, généralement parce qu'il avait retenu le chiffre, parfois aussi parce qu'il l'inventait sur sa lancée, l'assenant avec un tel aplomb que personne n'osait émettre la moindre objection. Pour en saupoudrer ses discours, il apprit quelques bribes de latin, grâce auxquelles il se tailla un solide prestige au sein de la petite communauté, bien qu'il ne les employât pas toujours à bon escient. De sa mère il avait hérité des manières courtoises et quelque peu démodées qui lui servirent à gagner la sympathie de tout un chacun, notamment parmi la gent féminine, peu habituée à ces raffinements dans un pays de gens mal dégrossis. Avec sa tante Burgel, il se montrait particulièrement galant, non par affectation, mais parce qu'il lui vouait une sincère affection. Elle avait le don de dissiper ses angoisses existentielles en les réduisant à des schémas si simples qu'il se demandait après coup comment il n'y avait pas songé plus tôt. Quand il rechutait dans les ornières de la nostalgie ou se rongeait les sangs à propos des maux de l'humanité souffrante, elle le guérissait à l'aide de ses somptueux desserts ou de ses plaisanteries désopilantes. Elle avait été la première personne, à l'exception de Katharina, à l'embrasser sans motif ni préavis. Tous les matins, elle l'accueillait avec des baisers sonores, et, avant d'aller se coucher, elle venait le border, attentions que sa mère, par pudeur, ne lui avait jamais prodiguées. Au premier abord, Rolf avait l'air plutôt timide, il rougissait facilement et parlait bas, mais la vanité n'était pas le moindre de ses défauts et il était encore à l'âge où on se croit le nombril de l'univers. Beaucoup plus malin et déluré que la plupart, il en était tout à fait conscient, mais il avait assez d'intelligence pour feindre une certaine modestie.

Tous les dimanches matin rappliquaient des gens de la capitale, venus assister au spectacle de l'école de dressage d'oncle Rupert. Rolf les pilotait jusqu'à une grande cour quadrillée de pistes et d'obstacles où les chiens accomplissaient leurs prouesses sous les applaudissements du public. Ce jour-là, on vendait quelques bêtes dont le jeune homme se séparait avec chagrin; il les avait biberonnées depuis leur naissance et leur vouait une tendresse sans égale. Il se couchait sur la litière des chiennes et laissait les chiots le renifler, lui lécher les oreilles, s'endormir entre ses bras; il connaissait chacun par son nom, et leur parlait d'égal à égal. Il avait soif d'affection, mais comme il avait grandi sans câlineries ni caresses, il n'osait combler ce manque qu'avec les animaux, et il lui fallut un long apprentissage pour s'abandonner au contact d'êtres humains, d'abord celui de Burgel, puis d'autres. Le souvenir de Katharina était la source secrète de ses attendrissements et il lui arrivait, dans le noir de sa chambre, de se cacher la tête sous les draps et de se mettre à pleurer en songeant à elle.

S'il ne parlait guère de son passé, c'était par crainte de susciter la pitié et parce que lui-même n'était toujours pas parvenu à y mettre de l'ordre en se le remémorant. Les années de malheur dans l'ombre de son père étaient dans sa mémoire comme un miroir brisé. Il se montrait plutôt froid et pragmatique, deux traits qui lui paraissaient hautement virils, mais, en vérité, c'était un incorrigible rêveur, le moindre geste de sympathie le laissait désarmé, la moindre injustice le révoltait, victime de cet idéalisme candide de la prime jeunesse qui ne résiste guère à la confrontation avec les rudes réalités de ce monde. Une enfance de privations et de terreurs l'avait doté d'une sensibilité à fleur de peau qui lui permettait de deviner la face cachée des êtres et des choses, don de double vue qui s'emparait de lui avec la soudaineté d'une décharge électrique, mais ses prétentions à tout rationaliser le dissuadaient de faire cas de ces mystérieux signaux ou de suivre la conduite dictée par ses impulsions. Il refoulait ses propres émotions et, de ce fait, à peine avait-il détourné la tête qu'elles revenaient lui faire mordre la poussière. Il n'admettait pas davantage l'appel de ses sens, et s'évertuait à maîtriser cette part de sa nature qui inclinait à la nonchalance et au plaisir. Il avait compris d'emblée que la Colonie n'était qu'un rêve ingénu où il s'était trouvé plongé par hasard, mais que l'existence était pleine d'aspérités et que si l'on souhaitait survivre, mieux valait se blinder. Néanmoins, ceux qui le connaissaient bien n'avaient aucun mal à constater que cette belle cuirasse n'était que fumée, et qu'un souffle suffisait à la dissiper. Il déambulait dans la vie avec ses sentiments à vif, trébuchant sur son propre orgueil, tombant pour se redresser aussitôt.

Chez oncle Rupert, on était simple comme bonjour, on ne renâclait pas à la tâche et on aimait s'empiffrer. Manger revêtait pour ces gens une importance primordiale, toute leur existence tournait autour des préparatifs culinaires et du rituel de la table. Tous étaient bien en chair et ils ne se résignaient pas à voir ce neveu si maigrichon, en dépit des soins constants qu'on mettait à le gaver. Tante Burgel avait concocté un plat aphrodisiaque qui attirait les touristes et maintenait vivace la flamme de son époux – regardez-le, on dirait un bulldozer, disait-elle avec son sourire contagieux de matrone bien à l'aise dans sa peau. La recette n'était pas compliquée : dans un énorme faitout, elle mettait à frire la quantité voulue d'oignons, de petits lardons et de tomates, relevant le tout avec sel, poivre en grains, ail et coriandre. Puis, une couche après l'autre, elle y ajoutait des morceaux de viande de porc et de mouton, de poulets désossés, des fèves, du maïs, du chou, du poivron, du poisson, des clovisses et des langoustines, après quoi elle saupoudrait le tout de quelques pincées de sucre brun et y versait quatre chopes de bière. Avant de couvrir et de laisser mijoter à feu doux, elle jetait une poignée des herbes qu'elle faisait pousser dans les jardinières de sa cuisine. C'était là l'instant crucial, car nul ne connaissait la nature de ce dernier condiment, et elle était bien décidée à en emporter le secret dans sa tombe. Le résultat était un ragoût noirâtre que l'on sortait de la marmite dans l'ordre inverse où on y avait disposé ses ingrédients. Pour finir, on servait le bouillon dans des bols et l'effet produit était à la fois une formidable poussée de chaleur dans les os et un débordement d'élans luxurieux dans l'âme. L'oncle et la tante tuaient le cochon plusieurs fois par an et confectionnaient les meilleures charcuteries de tout le village, jambons fumés, cervelas, mortadelle, grosses boîtes de saindoux; ils achetaient du lait frais en bidons pour faire de la crème, baratter le beurre, fabriquer des fromages. Du point du jour à la tombée de la nuit, la cuisine exhalait ses fumets. On allumait dans la cour des feux de bois où placer les bassines de cuivre dans lesquelles cuisaient les confitures de prunes, de fraises et d'abricots dont on régalait les clients au petit déjeuner. A tant vivre au milieu de ce pot-pourri aromatique, les deux cousines avaient fini par embaumer la cannelle, le clou de girofle, la vanille et le citron. La nuit, Rolf s'introduisait comme une ombre jusque dans leur chambre pour enfouir son nez dans leurs robes et humer cette douce fragrance qui emplissait sa tête de péchés.

Les fins de semaine bouleversaient le train-train. Dès le jeudi, on aérait les chambres, les décorait de fleurs coupées; on disposait des bûches près des cheminées, car un vent froid se levait dans la nuit et les hôtes aimaient à s'asseoir près du feu en s'imaginant au cœur du massif alpin. Du vendredi au dimanche, les clients affluaient à la maison et toute la famille s'employait depuis l'aube à les satisfaire : tante Burgel ne sortait plus de la cuisine, les jeunes filles servaient à table et faisaient le ménage, portant jupe de feutre brodé, socquettes blanches, tablier amidonné, nattes et rubans de couleur comme les paysannes des contes germaniques.

Les lettres de madame Carlé mettaient quatre mois à parvenir; toutes étaient fort brèves et quasi identiques : Cher fils, je vais bien, Katharina est à l'hôpital, prends bien soin de toi et souviens-toi de ce que je t'ai enseigné pour faire de toi un homme comme il faut; ta maman qui t'embrasse. Rolf, en revanche, lui écrivait souvent, remplissant plusieurs pages recto verso pour lui narrer ses lectures, car après qu'il lui eut décrit le village et la maisonnée de son oncle, il n'y avait plus rien d'autre à en dire, lui-même avait l'impression qu'il ne lui arrivait jamais rien qui méritât d'être consigné dans une lettre et il préférait épater sa mère par les interminables paragraphes philosophiques que lui inspiraient les livres. Il lui envoyait aussi des photos qu'il prenait avec un vieil appareil appartenant à son oncle et qui lui servait à capter les variations de la nature, l'expression des gens, de menus événements, d'infimes détails qui pouvaient à première vue passer inaperçus. Cette correspondance comptait beaucoup pour lui; non seulement elle permettait de garder vivante la présence de sa mère, mais elle lui révéla combien il aimait observer le monde, l'emprisonner dans ses images.

Les cousines de Rolf Carlé faisaient l'objet d'une cour assidue de la part de deux prétendants qui descendaient en ligne directe des fondateurs de la Colonie. Ceux-ci étaient propriétaires de la seule et unique fabrique de bougies fantaisie du pays, dont la production se vendait partout à l'intérieur et hors des frontières. Cette fabrique existe encore de nos jours, et son prestige est tel qu'à l'occasion de la visite du souverain pontife, quand le gouvernement commanda un cierge de sept mètres de haut et deux mètres de diamètre pour le planter tout allumé au cœur de la cathédrale, non seulement ces artisans surent le mouler à la perfection, le décorer de scènes de la Passion et l'aromatiser à l'extrait de pin, mais ils se révélèrent également capables de l'acheminer en camion de leurs montagnes jusqu'à la capitale, sous un soleil de plomb, sans lui faire perdre sa forme d'obélisque, sa bonne odeur de Noël ni son teint d'ivoire ancien. La conversation des deux jeunes gens roulait toujours autour des moules à bougies, de leurs coloris et de leurs parfums. Un moment arrivait où l'on pouvait en éprouver quelque ennui, mais l'un comme l'autre étaient séduisants, plutôt prospères et imprégnés sur toutes les coutures des arômes de cire d'abeille et d'essences de fleurs. C'étaient les meilleurs partis de la Colonie et toutes les donzelles cherchaient un bon prétexte pour aller quérir des bougies dans leurs plus vaporeux atours, mais Rupert avait semé le doute dans l'esprit de ses filles en remarquant que tous ces gens issus au fil des générations des mêmes lignées avaient le sang tout délayé et risquaient fort d'engendrer des avortons. En opposition radicale avec les théories sur la pureté raciale, il pensait que les mélanges donnaient les meilleurs spécimens, et, pour en administrer la preuve, il avait croisé ses chiens à pedigree avec des bâtards de grands chemins. Il avait obtenu de lamentables bestioles au pelage et à la taille imprévisibles, dont nul acheteur ne voulut, mais qui se révélèrent beaucoup plus intelligentes que leurs congénères de haute lignée, ainsi qu'on put le constater quand elles apprirent à marcher sur une corde raide et à danser la valse sur leurs pattes postérieures. Mieux vaut chercher des fiancés ailleurs, disait-il, bravant sa bien-aimée Burgel qui ne voulait pas entendre parler d'une telle éventualité; l'idée de voir ses filles mésalliées à l'un de ces moricauds avec un va-et-vient de rumba dans les hanches lui faisait l'effet d'une horrible catastrophe. Ne sois pas obtuse, Burgel. L'obtus, c'est toi : tu tiens à avoir des petits-enfants caramel ? Les gens de par ici ne sont certes pas des blondinets, ma chérie, mais ils ne sont pas non plus tous noirs. Pour clore la discussion, tous deux se mettaient à soupirer, le nom de Rolf Carlé sur les lèvres, déplorant de ne pas disposer de deux neveux comme lui, un pour chacune des filles, car s'il existait bien entre eux une certaine consanguinité – sans oublier l'antécédent de Katharina en matière d'arriération mentale ?, ils pouvaient jurer leurs grands dieux que Rolf n'était pas porteur de gènes déficients. Ils le considéraient comme le gendre idéal, travailleur, bien élevé, cultivé, doué de bonnes manières, que demander de plus ? Son excessive jeunesse constituait pour l'heure son seul défaut, mais c'est là quelque chose dont tout le monde finit par se remettre.

Les cousines tardèrent quelque peu à se mettre au diapason des aspirations de leurs parents, car c'étaient encore d'innocentes pucelles, mais dès qu'elles se furent déniaisées, elles eurent tôt fait de jeter par-dessus les moulins les préceptes de réserve et de pudeur dans lesquels on les avaient élevées. Elles perçurent l'incendie qui brûlait dans le regard de Rolf Carlé, elles le virent pénétrer comme une ombre dans leur chambre pour fouiner furtivement dans leurs robes, et elles interprétèrent ses attitudes comme autant de symptômes amoureux. Elles en devisèrent entre elles, considérant la possibilité de s'aimer tous trois sur un mode platonique, mais à le contempler torse nu, ses cheveux cuivrés ébouriffés par le vent, baigné de sueur à manier la bêche ou le rabot, elles changèrent d'avis et en vinrent à l'heureuse conclusion que Dieu n'a pas inventé deux sexes sans un propos évident. Elles étaient d'un tempérament enjoué, et, habituées à partager la même chambre, le même cabinet de toilette, la même garde-robe, elles ne virent aucune malice à partager également le même amant. Par ailleurs, elles n'avaient aucune peine à constater l'excellente condition physique du garçon, suffisamment fort et bien disposé pour venir à bout des rudes travaux commandés par oncle Rupert, et elles ne doutaient pas qu'il montrerait autant de vigueur et d'empressement pour batifoler avec elles. Mais les choses n'étaient pas aussi simples. Les habitants du village manquaient par trop de largeur de vues pour comprendre ce genre de relation triangulaire, et leur père lui-même, en dépit de ses proclamations de modernisme, ne pourrait jamais le tolérer. Quant à leur mère, mieux valait n'en point parler, elle était capable de s'emparer d'un couteau et de le planter dans les parties sensibles de son cher neveu.

Rolf Carlé ne tarda pas à déceler un changement dans l'attitude des deux adolescentes. Elles le gavaient des plus grosses tranches de rôti, lui servaient pour dessert des montagnes de crème fouettée, chuchotaient derrière son dos, se troublaient lorsqu'il les surprenait à l'observer, l'effleuraient au passage, toujours de façon fortuite, mais avec une telle charge érotique que même un anachorète ne fût pas resté insensible à ce genre de frôlements. Jusque-là, il avait tournicoté autour d'elles avec prudence et dissimulation, afin de ne pas manquer aux règles de la bienséance ni risquer l'éventualité d'un rejet qui eût grièvement blessé son amour-propre, mais il se mit peu à peu à les examiner d'un œil enhardi, en prenant tout son temps, car il ne souhaitait pas agir sur un coup de tête. Laquelle choisir? L'une et l'autre étaient appétissantes, avec leurs cuisses robustes, leurs seins drus, leurs yeux d'aigue-marine, ce grain de peau de princesse. L'aînée était la plus drôle, mais il était tout aussi séduit par la coquetterie sucrée de la cadette. Le pauvre Rolf se débattit dans ce terrible dilemme jusqu'au jour où les jeunes filles se lassèrent d'attendre son initiative et déclenchèrent une attaque frontale. Elles lui mirent le grappin dessus dans le parterre de fraisiers, lui firent un croc-en-jambe pour l'envoyer rouler au sol, puis se laissèrent choir sur lui, multipliant les chatouilles, balayant les grands airs qu'il avait coutume de se donner, et mettant sa luxure en ébullition. Elles firent sauter les boutons de son pantalon, lui arrachèrent ses souliers, lacérèrent sa chemise et glissèrent leurs mains de nymphes effrontées là où il n'eût jamais imaginé qu'un jour quelqu'un oserait s'aventurer. A compter de cet instant, Rolf Carlé délaissa la lecture, négligea les chiots et les pendules à coucous, omit d'écrire à sa mère et oublia jusqu'à son propre nom. Il allait comme un possédé, les instincts embrasés, l'esprit tourneboulé. Du lundi au jeudi, quand il n'y avait pas de visiteurs à héberger, le rythme des travaux domestiques se relâchait et les trois adolescents disposaient de quelques heures de loisir qu'ils mettaient à profit pour s'égarer dans les chambres d'hôtes, restées vides en semaine. Les bons prétextes ne manquaient pas : secouer les édredons, nettoyer les vitres des fenêtres, enfumer les cafards, encaustiquer les meubles, changer les draps. Les jeunes filles avaient hérité de leurs parents le sens de l'équité et celui de l'organisation : tandis que l'une restait à veiller dans le couloir pour donner l'alarme si quelqu'un venait à approcher, l'autre s'enfermait dans la chambre en compagnie de Rolf. Elles respectaient scrupuleusement leur tour, mais, par chance, le jeune homme ne remarqua point cet humiliant détail. Que faisaient-ils quand ils se retrouvaient seuls ? Rien de bien nouveau : les mêmes jeux de cousins-cousines que l'humanité connaît depuis six mille ans. Cela commença à devenir plus intéressant quand ils décidèrent de se retrouver nuitamment tous les trois dans le même lit, rassurés par les ronflements de Rupert et de Burgel dans la chambre contiguë. Les parents dormaient la porte entrouverte pour mieux surveiller leurs filles, ce qui permettait aux filles de surveiller d'autant mieux leurs parents. Rolf Carlé était tout aussi inexpérimenté que ses deux compagnes, mais, dès leur premier rendez-vous, il avait pris toutes précautions utiles pour ne pas les engrosser, et il mit dans leurs jeux d'alcôve tout l'enthousiasme et toute l'inventivité souhaitables pour pallier son ignorance des choses de l'amour. Son énergie était renouvelée sans relâche par le formidable régal que constituaient ses deux cousines, si accueillantes, chaudes et fruitées, toujours pouffant de rire, toujours bien disposées. En outre, le fait d'être contraints au silence le plus complet, terrifiés par les grincements du sommier, emmitouflés sous les draps, baignant dans leur chaleur et leurs odeurs mêlées, était un stimulant qui leur mettait le cœur en feu. Ils étaient à cet âge où l'on peut faire l'amour infatigablement. Tandis que les filles s'épanouissaient, gorgées d'une sève estivale, les yeux de jour en jour plus bleus, le teint plus lumineux, le sourire plus comblé, Rolf en oubliait toutes ses citations latines, se cognait aux meubles, et, dormant debout, servait les touristes attablés comme un somnambule, jambes flageolantes et regard trouble. Ce garçon travaille trop, Burgel, je le trouve pâlichon, il faut lui donner des vitamines, disait Rupert sans soupçonner que, dans son dos, son neveu dévorait d'énormes portions du fameux ragoût aphrodisiaque de sa tante, afin que ses muscles ne le trahissent point au moment de les mettre à l'épreuve. Les trois cousins découvrirent ainsi ensemble l'art et la manière de prendre leur essor et, en certaines occasions, ils parvinrent même à planer très haut. Le garçon se fit à l'idée que ses compagnes étaient capables de jouir plus souvent que lui-même et de répéter leurs prouesses plusieurs fois d'affilée, de sorte que, pour garder son prestige intact et ne point les frustrer, il apprit à doser son énergie et son plaisir en improvisant sur le tas des techniques appropriées. Les années passant, il viendrait à savoir que les mêmes méthodes sont employées en Chine depuis l'époque de Confucius, et il en conclurait qu'il n'y a rien de nouveau sous le soleil, comme disait oncle Rupert chaque fois qu'il parcourait le journal. Certaines nuits, les trois amants étaient si heureux qu'ils en oubliaient de se séparer et s'assoupissaient, nœud de jambes et de bras entrelacés, le jeune homme disparaissant sous une masse laiteuse et parfumée, bercé par les rêves des deux cousines. Ils s'éveillaient dès le premier chant du coq, juste à temps pour bondir dans leur lit respectif avant que les parents ne les surprennent en flagrant et si délicieux délit. Au début, les deux sœurs avaient eu l'idée de jouer à pile ou face à qui reviendrait finalement l'infatigable Rolf Carlé, mais, dans le feu de leurs mémorables corps à corps, elles avaient découvert que ce qui les unissait à lui était un sentiment trop empreint d'espièglerie et de paillardise pour tenir lieu de fondement à un mariage respectable. En femmes pratiques, elles jugèrent plus avantageux de convoler avec les aromatiques fabricants de bougies, tout en conservant leur cousin comme amant et en en faisant dans la mesure du possible le véritable père de leurs enfants, s'épargnant ainsi le risque de mourir d'ennui, à défaut d'éviter à coup sûr celui de mettre au monde des rejetons à demi tarés. L'idée d'un pareil arrangement n'effleura jamais l'esprit de Rolf Carlé, pétri de littérature romantique, de romans de chevalerie et des rigides préceptes d'honorabilité qu'on lui avait inculqués dès l'enfance. Tandis qu'elles planifiaient leurs audacieuses combinaisons, lui-même ne pouvait qu'atténuer la faute de les aimer toutes deux en se disant qu'il s'agissait là d'un arrangement provisoire, destiné en définitive à se mieux connaître avant de constituer un couple; un plus long bail, en revanche, lui eût semblé une perversion abominable. Il se débattait dans cet insoluble conflit entre son désir, sans cesse nourri d'une fougue nouvelle, pour ces deux corps aussi opulents que généreux, et sa propre sévérité qui l'incitait à considérer le mariage monogame comme la seule et unique voie permise à un homme digne de ce nom. Ne sois pas nigaud, Rolf, tu ne vois pas que ça nous est bien égal à toutes deux? Je ne te veux pas pour moi toute seule, et ma sœur non plus; continuons ainsi tant que nous ne sommes pas mariées, et après aussi bien. Cette proposition heurta violemment la vanité du jeune homme. Il macéra dans l'indignation pendant trente-six heures, au terme desquelles sa concupiscence était telle qu'il ne put plus la contenir. Il rassembla sa dignité foulée aux pieds et se remit à coucher avec elles. Et les adorables cousines, une à sa droite, l'autre à sa gauche, souriantes dans leur nudité, l'enveloppèrent à nouveau de leur envoûtant nuage de cannelle, de clou de girofle, de vanille et de citron, jusqu'à affoler ses sens et révoquer ses sèches vertus chrétiennes.

Trois années s'écoulèrent ainsi, suffisantes pour effacer les macabres cauchemars de Rolf Carlé et leur substituer d'aimables rêves. Peut-être les jeunes filles eussent-elles remporté leur combat contre ses propres scrupules et fût-il resté près d'elles pour le restant de ses jours, assumant avec humilité son rôle d'amant et de procréateur en partie double, si son destin n'avait été tracé dans une tout autre direction. L'homme qui se chargea de le lui signaler fut monsieur Aravena, journaliste de métier et cinéaste de vocation.

Aravena écrivait dans le plus important journal du pays. C'était le meilleur client de la pension, il passait presque tous ses week-ends chez Rupert et Burgel, où une chambre lui était réservée. Sa signature était si prestigieuse que la dictature elle-même n'était pas parvenue à le bâillonner tout à fait, et ses années de métier l'avaient paré d'une telle auréole d'honnêteté qu'il pouvait se permettre de publier ce que jamais ses collègues n'auraient osé écrire. Même le Général et l'homme au gardénia le traitaient avec une certaine considération, respectant une sorte de *modus vivendi* aux termes duquel on lui laissait un espace où se mouvoir à l'abri des embêtements, du moins dans certaines limites, en échange de quoi le gouvernement pouvait se donner des airs de libéralisme en invoquant ses articles tant soit peu audacieux. Il avait manifestement un faible pour la belle vie, fumait de gros cigares, mangeait comme quatre et levait le coude avec vaillance, seul capable de battre oncle Rupert lors des tournois dominicaux de buveurs de bière. Lui seul pouvait également s'offrir le luxe de pincer les splendides fesses des cousines de Rolf, car il le faisait avec esprit, sans intention de les offenser, comme une façon de leur rendre un juste hommage. Venez par ici, mes adorables walkyries, laissez un pauvre journaleux vous mettre la main au cul – et tante Burgel elle-même ne pouvait s'empêcher de rire aux larmes lorsque ses filles pirouettaient sur elles-mêmes pour qu'il soulevât cérémonieusement leurs jupes de feutre brodé et s'extasiât devant ces globes enserrés dans des culottes de gamines. Monsieur Aravena possédait un appareil de prise de vues et une machine à écrire portative particulièrement bruyante, aux touches effacées par l'usage, devant laquelle il passait tout son samedi et la moitié de son dimanche, assis sur la terrasse de la pension de famille, à taper ses chroniques avec deux doigts tout en ingurgitant charcuteries et chopes de bière. Ça me fait du bien de respirer l'air pur des montagnes, disait-il tout en inhalant la fumée noirâtre de son cigare. Il débarquait parfois en compagnie d'une jeune créature, jamais la même, qu'il présentait comme sa nièce, et Burgel feignait de croire à ces liens de parenté, qu'est-ce que vous allez chercher, il est d'ailleurs le seul à qui je permette de venir accompagné, parce qu'il s'agit de quelqu'un de très connu, vous n'avez pas vu son nom dans le journal ? La flamme d'Aravena pour la fille en question durait l'espace d'une nuit, après quoi il s'en lassait et la renvoyait par le premier camion de primeurs à redescendre vers la capitale. Avec Rolf Carlé, en revanche, il pouvait passer des journées entières à deviser tout en se promenant dans les alentours du village. Il lui commentait les nouvelles internationales, l'initia à la politique locale, guidait ses lectures, lui apprit à se servir de la caméra et lui enseigna quelques rudiments de sténo. Tu ne peux tout de même pas rester indéfiniment dans cette Colonie, lui disait-il, c'est bon pour un névrosé comme moi qui vient s'y désintoxiquer et s'y refaire une santé, mais aucun garçon normalement constitué ne peut vivre dans ce décor de carton-pâte. Rolf Carlé connaissait bien les œuvres de Shakespeare, de Molière et de Calderón de la Barca, mais il n'était jamais allé au théâtre et était bien incapable de faire le rapprochement avec le village, mais il n'était pas question de mettre en doute la parole de ce maître à qui il vouait une admiration démesurée.

– Je suis content de toi, mon neveu. D'ici deux ans, tu pourras t'occuper seul des pendules, c'est

un bon commerce, proposa oncle Rupert au garçon le jour de ses vingt ans.

— En réalité, mon oncle, je ne tiens pas à être
horloger. Je crois que le cinéma est un métier qui
me conviendrait mieux.

— Le cinéma? Et à quoi ça sert?

— A faire des films. Moi, ce qui m'intéresse, ce
sont les documentaires. Je veux savoir ce qui se
passe à travers le monde, mon oncle.

— Moins tu en sauras, mieux ça vaudra. Mais si
c'est cela qui te chante, fais comme tu l'enten-
dras.

Burgel faillit tomber malade quand elle apprit
qu'il allait partir vivre seul à la capitale, cet antre
de tous les dangers, de la drogue, de la politique et
des sales maladies, où toutes les femmes sont des
greluches et des pétasses, passez-moi l'expression,
comme ces visiteuses qui s'en viennent à la Colonie
tous nichons dehors, en se dandinant du croupion.
Au désespoir, les cousines tentèrent de le dissuader
en lui refusant leurs faveurs, mais cette mesure de
rétorsion leur étant aussi pénible qu'à lui-même,
elles changèrent radicalement de tactique et l'aimè-
rent avec une telle ardeur que Rolf perdit du poids
de façon alarmante. Cependant, les plus affectés
furent les chiens qui, flairant les préparatifs, en
perdirent l'appétit et se mirent à errer la queue
entre les pattes, l'oreille basse, levant sur lui un
insupportable regard de supplication.

Rolf Carlé résista à toutes les pressions sentimentales et partit deux mois plus tard pour l'université
après avoir promis à son oncle Rupert de revenir
passer les fins de semaine parmi eux, à sa tante
Burgel de manger les gâteaux, les jambonneaux et
les confitures qu'elle avait glissés dans ses bagages,
et aux cousines de demeurer d'une chasteté absolue pour s'en revenir folâtrer avec elles sous l'édredon avec une vigueur renouvelée.

CHAPITRE CINQ

CEPENDANT que ces événements émaillaient la vie de Rolf Carlé, non loin de là, je sortais de l'enfance. C'est à cette époque que commencèrent les infortunes de Marraine. J'en fus informée par la radio et découvris sa photo dans les feuilles à sensation qu'Elvira achetait en cachette de la patronne, et j'appris ainsi qu'elle avait donné le jour à un monstre. Des experts qualifiés firent savoir à l'opinion que le rejeton en question appartenait à une espèce du troisième type, autrement dit qu'il se caractérisait par la fusion de deux corps et de deux têtes, du genre unixiphoïdien, ne possédant par conséquent qu'une seule colonne vertébrale, et de la classe monombilique, les deux corps étant dotés d'un seul et unique nombril. Le plus curieux était qu'une tête était de race blanche, et l'autre de race noire.

– Le pauvre petit a deux pères, ça ne fait pas un pli, dit Elvira avec une grimace de dégoût. À mon sens, ce sont des malheurs qui arrivent quand on couche avec deux hommes le même jour. A la cinquantaine passée, jamais je n'ai fait une chose pareille. Ou pour le moins n'ai-je jamais laissé les liqueurs de deux hommes se mélanger dans mon ventre, car de ce vice-là naissent des avortons de cirque.

Marraine gagnait sa vie à nettoyer de nuit les bureaux. Elle était occupée à détacher la moquette d'un dixième étage quand les premières douleurs s'étaient fait sentir, mais, incapable de déterminer la date de son accouchement, furieuse contre elle-même d'avoir succombé à la tentation et de devoir le payer de cette grossesse honteuse, elle avait poursuivi son travail. Il était minuit passé quand elle sentit un chaud liquide lui couler entre les jambes; elle voulut se rendre à l'hôpital, mais c'était trop tard, les forces lui manquaient et elle ne put descendre. Elle eut beau crier à pleins poumons, il n'y avait personne dans l'immeuble désert pour lui porter secours. Résignée à salir ce qu'elle venait tout juste de nettoyer, elle s'allongea par terre et poussa avec la dernière énergie, jusqu'à expulser son enfant. En découvrant l'étrange créature bicéphale qu'elle venait de mettre bas, elle fut plongée dans un désarroi sans fond, et sa première impulsion fut de s'en défaire au plus tôt. A peine fut-elle capable de se remettre debout qu'elle alla dans le couloir le précipiter dans le vide-ordures, après quoi elle s'en revint, toute pantelante, nettoyer de nouveau la moquette. Le lendemain, quand le concierge fit irruption dans la cave, ce fut pour découvrir le minuscule cadavre au milieu des déchets excrétés par les étages de bureaux, à peu près intact dans la mesure où il avait échoué sur un lit de vieux papiers. A ses cris accoururent les serveuses de la cafétéria et, en l'espace de quelques minutes, la nouvelle déborda dans la rue et se répandit à travers la ville. A midi, le fait divers était connu de l'ensemble du pays et on vit même des correspondants de presse étrangers rappliquer pour photographier l'avorton, car on n'avait jamais vu pareille juxtaposition de races dans toutes les annales de la médecine. On ne parla de rien d'autre pendant une semaine; l'événement occulta même la mort de deux étudiants abattus aux portes de l'université par la Garde civile pour avoir agité des drapeaux rouges et chanté *l'Internationale*. Quant à celle qui avait donné le jour au bébé, elle fut traitée de mère dénaturée, de criminelle et même d'ennemie de la science pour s'être refusée à l'abandonner aux chercheurs de l'Institut d'anatomie, exigeant qu'il fût enterré au cimetière conformément aux préceptes de la religion catholique.

– Elle commence par le tuer et le jeter aux ordures comme du poisson pas frais, et après ça, voilà qu'elle veut lui donner une sépulture chrétienne! Dieu ne peut pardonner un crime pareil, mon petit oiseau.

– Mais, grand-mère, rien ne prouve que ma marraine l'ait fait mourir...

– Et qui veux-tu que ce soit?

La police garda la mère sous les verrous pendant plusieurs semaines, jusqu'au jour où quelque médecin étranger put faire entendre sa voix. Personne n'avait prêté cas à ses affirmations selon lesquelles la chute dans le vide-ordures n'avait nullement été la cause du décès, l'enfant étant tout simplement mort-né. La justice finit par élargir la pauvre femme qui n'en resta pas moins profondément marquée, les journaux continuant pendant des mois à faire leurs gros titres sur l'affaire et nul n'ajoutant foi à la version officielle. Ses instincts primaires faisaient pencher l'opinion en faveur de l'enfant, et traiter Marraine de « meurtrière du petit monstre ». Cet épisode terrible eut raison de ses nerfs. Lorsqu'on la relâcha, incapable de se faire à l'idée d'avoir donné le jour à un pareil épouvantail, elle n'était plus la même, s'étant mis dans la tête que cette grossesse était un châtiment divin pour quelque abominable péché dont elle ne pouvait même plus se rappeler les tenants et les aboutissants. Elle avait honte de se montrer en public et commença à sombrer dans la misère et la désolation. A bout de ressources, elle fit appel aux extirpeurs de mauvais sorts, qui la revêtirent d'un suaire, l'étendirent à même le sol, l'entourèrent d'un cercle de cierges allumés, l'asphyxièrent sous un nuage de fumée, de talc et de camphre, tant et si bien qu'un hurlement viscéral finit par sortir des entrailles de la patiente, aussitôt interprété comme l'expulsion définitive des esprits malins. Après quoi on lui passa autour du cou des scapulaires sacrés afin d'empêcher le mal de revenir se faufiler en elle. Quand j'allai lui rendre visite avec Elvira, je la trouvai dans la même bicoque bleu indigo. Ses formes s'étaient affaissées, elle n'arborait plus cette insolente coquetterie qui mettait naguère du piment dans sa démarche, elle s'était entourée d'images pieuses et de représentations de dieux indigènes, et n'avait plus pour toute compagnie que le puma embaumé.

Constatant que ses malheurs n'étaient en rien réglés par les prières, les sorcelleries ou les recettes d'herboristes, Marraine jura devant l'autel de la Vierge Marie qu'elle n'aurait plus jamais de rapport charnel avec aucun homme, et, pour se contraindre à respecter son vœu, elle se fit coudre le vagin par une matrone. Il s'en fallut de peu que l'infection ne la fît trépasser. Elle ne sut jamais très bien si elle fut sauvée par les antibiotiques de l'hôpital, par les cierges allumés à sainte Rita ou par les infusions de toutes sortes qu'elle avait ingurgitées. Toujours est-il qu'à compter de ce jour-là, elle ne cessa plus de s'adonner au rhum et à la dévotion, elle perdit le nord et la notion des choses de la vie, il lui arrivait de plus en plus souvent de ne pas reconnaître les gens et elle errait au long des rues en marmonnant des insanités sur le fils du diable, une bestiole birace qui était sortie de son ventre. L'esprit fêlé, elle ne pouvait gagner sa subsistance, car dans cet état de dérangement mental, avec sa photo dans les pages de faits divers, il ne se trouvait personne pour lui procurer du travail. Parfois elle restait assez longtemps sans réapparaître et j'en venais à craindre qu'elle ne fût morte, mais alors qu'on ne s'y attendait plus, elle refaisait surface, chaque fois plus défaite et plus abattue, les yeux injectés, munie d'une cordelette à sept nœuds avec laquelle elle me mesurait le tour du crâne, méthode qu'elle était allée chercher je ne sais où et qui lui permettait de vérifier si j'avais encore gardé ma virginité : c'est ton seul et unique trésor; tant qu'il restera intouché, tu vaudras quelque que chose; dès que tu l'auras perdu, tu ne seras plus personne, disait-elle, et je restais sans bien comprendre pourquoi c'était précisément cette partie-là de mon individu, pécheresse et prohibée, qui revêtait un tel prix.

Alors qu'elle pouvait laisser passer des mois sans venir percevoir mes gages, elle rappliquait subitement pour réclamer de l'argent, suppliant et menaçant : voyez comme vous maltraitez ma petite-fille, elle n'a pas grandi d'un centimètre, elle a la peau sur les os et les mauvaises langues disent que le patron la tripote dans les coins, ça ne me plaît pas du tout, cela s'appelle du détournement de mineure. Quand elle débarquait à la maison, je courais me planquer dans le cercueil. Inflexible, la vieille fille refusait d'augmenter mes émoluments et faisait savoir à Marraine que la prochaine fois qu'elle viendrait la déranger de la sorte, elle appellerait la police : ils t'ont déjà à l'œil, ils savent fort bien qui tu es, c'est de la reconnaissance que tu devrais me témoigner pour avoir pris soin de ta gamine, sans moi elle serait morte, comme ton rejeton à deux têtes. La situation devenait chaque fois plus intenable, si bien que la patronne finit un jour par perdre patience et me congédia.

La séparation d'avec Elvira fut très triste. Nous étions restées plus de trois ans ensemble, elle m'avait donné toute son affection et, de mon côté, je lui avais farci la tête de mes invraisemblables histoires, nous nous étions entraidées, nous protégeant l'une l'autre et partageant nos fous rires. Dormant dans le même lit, jouant dans le même cercueil à la veillée mortuaire, nous avions tissé des liens que rien ne pouvait briser, qui nous avaient préservées de la solitude et de la rudesse de la condition de servantes. Elvira ne se résigna pas à m'oublier et, à compter de ce jour, en quelque endroit que je fusse, elle vint me rendre visite. Elle se débrouillait toujours pour me retrouver. Là où j'avais réussi à m'employer, elle rappliquait un beau jour comme une grand-mère attentionnée, apportant un pot de confiture de goyave et une poignée de sucres d'orge achetés au marché. Nous nous asseyions l'une en face de l'autre pour nous regarder avec cette tendresse contenue à laquelle nous nous étions mutuellement habituées, et, avant de repartir, Elvira me demandait de lui raconter une longue histoire qui lui durerait jusqu'à la visite suivante. Nous nous revîmes ainsi pendant un certain temps, jusqu'à ce qu'un malheureux concours de circonstances nous fît perdre notre piste.

Pour moi avait commencé une longue pérégrination d'un toit à l'autre. Marraine me faisait changer de place, exigeant chaque fois plus d'argent, alors que personne n'était disposé à rétribuer généreusement mes services, vu que beaucoup de fillettes de mon âge travaillaient en touchant pour tous gages le vivre et le couvert. A l'époque, tout s'emmêlait dans ma tête et je suis aujourd'hui bien incapable de me rappeler les divers endroits où j'échouai, hormis certains qui sont impossibles à oublier, comme la maison de cette dame qui s'exerçait à l'art du papier mâché, technique qui devait servir de point de départ, bien des années plus tard, à une de mes singulières aventures.

C'était une veuve née en Yougoslavie, qui s'exprimait dans un espagnol approximatif et cuisinait des plats compliqués. Elle avait découvert rien de moins que la formule du Matériau universel, ainsi qu'elle baptisait en toute modestie un mélange de papier journal mis à tremper dans l'eau, de farine tout ce qu'il y a d'ordinaire et de ciment dentaire, avec quoi elle fabriquait une pâte grisâtre, malléable tant qu'elle restait humide et qui, en séchant, acquérait un aspect pierreux. On pouvait s'en servir pour reproduire n'importe quoi, hormis la transparence du verre et l'humeur vitreuse de l'œil. Elle la malaxait, l'enveloppait dans un linge mouillé et la conservait au frais dans la glacière jusqu'au moment de s'en servir. On pouvait la modeler comme de l'argile ou l'aplatir avec un rouleau à pâtisserie pour la rendre aussi fine que du papier de soie, la découper, lui conférer différentes textures, la plier et replier en tous sens. Une fois sèche et durcie, on la recouvrait d'un vernis, puis on la peignait à sa guise pour obtenir l'apparence du bois, du métal, d'un tissu, d'un fruit, du marbre, de la peau humaine ou de tout ce qu'on voulait. La demeure de la Yougoslave exhibait tout un échantillonnage des possibilités de ce miraculeux matériau : un paravent de Coromandel dans l'entrée; quatre mousquetaires vêtus de velours et de dentelles trônant au salon avec leurs épées dégainées; un éléphanteau décoré à l'indienne servant de tablette pour le téléphone; une frise romaine tenant lieu de tête de lit. Une des chambres avait été transformée en tombeau pharaonique : les portes en étaient ornées de bas-reliefs funéraires, des panthères noires aux orbites pourvues d'ampoules électriques faisaient office de lampadaires, la table imitait un sarcophage miroitant tout incrusté de faux lapis-lazuli, et les cendriers épousaient l'éternelle et impassible apparence de petits sphinx à l'échine trouée pour y écraser les mégots. Je déambulais dans ce musée, terrifiée à l'idée que quelque chose vînt soudain à prendre vie et à me poursuivre, et que me pourfendissent la lame des mousquetaires, les défenses de l'éléphant ou les griffes de la panthère. De là viennent sans doute ma fascination pour l'art et la culture de l'ancienne Egypte, et ma sainte horreur de la mie de pain. La Yougoslave était parvenue à m'inculquer une incoercible méfiance envers les objets inanimés et, depuis lors, j'éprouve toujours le besoin de les toucher pour m'assurer qu'ils sont bien ce dont ils ont l'air, ou s'ils sont tout bonnement fabriqués en Matériau universel. Au cours des mois où je travaillai chez elle, je m'initiai à son savoir-faire, tout en gardant la tête sur les épaules et en évitant d'en contracter le vice. L'art du papier mâché est en effet une redoutable tentation, car une fois ses secrets maîtrisés, rien n'empêche celui qui l'exerce d'imiter tout ce qui lui passe par l'esprit, jusqu'à bâtir un monde en trompe l'œil où lui-même finit par se perdre.

La guerre avait détraqué les nerfs de ma patronne. Convaincue que d'invisibles ennemis l'épiaient pour venir lui faire du mal, elle avait entouré sa propriété d'un haut mur hérissé de tessons de bouteilles et gardait deux pistolets posés sur sa table de chevet : cette ville est pleine de gredins et une pauvre veuve doit être capable de se défendre toute seule; quant au premier intrus à mettre les pieds chez moi, je lui tire une balle entre les deux yeux. Les projectiles n'étaient pas seulement réservés aux voleurs : le jour où le pays viendra à tomber entre les mains des communistes, ma petite Eva, je te tuerai pour t'épargner de souffrir, et après ça je me ferai sauter la cervelle, me disait-elle. Elle me traitait correctement, voire avec une certaine tendresse, se souciant que je mange à profusion, me faisant l'emplette d'un bon lit et me conviant chaque après-midi au salon pour écouter avec elle les feuilletons radiophoniques : « Que s'ouvrent à présent les pages sonores des ondes pour vous permettre de palpiter aux rebondissements d'un nouvel épisode... » Assises côte à côte, grignotant des gâteaux secs entre les mousquetaires et l'éléphanteau, nous suivions ainsi trois feuilletons d'affilée, deux d'amour et un policier. Je me sentais bien chez cette patronne, j'avais l'impression d'être admise dans un foyer. Le seul inconvénient de la maison tenait peut-être à sa situation dans un quartier très éloigné où Elvira avait du mal à venir me rendre visite, mais, malgré cela, chaque fois qu'elle pouvait disposer de son après-midi, grand-mère entreprenait le déplacement – je n'en peux plus de tant marcher, mon petit oiseau, mais j'en pouvais encore moins de ne pas te voir, me disait-elle, chaque jour je demande à Dieu qu'il te mette du plomb dans la tête et qu'il me laisse assez de santé pour venir chercher ton affection.

Ma marraine n'ayant aucun motif de récrimination et étant réglée avec ponctualité et largesse, je serais restée très longtemps dans cette place si un incident bizarre n'était venu y mettre fin. Par une nuit de grand vent, vers les dix heures du soir, nous entendîmes un bruit prolongé, pareil à un roulement de tambour. La veuve en oublia ses pistolets, courut fermer les persiennes en tremblant, se refusant à jeter un regard au-dehors pour découvrir la cause de ce qui venait de se produire. Le lendemain, nous trouvâmes au jardin quatre cadavres de chats qui avaient été étouffés, décapités puis éventrés, et des gros mots inscrits en lettres de sang sur le mur. Je me souvins d'avoir entendu évoquer à la radio des forfaits similaires, attribués à des bandes de garnements qui prenaient plaisir à se livrer à ce genre de féroce passe-temps, et je tentai de persuader la patronne qu'il n'y avait là nulle raison de s'alarmer. Mais toutes mes bonnes paroles furent vaines. Folle de terreur, la Yougoslave décida de fuir le pays avant que les bolcheviks ne vinssent lui infliger ce qu'ils avaient fait subir aux chats.

– Tu as de la veine, je vais te placer chez un ministre, m'annonça Marraine.

Le nouveau patron se révéla être un personnage des plus anodins, comme presque tous les hommes publics de cette époque où la vie politique était gelée, où le moindre soupçon de non-conformisme risquait de conduire un individu dans quelque cave où attendait sans impatience l'homme aspergé de parfum français et à la boutonnière fleurie. Par son nom et sa fortune, le ministre appartenait à la vieille aristocratie, ce qui avait valu une certaine impunité à ses incartades, mais il avait si bien dépassé les bornes du tolérable que sa famille elle-même avait fini par le répudier. On l'avait révoqué de son poste à la Chancellerie après qu'il eut été surpris à pisser derrière les tentures de brocart vert de la salle des Ecus, puis chassé d'une ambassade pour le même motif, mais cette fâcheuse habitude, inacceptable au regard du protocole diplomatique, ne constituait pas un empêchement à sa nomination à la tête d'un ministère. Ses vertus les plus saillantes étaient sa capacité d'aduler le Général et son réel talent pour passer inaperçu. A dire vrai, son nom ne devait accéder à la célébrité que des années plus tard, quand il déguerpit du pays à bord d'un petit avion privé, oubliant sur la piste, dans la confusion et la précipitation du départ, une valise bourrée d'or qui ne lui fit d'ailleurs point trop défaut en exil. Il habitait une demeure coloniale au milieu d'un parc ombreux où croissaient des fougères aux allures de poulpes géants et des orchidées sauvages agrippées aux arbres. La nuit, des points incandescents étincelaient parmi les frondaisons du jardin, yeux de gnomes et autres esprits bénéfiques du monde végétal, ou simples pipistrelles volant en rase-mottes depuis les toits. Divorcé, sans enfants ni amis, le ministre vivait seul en ce lieu enchanté. La demeure, legs de ses aïeux, était trop vaste pour lui-même et sa domesticité; maintes pièces restaient vides, fermées à double tour. Mon imagination s'emballait à considérer cet alignement de portes au long des couloirs, derrière lesquelles je croyais percevoir des murmures, des gémissements, des éclats de rire. Au début, j'y collais l'oreille, épiais par les trous de serrures, mais je n'eus bientôt plus besoin de telles pratiques pour deviner quels univers se cachaient là, intacts, chacun régi par ses propres lois, avec son temps particulier, ses habitants bien à lui, préservé de l'usure et de la contamination de la vie quotidienne. J'accolai à ces pièces de ces noms sonores qui évoquaient les récits que me faisaient jadis ma mère : Katmandou, le Palais des Ours, la Grotte de l'Enchanteur Merlin, et je n'avais besoin que d'un infime effort de pensée pour traverser le bois et me retrouver au beau milieu de ces histoires extraordinaires qui déroulaient leur cours de l'autre côté du mur.

En dehors des chauffeurs et des gardes du corps qui salissaient les parquets et faisaient main basse sur les bouteilles de digestifs, travaillaient dans cette demeure une cuisinière, un vieux jardinier, un majordome et moi-même. Jamais je ne sus très bien pourquoi on m'avait embauchée, ni quelle sorte d'arrangement avait été passé entre Marraine et mon nouveau patron, car je passais presque toute la sainte journée à me tourner les pouces, flânant au jardin, écoutant la radio, rêvant aux chambres closes, ou racontant des histoires de revenants aux autres employés en échange de friandises. Je n'étais préposée à titre exclusif qu'à deux offices particuliers : faire reluire les souliers du maître et veiller à l'enlèvement de son pot de chambre.

Le jour même de mon arrivée fut donné un grand dîner à l'intention d'ambassadeurs et de responsables politiques. Jamais je n'avais encore assisté à de semblables préparatifs. Un camion déposa des tables rondes et des chaises dorées; des coffres à linge de l'office furent extraites des nappes brodées, des vaisseliers de la salle à manger sortirent le service de gala et les couverts en or gravés au monogramme de la famille. Le majordome me tendit un chiffon pour faire briller les cristaux et la parfaite sonorité des coupes à peine frôlées, l'arc-en-ciel déposé en chacune par le reflet des lustres allumés, me laissèrent émerveillée. On livra une cargaison de roses qui furent disposées dans les hauts vases de porcelaine répartis dans tous les salons. Surgirent des buffets carafes et plats d'argent poli, à travers la cuisine défilèrent poissons et viandes, vins, fromages importés de Suisse, fruits flambés, pâtisseries confectionnées par les Petites Sœurs des pauvres. Dix maîtres d'hôtel en gants blancs servirent les convives tandis que je me tenais en observation derrière les tentures du salon, fascinée par ce raffinement qui me fournissait de nouveaux éléments pour enjoliver mes contes. Désormais, je serais en mesure de dépeindre des fêtes impériales, me délectant de détails qui ne me seraient jamais venus à l'esprit, comme ces musiciens en frac jouant des rythmes dansants sur la terrasse, ces faisans farcis aux marrons et empanachés de plumes, ces grillades aspergées de cognac et hérissées soudain de flammes bleues. Je n'acceptai d'aller me coucher que lorsque le dernier invité fut parti. Le lendemain, il fallut nettoyer, compter couteaux et petites cuillers, jeter les bouquets fanés et remettre chaque chose à sa place. Je m'intégrai au rythme coutumier de la maison.

Au premier étage était située la chambre à coucher du ministre, vaste pièce meublée d'un lit sculpté d'angelots joufflus; les lambris du plafond dataient d'un bon siècle, les tapis avaient été importés d'Extrême-Orient, les murs étaient décorés de saints datant de la domination espagnole sur Quito et Lima, ainsi que d'une série de photos du maître de céans en compagnie de divers dignitaires. Devant le bureau de palissandre trônait un très vieux fauteuil tapissé de velours épiscopal, aux bras et aux pieds dorés, dont le siège était percé. Le patron s'y installait pour satisfaire ses besoins naturels dont les matières aboutissaient dans un récipient de porcelaine placé au-dessous. Il pouvait rester des heures d'affilée dans ce fauteuil anachronique à rédiger lettres et discours, à lire le journal ou à siroter son whisky. Quand il en avait terminé, il tirait sur le cordon d'une clochette qui retentissait à travers toute la maison comme pour l'annonce de quelque cataclysme, et c'était à moi, furibonde, de monter quatre à quatre pour lui retirer son pot de chambre, sans comprendre pourquoi cet homme n'allait pas aux cabinets comme tous les individus normalement constitués. Monsieur a toujours eu cette manie, ne pose donc pas tant de questions, ma petite, me dit le majordome en guise d'explication. Au bout de quelques jours de ce manège, je me sentis étouffer, incapable de respirer, comme prise d'une suffocation permanente, les mains et les pieds parcourus de picotements, les décharges d'adrénaline me laissant en nage. Pas plus l'espoir d'assister à d'autres fêtes que les fabuleuses aventures des pièces fermées à double tour ne pouvaient chasser de mon esprit le fauteuil tapissé de velours, l'expression du patron lorsqu'il m'indiquait d'un geste où était mon devoir, tout le trajet à parcourir pour aller vider ça. Au cinquième jour, j'écoutai la clochette me convoquer et fis la sourde oreille pendant un petit moment en musardant à la cuisine, mais, au bout de quelques minutes, l'appel retentit comme en écho dans ma tête. Je me résolus à monter, gravissant l'escalier marche après marche, ma colère grandissant à chacune. Je pénétrai dans cette chambre luxueuse toute imprégnée de relents d'étable, me penchai derrière le siège et en retirai le pot. De la manière la plus posée, comme s'il se fut agi d'un geste quotidien, je soulevai le vase et le renversai sur la personne du ministre d'Etat, me délestant de toute l'humiliation subie d'une simple rotation du poignet. Il demeura un long moment figé sur place, les yeux exorbités.

– Adieu, monsieur.

Je tournai les talons, sortis en hâte de la pièce, pris congé des personnages assoupis derrière les portes condamnées, dévalai les escaliers, me frayai un passage parmi les chauffeurs et les gardes du corps, traversai le parc et m'enfuis avant que le prétentieux personnage ne fût revenu de sa surprise.

Je n'osai partir en quête de ma marraine, car elle me faisait peur depuis que, dans ses accès de démence, elle m'avait menacée de me coudre à mon tour par en dedans. Dans une cafétéria, on me permit de téléphoner et j'appelai chez le vieux garçon et la vieille fille pour m'entretenir avec Elvira, mais on me fit savoir qu'elle s'était esbignée un beau matin en emportant son cercueil sur une charrette de louage et qu'elle n'était plus revenue travailler, on ignorait où la trouver, elle s'était éclipsée sans fournir la moindre explication, laissant là le reste de ses affaires. J'eus le sentiment d'avoir déjà éprouvé jadis le même désarroi, j'invoquai ma mère pour me redonner courage et, de l'air de celle qui court à un rendez-vous, me dirigeai instinctivement vers le centre-ville. Sur la place du Père de la Patrie, c'est à peine si je reconnus la statue équestre, car on l'avait décapée, la débarrassant des fientes de pigeons et de la patine verdâtre du temps, et elle resplendissait à présent dans tout l'éclat de sa gloire. Je songeai à Huberto Naranjo; comme ami, il était ce que j'avais connu de plus approchant, et si je n'entrevoyais pas la possibilité qu'il m'eût oubliée, ou qu'il fût difficile de le retrouver, c'est que je n'avais pas encore assez vécu pour verser dans le pessimisme. Je m'assis au bord du bassin où il avait coutume de lancer des paris avec son poisson à la queue coupée, et m'absorbai dans la contemplation des oiseaux, des écureuils noirauds, des lézards courant parmi les branches des arbres. En fin d'après-midi, j'estimai que j'avais assez attendu, me levai et m'enfonçai dans le dédale des rues latérales qui, encore épargnées par les pelleteuses des constructeurs italiens, conservaient tout le charme de l'architecture coloniale. Je m'enquis de Naranjo dans les boutiques du quartier, les kiosques et les restaurants où nombreux étaient ceux qui le connaissaient depuis l'époque où il y avait élu, tout morveux, ses quartiers généraux. Partout on se montra fort aimable avec moi, mais personne ne se hasarda à avancer une réponse; je suppose que la dictature avait appris aux gens à ne pas parler, on ne sait jamais, même une gamine en tablier de bonniche, un chiffon de laine passé dans la ceinture, peut se révéler suspecte. Finalement, quelqu'un me prit en pitié et me souffla un renseignement : va-t'en rue de la République, me dit-on, il rôde la nuit dans ces parages. A l'époque, le quartier chaud se limitait à quelques pâtés de maisons mal éclairés, bien innocents par comparaison avec l'espèce de citadelle fortifiée qu'il devait devenir par la suite, mais on y voyait déjà des affiches avec des filles arborant le bandeau noir de la censure sur leurs seins nus, et des lanternes signalant hôtels de passe, discrets bordels et tripots. Je me rappelai que j'avais l'estomac vide, mais n'osai rien demander à personne – plutôt mourir que tendre la main, mon petit oiseau, me rabâchait jadis Elvira. Je repérai une ruelle sans issue, allai me coucher derrière un amoncellement de boîtes en carton et m'assoupit sur-le-champ. Plusieurs heures s'écoulèrent avant que je ne rouvrisse les yeux, une poigne ferme agrippée à mon épaule.

– On me dit que tu me cherches? Qu'est-ce que tu veux?

Sur le coup, je ne le reconnus pas, pas plus que lui-même ne me remit. Huberto Naranjo avait laissé loin derrière le gamin qu'il était autrefois. Il me parut fort séduisant avec les frisottis noirs de ses favoris, son toupet de cheveux gominés, son

155

pantalon moulant, ses bottes à talons hauts et son large ceinturon de cuir clouté. Tout son visage exprimait l'arrogance et l'effronterie, mais dans ses yeux dansait cette étincelle d'espièglerie qu'aucune des terribles violences endurées au long de son existence ne parvint jamais à faire disparaître. Il devait avoir un peu plus d'une quinzaine d'années, mais à sa façon de se dandiner, genoux légèrement ployés, jambes écartées, la tête rejetée en arrière, le mégot pendant à la lèvre inférieure, on lui donnait plutôt plus. Cette dégaine imitant celle des malfrats me permit de l'identifier, car il se tenait déjà pareil à l'époque où il n'était qu'un mioche en culottes courtes.

– C'est moi, Eva.

– Qui ça?

– Eva Luna.

Huberto Naranjo se passa la main dans les cheveux, glissa ses pouces dans son ceinturon, cracha son mégot par terre et me toisa. Il faisait nuit et il ne pouvait discerner mes traits avec précision, mais la voix était bien la même, et il entrevit mes yeux dans la pénombre.

– Tu es celle qui racontait des histoires?

– Oui.

Il oublia alors son rôle de dur à cuire et redevint l'enfant rougissant pour un baiser sur le bout du nez, qui m'avait dit un jour adieu. Il mit un genou à terre, approcha son visage et sourit, tout heureux comme celui qui vient de retrouver un chien perdu. Encore mal réveillée, je lui rendis son sourire. Nous nous serrâmes la main avec timidité, deux paumes moites s'étreignant l'une l'autre, puis nous nous reconnûmes à tâtons, le feu aux joues, bonjour, ça va, ça va et toi, et tout à coup je n'y tins plus, me redressai, jetai mes bras autour de son cou et me serrai contre sa poitrine, frottant ma figure contre sa chemise de chanteur de charme au col maculé de brillantine parfumée, tandis qu'il me tapotait dans le dos pour m'aider à me remettre de mes émotions, tout en ayant lui-même du mal à avaler sa salive.

– J'ai un petit peu faim – c'est tout ce que je trouvai à dire pour dissimuler mon envie de pleurer.

– Mouche-toi et allons manger un morceau, répondit-il en remettant machinalement de l'ordre dans son toupet de cheveux à l'aide d'un peigne de poche.

Il me conduisit par les rues désertes et silencieuses jusqu'au seul boui-boui qui fût resté ouvert, il y pénétra en poussant les deux battants de la porte comme un cow-boy et nous nous retrouvâmes dans une salle plongée dans la pénombre, aux contours noyés dans la fumée de cigarettes. Un juke-box débitait des rengaines sentimentales, tandis que les clients se morfondaient autour des billards ou se soûlaient au zinc. Me tenant par la main, Huberto m'entraîna derrière le comptoir, puis nous traversâmes un couloir et pénétrâmes dans une cuisine. Un jeune Noir à grosses moustaches coupait des morceaux de viande en maniant son couteau de cuisine comme un sabre d'abordage.

– Prépare un bifteck pour la petite, Négro, mais veille à ce qu'il se pose là, compris? Et ajoutes-y deux œufs, du riz et des frites. C'est moi qui paie.

– A tes ordres, Naranjo. Ça n'est pas la gamine qui te cherchait? Elle est passée par ici, cet après-midi. C'est ta petite amie? sourit l'autre en lui adressant un clin d'œil.

– Garde tes conneries pour toi, Négro. C'est ma frangine.

Il me servit plus que je n'avais la possibilité d'avaler en deux jours. Tandis que je mastiquais,

Huberto Naranjo m'examinait en silence, jaugeant d'un œil expert les changements intervenus de manière perceptible dans mon corps, à vrai dire encore assez peu notables dans la mesure où je ne m'épanouis que plus tard. Des seins naissants soulevaient néanmoins comme deux citrons mon tablier de coton, et Naranjo s'y connaissait déjà en femmes aussi bien qu'aujourd'hui, de sorte qu'il fut à même de deviner la configuration future des hanches et autres rondeurs, et d'en tirer ses conclusions.

— Un jour, tu m'as demandé de rester près de toi, lui dis-je.

— Il y a pas mal d'années de ça...

— Aujourd'hui, je suis venue pour cela.

— On en recausera plus tard. Pour le moment, avale le dessert du Négro, qui est un vrai régal, répondit-il tandis qu'une ombre rembrunissait son visage.

— Tu ne peux pas rester avec moi. Une femme ne peut pas vivre dans la rue, décréta Huberto Naranjo vers les six heures du matin, alors qu'il ne restait plus âme qui vive à l'intérieur du tripot et que les chansons d'amour avaient elles-mêmes rendu le dernier soupir au fond du juke-box.

Dehors commençait déjà à poindre un jour pareil aux autres, on entendait des va-et-vient de voitures, les pas pressés des premiers passants.

— Mais c'est toi-même qui me l'avais proposé!

— Oui, mais tu n'étais alors qu'une mioche.

La logique de ce raisonnement m'échappa tout à fait. A présent que j'étais un peu plus âgée et que je croyais avoir acquis une vaste expérience du monde, je me sentais mieux préparée à affronter le destin, mais il m'expliqua que c'était exactement le contraire : en grandissant, j'avais davantage besoin d'être sous la protection d'un homme, du moins tant que je serais jeune, après quoi, n'étant plus désirable pour personne, cela devenait sans importance. Je ne te demande pas de veiller sur moi, personne ne cherche à m'attaquer, je veux seulement aller avec toi, plaidai-je à nouveau, mais il se montra inflexible et, pour ne pas laisser la discussion s'éterniser, il la trancha d'un coup de poing sur la table : ça suffit comme ça, ma petite; tes raisons, je me les mets où je pense; et maintenant, tu la boucles.

La ville finissait à peine de se réveiller quand Huberto Naranjo, me tenant par un bras, me traîna presque jusqu'à l'appartement de la Madame, au sixième étage d'un immeuble de la rue de la République mieux entretenu que ses voisins du même quartier. La porte s'ouvrit sur une femme mûre en peignoir et mules à pompons, encore toute titubante de sommeil, remâchant l'amer ressac de ses insomnies.

– Que se passe-t-il, Naranjo?

– Je t'amène une amie.

– Comment oses-tu me faire sortir du lit à une heure pareille?

Mais elle nous invita à entrer, nous fit asseoir et déclara qu'elle allait se pomponner un brin. Au bout d'une longue attente, la femme finit par réapparaître, allumant les lampadaires au passage, brassant l'air des volètements de son peignoir de nylon qui répandaient des bouffées de son redoutable parfum. Il me fallut une ou deux minutes pour réaliser qu'il s'agissait bel et bien de la même personne : ses cils s'étaient allongés, sa peau ressemblait à une assiette de terre cuite, ses boucles décolorées et ternes se dressaient comme pétrifiées sur son crâne, ses paupières étaient deux pétales bleuâtres, et sa bouche une cerise écrasée; pourtant, ces surprenantes transformations n'altéraient en rien l'expression avenante de ses traits et le charme de son sourire. La Madame, ainsi que la surnommait tout un chacun, riait de tout et de rien, et, ce faisant, elle plissait son visage et fermait à demi les yeux en une mimique affable et contagieuse qui me conquit aussitôt.

— Elle s'appelle Eva Luna et s'en vient vivre avec toi, déclara Naranjo.

— Tu es fou, fiston!

— Je paierai pour ça.

— Voyons, ma petite, tourne-toi un peu que je t'examine. Sans vouloir me mêler de ce qui ne me regarde pas, je trouve que...

— Elle ne vient pas ici pour le turbin! la coupat-il.

— Je n'ai pas du tout en tête de l'employer pour le moment, car personne n'en voudrait, même gratis, mais je puis commencer à lui apprendre...

— Rien du tout! Sache que c'est ma sœur, et tiens-toi le pour dit.

— Et pour quelles raisons je voudrais de ta sœur ici?

— Elle te tiendra compagnie, elle sait raconter des histoires.

— Qu'est-ce que tu me chantes?

— Elle sait des histoires.

— De quelle sorte?

— Des histoires d'amour et de guerre, des histoires à faire froid dans le dos, des histoires de tout ce que tu voudras.

— Eh bien soit! s'exclama la Madame en me considérant avec bienveillance. De toutes les façons, il faudra l'arranger un peu, Huberto, tu n'as qu'à regarder ses coudes et ses genoux, elle a une peau de tatou. Tu devras aussi apprendre les bonnes manières, jeune fille, et commence par ne pas t'asseoir comme si tu faisais du vélo!

– Oublie donc ces conneries et apprends-lui plutôt à lire.

– A lire? Mais que veux-tu faire d'une intellectuelle?

Huberto était un garçon aux décisions rapides et, à son âge, il était déjà persuadé que ses paroles avaient force de loi, si bien qu'il fourra quelques billets dans la main de la femme, promit de revenir souvent et s'en alla en débitant des recommandations et en martelant le sol du talon de ses bottes : ne t'avise pas de lui teindre les cheveux ou tu auras affaire à moi, et qu'elle ne sorte pas la nuit, tout est foutu depuis qu'ils ont massacré les étudiants, chaque matin on découvre de nouveaux macchabées dans les parages, et ne la mêle pas à tes affaires, souviens-toi qu'elle est comme de ma famille, achète-lui des toilettes de jeune fille comme il faut, c'est moi qui paie pour tout, donne-lui à boire du lait, on dit que ça fait grossir, et si tu as besoin de moi, laisse un message au boui-boui du Négro, je rappliquerai sur les chapeaux de roues, ah... et merci pour tout, tu sais que tu peux compter sur moi.

A peine fut-il sorti que la Madame se retourna, arborant son admirable sourire, puis elle vint m'examiner sur toutes les coutures tandis que je baissais les yeux, les joues rouges de confusion à l'idée qu'à ce jour, je n'avais encore jamais eu l'occasion de voir ainsi dresser l'inventaire de ma propre insignifiance.

– Quel âge as-tu?

– Dans les treize ans.

– Ne t'en fais pas, aucune fille n'est jolie de naissance, on le devient à force de patience et de travail, mais ça vaut la peine, car si tu y parviens, toute ta vie en est simplifiée. Pour commencer, redresse la tête et souris...

– Je préférerais apprendre à lire...

– Voilà qu'elle me ressort les sornettes de Naranjo! N'y prête donc pas attention. Les hommes sont de grands vaniteux, toujours à donner leur avis sur tout. Le mieux est d'acquiescer à ce qu'ils disent et de faire comme nous l'entendons.

La Madame avait des habitudes de noctambule, elle protégeait son appartement de la lumière du jour à l'aide d'épais doubles rideaux et l'éclairait d'un tel nombre d'ampoules multicolores que, de prime abord, on eût dit l'entrée d'un cirque. Elle me montra les fougères arborescentes en matière plastique qui décoraient les angles, le bar rempli de bouteilles et de coupes de toutes sortes, la cuisine immaculée où l'on ne remarquait pas même une casserole, sa chambre meublée d'un lit rond sur lequel trônait une poupée espagnole en robe à pois. Dans la salle de bains remplie de pots de cosmétiques pendaient de grandes serviettes roses.

– Déshabille-toi.

– Pardon?

– Ote tes vêtements. N'aie pas peur, on va seulement te récurer, fit la Madame en riant.

Elle remplit la baignoire, y laissa tomber une poignée de sels qui envahirent l'eau d'une mousse odorante où je m'immergeai d'abord avec timidité, puis avec un profond soupir de plaisir. Alors que je commençais à m'assoupir dans les émanations de jasmin et de savonnette meringuée, la Madame réapparut avec un gant de crin pour m'étriller. Puis elle m'aida à me sécher, me talqua sous les aisselles et me versa dans le cou quelques gouttes de parfum.

– Habille-toi. On va aller manger quelque chose, puis nous nous rendrons chez le coiffeur, déclara-t-elle.

Les passants se retournaient sur notre passage pour considérer avec ahurissement cette femme à la démarche provocante, l'air d'agiter une muleta, trop audacieuse même pour cette contrée de lumière où les femelles ne reculaient pas à descendre dans l'arène. Sa robe la boudinait, soulignant maints saillants et sillons, son cou et ses poignets s'ornaient de verroterie et elle arborait une peau blanche comme de la craie, encore relativement appréciée dans ce secteur de la capitale, bien que la mode chez les riches fût déjà au bronzage de bord de mer. Après avoir avalé un morceau, nous nous dirigeâmes vers le salon de beauté où la Madame envahit tout l'espace de ses bruyants bonjours, de son sourire resplendissant et de son insurpassable présence de superbe hétaïre. Aux petits soins pour nous, les coiffeurs nous témoignèrent une déférence réservée aux clientes de choix, après quoi nous partîmes toutes deux d'un cœur joyeux en longeant les arcades du centre, moi avec une tignasse de troubadour, elle avec un papillon en écaille de tortue emprisonné dans ses boucles, laissant dans notre sillage des effluves de laque et de patchouli. Quand vint l'heure des emplettes, la Madame me fit essayer tout ce que nous pûmes trouver, hormis des pantalons, car elle était d'avis qu'une femme en effets masculins est tout aussi grotesque qu'un homme en jupette. Pour finir, elle choisit à mon intention des escarpins de ballerine, d'amples robes plissées à ceintures élastiques, comme on en voyait dans les films. L'acquisition la plus précieuse fut un soutien-gorge miniature où mes seins ridicules flottaient comme deux mirabelles égarées. Quand elle eut fini de s'occuper de moi, il était cinq heures de l'après-midi et j'étais métamorphosée en quelqu'un d'autre; longuement je cherchai en vain mon reflet dans le miroir qui ne me renvoyait que l'image d'une musaraigne désorientée.

En début de soirée rappliqua Melecio, le meilleur ami de la Madame.

– Qui c'est, celle-là? s'enquit-il, surpris de me voir.

– Pour ne pas entrer dans les détails, disons que c'est la sœur de Huberto Naranjo.

– Tu ne veux pas dire que...

– Non, il me l'a laissée pour me tenir compagnie...

– Il ne te manquait plus que ça!

Mais, au bout de quelques minutes, il m'avait adoptée et nous jouions tous deux à la poupée tout en écoutant des disques de rock'n roll, une extraordinaire révélation pour moi qui n'étais habituée qu'à la salsa, aux boléros et autres folklores des radios d'arrière-cuisine. Ce soir-là, j'eus le droit de goûter aux mélanges d'alcool et de jus d'ananas et aux gâteaux à la crème qui constituaient l'ordinaire de la maison. Un peu plus tard, la Madame et Melecio partirent vaquer à leurs occupations respectives, me laissant sur le lit rond, enlacée à la poupée espagnole, bercée par les rythmes endiablés du rock, pleinement convaincue que cette journée avait été l'une des plus radieuses de mon existence.

Melecio épilait le duvet de son visage avec une petite pince, puis s'y passait un coton imbibé d'éther, ce qui donnait à sa peau un aspect soyeux; il avait des mains on ne peut plus soignées, aux doigts longs et fins, et se brossait les cheveux cent fois par nuit. Plutôt grand et de constitution robuste, il se mouvait avec tant de préciosité qu'il en venait à donner une impression de fragilité. Jamais il ne faisait allusion à sa famille et ce n'est que bien des années plus tard, à l'époque du pénitencier de Santa Maria, que la Madame parvint à savoir d'où il venait. Son père était un ours émigré de Sicile; jadis, lorsqu'il voyait son fils s'amuser avec les jouets de sa sœur, il lui tombait dessus à bras raccourcis aux cris de *ricchione! pederasta! mascalzone!* Quant à sa mère, elle faisait cuire avec abnégation les spaghetti rituels et s'interposait avec une détermination farouche quand le père voulait obliger Melecio à aller taper dans un ballon, boxer, boire et, plus tard, se rendre au bordel. En tête-à-tête avec son fils, elle s'était évertuée à le sonder, mais il se bornait à expliquer qu'il portait une femme en lui-même et ne pouvait se faire à cette apparence masculine dont il se sentait prisonnier comme d'une camisole de force. Jamais il ne déclara autre chose et, par la suite, quand les psychiatres épluchèrent à coups de questionnaires tout ce qu'il avait dans le crâne, ses réponses ne varièrent pas : je ne suis pas une tapette, je suis une femme, ce corps est une aberration. Rien de plus, rien de moins. La pire issue était de rester à la maison et d'y mourir de la main de son père, et à peine fut-il parvenu à en convaincre la *mamma* qu'il s'en alla. Il s'acquitta de divers petits boulots et finit par donner des cours d'italien dans une école de langues aux maigres émoluments mais aux horaires commodes. Une fois par mois, il donnait rendez-vous à sa mère dans le parc municipal, lui remettait une enveloppe contenant vingt pour cent de ses gains, quel qu'en fût le montant, et la tranquillisait en lui racontant des bobards sur d'hypothétiques études d'architecture. Ils cessèrent de faire allusion au père et, au bout d'un an, la mère se mit à s'habiller en veuve, car l'ours avait beau jouir d'une santé de fer, elle avait fini par le tuer au fond de son cœur. Melecio se débrouilla ainsi pendant un certain temps, mais il tirait le diable par la queue et, certains jours, il ne tenait debout qu'avec un café dans l'estomac. C'est à cette époque qu'il fit la connaissance de la Madame. A partir de ce moment-là commença pour lui une période plus heureuse. Il avait grandi dans une atmosphère d'opéra-tragique et l'humeur boulevardière de sa nouvelle amie fut un baume pour les blessures qu'il avait naguère subies chez lui et pour celles qu'il continuait à se voir infliger dans la rue à cause de ses manières affectées. Ils n'étaient pas amants. Pour elle, le sexe n'était que la colonne sur laquelle reposait toute son entreprise, mais elle-même n'était guère disposée, à son âge, à gaspiller de l'énergie à ces galipettes; quant à Melecio, l'idée d'avoir des relations intimes avec une femme le choquait profondément. Avec un solide bon sens, ils nouèrent ainsi des rapports dont ils exclurent d'emblée la jalousie, la possessivité tyrannique, le manque d'égards et tous autres inconvénients liés à l'amour charnel. Elle était de vingt ans son aînée et malgré cette différence d'âge, ou peut-être à cause d'elle, ils vivaient ainsi une superbe amitié.

– On m'a indiqué un bon emploi pour toi. Ça te plairait de chanter dans un bar? lui avait proposé un jour la Madame.

– Je ne sais pas... Je n'ai jamais fait ça.

– Personne ne te reconnaîtra. On te déguisera en femme. C'est un cabaret de travestis, mais tu n'as rien à redouter, ce sont des gens très corrects, ils paient bien et le travail est facile, tu verras...

– Toi aussi tu crois que j'en suis!

– Ne prends pas la mouche. Chanter là-bas ne veut rien dire. C'est un métier comme un autre, avait répondu la Madame avec son inébranlable sens pratique, capable de tout ramener à des dimensions utilitaires.

Elle parvint non sans mal à renverser la barrière des préjugés de Melecio et à le convaincre des avantages de la proposition. Il se sentit d'abord choqué par l'ambiance de l'endroit, mais, au cours de sa première soirée, il découvrit qu'il n'abritait pas seulement une femme en lui-même, mais bel et bien une artiste. Il montra des dons de fantaisiste et un sens musical insoupçonnés, et ce qui n'était au début qu'un numéro de complément finit par devenir le clou du spectacle. Il se mit alors à mener une double vie, enseignant réservé à l'institut de langues pendant le jour, fantasque créature couverte de plumes et de strass durant la nuit. L'état de ses finances s'améliora, il put faire quelques cadeaux à sa mère, emménager dans une chambre plus décente et s'habiller avec un peu plus de goût. Il aurait été pleinement heureux si ne l'avait envahi un irrépressible malaise chaque fois qu'il songeait à ses propres parties génitales. Rien ne le faisait plus souffrir que de se contempler dans une glace, dans le plus simple appareil, et de constater qu'à son corps défendant, ce côté mâle de son individu fonctionnait on ne peut plus normalement. Une obsession revenait sans cesse le harceler : il s'imaginait en train de se castrer d'un coup de sécateur – une simple contraction des muscles du bras et plaf! ce maudit appendice tombait à terre comme un reptile ensanglanté.

Il avait élu domicile dans une chambre louée du quartier juif, à l'autre bout de la ville, mais avant d'aller à son travail, chaque fin de journée, il prenait le temps de venir rendre visite à la Madame. Il débarquait à la nuit tombante, quand commençaient déjà à s'allumer les enseignes rouges, vertes et bleues de la rue et que les demoiselles de petite vertu se mettaient à leur balcon ou arpentaient les trottoirs en tenue de combat. Avant même d'entendre son coup de sonnette, je devinais sa présence et me précipitais à sa rencontre. Il me soulevait du sol : il me semble que tu n'as pas pris un gramme depuis hier, on ne te donne donc pas à manger dans cette baraque ? C'était sa façon habituelle de me dire bonjour et, comme un illusionniste, il faisait apparaître entre ses doigts quelque friandise qui m'était destinée. Ses préférences allaient à la musique moderne, mais son public exigeait des rengaines romantiques en anglais et en français. Il passait des heures à en rabâcher de nouvelles pour enrichir son répertoire et, ce faisant, me les apprenait à mon tour. Je parvenais à les retenir sans en comprendre un traître mot, car leurs paroles ne contenaient ni *this pencil is red, is this pencil blue?*, ni aucune autre formule du cours d'anglais pour débutants que j'avais suivi à la radio. Nous nous amusions à des jeux de collégiennes auxquels ni l'un ni l'autre n'avions eu l'occasion de nous livrer dans notre enfance, fabriquant des maisonnettes pour la poupée espagnole, poussant des sérénades italiennes, flânant et dansant ensemble. Je prenais plaisir à le regarder se maquiller et à l'aider à coudre paillettes et petites perles sur les costumes à fanfreluches du cabaret.

Dès sa prime jeunesse, la Madame avait procédé à une analyse de ses prédispositions et en avait conclu qu'elle n'aurait pas la patience de gagner sa vie selon des méthodes respectables. Elle débuta alors comme spécialiste en massages savants et connut d'abord un certain succès, ce genre de nouveautés n'ayant encore jamais eu cours sous ces latitudes, mais, avec le boom démographique et l'immigration incontrôlée, n'avaient pas tardé à surgir des formes de concurrence déloyale. Les Asiatiques apportaient leurs techniques millénaires, réputées insurpassables, et les Portugaises cassaient les prix de manière déraisonnable, ce qui avait conduit la Madame à s'éloigner de cet art cérémonieux, car elle n'était point disposée à se livrer à des acrobaties de saltimbanque pour une bouchée de pain, même pour l'homme de sa vie, à supposer qu'elle en eût un. Toute autre se serait résignée à exercer son métier de la façon la plus traditionnelle, mais c'était une femme pleine d'initiatives et d'idées originales. Elle imagina alors d'extravagants accessoires qu'elle pensait pouvoir déverser sur le marché, mais elle ne trouva personne qui fût prêt à en financer la fabrication. Par suite du manque de clairvoyance commerciale dont pâtit ce pays, l'idée, comme tant d'autres, fut raflée par les Américains, qui l'ont brevetée et écoulent à présent ses modèles dans le monde entier. Le pénis télescopique à manivelle, l'index à piles, le sein indégonflable aux tétins en caramel avaient été conçus par elle, et s'il avait fallu lui payer les royalties auxquelles en bonne justice elle avait droit, elle fût devenue archimillionnaire. Mais elle était en avance sur son temps, nul ne songeant alors que de tels objets d'appoint trouveraient des débouchés massifs, et il ne paraissait pas rentable d'en produire à la chaîne à l'intention d'une clientèle spécialisée. Elle n'obtint pas davantage les prêts bancaires destinés à monter sa propre usine. Obnubilé par la richesse pétrolière, le gouvernement ignorait les industries nouvelles. Cet insuccès ne la découragea point. La Madame confectionna un catalogue de ses jeunes protégées, sous couverture de velours mauve, et l'adressa sous pli discret aux plus hautes autorités. Quelque jours plus tard, elle reçut son premier lot d'invitations en vue d'une fête donnée à la Sirène, une île privée qui ne figurait sur aucune carte de navigation, défendue par les récifs de coraux et les requins, et à laquelle on ne pouvait accéder qu'en avion particulier. Passé le premier moment d'enthousiasme, elle mesura l'ampleur de ses responsabilités et se mit à réfléchir aux meilleures façons de complaire à une clientèle aussi distinguée. C'est à ce moment-là, ainsi que Melecio devait me le raconter bien des années plus tard, que son regard se posa sur nous deux. Nous avions calé la poupée espagnole dans un coin et, depuis l'autre extrémité de la pièce, nous lui lancions des pièces de monnaie en visant de telle sorte qu'elles allassent s'embouquer sous sa robe à pois. Tandis que la Madame nous regardait faire, son cerveau fécond brassait diverses possibilités, et elle eut finalement l'idée de remplacer la poupée par une de ses filles. Elle se remémora alors d'autres jeux enfantins et, ajoutant à chacun une touche obscène, les transforma en divertissements inédits pour les invités de la fête. Par la suite, elle ne manqua pas de travail à satisfaire banquiers, hommes d'affaires et hautes personnalités gouvernementales qui rémunéraient ses services sur fonds publics. Ce qu'il y a de bien dans ce pays, soupirait-elle d'un air enchanté, c'est que la corruption profite à tout le monde. Elle se montrait sévère avec ses pensionnaires. Elle ne les recrutait pas en les embobelinant de boniments de petit maquereau de quartier, mais leur parlait sans détours pour éviter tout malentendu et dissiper d'emblée leurs scrupules. Si l'une d'elles venait à lui faire défaut, fût-ce pour maladie, deuil familial ou catastrophe imprévisible, elle s'en séparait sur-le-champ. Mettez-y toute votre flamme, les petites, nous travaillons pour des messieurs très comme il faut, c'est le genre d'affaire qui requiert de l'élévation mystique, leur disait-elle. Elle prenait plus cher que la concurrence locale, car elle avait constaté que les plaisirs bradés ne laissent ni bénéfices ni bons souvenirs. Il arriva une fois qu'un colonel de la Garde, après avoir passé la nuit avec une de ses filles, dégaina son arme réglementaire au moment de régler la note et menaça de l'expédier en prison. La Madame ne perdit pas son sang-froid. Environ un mois plus tard, l'officier rappela pour convier trois demoiselles de petite vertu à prendre soin de délégués étrangers; de son ton le plus aimable, elle lui recommanda de leur envoyer sa propre épouse, sa mère et sa grand-mère, s'il croyait qu'on baisait gratis. Il ne s'écoula pas deux heures avant qu'une ordonnance ne rappliquât avec un chèque et une jolie boîte transparente contenant trois orchidées de couleur parme, ce qui, dans le langage des fleurs, symbolise trois merveilles d'appas féminins à l'attrait irrésistible, ainsi que l'expliqua Melecio, bien que le client n'en sût probablement rien et ne les eût choisies que pour leur luxueux emballage.

Prêtant l'oreille aux conversations des filles, j'en sus plus long au bout de quelques semaines que bien des gens n'en apprennent dans toute la durée de leur existence. Soucieuse d'améliorer la qualité du service dispensé par son entreprise, la Madame faisait l'emplette d'ouvrages français que lui fourguait à la sauvette l'aveugle du kiosque à journaux; je subodore néanmoins qu'ils devaient rarement se révéler d'une utilité quelconque, car les filles se plaignaient qu'à l'heure de baisser leur froc, les messieurs très comme il faut, buvant pour se donner du cœur au ventre, retombaient routinièrement dans les mêmes ornières, de sorte qu'il ne servait à rien de se fatiguer les méninges. Dès que je me retrouvais seule dans l'appartement, je grimpais sur une chaise et extrayais les livres défendus de leur cachette. Leur contenu était proprement effarant. Bien que je fusse incapable de les lire, les illustrations suffisaient à me donner des idées qui, j'en suis sûre, défiaient pour certaines les possibilités de l'anatomie.

Ce fut pour moi une période faste, même si j'avais tôt fait l'impression de vivre sur un nuage, environnée de faux-semblants et de mensonges par omission. Par moments, je croyais entr'apercevoir la vérité, mais j'avais tôt fait de me retrouver fourvoyée comme dans un fourré d'ambiguïtés. Entre ces murs, les horaires étaient déréglés, on vivait la nuit et dormait le jour, les filles émergeaient du maquillage transformées en personnages différents, ma patronne était à elle seule un nœud de mystères, Melecio n'avait ni âge ni sexe définis, et les aliments eux-mêmes, aux antipodes de la sempiternelle cuisine bourgeoise, ressemblaient à des gourmandises d'anniversaire. L'argent aussi avait fini par devenir irréel. La Madame en entreposait de grosses liasses dans des cartons à chaussures, d'où elle prélevait ce qu'il fallait pour régler les dépenses journalières, apparemment sans tenir aucun compte. Je tombais un peu partout sur des billets de banque et ma première idée fut qu'on les semait à ma portée pour éprouver mon honnêteté, mais je ne tardai pas à comprendre que ce n'était pas là un piège, mais simple prodigalité et pur laisser-aller.

A plusieurs reprises, j'avais entendu la Madame déclarer qu'elle avait une sainte horreur des attaches sentimentales, mais je crois que sa véritable nature finissait par la trahir et, à l'instar de ce qui lui était arrivé avec Melecio, elle en vint à me prendre en affection. Ouvrons les fenêtres pour laisser entrer le bruit et la lumière du jour, lui demandai-je, et elle accéda à mon désir; achetons un oiseau pour l'entendre chanter, et de vraies fougères pour les voir pousser, suggérai-je, et elle obtempéra aussitôt; je veux apprendre à lire, insistai-je, et elle se montra toute disposée à me donner des cours, mais d'autres préoccupations vinrent alors différer ses desseins. Au bout de tant d'années, aujourd'hui qu'il m'est donné de repenser à elle avec recul, je crois qu'elle n'avait pas eu la vie facile, impliquée dans de sordides trafics et obligée de survivre dans un milieu sans merci. Peut-être se disait-elle qu'il devait exister quelque part une poignée d'êtres élus qui pouvaient se payer le luxe d'être bons, et avait-elle décidé de me protéger de la dégoûtation de la rue de la République pour voir si elle réussirait à déjouer le destin et à m'épargner une vie analogue à la sienne. Au début, elle avait essayé de me mentir sur la nature de ses activités commerciales, mais quand elle me vit disposée à mordre dans la vie sans prendre garde aux pépins, elle changea radicalement de tactique. J'appris plus tard par Melecio qu'elle se concerta alors avec les filles pour m'éviter d'être contaminée, et elles s'y entendirent si bien que je finis par assimiler le meilleur de chacune d'elles. Désireuses de me garder en marge de la violence et de la vulgarité, elles-mêmes, ce faisant, conféraient une dignité nouvelle à leur propre existence. Elles me demandaient de leur raconter la suite du feuilleton radiophonique du jour, et j'improvisais une issue dramatique qui ne coïncidait jamais avec l'heureux épilogue attendu, mais elles ne s'en formalisaient point. Elles m'invitaient à aller voir des films mexicains et, à la sortie du cinéma, nous allions nous installer à l'Epi d'Or pour commenter la projection. Si elles m'en priaient, je bouleversais le scénario de fond en comble et transformais la délicate et mièvre idylle d'un pauvre péquenot en épouvantable drame de sang. Tu racontes mieux que dans les films, avec toi on souffre pour son argent, sanglotaient-elles, la bouche pleine de moka au chocolat.

Huberto Naranjo était le seul à ne pas me réclamer d'histoires, qu'il considérait comme un divertissement stupide. A chacune de ses visites, il débarquait les poches bourrées d'argent qu'il distribuait par poignées sans fournir le moindre mot d'explication sur la façon dont il l'avait obtenu. Il m'offrait des robes à volants bordées de dentelles, des souliers de fillette et de petits cartables d'école maternelle auxquels tout le monde faisait fête, tant était unanime le désir de me maintenir dans les limbes de l'innocence enfantine, mais que je repoussais d'un air offensé.

– On ne pourrait même pas s'en servir pour la poupée espagnole. Tu n'as donc pas remarqué que je n'étais plus une pisseuse?

– Je ne veux pas te voir fringuée comme une allumeuse. Où en est-on de tes leçons de lecture? demandait-il, et il s'emportait en constatant que mon analphabétisme n'avait pas reculé d'une seule voyelle.

Je me gardais bien de lui répliquer qu'en d'autres domaines mon éducation progressait à grands pas. Je l'aimais avec cet entêtement farouche de l'adolescence qui laisse en soi d'ineffaçables traces, mais sans jamais obtenir que Naranjo se laissât prendre à mes brûlantes dispositions, car sitôt que je me hasardais à les lui laisser paraître, il m'écartait, les oreilles en feu.

– Fiche-moi la paix. Ce qu'il te faut, c'est étudier pour devenir maîtresse d'école ou infirmière, ce sont là des métiers comme il faut pour une femme.

– Tu ne m'aimes donc pas?

Seule dans mon lit, j'étreignais mon oreiller en priant que mes seins ne tardassent pas à s'épanouir, mes cuisses à s'arrondir, mais à aucun moment, songeant à Huberto Naranjo, je ne fis le moindre rapprochement avec les planches illustrant les ouvrages didactiques de la Madame, ni avec les commentaires des filles que je parvenais à surprendre. Je ne concevais pas que ces cabrioles eussent quelque chose à voir avec l'amour, elles m'apparaissaient seulement comme une façon de gagner sa vie, à l'instar de la couture ou de la mécanographie. L'amour était celui des chansons et des feuilletons radiophoniques, fait de profonds soupirs, de baisers, de déclarations embrasées. J'aurais voulu me trouver avec Huberto sous le même drap, appuyée contre son épaule, assoupie à ses côtés, mais mes rêves étaient encore on ne peut plus chastes.

Melecio était le seul artiste digne de ce nom dans le cabaret où il travaillait toutes les nuits, les autres ne constituaient qu'une déprimante figuration : une brochette de vieilles folles baptisée Ballet bleu, emboîtées les unes dans les autres en un lamentable défilé à la queue leu leu, un nain qui s'exerçait à des prouesses obscènes à l'aide d'une bouteille de lait, et un monsieur d'un certain âge dont le numéro consistait à baisser son pantalon, à tourner son cul vers le public et à expulser successivement trois boules de billard. Les spectateurs s'esclaffaient de ces pitreries, mais quand Melecio faisait son entrée, tout enveloppé de plumes, coiffé de sa perruque de courtisane et chantant en français, un silence religieux s'installait dans la salle. On ne le sifflait ni ne lui lançait des grivoiseries blessantes, comme aux bouffons qui l'avaient précédé, car le moins sensible de tous les clients l'était à la qualité de son talent. Durant ces heures passées au cabaret, il se métamorphosait en star, objet de désir et d'admiration, resplendissait sous les feux des projecteurs, centre de tous les regards, et réalisait pleinement, à ce moment, son rêve d'être une femme. Sa prestation finie, il se retirait dans la pièce insalubre qu'on lui avait assignée pour loge et se dépouillait de ses falbalas de diva. Les plumes pendaient à un crochet avec des airs d'autruche moribonde, sa perruque gisait sur la table comme un scalp de décapité, et, pareilles au butin d'un pirate naufragé, ses parures en verroterie reposaient au fond d'un plateau de laiton. Il se démaquillait avec de la crème, laissant reparaître ses traits virils. Puis il passait ses vêtements masculins, et à peine avait-il refermé la porte et mis les pieds dehors, ayant laissé là-derrière le meilleur de lui-même, qu'une profonde tristesse le submergeait. Il dirigeait ses pas vers le boui-boui du Négro pour y manger un morceau, seul à une table en coin, repensant à l'heure de béatitude qu'il venait de vivre sur scène. Puis il s'en retournait vers sa pension, flânant le long des rues désertes pour respirer l'air frais de la nuit, montait jusqu'à sa chambre, se douchait puis se jetait sur son lit et restait les yeux ouverts dans le noir jusqu'à ce que le sommeil eût raison de lui.

Du jour où l'homosexualité cessa d'être un tabou et put s'afficher au grand jour, il devint du dernier chic d'aller voir évoluer les pédés dans leur environnement naturel, comme on disait. Les rupins débarquaient dans leurs voitures avec

chauffeur, huppés et piaillants comme des perru-
ches bariolées, ils se frayaient passage parmi les
habitués et s'asseyaient pour consommer un cham-
pagne frelaté, sniffer une pincée de cocaïne et
applaudir aux numéros. Les plus enthousiastes
étaient les dames, distinguées descendantes d'immigrants enrichis, vêtues de toilettes parisiennes et
arborant les copies de bijoux conservés à l'abri de
leurs coffres; elles conviaient les artistes à venir à
leur table trinquer avec elles. Le lendemain, elles
réparaient à coups de bains turcs et de soins
esthétiques les ravages de la gueule de bois, de la
drogue et de leur nuit blanche, mais cela valait
quand même la peine, car ces virées étaient le
thème obligé des conversations dans les beaux
quartiers du Club de Campo. Le prestige de l'extraordinaire Mimi, nom de scène de Melecio, s'am-
plifia de bouche à oreille au cours de cette saison,
mais les échos de sa gloire ne franchirent guère les
portes des salons, et pas plus dans le quartier juif,
où il habitait, que rue de la République, nul ne
savait – ni ne se fût d'ailleurs soucié de savoir –
que le timide répétiteur d'italien et Mimi ne faisaient qu'une seule et même personne.

La population du quartier chaud s'était organisée pour vivre en parfaite autonomie. La police
elle-même respectait ce code d'honneur tacite et se
bornait à intervenir dans les rixes en pleine rue, à
patrouiller de temps à autre et à percevoir ses
commissions. Elle traitait de la main à la main avec
ses indicateurs, au demeurant soucieuse avant tout
de surveillance politique. Tous les vendredis débarquait ainsi chez la Madame un sergent qui garait
son véhicule en plein sur le trottoir, où il ne
pouvait passer inaperçu, si bien qu'il ne se trouvait
personne pour ignorer qu'il était monté toucher sa
quote-part de bénéfices et que les autorités étaient
on ne peut plus au courant des affaires de la mère

maquerelle. Sa visite ne durait guère plus de dix à quinze minutes, le temps de griller une cigarette et de raconter quelques blagues avant de repartir satisfait, une bouteille de whisky sous le bras, son pot-de-vin au fond de la poche. Ce type d'arrangements valaient pour tout un chacun et se révélaient équitables, permettant aux fonctionnaires de police d'arrondir leurs émoluments et aux autres de travailler en paix. Je vivais chez la Madame depuis plusieurs mois quand le sergent fut muté; du jour au lendemain, c'en fut fait des relations de bon voisinage. Les affaires se trouvèrent mises en péril par les exigences exorbitantes du nouveau gradé, qui ne respectait pas les normes usuelles. Ses irruptions intempestives, ses menaces et ses tentatives de chantage eurent raison de la tranquillité d'esprit si nécessaire à la prospérité générale. On tenta de parvenir à un arrangement avec lui, mais c'était un individu stupide et dépourvu de jugeote. Sa présence rompit le délicat *modus vivendi* de la rue de la République, semant partout la zizanie. Les habitants se réunirent dans les tripots afin de se concerter : comme ça il n'est plus possible de gagner correctement sa vie, il faut faire quelque chose avant que ce misérable nous accule à la ruine. Emu par ce chœur de lamentations, Melecio décida de se mêler de l'affaire, bien qu'elle ne le regardât en rien, et proposa de faire signer une pétition par tous les gens concernés, lequel texte serait porté au chef du département de la police, avec copie au ministre de l'Intérieur, l'un et l'autre s'étant abondamment rempli les poches au fil des années et ayant par là l'obligation morale de prêter une oreille attentive à leurs problèmes. Il n'allait pas tarder à vérifier que ce plan était insensé, et sa mise en pratique d'une folle imprudence. En l'espace de quelques jours, on rassembla les signatures du proche voisinage, ce qui n'était pas si facile, car il fallait tout réexpliquer à chacun dans les moindres détails, mais on finit par réunir un échantillonnage assez représentatif, et la Madame alla personnellement porter l'enveloppe contenant la pétition à ses destinataires. Vingt-quatre heures plus tard, à l'heure du laitier, alors que tout le monde dormait encore, le Négro du boui-boui débarula en clamant la nouvelle qu'on était en train de perquisitionner un établissement après l'autre. Ce salaud de sergent avait rappliqué avec le fourgon du Commando anti-vice, bien connu pour fourrer des armes et de la drogue dans les poches des innocents afin de pouvoir les inculper. Essoufflé, le Négro raconta qu'ils avaient forcé les portes du cabaret comme une horde guerrière et avaient emmené prisonniers tous les artistes et une partie du public, laissant discrètement hors d'affaire la clientèle huppée. Parmi les personnes arrêtées figurait Melecio, harnaché de sa pacotille de pierreries, traînant sa queue plumeteuse de volatile de carnaval, accusé de pédérastie et de trafic de stupéfiants, mots alors inconnus de moi. Le Négro s'en repartit à toutes jambes porter la mauvaise nouvelle au reste de ses amis, laissant la Madame en proie à une crise de nerfs.

– Habille-toi, Eva! Grouille-toi! Fourre tout ce que tu peux dans une valise! Non... Nous n'avons plus le temps ! Il faut décamper d'ici... Pauvre Melecio !

Elle trottinait à moitié nue dans tout l'appartement, se cognant aux chaises nickelées, aux coiffeuses, tout en enfilant en hâte ses affaires. Pour finir, elle s'empara du carton à chaussures bourré de liasses et se mit à dévaler l'escalier de service; je lui emboîtai le pas, encore hébétée de sommeil, incapable de comprendre ce qui se passait, tout en pressentant que ce ne pouvait être que quelque chose de gravissime. Nous arrivâmes en bas à l'instant même où les policiers s'engouffraient dans l'ascenseur. Dans le hall, nous tombâmes nez à nez avec la concierge en chemise de nuit, une Espagnole au cœur gros comme ça; en temps normal, on pouvait troquer de ses savoureuses omelettes aux pommes de terre et au chorizo en échange de flacons d'eau de Cologne. Nous voyant dans ce piteux état, entendant le tapage de la soldatesque et les sirènes des patrouilles dans la rue, elle comprit que ce n'était pas le moment de poser des questions. Elle nous fit signe de la suivre dans le sous-sol de l'immeuble dont une issue de secours donnait sur un parking mitoyen, et nous réussîmes à nous échapper par ce biais sans passer par la rue de la République, totalement aux mains des forces de l'ordre. Au terme de cette cavalcade échevelée, la Madame s'arrêta hors d'haleine, adossée au mur d'un hôtel, au bord de la syncope. Elle eut soudain l'air de me découvrir pour la première fois :

— Qu'est-ce que tu fais ici?

— Je me sauve, moi aussi...

— Fiche-moi le camp! Si on te trouve avec moi, on va m'accuser de corruption de mineure!

— Où voulez-vous que j'aille? Je n'ai nulle part où aller.

— Je n'en sais rien, ma fille. Cherche Huberto Naranjo. Moi, il faut que je me cache et que je trouve de l'aide pour tirer Melecio d'affaire. Je n'ai pas le temps de m'occuper de toi pour le moment.

Elle disparut au bout de la rue et la dernière chose que je vis d'elle fut son imposant fessier moulé dans sa jupe à fleurs, dodelinant sans trace aucune de son insolence passée, mais carrément en perdition. Je restai tapie au coin de la rue tandis que passaient en ululant les voitures de police et qu'on fouillait autour de moi péripatéticiennes, proxénètes et sodomites. Quelqu'un me recommanda de déguerpir au plus vite, car la pétition rédigée par Melecio et cosignée par tout un chacun était tombée aux mains de journalistes et le scandale, déjà en train de coûter leur poste à plusieurs ministres, ainsi qu'à maints hauts dirigeants de la police, allait nous retomber sur le crâne comme un coup de hache. On avait perquisitionné chaque immeuble, chaque hôtel, jusqu'au dernier bouiboui du quartier, on avait même arrêté l'aveugle du kiosque à journaux, et on avait fait éclater tant de bombes lacrymogènes qu'on dénombra une douzaine d'intoxiqués et que périt un nouveau-né que sa mère n'avait pu mettre à l'abri, étant à ce moment-là occupée avec un client. Durant trois jours et trois nuits, il n'y eut plus d'autre sujet de conversation que cette « Lutte contre la Pègre », ainsi que titrait la presse. Le génie populaire, pour sa part, ne l'appela pas autrement que la « Révolte des Putes », et c'est sous ce nom que l'événement resta consigné dans les vers des poètes.

Je me retrouvai sans un sou, comme cela m'était déjà maintes fois arrivé par le passé et m'arriverait encore dans l'avenir, et ne pus davantage mettre la main sur Huberto Naranjo, que ce branle-bas de combat avait surpris à l'autre bout de la capitale. Déboussolée, je me laissai choir entre deux colonnes d'un édifice public et m'apprêtai à lutter contre cette sensation d'être seule au monde que j'avais déjà éprouvée si souvent et qui commençait à m'envahir à nouveau. J'enfouis ma figure entre mes genoux, me mis à invoquer ma mère et ne tardai pas à percevoir sa délicate odeur de linge propre et d'amidon. Elle apparut devant moi, intacte, avec sa tresse enroulée sur sa nuque et ses yeux de braise dans son visage semé de taches de rousseur, pour me dire que toute cette bagarre ne me concernait en rien, que je n'avais aucune raison de trembler, que je devais me débarrasser de toutes ces frayeurs et que nous allions toutes deux nous remettre en route. Je me relevai et lui pris la main.

Je ne parvins à retrouver aucune de mes connaissances et n'eus pas le courage de retourner rue de la République, car chaque fois que j'en approchais, j'apercevais les patrouilles stationnées et supposais qu'elles n'attendaient que moi. Cela faisait une éternité que je n'avais plus de nouvelles d'Elvira et j'écartai l'idée de partir en quête de ma marraine qui, en ce temps-là, avait déjà complètement perdu l'esprit et ne s'intéressait plus qu'à la loterie, persuadée que les saints allaient lui indiquer par téléphone le numéro gagnant, mais les voix célestes se trompaient dans leurs prédictions aussi immanquablement que les simples mortels.

La retentissante Révolte des Putes mit tout cul par-dessus tête. Au commencement, l'opinion avait applaudi à l'énergique réaction gouvernementale, et l'évêque avait été le premier à approuver qu'on en finisse d'une main de fer avec le vice; mais la situation eut tôt fait de basculer dès lors qu'une feuille humoristique éditée par un petit groupe d'artistes et d'intellectuels eut publié, sous le titre *Sodome et Gomorrhe,* les caricatures des hauts fonctionnaires impliqués dans la corruption. Deux de ces dessins ressemblaient dangereusement au Général et à l'homme au gardénia, dont la participation à des trafics de toute nature était de notoriété publique sans que personne, jusque-là, n'eût osé l'imprimer noir sur blanc. La Sécurité fit une descente dans le local du journal, cassa les machines, brûla les réserves de papier, coffra les employés qu'elle put attraper et déclara le directeur en fuite – ce qui n'empêcha pas son cadavre de réapparaître le lendemain, couvert de traces de sévices, la gorge tranchée, à bord d'un véhicule garé en plein centre-ville. Nul ne nourrit de doutes sur l'identité des auteurs de cette mort : les mêmes qui avaient massacré les étudiants et en avaient fait disparaître tant d'autres, dont les corps allaient finir dans des puits sans fond dans l'espoir que, s'ils venaient à être retrouvés un jour, on pourrait les prendre pour des ossements fossiles. Ce crime mit à bout la patience de la population qui endurait depuis des années les excès de la dictature, et en quelques heures s'organisa une manifestation de masse, bien différente des rassemblements à la sauvette par lesquels l'opposition s'évertuait en vain à protester contre le gouvernement. Les rues adjacentes à la place du Père de la Patrie se remplirent de milliers d'ouvriers et d'étudiants brandissant des banderoles, placardant des affiches, brûlant des pneus. On avait l'impression que la peur avait fini par reculer pour faire place à la révolte. Au milieu de cette cohue s'avança par une artère latérale une courte colonne dont l'étrange aspect tranchait sur le reste : c'étaient les résidentes de la rue de la République qui n'avaient rien compris à l'ampleur du scandale politique et croyaient que le peuple se soulevait pour les défendre. Tout émues, quelques belles de nuit grimpèrent à une tribune improvisée pour remercier de cet élan de solidarité envers les oubliées de la société, ainsi qu'elles s'autoproclamèrent. Et c'est une bonne chose, camarades, car je vous le demande : les mères, les fiancées et les épouses pourraient-elles dormir en paix si nous ne faisions pas correctement notre travail ? Où vos fils, vos fiancés et vos maris déverseraient-ils leur trop-plein d'ardeur si nous n'accomplissions pas notre devoir? La foule les ovationna avec un tel entrain que la manifestation faillit dégénérer en carnaval, mais le Général, faisant descendre l'armée dans la rue, ne lui en laissa pas le temps. Les blindés déferlèrent dans un fracas de pachydermes, mais ne purent s'avancer bien loin : on se mit à défoncer les vieilles chaussées coloniales des artères centrales et les gens se ruèrent sur les pavés pour passer à l'attaque contre les autorités. On dénombra tant d'estropiés et d'amochés que l'état de siège fut décrété, le couvre-feu instauré. Ces mesures firent redoubler la violence qui explosa de toutes parts comme les incendies en plein été. Les étudiants placèrent des bombes de fabrication artisanale jusque dans les chaires des églises, la populace arracha les rideaux de fer des magasins des Portugais pour en piller les victuailles, un groupe de lycéens s'empara d'un policier et le promena, nu comme un ver, dans l'avenue de l'Indépendance. Malgré l'importance des dégâts et le nombre des victimes à déplorer, ce fut une belle et bonne empoignade qui donna à la population l'occasion de crier à tue-tête, de sortir de ses gonds et de savourer à nouveau le goût de la liberté. Il n'était pas rare de voir des ensembles de musiciens improvisés tambouriner sur des bidons d'essence et de longues cohortes de danseurs se trémousser sur des rythmes cubains et jamaïcains. L'insurrection dura quatre jours, puis les esprits finirent par se calmer, la fatigue ayant raison de tous et nul ne pouvant se souvenir avec précision de la manière dont tout cela avait commencé. Le ministre responsable présenta sa démission et fut remplacé par une de mes vieilles connaissances. Passant devant un kiosque, j'aperçus sa photo en couverture d'un magazine et j'eus quelque peine à le remettre, car l'image de cet homme réservé aux sourcils froncés, levant la main en l'air, coïncidait mal avec celle de l'homme que j'avais naguère laissé crevant d'humiliation dans son fauteuil de velours épiscopal.

En fin de semaine, le gouvernement avait repris le contrôle de la capitale et le Général partit se reposer sur son île privée, la panse à l'air sous le soleil des Caraïbes, assuré de tenir dans son poing jusqu'aux rêves secrets de ses compatriotes. Il espérait bien rester à la tête du pays pour le restant de ses jours, comptant pour ce faire sur l'homme au gardénia qui veillait à ce que nul ne conspirât dans les casernes comme en ville; il était en outre convaincu que cet éclair de liberté retrouvée n'avait pas duré suffisamment longtemps pour laisser des traces profondes dans la mémoire des gens. Les désordres se soldaient par quelques morts et par un nombre indéterminé de prisonniers et de proscrits. Les tripots et sérails de la rue de la République rouvrirent leurs portes, et leurs occupants vinrent y reprendre leurs activités coutumières comme si de rien n'était. Les autorités continuèrent à percevoir leurs pourcentages et le nouveau ministre se maintint sans encombre à son poste après avoir ordonné à la police de ne plus chercher noise à la pègre, mais de se consacrer, comme à son ordinaire, à la chasse aux opposants politiques, et de rafler mendiants et simples d'esprit pour leur mettre la boule à zéro, les arroser de désinfectant et les lâcher sur les routes à grande circulation où ils débarrassaient le plancher de la façon la plus naturelle. Le Général ne se laissa pas émouvoir par le flot de ragots colportés à son sujet, persuadé que les accusations d'abus de pouvoir et de corruption ne feraient au contraire que renforcer son prestige. Il avait fait sienne la leçon du Bienfaiteur de la Patrie et estimait que l'Histoire consacre les chefs qui ne reculent devant rien, car aux yeux du peuple, si l'honnêteté convient à la rigueur aux moinillons et aux bonnes femmes, elle ne saurait passer pour l'apanage d'un mâle bien constitué. Pour lui, les hommes savants servaient essentiellement à être honorés de statues à leur effigie, et il n'était pas inutile d'en posséder deux ou trois pour les exhiber dans les manuels scolaires, mais à l'heure du partage du pouvoir, seuls les autocrates maniant la trique et inspirant la terreur avaient des chances de l'emporter.

Je passai pas mal de jours à errer de droite et de gauche. Je n'avais pris aucune part à la Révolte des Putes, me gardant bien de me mêler aux échauffourées. Malgré la présence de ma mère à mes côtés, j'avais commencé à sentir une chaude effervescence monter du plus profond de moi, j'avais la bouche sèche et rêche, comme remplie de sable, mais je finis par m'y habituer. J'en étais venue à oublier les solides habitudes de propreté que m'avaient inculquées Marraine puis Elvira, et cessai de m'approcher des fontaines et des robinets publics pour m'y laver. Je me transformai peu à peu en souillon errant sans but précis durant le jour, se sustentant de ce qu'elle pouvait trouver, et je me réfugiai à la tombée de la nuit dans quelque sombre recoin où me terrer pendant le couvre-feu, quand les voitures de la Sécurité étaient les seules à circuler.

C'est vers les six heures de l'après-midi que je fis un jour la connaissance de Riad Halabi. Je me tenais à un coin de rue, il passait sur le même trottoir et s'arrêta pour me contempler. Je levai la tête et découvris un homme entre deux ages, corpulent, aux yeux langoureux sous de lourdes paupières. Je crois bien qu'il était en complet clair et cravate, mais je ne puis me le rappeler autrement vêtu que de ces impeccables goyavières de linon que je n'allais pas tarder à repasser moi-même à la perfection.

– Pstt, fillette..., me héla-t-il d'une voix nasillarde.

Je remarquai alors son défaut à la bouche, une profonde crevasse montant de la lèvre supérieure jusqu'à la base du nez, et ses dents écartées entre lesquelles pointait sa langue. L'homme sortit un mouchoir et le porta à sa figure pour dissimuler son infirmité tout en me souriant de ses yeux olivâtres. Je commençai par battre en retraite, mais je me sentis soudain envahie d'une immense fatigue, d'une irrésistible envie de m'abandonner au sommeil, mes genoux fléchirent et je me retrouvai les fesses par terre, dévisageant l'inconnu à travers un épais brouillard. Il se pencha, m'empoigna par les avant-bras, m'obligeant à me relever, à faire un pas, puis deux, puis trois, jusqu'à me retrouver attablée dans une cafétéria devant un énorme sandwich et un verre de lait. Je m'en emparai d'une main tremblante, humant la bonne odeur du pain sortant du four. Mastiquant puis déglutissant, j'éprouvai une douleur sourde, puis un plaisir aigu, suivi d'un furieux désir de recommencer, qu'il ne m'est arrivé parfois de retrouver plus tard que dans quelque étreinte amoureuse. Je me goinfrai avec une telle voracité que je ne pus même pas finir, à nouveau je sentis tout tourner autour de moi, mais cette fois les nausées furent impossibles à contenir et je vomis tripes et boyaux. Autour de moi, les gens s'écartèrent avec dégoût et le serveur se mit à proférer des insultes, mais l'homme le fit taire en lui glissant un billet et, me soutenant par la taille, me fit sortir de là.

– Où habites-tu, ma fille? Tu as de la famille?

Penaude, je lui avouai que non. L'homme m'emmena jusqu'à une rue voisine où était garée sa camionnette délabrée, surchargée de caisses et de sacs. Il m'aida à y grimper, me couvrit de sa veste,

187

mit le moteur en marche et prit la direction de l'est.

Le trajet dura toute la nuit à travers un paysage plongé dans les ténèbres; les seules lumières entr'aperçues signalaient les barrages de la Garde, les lourds camions roulant vers les champs pétrolifères, sans oublier le Palais des Pauvres qui se dressa quelques secondes en bordure de la route comme une hallucination. Ç'avait été jadis la résidence d'été du Bienfaiteur, où venaient danser les plus splendides mulâtresses des Caraïbes, mais le jour même de la mort du tyran avaient commencé à y débarquer va-nu-pieds et sans-le-sou, d'abord par petits groupes timorés, puis en troupeau. Ils avaient envahi les jardins, puis, comme personne ne les en empêchait, ils avaient poursuivi leur progression, gravi les larges marches bordées de clous de cuivre et encadrées de pilastres sculptés, parcouru les fastueuses salles de marbre blanc d'Almeria, rose de Valence, gris de Carrare, traversé les couloirs de marbres cipolins, à arabesques, à arborescences, fait irruption dans les salles de bains en onyx, en jade et en tourmaline, pour installer enfin leurs pénates avec vieillards, enfants, animaux domestiques et tout le saint-frusquin. Chaque famille avait trouvé un coin où s'étaler, on avait tracé d'illusoires frontières à travers les pièces immenses, suspendu des hamacs, brisé le mobilier rococo pour faire chauffer les popotes, les moufflets avaient démantibulé la robinetterie d'argent à la romaine, les adolescents s'étaient aimés dans les décors du jardin et les vieux avaient fait pousser des plants de tabac dans les baignoires dorées. On avait bien dépêché la Garde pour les déloger à coups de feu, mais les véhicules de la force publique s'étaient égarés en chemin et n'avaient jamais pu retrouver l'endroit. Si les occupants du palais n'avaient pu ainsi être expulsés, c'est que celui-ci, avec tout ce qu'il contenait à l'intérieur, était devenu invisible aux humains, dans un autre univers où rien ne venait plus troubler son existence.

Quand nous parvînmes enfin à destination, le soleil était déjà levé. Agua Santa était un de ces bourgs assoupis par la torpeur provinciale; lavé par la pluie, il brillait comme un sou neuf sous l'incroyable luminosité du ciel tropical. La camionnette longea la rue principale bordée d'habitations coloniales, chacune pourvue d'un poulailler et d'un petit potager, et s'arrêta devant une construction à la façade chaulée, plus solide et cossue que les autres. À cette heure-là, la porte d'entrée était encore fermée et je ne pus me rendre compte qu'il s'agissait d'un magasin.

– Nous voici à la maison, dit l'homme.

CHAPITRE SIX

RIAD HALABI était de ces êtres que la pitié laisse
désemparés. Il aimait tant son prochain qu'il
s'évertuait à lui épargner le répugnant spectacle de
sa bouche fendue et tenait en permanence un
mouchoir à la main pour s'en couvrir le bas du
visage, il ne mangeait ni ne buvait jamais en
public, souriait à peine et essayait toujours de se
placer à contre-jour ou dans la pénombre, de sorte
à pouvoir dissimuler sa disgrâce. Il a passé sa vie à
ne pas se rendre compte de la sympathie qu'il
suscitait autour de lui, et de l'amour qu'il fit naître
en moi. Il avait débarqué dans ce pays vers l'âge de
quinze ans, seul et sans un sou vaillant, sans
relations, pourvu d'un visa touristique sur un faux
passeport turc acheté par sa mère à un consul qui
en faisait commerce au Moyen-Orient. Il avait reçu
pour double consigne de faire fortune et d'expédier
de l'argent à sa famille, et bien qu'il n'eût guère
satisfait à la première, jamais il n'avait cessé de
remplir la seconde. Grâce à lui, ses frères avaient
acquis de l'instruction, il avait fait une dot à
chacune de ses sœurs et acheté à ses parents une
oliveraie, symbole de richesse sur cette terre de
réfugiés et de mendiants où il avait grandi. Il
s'exprimait dans un espagnol mâtiné de tous les
particularismes du parler créole, mais avec un

accent du désert qui ne pouvait tromper personne, et il avait apporté de chez lui le sens de l'hospitalité et la fascination pour l'eau. Durant les premières années de sa vie d'immigrant, il s'était nourri de pain, de bananes et de café. Il dormait à même le sol dans l'atelier de tissage d'un compatriote qui, en échange de cet hébergement, exigeait qu'il nettoyât les lieux, chargeât les ballots de toiles et de cotonnades, s'occupât des pièges à rats, toutes choses qui lui mangeaient une partie de ses journées, et il employait l'autre à se livrer à diverses transactions. Il eut tôt fait de repérer celles qui dégageaient les gains les plus substantiels, et décida de se consacrer au commerce. Il démarchait les employés à leurs bureaux, leur proposant linge de maison et réveille-matin, les domestiques dans les demeures bourgeoises, leur refilant cosmétiques et colliers de pacotille, les lycéens en leur exhibant cartes de géographie et crayons de couleur, les soldats dans leurs casernes en leur fourguant des photos de starlettes nues et des images de saint Gabriel, patron des militaires de carrière et des conscrits. Mais la concurrence était féroce et ses chances de percer quasi nulles, car du commerçant il n'avait qu'une qualité, le goût du marchandage, dont il n'usait guère pour se ménager des profits mais qui lui servait d'excellent prétexte pour échanger des idées avec les clients et s'en faire des amis. Honnête et dépourvu d'ambition, il lui manquait les conditions requises pour arriver dans ce métier, du moins à la capitale, et c'est pourquoi ses compatriotes lui recommandèrent de sillonner plutôt l'intérieur du pays, portant sa camelote dans les villages et hameaux où la population était plus crédule. Riad Halabi partit avec les mêmes appréhensions que ses aïeux entamant une longue traversée du désert. Au début, il se déplaça en autocar, puis il put s'acheter à crédit une motocyclette sur le siège arrière de laquelle il amarra une grande caisse. A califourchon sur cet engin, il parcourut les sentiers muletiers, longeant ravins et précipices avec la résistance farouche de sa race de cavaliers. Par la suite, il acquit une vieille guimbarde increvable, et, pour finir, une camionnette à bord de laquelle il fit le tour du pays. Il grimpa jusqu'au sommet des Andes par des chemins abrupts et malaisés, commerçant dans des hameaux disséminés où l'air était si limpide qu'on pouvait entrevoir les anges au moment du crépuscule; le long du littoral, il frappa à toutes les portes, baignant dans la touffeur de l'heure de la sieste, en nage, grelottant de fièvre à cause de l'humidité du climat, s'arrêtant de temps à autre pour aider les iguanes à dégager leurs pattes de l'asphalte fondu par le soleil; il franchit les dunes, voguant sans boussole à travers une mer de sable remué par les vents, s'abstenant de jeter le moindre regard en arrière pour éviter que les sortilèges de l'oubli ne lui transforment le sang en chocolat. Il parvint enfin dans cette région jadis si prospère, irriguée de fleuves que descendaient des pirogues chargées d'odorantes graines de cacaoyer, mais que le pétrole avait précipitée dans la ruine, rendue désormais à la forêt envahissante et à la nonchalance des hommes. Amoureux du paysage, il explora cette géographie avec des yeux émerveillés, le cœur reconnaissant au souvenir de sa propre terre aride et coriace où il fallait une ténacité de fourmi pour faire pousser une simple orange, alors que ce paysage débordant de fruits et de fleurs faisait figure de paradis préservé de toute trace du mal. Rien de plus facile que de fourguer ici n'importe quelles fripes ou quincaille, y compris pour quelqu'un d'aussi peu enclin au lucre que lui-même, mais il n'avait pas le cœur à s'enrichir en profitant de l'ignorance d'autrui. Il s'attacha à ces gens qui se comportaient en grands seigneurs dans leur dénuement et leur abandon. Où qu'il allât, on le recevait comme un ami, de la même façon que son grand-père accueillait les étrangers sous sa tente, tout hôte étant à ses yeux sacré. Dans chaque baraque lui étaient servis une limonade, un café noir au bon arôme, et on lui tendait une chaise pour qu'il se reposât à l'ombre. C'étaient des êtres enjoués et généreux, qui parlaient net : entre eux, ce qui était dit avait toujours force de contrat. Il ouvrait sa valise et déballait sa marchandise sur le sol de terre battue. Ses amphitryons examinaient ces objets d'utilité douteuse avec un sourire courtois et acceptaient d'en acheter pour ne point l'offenser, mais beaucoup n'avaient pas de quoi payer, pour la simple raison qu'ils disposaient rarement d'argent. Ils se méfiaient encore des billets de banque, ces papiers imprimés qui valaient quelque chose un jour et pouvaient le lendemain être retirés de la circulation au gré des caprices du gouvernement en place, ou encore qui disparaissaient par inadvertance, comme cela s'était produit avec la collecte du Secours aux Lépreux, intégralement broutée par un chevreau qui s'était introduit dans le bureau du trésorier. Ils préféraient les pièces qui, elles au moins, pesaient au fond des poches, sonnaient sur le comptoir et brillaient comme du bel et bon argent. Les anciens cachaient encore leurs économies dans des pots de grès ou des bidons d'essence enterrés dans leur cour, car ils n'avaient jamais entendu parler de ce qu'était une banque. Au demeurant, bien rares étaient ceux qui perdaient le sommeil à cause de préoccupations financières; la plupart vivait du troc. Riad Halabi s'adapta aux circonstances et renonça ainsi à obéir à la consigne paternelle de devenir un homme riche.

Une de ses tournées le conduisit à Agua Santa.

Lorsqu'il y pénétra, le village lui sembla abandonné, on ne voyait âme qui vive dans les rues, mais il ne tarda pas à découvrir une petite foule massée devant la poste. C'était ce matin mémorable où le fils de maîtresse Inès avait été tué d'une balle dans la tête. L'assassin était le propriétaire d'une maison entourée de terres accidentées où poussaient à l'état sauvage des manguiers; les enfants venaient en fraude ramasser les fruits tombés, en dépit des menaces de l'homme, un type venu d'ailleurs, qui avait hérité de cette petite hacienda et qui ne s'était pas encore défait de la pingrerie de certains habitants des villes. Les arbres étaient si chargés que les branches ployaient sous le poids, parfois même se cassaient, et on eût vainement essayé de vendre les mangues, que personne ne songeait à acheter : il n'y avait aucune raison de payer pour quelque chose que la terre offrait gratis. Ce jour-là, le fils de maîtresse Inès avait fait un crochet sur le chemin de l'école pour aller ramasser un fruit, à l'instar de tous ses camarades. La balle lui entra par le front et ressortit par la nuque, sans lui laisser le temps de s'interroger sur cet éclair et ce coup de tonnerre qui venaient de lui éclater à la figure.

Riad Halabi avait arrêté sa camionnette à Agua Santa quelques instants seulement après que les enfants eurent rappliqué, portant le cadavre sur un brancard de fortune et le déposant devant l'entrée du bureau de poste. Tout le village était accouru pour le voir. La mère contemplait son fils sans bien comprendre encore ce qui s'était passé, tandis que quatre hommes en uniforme contenaient les gens pour les dissuader de faire justice eux-mêmes, mais ils accomplissaient leur devoir sans grand enthousiasme : connaissant la loi, ils n'ignoraient pas que le meurtrier sortirait indemne d'un procès. Riad Halabi se mêla à la foule avec le pressentiment que ce lieu était inscrit dans son destin et qu'il marquait le terme de sa pérégrination. A peine eut-il recoupé les détails de ce qui s'était produit qu'il se plaça sans l'ombre d'une hésitation à la tête des gens; nul ne parut s'étonner de son attitude, comme si tous n'avaient attendu que lui. Il se fraya un passage, prit le corps dans ses bras et le porta jusqu'au logis de l'institutrice où la table de la salle à manger tint lieu de catafalque pour la veillée funèbre. Puis il prit le temps de faire du café et de le servir, ce qui suscita un certain étonnement parmi l'assistance, car on n'avait jamais vu un homme s'affairer ainsi à la cuisine. Il passa la nuit à tenir compagnie à la mère, et, pour discrète qu'elle fût, sa présence assidue donna à penser à beaucoup qu'il s'agissait de quelque membre de la famille. Le lendemain, il organisa les obsèques et aida lui-même à descendre la caisse au fond de la fosse, avec une affliction si sincère que mademoiselle Inès regretta que cet inconnu ne fût pas le vrai père de son fils. Lorsque le trou eut été rebouché, la terre tassée, Riad Halabi se tourna vers les gens rassemblés autour de la tombe et, portant son mouchoir à sa bouche pour la dissimuler, il suggéra un moyen de canaliser la fureur collective. Tous quittèrent le cimetière pour aller ramasser des mangues dont ils remplirent sacs et paniers, cageots et brouettes, avant de se diriger vers la propriété du meurtrier. En les voyant rappliquer, son premier réflexe fut de vouloir les chasser à coups de fusil, mais il y réfléchit à deux fois, puis s'en alla se cacher au bord de la rivière parmi les roseaux. La foule s'avança en silence, cerna la maison, enfonça portes et fenêtres et déversa son chargement dans les pièces. Puis les gens retournèrent sur leurs pas pour refaire le plein et passèrent ainsi toute la journée à ramasser et convoyer des mangues, jusqu'à ce qu'il n'en restât plus une seule au pied des arbres et que la máison en fût remplie de la cave au grenier. Le jus des fruits éclatés suintait des murs et dégouttait par terre en flaques de sang sucré. A la nuit tombante, quand tous eurent regagné leurs foyers, le meurtrier s'enhardit à s'extraire de la vase, grimpa dans sa voiture et s'enfuit pour ne plus jamais revenir. Les jours suivants, chauffée par le soleil, la maison se transforma en une énorme marmite où les mangues se mirent à cuire à feu doux, les murs se teintèrent d'ocre roux, se ramollirent et se gondolèrent, puis se fendirent sous l'effet de la fermentation, répandant dans le village une odeur de marmelade dont il resta imprégné de nombreuses années.

A compter de ce jour, Riad Halabi se considéra lui-même comme citoyen natif d'Agua Santa, les gens l'acceptèrent comme l'un des leurs, et il y installa ses pénates et son commerce. Comme la plupart des habitations provinciales, la sienne était de forme carrée; les pièces étaient disposées autour d'une cour intérieure où croissait, pour fournir de l'ombre, une végétation abondante composée de hautes fougères, de palmiers et de quelques arbres fruitiers. Cet espace constituait le cœur de la maison, le centre de toute vie, le passage obligé d'une chambre à l'autre. En son milieu, Riad Halabi éleva une fontaine arabe, calme et vaste vasque qui pacifiait l'âme par l'incomparable duo de l'onde et de la pierre. Tout autour de ce jardin intérieur, il posa des rigoles de terre cuite où gazouillait un ruisselet cristallin, et il installa dans chaque pièce une cuvette de porcelaine où nageaient en permanence des pétales de fleurs dont l'arôme allégeait la touffeur du climat. L'habitation comptait un grand nombre de portes, comme il en va toujours chez les riches, et elle devait s'agrandir avec le temps pour donner plus d'extension aux réserves. Les trois grandes pièces sur rue étaient occupées par le magasin; cuisine, salle de bains et appartements privés étaient situés à l'arrière. Peu à peu, le commerce de Riad Halabi devint le plus florissant de la région, on pouvait y trouver de tout : alimentation, engrais, désinfectants, étoffes, remèdes, et ce qui ne figurait pas à l'inventaire, on pouvait toujours le commander au Turc pour qu'il le ramenât de son prochain voyage. C'est en l'honneur de Zulema, son épouse, que le magasin avait été baptisé *La Perle d'Orient*.

Agua Santa n'était qu'une modeste bourgade aux maisons de brique crue couvertes de planches ou de roseaux, construite en bordure de la grand-route et défendue à coups de machettes contre une végétation sauvage qui menaçait de profiter de la première minute d'inadvertance pour l'engloutir. La vague d'immigrants et le tohu-bohu du modernisme n'y avaient pas encore déferlé, les gens étaient affables, les plaisirs simples, et, n'eût été la proximité du pénitencier de Santa Maria, c'eût été une petite localité semblable à la plupart de celles de cette région, mais la présence d'un détachement de la Garde, complétée par celle d'un bobinard, donnait à l'endroit une touche cosmopolite. Six jours par semaine, la vie s'écoulait sans la moindre surprise, mais, le samedi, jour de relève à la prison, les gardiens rappliquaient pour se changer les idées, perturbant de leurs allées et venues les habitudes des habitants; ceux-ci feignaient de les ignorer comme si toute cette agitation provenait de quelque sabbat de singes dans l'épaisseur des sous-bois, mais ils n'en prenaient pas moins la précaution de barricader leur porte et de cloîtrer leurs filles. Ce jour-là débarquaient aussi les Indiens venus quêter l'aumône d'une banane, d'une gorgée d'alcool, d'un quignon de pain. Ils apparaissaient à la queue leu leu, déguenillés, les enfants nus comme des vers, les vieux rétrécis à l'usage, les femmes toujours enceintes jusqu'aux yeux, une lueur malicieuse dans le regard de chacun, suivis d'une meute de chiens nains. Le curé leur réservait quelques piécettes du denier du culte et Riad Halabi distribuait à tous cigarettes ou bonbons.

Jusqu'à l'arrivée du Turc, le commerce se limitait à de modestes transactions de produits agricoles avec les conducteurs des véhicules passant sur la grand-route. Dès le point du jour, les garçons tendaient des bâches pour se protéger du soleil et disposaient leurs fromages, leurs fruits et légumes sur un cageot qu'ils devaient éventer en permanence pour en chasser les mouches. Quand la chance leur souriait, ils arrivaient à vendre quelque chose et à rapporter quelque menue monnaie à la maison. Riad Halabi eut l'idée de passer un marché avec les camionneurs qui acheminaient leurs chargements vers les installations pétrolières et s'en revenaient à vide, afin qu'ils livrassent les primeurs d'Agua Santa à la capitale. Puis il s'occupa lui-même de les faire parvenir jusqu'au Marché central, sur l'éventaire d'un de ses compatriotes, procurant ainsi quelque prospérité au village. Peu après, notant en ville un certain intérêt pour l'artisanat du bois, de la céramique et de l'osier tressé, il engagea ses voisins à s'y livrer pour proposer leurs produits dans les échoppes de souvenirs, et, en moins de six mois, cette activité devint la principale source de revenus de plusieurs familles. Nul ne mettait en doute sa bienveillance ni ne discutait ses prix, car au bout d'années de cohabitation, le Turc avait donné maintes preuves de son honnêteté foncière. Sans qu'il l'eût cherché, son magasin finit par devenir le centre de la vie commerciale d'Agua Santa, et la quasi-totalité des affaires de la région lui passait entre les mains. Il agrandit ses réserves, fit construire des annexes, acheta de beaux ustensiles de cuisine en cuivre et en fonte émaillée, jeta un regard de contentement autour de lui et estima qu'il possédait désormais tout ce qui était nécessaire à la satisfaction d'une femme. Il écrivit alors à sa mère pour la prier de lui chercher une épouse sur sa terre natale.

Si Zulema accepta de convoler avec lui, c'est qu'en dépit de sa beauté, elle n'avait point encore trouvé chaussure à son pied et avait vingt-cinq ans passés quand la marieuse lui parla de Riad Halabi. On lui dit qu'il avait un bec-de-lièvre, mais elle ignorait ce que cela voulait dire, et, sur la photo qu'on lui montra, on ne remarquait qu'une tache d'ombre entre la bouche et le nez, qui avait plus l'air d'une moustache tirebouchonnée que d'un obstacle au mariage. Sa propre mère la convainquit que l'apparence physique n'est d'aucune importance à l'heure de former un foyer, et que n'importe quelle autre solution était préférable au célibat, qui l'eût reléguée au rôle de servante chez telle ou telle de ses sœurs mariées. Au surplus, en y mettant un peu de bonne volonté, on finit toujours par aimer son mari; la loi d'Allah veut que deux êtres qui partagent le même lit et font ensemble des enfants en viennent à la longue à s'apprécier, lui dit-elle. Au demeurant, Zulema crut comprendre que son prétendant était un riche négociant installé en Amérique du Sud, et bien qu'elle n'eût pas la moindre idée de l'endroit où était situé ce pays aux consonances exotiques, elle ne douta pas un seul instant que la vie y serait plus agréable que dans le quartier infesté de mouches et de rats où elle végétait.

Dès qu'il reçut la réponse positive de sa mère, Riad Halabi prit congé de ses amis d'Agua Santa, ferma son magasin et sa demeure, et s'embarqua à destination de sa patrie où il n'avait pas remis les pieds depuis quinze ans. Il se demanda si les siens le reconnaîtraient, car il se sentait devenu un autre homme, comme si la terre d'Amérique et la rudesse de sa nouvelle vie l'avaient remodelé, mais il n'avait pas vraiment beaucoup changé : bien qu'il ne fût plus ce jeune homme mince aux yeux enfoncés et au nez aquilin, mais un homme dans la force de l'âge, avec une propension à la bedaine et au double menton, il était toujours aussi timide, sentimental et peu sûr de lui.

Le jeune marié pouvant en assumer les frais, le mariage de Zulema et Riad Halabi fut célébré conformément à tous les rites consacrés. Ce fut un événement mémorable, dans ce faubourg déshérité où on avait fini par oublier ce qu'était une vraie fête. Seul et unique signe de mauvais augure, peut-être : en début de semaine s'était mis à souffler le *khamsin* du désert et le sable pénétra partout, envahissant les maisons, lacérant les vêtements, gerçant la peau, et quand arriva le jour des noces, les futurs époux en avaient les cils tout poudrés. Mais ce détail n'empêcha pas le bon déroulement de la cérémonie. Les femmes et proches amies de l'une et l'autre familles se réunirent d'abord pour examiner le trousseau de la promise, et préparer rubans roses et fleurs d'oranger tout en se gavant de loukoums, de cornes de gazelle, d'amandes et de pistaches; elles ululaient d'allégresse, poussant d'interminables youyous qui se répandaient dans la rue jusqu'à parvenir aux oreilles des hommes attablés au café. Le lendemain, leur cortège conduisit Zulema aux bains publics, précédé d'un vétéran qui jouait du tambourin pour avertir les hommes de détourner les yeux au passage de la future épousée recouverte de sept voiles légers. Quand on la dévêtit pour le bain, afin que les parentes de Riad Halabi pussent constater qu'elle était bien nourrie et dépourvue de marques, sa mère éclata en sanglots, ainsi que le veut la coutume. On lui mit du henné sur les mains, on lui épila tout le corps à la cire et au soufre, on la massa à l'aide de crèmes et d'onguents, on lui natta les cheveux en les ornant de perles de fantaisie, puis on chanta, on dansa et s'empiffra de gâteaux accompagnés de thé à la menthe, et on n'eut garde d'oublier la pièce d'or que la fiancée devait offrir à chacune de ses amies. Le troisième jour eut lieu la cérémonie du *Neftah*. Sa grand-mère lui toucha le front avec une clef afin d'ouvrir le chemin de son esprit à la franchise et à l'affection, puis la mère de Zulema et le père de Riad Halabi la chaussèrent de babouches enduites de miel afin qu'elle entrât dans le mariage par la voie de la douceur. Le quatrième jour, vêtue d'une simple tunique, elle reçut ses beaux-parents pour les régaler de plats préparés par elle, et elle baissa humblement les yeux lorsqu'ils exprimèrent l'avis que la viande était coriace et le couscous point assez salé, mais la fiancée, elle, tout à fait comestible. Le cinquième jour, on mit à l'épreuve le sérieux de Zulema en l'exposant aux chansons grivoises de trois troubadours, mais elle demeura impassible derrière son voile et chaque obscénité rebondissant sur son visage de vierge fut récompensée de pièces de monnaie. Dans une pièce voisine se déroulait la fête des hommes, au cours de laquelle Riad Halabi devait endurer de son côté quolibets et sarcasmes de tout le voisinage. Le sixième jour, ils se marièrent à la mairie, et le septième, ils reçurent le cadi. Les invités déposèrent leurs cadeaux aux pieds des époux, clamant le prix qu'ils y avaient mis; le père et la mère de Zulema burent en tête-à-tête avec elle leur dernier bouillon de poule, avant de la remettre de très mauvais gré à son époux, ainsi que le veut l'usage. Les femmes de la famille l'accompagnèrent alors jusqu'à la chambre préparée pour la circonstance, lui troquèrent sa robe contre une chemise de jeune mariée, puis elles allèrent rejoindre les hommes dans la rue dans l'attente que le couple vînt secouer au balcon le drap ensanglanté de la virginité perdue.

Riad Halabi se retrouva enfin seul avec son épouse. Ils ne s'étaient jamais vus de près ni n'avaient même échangé la moindre parole, le moindre sourire. La coutume voulait qu'elle fût toute tremblante de frayeur, mais c'était plutôt lui qui se sentait dans cet état. Tant qu'il s'était tenu à distance respectueuse et sans ouvrir la bouche, son infirmité avait presque pu passer inaperçue, mais il ignorait à quel point sa femme en serait impressionnée dans l'intimité. Troublé, il s'approcha d'elle et tendit la main pour l'effleurer, attiré par les reflets nacrés de sa peau, par l'abondance de ses chairs et l'ombre de sa chevelure, mais il vit alors le dégoût se peindre dans ses yeux, et son geste se figea. Il sortit son mouchoir et le porta à sa figure, l'y plaquant d'une main tandis qu'il s'employait à la déshabiller et à la caresser de l'autre, mais tous ses trésors de patience et de tendresse ne purent venir à bout de la répulsion de Zulema. Cette séance les laissa l'un et l'autre profondément mortifiés. Un peu plus tard, tandis que sa belle-mère agitait le drap au balcon peint en bleu azur pour chasser les mauvais esprits, qu'en bas les voisins tiraient des salves de coups de fusil et que les femmes ululaient avec frénésie, Riad Halabi alla se terrer dans un coin. Il ressentait son humiliation comme un poing crispé dans son ventre. Cette douleur allait se perpétuer en lui en sourdine, comme un gémissement affaibli, mais jamais il n'en parla, jusqu'au jour où il put s'en ouvrir à la première femme à poser ses lèvres sur les siennes. C'est qu'il avait grandi dans la loi du silence : interdiction à l'homme de laisser paraître ses sentiments ou ses désirs inavoués. Sa condition d'époux en faisait le souverain et maître de Zulema, et il n'était pas convenable qu'elle connût ses faiblesses et pût les mettre à profit pour le blesser ou le dominer.

Ils rentrèrent en Amérique; Zulema eut tôt fait de comprendre que non seulement son mari n'était pas riche, mais qu'il ne le serait jamais. Dès le premier instant, elle prit en grippe cette nouvelle patrie, ce village, ce climat, ces gens, cette maison; invoquant ses incoercibles migraines, elle refusa d'apprendre l'espagnol et d'aider au magasin; elle se cloîtra dans ses appartements, affalée sur son lit, se gavant de nourriture, de plus en plus grosse et mourant d'ennui. Elle dépendait de son mari en toute chose, y compris pour se faire comprendre des voisins avec lesquels il devait lui tenir lieu d'interprète. Riad Halabi se dit qu'il devait lui laisser le temps de s'adapter. Il était convaincu que du jour où elle aurait des enfants, tout prendrait une tournure différente, mais les enfants se faisaient attendre, en dépit des nuits et des siestes passionnées qu'il passa avec elle sans jamais omettre d'appliquer son mouchoir sur son visage. Un an passa de la sorte, puis deux, trois, dix ans, jusqu'au jour où je fis mon entrée à *La Perle d'Orient* et dans leurs existences.

Il était très tôt et le village dormait encore lorsque Riad Halabi stoppa la camionnette. Il m'introduisit dans la maison par la porte de derrière, nous traversâmes la cour intérieure où la fontaine coulait à fins filets et où coassaient les crapauds, puis il me laissa dans la salle de bains en me fourrant entre les mains une serviette et du savon. Je restai un long moment à laisser l'eau cascader sur mon corps, dissipant l'abrutissement du voyage et les vicissitudes de ces dernières semaines, jusqu'à recouvrer l'éclat naturel de ma peau, déjà presque oublié après tant de laisser-aller. Puis je me séchai, fis une natte de mes cheveux, mis une chemise d'homme ceinturée par un cordon et les espadrilles que Riad Halabi avait sorties du magasin à mon intention.

— Maintenant, tu vas manger en prenant le temps de mâcher, de façon à ne pas avoir mal au ventre, dit le maître de maison en m'installant à la cuisine devant un festin de boulettes de viande, de riz et de pain azyme. On m'appelle le Turc, et toi?

— Eva Luna.

— Quand je suis en voyage, ma femme reste toute seule, elle a besoin de quelqu'un pour lui tenir compagnie. Elle ne sort jamais, n'a pas d'amies, ne parle pas espagnol.

— Vous voulez que je lui serve de domestique?

— Non. Tu lui tiendras plutôt lieu de la fille qu'elle n'a pas eue.

— Ça fait longtemps que je ne suis plus la fille de personne, et je ne me rappelle plus très bien comment on fait. Il faudra que j'obéisse en tout?

— Oui.

— Qu'est-ce qu'on me fera si je me conduis mal?

— Je n'en sais rien, on verra.

– Je vous préviens que je ne supporte pas qu'on me batte...

– Personne ne te battra, ma petite.

– Je reste un mois à l'essai, et si je ne me plais pas ici, je me sauve.

– C'est d'accord.

Zulema fit alors son apparition à la cuisine, encore toute hébétée de sommeil. Elle m'examina de la tête aux pieds sans paraître le moins du monde étonnée par ma présence, résignée depuis longtemps à l'incorrigible hospitalité de son époux, capable d'héberger le premier venu pourvu qu'il eût l'air dans la débine. Une dizaine de jours auparavant, il avait recueilli un voyageur avec son âne, et tandis que l'hôte se restaurait avant de reprendre sa route, la bête avait bouffé tout le linge étendu au soleil et une part notable des marchandises entreposées dans le magasin. De belle stature, blanche de peau et noire de cheveu, arborant deux grains de beauté près de la bouche et de grands yeux sombres légèrement saillants, Zulema s'était présentée dans une tunique de coton qui lui descendait jusqu'aux pieds. Elle était parée d'anneaux et de bracelets d'or sonores comme des grelots. Elle me contempla sans le moindre enthousiasme, convaincue d'avoir encore affaire à quelque mendigote recueillie par son mari. Je la saluai en arabe, ainsi que venait de m'apprendre à le faire Riad Halabi, et un énorme fou rire la secoua alors, elle me prit le visage à deux mains et m'embrassa sur le front tout en me répondant par une litanie dans sa langue. Le Turc éclata de rire à son tour tout en se dissimulant la bouche derrière son mouchoir.

Ce salut en arabe avait suffi à faire fondre le cœur de ma nouvelle patronne, et, à compter de ce matin-là, je me sentis dans cette maison comme si j'y avais grandi. L'habitude de me lever tôt me fut fort utile. Je me réveillais avec le jour, balançais les jambes hors du lit avec une énergie telle que je me retrouvais debout séance tenante, et de cette minute-là je ne me rasseyais plus, fredonnant sans cesse tout en vaquant à mes tâches. Je m'employais à préparer le café conformément aux instructions reçues, le faisant bouillir trois fois dans un récipient en cuivre et le saupoudrant de grains de cardamome, avant de le verser dans une petite tasse et de le porter à Zulema, qui le sirotait sans même ouvrir les yeux avant de replonger dans sa grasse matinée. Riad Halabi, lui, prenait son petit déjeuner à la cuisine. Il aimait à le préparer lui-même et, peu à peu, il en vint à oublier sa bouche difforme et m'autorisa à lui tenir compagnie. Puis nous allions tous deux lever le rideau de fer du magasin, nous nettoyions le comptoir, mettions de l'ordre dans les différents produits, et nous nous asseyions dans l'attente des premiers clients qui ne tardaient pas à apparaître.

Pour la première fois, je me retrouvai libre d'aller et venir dans la rue; jusque-là, j'avais toujours été confinée entre quatre murs, derrière une porte fermée à clef, ou bien j'avais erré à l'aventure dans une cité hostile. Je trouvai de bonnes raisons pour aller bavarder avec les voisins, faire un tour l'après-midi sur la place où se dressaient l'église, la poste, l'école, la Garde civile. C'est là que, chaque année, roulaient les tambours de la Saint-Jean, qu'on brûlait un mannequin en chiffons pour rappeler la trahison de Judas, qu'on couronnait la Reine d'Agua Santa et qu'à l'occasion de Noël maîtresse Inès organisait des tableaux vivants avec ses élèves vêtus de papier crépon et saupoudrés de givre argenté pour représenter les stations de l'Annonciation, de la Nativité et du massacre des Innocents perpétré sur ordre d'Hérode. Je marchais en parlant toute seule, gaie comme un pinson, enhardie, heureuse de me mêler aux autres et de me sentir appartenir à une communauté. A Agua Santa, les fenêtres n'avaient point de carreaux, les portes restaient toujours ouvertes, on avait coutume de se rendre visite, de ne jamais passer devant chez quelqu'un sans le saluer, sans entrer prendre un café ou quelque jus de fruit; tout le monde connaissait tout le monde, nul n'aurait pu se plaindre de solitude ou d'abandon. C'était un lieu où même les morts ne se sentaient pas seuls.

Riad Halabi m'apprit à vendre, à peser, à mesurer, à faire les comptes, à rendre la monnaie et à marchander, aspect primordial du commerce. On ne marchande pas pour extorquer quelque bénéfice au client, mais pour prolonger le plaisir de la conversation, disait-il. J'appris aussi quelques phrases en arabe pour pouvoir communiquer avec Zulema. Bientôt, Riad Halabi décréta que je ne pouvais m'acquitter de mon travail au magasin ni traverser la vie sans savoir lire ni écrire, et il pria maîtresse Inès de me dispenser des cours particuliers : j'étais en effet trop grande pour fréquenter la petite classe. Tous les jours, je longeais les quatre pâtés de maisons, mon livre bien en vue pour que nul n'en ignorât, fière comme Artaban de faire des études. Je restais attablée deux heures d'affilée au bureau de maîtresse Inès, près de la photo encadrée du garçon assassiné, à épeler *lolo, mimi, rôti, bébé a bobo, la pipe de papa*. Savoir écrire était ce qui pouvait m'arriver de mieux dans la vie, j'étais comme grisée, lisant à haute voix, me promenant avec mon cahier sous le bras pour m'en servir à tout instant, y consignant des réflexions, des noms de fleurs, des chants d'oiseaux, des mots forgés de toutes pièces. Cette faculté me permit de me passer des rimes pour mémoriser mes histoires, et je pus les compliquer à loisir en multipliant personnages et rebondissements. Il me suffisait de griffonner deux ou trois phrases succinctes pour me souvenir du reste du récit que j'étais désormais en mesure de débiter à ma patronne – mais un peu plus tard seulement, quand elle-même eut commencé à parler espagnol.

Pour me familiariser avec la lecture, Riad Halabi m'acheta un almanach et quelques magazines de spectacles illustrés de photos d'artistes, qui firent les délices de Zulema. Quand je sus lire couramment, il me rapporta des romans sentimentaux tous fabriqués au même moule : secrétaire aux lèvres gonflées, seins mutins et yeux candides, rencontre cadre dirigeant aux muscles d'airain, tempes argentées et regard d'acier; elle, toujours vierge, quoique veuve en certains cas plutôt rares; lui, autoritaire, supérieur à elle à tous égards; voici qu'il y a entre eux du grabuge, à cause de la jalousie ou d'une affaire d'héritage, mais tout finit par s'arranger et il la prend dans ses bras métalliques, et la secrétaire pousse des soupirs dactyliques, l'un et l'autre sont emportés par la passion, mais sans rien de grossier ni de charnel. Le summum était atteint en un seul et unique baiser qui les transportait dans l'extase d'un paradis sans retour : le mariage. Après ce baiser, il n'y avait rien de plus, hormis le mot « Fin » enguirlandé de fleurettes ou de colombes. Je fus bientôt en mesure de deviner tout le scénario dès la troisième page, et, pour me distraire, le transformais, détournant son cours vers un dénouement tragique, fort différent de celui qu'avait imaginé l'auteur, mais mieux en accord avec mon indécrottable penchant pour le morbide et l'atroce, où la fille se faisait trafiquante d'armes et où son industriel partait en Inde soigner les lépreux. J'épiçais mon récit de condiments violents tirés des émissions de la radio ou de la chronique des faits divers, ainsi que des informations puisées naguère à la sauvette dans les traités didactiques de la Madame. Un jour, maîtresse Inès parla à Riad Halabi des *Mille et Une Nuits;* dès le voyage suivant, il me les rapporta pour m'en faire présent : quatre gros livres reliés de cuir rouge, dans lesquels je m'immergeai sur-le-champ jusqu'à perdre de vue les contours de la réalité. L'érotisme et l'imagination débridée firent irruption dans ma vie avec la puissance d'un typhon, brisant toutes les limites concevables, culbutant l'ordre des choses admis. Je ne sais combien de fois je lus chacun de ces contes. Quand je les sus tous par cœur, je me mis à faire migrer les personnages d'une histoire à l'autre, à en modifier l'anecdote, à ajouter et retrancher, au gré d'un jeu aux possibilités infinies. Zulema passait des heures à m'écouter, tous les sens en alerte pour appréhender chaque mimique, chaque intonation, jusqu'au jour où elle se réveilla parlant espagnol avec la plus grande aisance, comme si cette langue lui était restée dix années durant au fond de la gorge dans l'attente qu'elle desserrât les dents pour la laisser sortir.

J'aimais Riad Halabi comme un père. Rires et jeux nous unissaient. Cet homme, qui paraissait tantôt grave ou mélancolique, était en réalité joyeux, mais ce n'est que dans l'intimité de son foyer, loin des regards étrangers, qu'il osait rire et exhiber sa bouche. Chaque fois qu'il le faisait, Zulema détournait la tête, alors que, pour ma part, je considérais son infirmité comme un don inné, un trait qui le rendait différent des autres, unique au monde. Nous jouions aux dominos et misions toute la marchandise entreposée dans *La Perle d'Orient,* d'invisibles monceaux d'or, de gigantesques plantations, des puits de pétrole. J'en arrivais à être archimilliardaire, car il me laissait toujours gagner. Nous partagions le même goût pour les dictons, les chants populaires, les blagues de quatre sous, nous commentions les nouvelles imprimées dans le journal et allions ensemble, une fois par semaine, au cinéma ambulant dont le camion sillonnait les villages, plantant son écran sur les places ou les terrains de sport. Dans nos repas pris en commun résidait notre plus belle marque d'amitié. Riad Halabi se penchait sur son assiette et enfournait les aliments en les poussant avec un morceau de pain ou avec ses doigts, aspirant, lapant, essuyant avec des serviettes en papier la nourriture qui lui dégoulinait de la bouche. A le voir ainsi, toujours reclus dans le coin le moins éclairé de la cuisine, il me faisait l'effet d'un gros animal bonasse et je me sentais l'envie de caresser sa toison frisée, de lui passer la main sur l'échine. Jamais je ne m'aventurai pourtant à le toucher. Je souhaitais seulement lui montrer mon affection et ma gratitude par de menues attentions, mais il ne me laissait pas faire, peu habitué à recevoir des marques de tendresse, alors qu'il était dans sa nature d'en prodiguer aux autres. Je lavais ses chemises et ses goyavières, les mettais à blanchir au soleil, puis les amidonnais légèrement, les repassais avec soin, les pliais et les rangeais dans l'armoire en y glissant des feuilles de menthe et de basilic. J'appris à cuisiner tajines et moussakas, feuilles de vigne farcies de viande aux pignons, galettes de seigle, foies de génisse, aubergines, couscous de poulet à l'aneth et au safran, baklavas au miel et aux noix. Quand le magasin s'était vidé de sa clientèle et que nous nous retrouvions seuls, il s'essayait à me traduire des poèmes d'Haroun al-Rachid ou me chantait la longue et belle lamentation de mélopées orientales. D'autres fois, il se couvrait le bas du visage avec un torchon tenant lieu de voile d'odalisque et dansait pour moi avec une grâce lourdaude, bras en l'air, sa bedaine ondulant à un rythme proprement ahurissant.

C'est ainsi, au milieu des rires à n'en pas finir, qu'il m'initia à la danse du ventre.

– C'est une danse sacrée, que tu ne danseras que pour l'homme de ta vie, me dit Riad Halabi.

Zulema était un être moralement asexué, pareille au nourrisson qui tête encore sa mère; chez elle, toute volonté avait été détournée ou abolie, elle ne prenait aucune part à la vie, seulement occupée par la satisfaction de ses propres besoins. Elle avait peur de tout : d'être abandonnée par son mari, d'avoir des enfants à la lèvre bifide, de perdre l'éclat de sa beauté, que ses migraines finissent par lui déranger le cerveau, de vieillir enfin. Je suis sûre qu'au fond d'elle-même elle détestait Riad Halabi, mais elle ne pouvait non plus le quitter et préférait subir sa présence plutôt que d'avoir à travailler pour assurer sa subsistance. Partager son intimité la dégoûtait, mais, dans le même temps, elle l'y incitait pour mieux l'enchaîner à elle, terrifiée à l'idée qu'il pût trouver du plaisir auprès d'une autre. Pour sa part, Riad l'aimait avec la même passion humiliée et mélancolique que lors de leur première étreinte, et se montrait un époux assidu. J'appris à déchiffrer ses regards et, quand j'y décelais cette lueur bien particulière, j'allais me balader dans la rue ou m'occuper au magasin tandis que tous deux s'enfermaient dans la chambre. Zulema se savonnait ensuite furieusement, se frictionnait à l'alcool et se faisait des injections d'eau vinaigrée. Il me fallut longtemps pour faire le rapprochement entre cet appareil en caoutchouc pourvu d'une canule et la stérilité de ma patronne. Zulema avait été élevée en vue de servir un homme et de lui complaire, mais son époux n'exigeait rien d'elle, et peut-être est-ce la raison pour laquelle elle s'était habituée à ne fournir aucun effort, jusqu'à finir par se transformer en une énorme poupée. Mes histoires ne contribuaient en rien à son bonheur, elles ne faisaient que lui farcir la tête de lubies romanesques et la portaient à rêver d'impossibles aventures et de héros de substitution, l'éloignant irrémédiablement des réalités. Seuls réveillaient encore son enthousiasme l'éclat de l'or et les pierreries les plus clinquantes. Quand son mari se rendait à la capitale, il dilapidait une bonne part de ses gains à lui acheter de lourds bijoux qu'elle rangeait dans une boîte enfouie dans le patio. Obsédée par la crainte qu'on les lui dérobât, elle les changeait de place presque toutes les semaines et finissait bien souvent par ne plus se rappeler où elle les avait fourrés, passant alors des heures à les chercher, jusqu'au jour où, ayant retenu toutes ses cachettes, je m'aperçus qu'elle y recourait toujours dans le même ordre. Les parures ne devaient pas séjourner durablement sous terre, car, sous ces latitudes, on supposait que les moisissures s'en prenaient même aux métaux précieux et qu'au bout d'un certain laps de temps sortaient du sol des vapeurs phosphorescentes propres à attirer les voleurs. Pour ces raisons, Zulema se décidait par intervalles à faire prendre le soleil à ses bijoux pendant l'heure de la sieste. Je m'asseyais pour monter la garde à ses côtés, sans bien comprendre sa passion pour ces trésors cachés qu'elle n'avait jamais l'occasion d'exhiber, ne recevant aucune visite, n'accompagnant Riad Halabi dans aucun de ses déplacements, ne se promenant jamais dans les rues d'Agua Santa, mais elle se bornait en fait à imaginer son retour au pays où elle susciterait l'envie avec cet étalage de luxe, justifiant de la sorte toutes ses années perdues dans une région si reculée du monde.

A sa façon, Zulema se montrait gentille avec moi, elle me traitait comme un chien de compagnie. Nous n'étions pas amies, mais Riad Halabi montrait des signes de nervosité quand nous restions trop longtemps seules, et s'il nous surprenait à bavarder à voix basse, il saisissait n'importe quel prétexte pour nous interrompre, comme s'il avait redouté notre complicité. Quand son époux était en voyage, Zulema oubliait ses maux de tête et avait l'air plus gaie, elle me faisait venir dans sa chambre et me priait de la frictionner avec de la crème fraîche et du concombre en rondelles pour lui éclaircir la peau. Elle s'étendait sur son lit, ne gardant sur elle que ses anneaux et ses bracelets, les yeux clos, son ample chevelure bleuâtre déployée sur le drap. A la voir ainsi le ventre à l'air, je songeais à un pâle poisson abandonné à son sort sur une plage. Parfois, il faisait une chaleur écrasante et, sous le frottement de mes doigts, elle devenait bouillante comme une pierre au soleil.

– Passe-moi de l'huile sur le corps et quand il fera un peu plus frais, je me teindrai les cheveux, me lançait Zulema dans son espagnol de fraîche date.

Elle ne supportait pas ses propres pilosités, qui lui semblaient un signe d'animalité seulement admissible chez les hommes, au demeurant à moitié des bêtes. Elle criait lorsque je les lui arrachais à l'aide d'un mélange de sucre caramélisé et de citron, ne laissant subsister qu'un petit triangle noir au pubis. Sa propre odeur l'incommodait et elle se lavait et se parfumait de manière obsessionnelle. Elle exigeait que je lui raconte des histoires d'amour, que je lui en décrive par le menu le principal héros, ses jambes élancées, ses mains puissantes, ses larges pectoraux, que je m'étende sur le détail de ses ébats, à savoir s'il faisait comme ceci ou comme cela, et combien de fois, et ce qu'il murmurait quand il était au lit. Je tentais alors d'intégrer à mes récits quelque galant moins idéalisé, affligé de quelque défaut physique, que sais-je, arborant une cicatrice sur le visage, peut-être même près de la bouche, mais cela la mettait de méchante humeur, elle menaçait de me mettre à la porte et feignait de sombrer aussitôt dans un profond abattement.

Au fil des mois, je devins plus sûre de moi, me débarrassai de mes nostalgies et ne fis plus aucune allusion à ma période d'essai, dans l'espoir que Riad Halabi l'aurait lui-même oubliée. D'une certaine façon, mes patrons étaient devenus ma seule famille. Je m'étais accoutumée à la chaleur, aux iguanes exposés en plein soleil comme des monstres surgis du passé, à la nourriture arabe, aux heures lentes de l'après-midi, aux jours semblables les uns aux autres. Je me plaisais dans ce village oublié du reste du monde, auquel ne le reliaient qu'une ligne téléphonique et une route en épingle à cheveux, bordée d'une végétation si dense qu'un jour un camion chavira sous les yeux de plusieurs témoins, mais, lorsque ceux-ci se penchèrent au-dessus du ravin, ils ne purent en retrouver trace, les fougères géantes et les philodendrons l'ayant englouti. Les habitants s'appelaient par leur petit nom et la vie de chacun n'avait guère de secrets pour les autres. *La Perle d'Orient* était un lieu de rencontre où l'on venait bavarder, les affaires s'y concluaient, les amoureux s'y donnaient rendez-vous. Nul ne s'enquérait de Zulema, ce n'était qu'un fantôme étranger relégué dans les pièces du fond, et à sa propre indifférence répondait celle des villageois. En revanche, ils estimaient Riad Halabi et ne lui tenaient pas rigueur de ne point venir boire ou manger avec ses voisins, comme l'exigeaient les rites de l'amitié. En dépit des objections du curé, invoquant sa foi musulmane, il était devenu le parrain de plusieurs enfants qui portaient le même prénom que lui, il départageait les plaignants, arbitrait les litiges, conseillait dans les moments de crise. J'avais trouvé asile dans l'ombre de cet homme révéré; satisfaite d'appartenir à sa maisonnée, j'échafaudai des plans pour continuer à séjourner dans cette blanche et vaste demeure parfumée par les pétales de fleurs nageant dans les cuvettes des chambres, protégée de la canicule par les arbres fruitiers du patio. Je cessai de me lamenter sur la disparition de Huberto Naranjo et sur celle d'Elvira, fabriquai pour mon usage personnel une image acceptable de Marraine, gommai mes mauvais souvenirs pour me doter d'un passé de bonne composition. Ma mère trouva également à se loger dans la pénombre des chambres, et je devinais de temps à autre sa présence à mon chevet comme un souffle. Je me sentais l'esprit en paix, comblée. Je grandis quelque peu, mon visage se modifia, et quand je me mirais dans la glace, je ne voyais déjà plus cet être entre deux âges que j'y découvrais naguère; commençaient à s'esquisser les traits qui sont aujourd'hui et resteront à jamais les miens.

– Tu ne peux pas continuer à vivre comme une Bédouine, il faut t'inscrire à l'état civil, déclara un jour mon patron.

Riad Halabi m'a fait don d'un certain nombre de choses primordiales pour traverser ma destinée, et notamment de deux armes décisives : l'écriture et une attestation comme quoi j'existais. Nulle part il n'y avait de papiers prouvant ma présence en ce bas monde, nul n'avait songé à déclarer ma naissance, je n'avais fréquenté aucune école, c'était comme si je n'étais jamais venue au monde; mais il en parla à un de ses amis de la municipalité, versa le pot-de-vin adéquat et m'obtint une pièce d'identité d'après laquelle, grâce à une étourderie du fonctionnaire, j'ai trois ans de moins que je n'en compte en réalité.

Kamal, second fils d'un oncle de Riad Halabi, vint vivre sous son toit environ un an et demi après ma propre arrivée. Il fit une entrée si discrète à *La Perle d'Orient* que nous ne remarquâmes pas chez lui les signes de la fatalité, ni ne nous doutâmes qu'il traverserait notre existence en la ravageant comme un ouragan. Agé de vingt-cinq ans, petit et grêle, arborant longs cils et doigts effilés, l'air craintif et méfiant, il saluait cérémonieusement, portant une main à sa poitrine et courbant la tête, geste que Riad reprit aussitôt à son compte et qu'imitèrent bientôt en s'esclaffant tous les mouflets d'Agua Santa. C'était un garçon que la vie n'avait pas épargné. Fuyant les Israéliens, sa famille avait quitté son village devant l'avancée de la guerre, perdant tout ce qu'elle possédait sur terre : le petit verger hérité des aïeux, l'âne et la batterie de cuisine. Il avait grandi dans un campement de réfugiés palestiniens et peut-être était-il destiné à prendre le maquis et à lutter contre le peuple hébreu, mais il n'était point fait pour les aléas du combat et ne partageait guère l'indignation de son père et de ses frères pour la perte d'un passé auquel il ne se sentait aucunement attaché. Le mode de vie occidental l'attirait bien davantage et il aspirait à partir pour recommencer une nouvelle vie où il ne connaîtrait personne et où il ne devrait le respect à qui que ce soit. Il avait passé ses années d'enfance à faire du marché noir, celles de son adolescence à courtiser les veuves du campement de réfugiés, jusqu'au jour où son père, las de lui administrer des corrections et de le soustraire à la vue de ses ennemis, s'était souvenu de Riad Halabi, ce neveu installé dans quelque lointain pays d'Amérique du Sud dont il ne pouvait se rappeler le nom. Il ne demanda pas son avis à Kamal, mais l'empoigna simplement par le bras et le traîna jusqu'au port où il trouva à le faire enrôler comme moussaillon à bord d'un cargo, tout en lui recommandant de ne pas reparaître au pays à moins d'avoir fait fortune. Le jeune homme avait ainsi débarqué comme tant d'autres immigrants sur le même littoral écrasé de chaleur où, cinq ans auparavant, Rolf Carlé avait descendu la passerelle d'un bateau norvégien. De là, un autocar l'avait conduit à Agua Santa, dans les bras de ses parents éloignés qui le reçurent avec de grandes marques d'hospitalité.

Trois jours durant, *La Perle d'Orient* ferma ses portes et la demeure de Riad Halabi ouvrit les siennes à d'inoubliables festivités auxquelles assistèrent tous les habitants du village. Tandis que Zulema, cloîtrée dans sa chambre, se morfondait en proie à l'une de ses indispositions sans nombre, le patron et moi, aidés par maîtresse Inès et d'autres voisines, préparâmes tant et tant de nourriture qu'on se serait cru à une noce chez le calife de Bagdad. Sur les grands tréteaux recouverts de nappes immaculées, nous déposâmes de grands plateaux de riz au safran, aux pignons, aux raisins secs et aux pistaches, au piment et au curry, entourés d'une cinquantaine de platées de ragoûts à l'américaine ou à l'arabe, les uns salés, les autres piquants ou bien doux-amers, préparés à base de viandes et de poissons rapportés du littoral dans des sacs à glace, de pois chiches et de tous les condiments et sauces nécessaires. Une table entière était réservée aux desserts, où alternaient douceurs orientales et préparations créoles. Je servis d'énormes brocs de rhum où marinaient des fruits coupés, qu'en bons musulmans les deux cousins ne voulurent point goûter, mais dont les autres s'enivrèrent jusqu'à rouler béatement sous les tables, ceux qui tenaient encore sur leurs jambes dansant en l'honneur du nouveau venu. Kamal fut présenté à chacun des voisins, auxquels il dut répéter le détail de sa vie en arabe. Nul ne comprit un traître mot de ce qu'il disait, mais tous repartirent en estimant que le garçon avait plutôt l'air sympathique, ce qu'il était au demeurant avec sa gracilité de jeune fille, en dépit de quelque chose de basané, de velouté et d'équivoque qui laissait les femmes mal à l'aise. Quand il pénétrait dans une pièce, il la remplissait de sa présence jusqu'à l'ultime recoin; lorsqu'il s'asseyait en fin de journée pour prendre le frais sur le seuil du magasin, la rue entière éprouvait son pouvoir d'attraction, et tout un chacun se sentait succomber à la sorte de charme qu'il exerçait. C'est à peine s'il parvenait à se faire comprendre par gestes et exclamations, mais nous l'écoutions tous avec fascination, suspendus au débit de sa voix et à l'âpre mélopée de ses mots.

– A présent, je vais pouvoir voyager l'esprit tranquille, puisqu'il y a un homme dans la famille pour veiller sur les femmes, sur la maison et sur le magasin, dit Riad Halabi en tapant dans le dos de son cousin.

L'arrivée du nouveau venu bouleversa bien des choses. Le patron s'éloigna de moi, il cessa de m'appeler pour écouter mes histoires ou commenter les nouvelles imprimées dans le journal, c'en fut fini des blagues échangées, des lectures à deux, et les parties de dominos se jouèrent désormais entre hommes. Dès la première semaine, il prit le pli de se rendre seul avec Kamal à la projection du cinéma ambulant, son parent n'étant point habitué à la compagnie des femmes. Hormis un petit nombre de doctoresses de la Croix-Rouge et de missionnaires évangélistes en visite dans les camps de réfugiés, pour la plupart aussi sèches que du bois mort, le jeune homme n'avait croisé de femmes au visage découvert que du jour où, à quinze ans passés, il avait quitté la terre qui l'avait vu grandir. Un samedi, il prit son courage à deux mains et se rendit en camion jusqu'à la capitale, dans le quartier de la colonie nord-américaine où les étrangères lavaient leurs voitures en pleine rue, en shorts et tee-shirts échancrés, spectacle qui attirait des cohortes masculines depuis les villages les plus reculés de la région. Les hommes louaient des chaises et des parasols pour s'installer et contempler ces femmes tout à leur aise. L'endroit se remplissait de marchands de cacahuètes, sans qu'elles remarquassent le moins du monde l'attroupement qui se formait autour d'elles, totalement indifférentes aux halètements, aux tremblements, aux suées et aux érections qu'elles provoquaient. Pour elles, transplantées d'une autre civilisation, ces êtres enveloppés dans leurs djellabas, à la peau sombre et aux barbes de prophètes, n'étaient qu'une illusion d'optique, une aberration, un mirage suscité par la trop forte chaleur.

En présence de Kamal, Riad Halabi se comportait avec Zulema et moi en maître brusque et autoritaire, mais, dès que nous nous retrouvions seuls, il se faisait pardonner par de menus présents et redevenait l'ami affectueux de naguère. On m'assigna pour mission d'apprendre l'espagnol au nouvel arrivant, tâche qui ne fut pas des plus simples, car il se sentait humilié quand je devais lui fournir le sens d'un mot ou reprendre sa prononciation, mais il parvint en un rien de temps à baragouiner et put ainsi aider rapidement au magasin.

– Serre les jambes quand tu t'assieds et ferme-moi les boutons de ton tablier, m'ordonna un jour Zulema, songeant selon moi à Kamal.

Le charme du cousin avait imprégné toute la maison et *La Perle d'Orient*, il avait répandu ses sortilèges dans le village et le vent les avait essaimés plus loin encore. Les jeunes filles débarquaient à tout instant au magasin sous les prétextes les plus divers. Devant lui, elles blettissaient comme des fruits sauvages, boudinées dans leurs minijupes et leurs corsages trop serrés, si aspergées de sent-bon qu'après leur départ les lieux restaient imprégnés pour longtemps de leurs effluves. Elles entraient par petits groupes de deux ou trois, riant et parlant à messes basses, se penchant sur le comptoir de façon à montrer leurs seins et à faire saillir leur croupe au-dessus de leurs cuisses cuivrées. Elles l'attendaient dans la rue, l'invitaient l'après-midi chez elles, l'initièrent aux danses caraïbes.

J'en avais en permanence les nerfs en pelote. C'était la première fois qu'il m'était donné d'éprouver de la jalousie, et ce sentiment collé jour et nuit à ma peau comme une tache noirâtre, une saleté impossible à enlever, finit par devenir si insupportable que, le jour où je parvins à m'en défaire, je me retrouvai définitivement délivrée du désir de posséder qui que ce soit, comme de la tentation d'appartenir à quelqu'un d'autre. Dès le premier instant, Kamal m'avait tourné la tête, mis les chairs à vif, faisant alterner l'ineffable plaisir de l'aimer et l'atroce souffrance de l'aimer en vain. Je le suivais partout comme son ombre, le servais, en faisais le héros de mes rêveries solitaires. Mais il m'ignorait totalement. Par acquit de conscience, je me regardais dans la glace, détaillais mon corps, m'arrangeais autrement les cheveux dans le silence de la sieste, m'appliquais une touche de carmin sur les joues et les lèvres, tout en veillant soigneusement à ce que personne ne le remarquât. Kamal passait à côté de moi sans même me voir. Il était le personnage central de toutes mes histoires d'amour. Le baiser final des romans dont je faisais lecture à Zulema ne me suffisait plus, et je me mis à passer dans ses bras des nuits aussi tourmentées qu'illusoires. J'avais quinze ans, j'étais toujours vierge, mais si la cordelette à sept nœuds inventée par Marraine avait également mesuré les péchés par intention, je ne serais pas sortie blanchie de l'épreuve.

Du jour où Riad Halabi repartit en voyage, nous laissant seuls, Zulema, Kamal et moi, notre existence à tous tourna à l'aigre. La patronne se remit comme par enchantement de ses malaises et émergea d'une léthargie de bientôt quarante ans. Durant toute cette période, elle se leva de bon matin, prépara le petit déjeuner, se vêtit de ses meilleurs atours, se para de tous ses bijoux, se tira les cheveux en arrière, pour moitié noués sur la nuque en queue de cheval, le reste flottant sur ses épaules. Jamais elle n'avait été aussi resplendissante. Au début, Kamal l'évitait, gardant en sa présence les yeux rivés au sol et n'ouvrant presque jamais la bouche; il restait toute la journée au magasin et sortait la nuit errer à travers le village. Bientôt, pourtant, il lui fut impossible de se soustraire aux pouvoirs de cette femme, au lourd sillage parfumé et au rayonnement torride qu'elle laissait après elle, à l'envoûtement de sa voix. L'atmosphère se chargea de présages, d'appels, d'urgences et de mystères. Je devinai qu'à côté de moi était en train de se passer quelque chose de prodigieux dont j'étais exclue, une guerre privée entre l'un et l'autre, le duel farouche de deux volontés. Kamal luttait pied à pied, creusait des tranchées, protégé par des tabous séculaires, par le respect dû aux lois de l'hospitalité ainsi qu'aux liens du sang qui l'unissaient à Riad Halabi. Avide comme une fleur carnivore, Zulema agitait ses pétales odorants pour l'attirer dans son piège. Cette femme lymphatique et languide, qui avait passé sa vie dans son lit avec des compresses glacées sur le front, s'était muée en une énorme et fatale femelle, sorte de grosse araignée diaphane tissant infatigablement sa toile. J'aurais voulu me rendre invisible.

Zulema s'asseyait au frais dans le patio pour se vernir les ongles des orteils en découvrant ses grosses jambes jusqu'à mi-cuisse. Zulema se mettait à fumer, léchant l'embout de sa cigarette à petits coups de langue circulaires, la bouche humide. Zulema bougeait et sa robe glissait, découvrant une épaule ronde dont la blancheur inouïe captait tout l'éclat du jour. Zulema croquait un fruit mûr et le jus mordoré lui éclaboussait un sein. Zulema jouait avec sa chevelure bleuâtre, dissimulant derrière ses mèches une partie de son visage et décochant à Kamal des œillades de houri.

Le cousin résista comme un brave pendant soixante-douze heures. La tension montait à tel point que je n'en pouvais plus, l'air était si chargé d'électricité que j'en venais à redouter qu'un formidable éclair ne vînt nous réduire en cendres. Le troisième jour, Kamal s'attela au travail dès le point du jour, sans faire une seule apparition à la maison, tournant en rond dans *La Perle d'Orient* pour tuer le temps. Zulema l'appela à table, mais il répondit qu'il n'avait pas faim et gagna encore une heure à faire la caisse. Il attendit que le village fût couché et que le ciel fût devenu tout noir pour fermer le magasin, et quand il jugea que le feuilleton de la radio avait dû commencer, il se glissa en catimini dans la cuisine pour rafler les restes du dîner. Mais, pour la première fois en l'espace de nombreux mois, Zulema était disposée à rater l'épisode de ce soir-là. Pour l'induire en erreur, elle n'éteignit pas la radio et laissa la porte de sa chambre entrouverte, puis elle alla se poster à l'attendre dans la pénombre de la véranda. Elle avait passé une djellaba brodée sous laquelle elle était nue, de sorte qu'en levant simplement le bras, elle découvrait sa peau laiteuse jusqu'à la taille. Elle avait consacré tout l'après-midi à s'épiler, à brosser ses cheveux, à s'enduire de crèmes et à se maquiller, elle avait le corps parfumé au patchouli, l'haleine rafraîchie à la réglisse, et allait nu-pieds, sans un bijou, parée pour l'amour. Si rien ne m'échappa, c'est qu'elle ne m'avait pas expédiée dans ma chambre, elle avait tout bonnement oublié mon existence. Aux yeux de Zulema, seuls comptaient Kamal et le combat qu'elle allait remporter.

La femme attrapa sa proie dans le patio. Le cousin tenait une demi-banane à la main, mâchonnant l'autre moitié; une barbe de deux jours lui assombrissait le visage, il transpirait à grosses gouttes à cause de la chaleur et parce qu'il savait venue la nuit de sa défaite.

– Je t'attendais, lui souffla Zulema en espagnol pour s'épargner la honte de le lui dire dans leur langue.

Le jeune homme resta pétrifié, la bouche pleine, les yeux agrandis par l'épouvante. Elle s'approcha à pas lents avec une inexorabilité de spectre, jusqu'à se trouver à quelques centimètres de lui.

Soudain les grillons se mirent à chanter, un stridulement soutenu et insistant qui se ficha dans mes nerfs comme la note monocorde de quelque instrument oriental. Je remarquai que ma patronne avait une demi-tête de plus et pesait deux fois plus lourd que son cousin par alliance, lequel, de son côté, paraissait s'être ratatiné aux dimensions d'un môme.

« Kamal, Kamal... » Puis un murmure de mots appartenant à leur langue, tandis que l'index de la femme effleurait les lèvres du jeune homme, dessinant leurs contours d'un frôlement ténu.

Vaincu, Kamal poussa un gémissement, déglutit ce qu'il avait dans la bouche et laissa tomber le restant du fruit. Zulema lui prit la tête à deux mains et l'attira entre ses énormes seins qui l'engloutirent dans un bouillonnement de lave ardente. Elle le tint ainsi prisonnier, le berçant comme une mère son nourrisson, jusqu'à ce qu'il pût se dégager, et ils s'entre-regardèrent alors, pantelants, pesant et mesurant le risque, mais le désir reprit le dessus et ils se dirigèrent, enlacés, vers la couche de Riad Halabi. Je les y suivis, sans que ma présence parût les déranger le moins du monde. En vérité, je crois que j'étais bel et bien devenue invisible.

Je me tins tapie près de la porte, l'esprit tournant à vide. Je n'éprouvais aucune émotion, toute trace de jalousie était oubliée, comme si tout cela se déroulait un soir de cinéma ambulant. Debout au pied du lit, Zulema entoura Kamal de ses bras et l'embrassa jusqu'à ce qu'il s'enhardît à son tour à porter les mains sur elle et à lui prendre la taille, répondant à ses caresses par un sanglot plaintif. Elle couvrit ses paupières, son front, son cou de baisers rapides, de lèchements furtifs, de brefs mordillements, elle lui déboutonna sa chemise puis, tirant dessus, la lui arracha. A son tour il essaya de lui ôter sa djellaba, mais il se perdit dans les plis et choisit de se jeter sur ses seins à travers le décolleté. Sans cesser de le tripatouiller, Zulema le fit se retourner et se colla contre ses reins tout en continuant à lui renifler le cou et les épaules, tandis que ses doigts, abaissant la fermeture Eclair, faisaient tomber le pantalon de Kamal. A quelques pas de là, je vis sa masculinité pointer sans vergogne, et je me dis qu'il était encore bien plus attirant dans le plus simple appareil, une fois dissipée sa grâce quasi féminine. Sa petite taille ne le faisait pas paraître fragile, mais bien proportionné, et de même que son nez proéminent adoucissait ses traits sans les enlaidir, de même son long sexe sombre ne lui donnait aucunement l'aspect bestial. Interdite, je laissai s'écouler près d'une minute sans reprendre ma respiration, et quand je le fis, ma gorge nouée laissa exhaler un râle. Il me faisait face, et nos yeux se croisèrent un instant, mais son regard glissa et dériva au loin, aveugle. Dehors se mit à tomber une pluie d'été torrentielle; le tambourinement de l'eau et les roulements du tonnerre vinrent recouvrir le chant agonisant des grillons. Zulema ôta enfin sa djellaba et apparut dans toute la splendeur de ses chairs débordantes comme une Vénus en plâtre frais. Le contraste entre cette femme dodue et le corps malingre du jeune homme me parut obscène. Kamal la culbuta sur le lit et elle poussa un cri, l'emprisonnant de ses jambes épaisses et lui griffant le dos. Il s'ébroua à quelques reprises, puis s'effondra dans un gémissement viscéral; mais elle ne s'était pas tant préparée pour le tenir quitte au bout d'une minute, et c'est pourquoi elle le fit rouler de côté, l'installa confortablement sur les oreillers et s'employa à le ranimer, lui susurrant des recommandations en arabe qui eurent pour effet de le remettre rapidement d'aplomb. Alors, il s'abandonna les yeux fermés à ses caresses qui le faisaient défaillir et, pour finir, c'est elle qui le chevaucha, le couvrant de son corps opulent et du ruissellement de sa chevelure, le faisant totalement disparaître, l'enlisant dans ses sables mouvants, l'engloutissant, le pressurant jusqu'à faire jaillir sa quintessence et le transporter dans les jardins d'Allah où les odalisques du Prophète lui firent fête. Après quoi ils se relaxèrent paisiblement, enlacés comme deux petits enfants dans le tintamarre de l'averse et le concert des grillons, au cœur de cette nuit devenue aussi torride qu'un plein midi.

J'attendis que se fût calmée la cavalcade effrénée que je sentais retentir dans ma poitrine, puis je sortis en chancelant. Je restai plantée au milieu du patio, les cheveux dégoulinants, la robe et l'âme bonnes à essorer, grelottante de fièvre, hantée par un pressentiment de catastrophe. Je me répétai que tant que nous pourrions tenir notre langue, c'était comme si rien ne s'était passé, ce qu'on ne nomme pas n'a pas d'existence, le silence se charge de l'estomper jusqu'à le faire disparaître. Mais le remugle du désir s'était répandu dans toute la maison, imprégnant les murs, le linge, les meubles, envahissant la moindre pièce, il s'infiltrait partout par le moindre interstice, contaminant la faune et la flore, échauffant les rivières souterraines, emplissant le ciel d'Agua Santa, visible comme un incendie, et il ne fallait plus songer à le dissimuler. Je me laissai choir près de la fontaine sous la pluie battante.

Le jour se leva enfin sur la cour intérieure et les gouttes de rosée commencèrent à s'évaporer, enveloppant la demeure d'une brume légère. J'avais passé ces longues heures dans le noir à scruter à l'intérieur de moi-même. Je ne pus m'empêcher de frissonner, sans doute à cause de cette odeur tenace qui flottait dans l'air depuis quelques jours et qui imprégnait toute chose. Il est temps d'aller donner un coup de balai dans le magasin, me dis-je en entendant dans le lointain le tintinnabulement des clochettes du laitier, mais mon corps pesait une tonne et je dus m'examiner les mains pour vérifier qu'elles n'étaient pas devenues de pierre; je me traînai jusqu'à la fontaine, y plongeai la tête; quand je me redressai, l'eau froide dégoulina sur mes épaules, chassant l'ankylose de cette nuit blanche et effaçant l'image des deux amants dans le lit de Riad Halabi. Je me dirigeai vers le magasin sans jeter un regard vers la porte de Zulema, plaise à Dieu que j'aie rêvé, maman, fais en sorte que ça n'ait été qu'un mauvais rêve. Je demeurai toute la matinée réfugiée derrière le comptoir, n'osai aller jeter un coup d'œil sous la véranda, tendant seulement l'oreille au silence de Kamal et de ma patronne. A midi, je fermai le magasin, mais, ne m'enhardissant pas à quitter ces trois pièces bourrées de marchandises, je me calai entre quelques sacs de grain pour y passer l'heure chaude de la sieste. Je tremblais de peur. La maison s'était métamorphosée en bête lubrique qui haletait dans mon dos. Kamal avait passé la matinée à folâtrer avec Zulema, ils avaient déjeuné de fruits et de gâteaux, et quand vint l'heure de la sieste et qu'elle se fut assoupie, exténuée, il ramassa ses affaires, les fourra dans sa valise en carton bouilli et s'éclipsa discrètement par la porte de derrière, comme un voleur. En le voyant partir, j'eus la conviction qu'il ne reviendrait jamais.

Zulema se réveilla au cœur de l'après-midi avec le concert des grillons. Elle fit irruption à *La Perle d'Orient*, drapée dans un peignoir, les cheveux en désordre, les yeux cernés, les lèvres enflées, mais rayonnante de beauté, comblée, épanouie.

– Ferme la boutique et viens-t'en m'aider, m'ordonna-t-elle.

Tandis que nous nettoyions et aérions la chambre, changions les draps du lit et renouvelions les pétales de fleurs dans les cuvettes de porcelaine, Zulema s'était mise à chanter en arabe et elle continua à fredonner tout en préparant le potage au yogourt, le kibbi et le taboulé. Puis je remplis la baignoire, y versai de l'essence de citron et Zulema se glissa dans l'eau avec un soupir de béatitude, les paupières mi-closes, souriant aux anges, perdue dans je ne sais quels souvenirs. Lorsque l'eau lui parut avoir refroidi, elle réclama ses cosmétiques, se contempla avec complaisance dans la glace et commença par se poudrer, puis se farda les joues, se carmina les lèvres, s'ombra les yeux de cernes nacrés. Elle quitta la salle de bains enveloppée d'une serviette-éponge et s'étendit sur le lit pour que je la masse, après quoi elle se brossa les cheveux, les ramassa en chignon et passa une robe décolletée.

– Je suis belle? demanda-t-elle à savoir.

– Oui.

– Je parais jeune?

– Oui.

– J'ai l'air d'avoir quel âge?

– Comme sur la photo du jour de votre mariage.

– Pourquoi me parles-tu de ça? Je ne veux pas me souvenir de mon mariage! Va-t'en, idiote, laisse-moi seule...

Elle s'assit dans un fauteuil à bascule de rotin sous l'auvent du patio, à regarder le jour décroître et à attendre le retour de son amant. Je lui tins compagnie, n'osant lui dire que Kamal était parti.

Zulema resta des heures à se balancer, l'appelant de tous ses sens aux aguets, tandis que je dodelinais de la tête sur ma chaise. Le repas commença à rancir à la cuisine, l'arôme discret des fleurs à s'estomper dans les chambres. Vers onze heures du soir, je me réveillai en sursaut, effrayée par le silence qui régnait : les grillons s'étaient tus, l'air lui-même était comme entravé, pas une feuille ne frémissait dans le patio. Le remugle du désir s'était dissipé. Ma patronne restait figée dans son fauteuil, la robe froissée, les mains crispées, le visage baigné de larmes, tout son maquillage délayé et brouillé, pareil à un masque abandonné sous la pluie.

– Allez vous coucher, madame, ne l'attendez plus. Peut-être ne reviendra-t-il que demain…, la suppliai-je, mais elle ne bougea pas.

Nous demeurâmes assises là toute la nuit. Je claquais des dents, une sueur insolite me coulait entre les omoplates, et j'attribuai ces symptômes au mauvais sort qui avait fait irruption dans la maison. Mais ce n'était pas le moment de m'attarder sur mes propres malaises, car je m'aperçus que quelque chose s'était brisé dans l'âme de Zulema. J'éprouvai un sentiment d'horreur à la regarder, ce n'était déjà plus l'être que j'avais connu, mais elle était en train de se métamorphoser en une espèce d'énorme légume. Je préparai du café pour nous deux, le lui portai dans l'espoir de la rendre à son ancienne identité, mais, roide comme une cariatide, les yeux rivés sur la porte du patio, elle ne daigna même pas y tremper les lèvres. J'avalai deux gorgées de café auquel je trouvai un goût âcre et amer. J'obtins enfin que ma patronne quittât son fauteuil et la conduisis par la main jusqu'à sa chambre, la déshabillai, la débarbouillai avec un linge humide, puis la couchai. Je vérifiai que sa respiration était calme, mais la détresse lui ennuageait les yeux et elle ne cessait de pleurer en silence, intarissablement. Puis j'allai comme une somnambule ouvrir le magasin. Cela faisait pas mal d'heures que je n'avais rien mangé et je me remémorai mes années d'infortune, avant d'être recueillie par Riad Halabi, le jour où mon estomac s'était bloqué et où je n'avais rien pu avaler. Je me mis à suçoter une nèfle, essayant de ne plus penser à rien. Rappliquèrent à *La Perle d'Orient* trois jeunes filles qui demandèrent après Kamal, je leur répondis qu'il n'était pas là et qu'il valait mieux chasser son souvenir, car en réalité ce n'était pas un être humain, il n'avait jamais existé en chair et en os, c'était un génie malfaisant, un *efrit* venu de l'autre bout de la planète pour leur troubler les sangs et leur chavirer l'âme, mais elles ne le reverraient plus, il avait disparu, emporté par le même vent fatal qui l'avait amené du désert jusqu'à Agua Santa. Les donzelles s'en allèrent sur la place commenter la nouvelle, et les curieux commencèrent bientôt à défiler pour s'enquérir de ce qui s'était passé.

— Je ne sais rien. Attendez donc le retour du patron, trouvai-je à bredouiller pour toute réponse.

Sur le coup de midi, j'allai porter un peu de soupe à Zulema et tentai de la lui faire avaler à la cuiller, mais je n'avais plus les yeux en face des trous et mes mains tremblaient si fort que le potage se répandit par terre. Soudain la femme se mit à se balancer d'avant en arrière, les yeux clos, tout en se lamentant, émettant d'abord une plainte monocorde qui monta dans les aigus et se transforma en cri strident et insistant comme un gémissement de sirène.

— Taisez-vous donc! Kamal ne reviendra pas. Si vous ne pouvez vivre sans lui, vous n'avez qu'à vous lever et partir à sa recherche jusqu'à ce que vous le trouviez. Il n'y a rien d'autre à faire. Vous m'entendez, madame ?

Je la secouai, terrifiée par les proportions prises par sa douleur.

Mais Zulema ne répondit rien, elle avait oublié son espagnol et nul ne devait plus jamais l'entendre prononcer un mot dans cette langue. Je la ramenai de nouveau à son lit, la couchai et m'étendis à ses côtés, épiant ses moindres soupirs, jusqu'à ce que le sommeil nous terrassât l'une et l'autre, épuisées. C'est dans cette position que nous retrouva Riad Halabi lorsqu'il rentra au beau milieu de la nuit. Sa camionnette était chargée de marchandises nouvelles, et il n'avait pas oublié de rapporter des cadeaux pour sa famille : une topaze montée sur bague pour sa femme, une robe en organza pour moi, deux chemises pour son cousin.

— Que se passe-t-il ici ? interrogea-t-il, surpris par le vent de tragédie qui soufflait sous son toit.

— Kamal est parti, parvins-je à bégayer.

— Comment ça ? Où donc ?

— Je ne sais pas.

— C'est mon hôte, il ne peut pas s'en aller ainsi sans prévenir, sans même dire au revoir...

— Zulema ne va pas bien du tout.

— Je crois que tu vas encore plus mal qu'elle, ma fille. Tu as une température de tous les diables.

Au fil des jours suivants, la peur me sortit par les pores de la peau, ma fièvre tomba, je recouvrai l'appétit ; il devint en revanche évident que Zulema ne souffrait pas de quelque trouble passager. Elle était malade d'amour, et personne n'en fut dupe, hormis son mari qui ne voulut rien voir, se refusant à faire le rapprochement entre la disparition de Kamal et la prostration de sa femme. Il s'abstint de questionner sur ce qui s'était passé, parce qu'il pressentait la réponse et qu'en obtenant confirmation de la vérité il eût été contraint de se venger. Il était bien trop compatissant pour trancher les seins de l'épouse infidèle ou pour courir aux trousses de son cousin, l'amputer de ses génitoires et les lui fourrer dans la bouche, comme le voulait la tradition de ses ancêtres.

Zulema demeurait toujours aussi muette et alanguie, pleurant de temps à autre, ne manifestant aucun goût pour la nourriture, la radio, les cadeaux de son époux. Elle commença à maigrir et, au bout de trois semaines, sa peau avait viré à un doux sépia, comme une photo du siècle dernier. Elle ne réagissait que lorsque Riad Halabi esquissait une caresse dans sa direction; elle se recroquevillait alors, aux aguets, le regard chargé de haine. Pendant un certain temps, mes cours particuliers chez maîtresse Inès et mon travail au magasin furent interrompus, les séances hebdomadaires au cinéma ambulant ne reprirent pas, car je ne pouvais quitter le chevet de ma patronne et passais la journée et une bonne partie de la nuit à prendre soin d'elle. Riad Halabi embaucha deux employées de maison pour faire le ménage et aider à *La Perle d'Orient*. Le seul bon côté des choses, durant cette période, fut qu'il s'occupa de moi comme avant l'arrivée de Kamal : il me redemanda de lui faire la lecture à haute voix, ou de lui raconter des histoires de mon invention, il m'invita derechef à jouer aux dominos et me laissa gagner. Malgré le climat qui régnait dans la maison, nous trouvions même prétextes à rire. Quelques mois passèrent sans apporter de changements notables à l'état de la malade. Les habitants d'Agua Santa et des villages alentour venaient prendre de ses nouvelles, chacun proposant un remède différent : un pied de sauvevie pour les infusions, un sirop pour soigner les ahuris, des vitamines en pilules, du bouillon de poule. Ils ne le faisaient point par égards pour cette étrangère méprisante et solitaire, mais par affection pour le Turc. Il serait bon de la faire voir à quelqu'un qui s'y connaisse, dirent-ils, et ils rappliquèrent un beau jour avec une vieille paysanne énigmatique qui se mit à fumer le cigare, souffla la fumée au nez de la patiente et conclut que celle-ci n'était atteinte d'aucune affection reconnue par la science, mais était seulement en proie à un accès prolongé de chagrin d'amour.

– Sa famille lui manque, la pauvrette, expliqua le mari, et il renvoya l'Indienne avant qu'elle n'eût achevé de percer à jour son déshonneur.

Nous restâmes sans nouvelles de Kamal. Blessé par l'ingratitude avec laquelle son hospitalité avait été payée de retour, Riad Halabi ne mentionna plus son nom.

CHAPITRE SEPT

Rolf Carlé commença à travailler avec monsieur Aravena le mois même où les Russes expédièrent une chienne dans l'espace à bord d'une capsule.

– Il n'y a que les Soviets pour faire une chose pareille, ils ne respectent même pas les animaux! s'exclama oncle Rupert, outré, en apprenant la nouvelle.

– Il n'y a pas de quoi en faire un plat... Après tout, c'est une bête tout ce qu'il y a de commun, elle n'a aucun pedigree, répliqua tante Burgel sans lever les yeux du gâteau qu'elle était en train de confectionner.

Ce malencontreux commentaire déchaîna une des pires disputes qu'eût. connues le couple. Ils passèrent tout le vendredi à proférer des insultes et à se lancer à la figure les reproches mutuels qu'ils avaient accumulés en trente ans de vie commune. Entre bien d'autres choses consternantes, Rupert entendit pour la première fois sa femme déclarer qu'elle avait toujours détesté les clébards, que leur élevage et leur commerce la faisaient vomir, et qu'elle priait le Ciel que ces maudits bergers allemands attrapent une sale maladie et en crèvent tous. De son côté, Burgel apprit qu'il était parfaitement au courant de certaine infidélité qu'elle avait commise dans sa jeunesse, mais sur laquelle il avait fait silence pour sauvegarder la paix de leur ménage. Ils échangèrent ainsi des griefs passant l'imagination, et finirent par en être épuisés. Quand Rolf débarqua le samedi à la Colonie, il trouva la maison fermée et crut que la famille avait contracté la grippe asiatique qui, en cette saison-là, faisait des ravages. Burgel gisait sur son lit, prostrée, une compresse au basilic sur le front, tandis que Rupert, cramoisi de rancœur, enfermé dans l'atelier de menuiserie avec ses chiens reproducteurs et quatorze chiots nouveau-nés, s'employait à démantibuler méthodiquement toutes les pendules à coucous destinées aux touristes. Ses cousines avaient les yeux gonflés par les larmes. Les deux donzelles avaient épousé leurs fabricants de bougies, ajoutant à leur odeur naturelle de cannelle, de clou de girofle, de vanille et de citron le délicieux arôme de la cire d'abeille. Elles habitaient la même rue que celle où se dressait la maison paternelle, et partageaient leurs journées entre leurs foyers respectifs et le travail aux côtés de leurs parents, leur prêtant main-forte à la pension, au poulailler et au chenil. Nul ne prêta cas à l'enthousiasme de Rolf Carlé pour son nouvel appareil de prise de vues; personne ne voulut entendre, comme les autres fois, le minutieux recensement de ses activités ou des troubles politiques à l'Université. La dispute avait si profondément altéré l'état d'esprit de ce pacifique foyer que le week-end s'écoula sans même qu'il pût pincer les fesses de ses cousines, toutes deux faisant une figure d'enterrement et ne montrant aucune envie d'aller battre les édredons dans les chambres inoccupées. Le dimanche soir, Rolf repartit pour la capitale, n'en pouvant plus de continence forcée, ramenant son linge sale de la semaine écoulée, sans la provision de gâteaux et de charcuteries que sa tante lui glissait habituellement dans sa valise, et avec l'intolérable impression qu'une chienne moscovite pouvait revêtir plus d'importance que lui aux yeux de sa propre famille. Le lundi matin, il retrouva monsieur Aravena au petit déjeuner dans un bistrot faisant le coin de la rue, au bas du journal.

– Oublie cette bestiole et les salamalecs de ton oncle et de ta tante, mon garçon. Il va se passer des événements d'une tout autre ampleur, lui dit son protecteur devant l'appétissant plateau grâce auquel il se sentait revivre chaque matin.

– De quoi voulez-vous parler?

– D'ici deux mois, il y aura un référendum. Tout est déjà arrangé, le Général pense pouvoir ainsi gouverner cinq ans de plus.

– Ça n'a rien d'une nouveauté.

– Cette fois-ci, Rolf, son coup va se retourner contre lui et il va le prendre en pleine poire!

Comme prévu, le référendum se déroula peu avant Noël, accompagné d'un battage publicitaire qui laissa le pays tout étourdi par une débauche d'appels, d'affiches, de défilés militaires, d'inaugurations de monuments patriotiques. Rolf Carlé était décidé à faire consciencieusement son travail, voire avec une certaine dose d'humilité, en commençant par le début et par en bas. En guise de préalable, il s'attacha à prendre le pouls de la population, rôdant autour des centres d'inscription, s'entretenant avec des officiers des Forces armées, des ouvriers, des étudiants. Au jour dit, on vit la troupe et la Garde civile envahir les rues, mais les bureaux de vote connurent une très faible affluence, on se serait cru en province un dimanche. Le Général remporta la victoire à une écrasante majorité de quatre-vingts pour cent des suffrages exprimés, mais la fraude était si éhontée qu'il obtint l'effet contraire à celui qu'il escomptait, et sombra dans le ridicule. Carlé enquêtait depuis déjà plusieurs semaines et avait recueilli pas mal d'informations qu'il remit à Aravena avec la fougue du néophyte, hasardant au passage quelques pronostics controuvés. L'autre l'écouta d'un air moqueur.

– Inutile de chercher midi à quatorze heures, Rolf. Tant que le Général était redouté et haï, il a pu tenir les rênes du gouvernement, mais à peine s'est-il transformé en sujet de plaisanterie que le pouvoir a commencé de lui filer entre les doigts. Je ne lui donne pas un mois avant d'être renversé.

Tant et tant d'années de tyrannie n'avaient pas eu raison de l'opposition, quelques syndicats fonctionnaient encore dans la clandestinité, les partis politiques avaient survécu en marge de la loi et les étudiants ne laissaient plus passer un seul jour sans exprimer leur colère. Aravena soutenait que jamais le cours des événements dans ce pays n'avait été déterminé par les masses, mais par une poignée de courageux responsables. Selon lui, la chute de la dictature résulterait d'un consensus des élites, et le peuple, habitué à obéir aux chefs, suivrait le chemin qu'on lui indiquerait. Il considérait comme essentiel le rôle de l'Eglise catholique, qui continuait d'exercer un énorme pouvoir, même si nul ne se souciait de respecter les Dix Commandements et si la gent masculine faisait montre de son machisme, en se vantant de ne croire en rien.

– Il faudrait voir du côté des curés, suggérat-il.

– C'est fait. Une fraction d'entre eux est déjà en train de soulever les ouvriers et la classe moyenne, et on dit que les évêques vont dénoncer la corruption et les méthodes répressives du gouvernement. Ma tante Burgel est allée à confesse après la dispute qu'elle a eue avec son mari, et le curé a ouvert sa soutane pour lui passer une liasse de tracts à distribuer dans la Colonie.

– Qu'est-ce que tu as entendu dire d'autre?

– Les partis d'opposition ont signé un pacte, ils ont tout de même fini par s'entendre.

– Alors c'est le moment d'infiltrer les Forces armées pour les diviser et les soulever. La situation est mûre, crois-en mon flair, dit Aravena en allumant un de ses énormes havanes.

À compter de ce jour-là, Rolf Carlé ne se borna pas à filmer les événements, mais utilisa ses propres contacts pour aider la cause de la rébellion, et, ce faisant, il put mesurer l'ascendant moral de l'opposition qui parvenait à semer la zizanie au sein même de la troupe. Les étudiants occupèrent lycées et facultés, prirent des otages, envahirent une station de radio et appelèrent le peuple à descendre dans la rue. On fit donner l'armée, avec pour consigne explicite de semer la mort sur son passage, mais, en l'espace de quelques jours, le mécontentement s'était propagé chez nombre d'officiers, et les hommes étaient soumis à des ordres contradictoires. Parmi eux commençait également à souffler le vent de la sédition. L'homme au gardénia réagit en entassant dans ses caves de nouveaux prisonniers, dont il s'occupa en personne sans déranger son élégante mise en plis de bellâtre; mais la brutalité de ses méthodes fut tout aussi impuissante à enrayer le délitement du pouvoir. Au fil des semaines, le pays devint proprement ingouvernable. Partout les gens se mettaient à parler, enfin affranchis de la peur qui leur avait scellé les lèvres durant tant d'années. Les femmes acheminaient des armes sous leurs jupes, les écoliers allaient la nuit peindre des slogans sur les murs et Rolf se retrouva un beau matin avec une musette remplie de dynamite, en route vers l'Université où l'attendait une fille superbe dont il s'éprit dès le premier regard : passion sans lendemain, car elle s'empara de la musette sans même le remercier et s'éloigna avec ses explosifs en bandoulière, et jamais plus il n'entendit reparler d'elle. Une grève générale éclata, magasins et écoles fermèrent leurs portes, les médecins cessèrent de soigner les malades, les prêtres refusèrent l'accès aux lieux du culte, les morts restèrent sans sépulture. On ne voyait personne dans les rues et, à la nuit tombante, pas une lampe ne s'allumait, comme si la civilisation elle-même avait soudain pris fin. Tout le monde retenait son souffle dans l'espoir que, dans l'attente de...

L'homme au gardénia s'enfuit à bord d'un avion privé pour vivre un exil doré en Europe, où il se trouve encore, très vieux, mais toujours aussi élégant, rédigeant ses mémoires afin de se fabriquer un passé convenable. Le même jour, le ministre au fauteuil de velours épiscopal prit la poudre d'escampette en emportant une bonne provision de lingots d'or. Ceux-là ne furent pas les seuls. En l'espace de quelques heures déguerpirent par air, par terre et par mer nombre de ceux qui n'avaient pas la conscience tranquille. Quant à la grève, elle ne dura pas trois jours. Un quarteron de capitaines se mit d'accord avec les partis d'opposition, souleva ses hommes, et d'autres régiments, attirés par la rébellion, eurent tôt fait de s'y rallier. Le gouvernement tomba et le Général, pourvu de tout l'argent de poche nécessaire, s'envola avec sa famille et ses plus proches collaborateurs à bord d'un appareil militaire mis à sa disposition par l'ambassade des Etats-unis. Une foule d'hommes, de femmes et d'enfants couverts de la poussière de la victoire envahit la résidence du dictateur et se précipita dans la piscine, transformant l'eau en épais potage, aux accents d'un air de jazz joué par un nègre sur le blanc piano à queue qui ornait la terrasse. Le peuple s'en prit au bâtiment de la Sécurité. Les sentinelles tirèrent des rafales de mitraillettes, mais la foule parvint à enfoncer les portes et à entrer, massacrant tous ceux qui se trouvaient sur son passage. Les tortionnaires qui, n'étant pas sur place à ce moment-là, purent alors en réchapper durent se terrer pendant des mois pour éviter d'être lynchés en pleine rue. Des magasins furent mis à sac, de même que les résidences des étrangers accusés de s'être enrichis grâce à la politique du Général. Les vitrines des marchands de spiritueux volèrent en éclats et les bouteilles descendirent à leur tour dans la rue où elles passèrent de bouche en bouche pour fêter la fin de la dictature.

Rolf Carlé ne ferma pas l'œil de trois jours, filmant les événements dans un tohu-bohu de multitude en délire ponctué de concerts d'avertisseurs, de sarabandes et de farandoles, de vociférations d'ivrognes. Il travaillait comme dans un songe, si peu préoccupé de son propre sort qu'il en oublia d'avoir peur; il fut le seul à oser pénétrer caméra au poing dans le bâtiment de la Sécurité et, se tenant au tout premier rang, y prendre des vues de l'amoncellement de morts et de blessés, des agents mis en charpie, des prisonniers sortis des caves funestes de l'homme au gardénia. Il s'introduisit également dans la résidence du Général et vit la foule briser le mobilier, lacérer à coups de couteaux la collection de tableaux, traîner jusque dans la rue les manteaux de chinchilla et les robes pailletées de la Première Dame, et il se débrouilla encore pour se trouver au Palais quand se constitua à l'improviste la Junte gouvernementale, composée d'officiers rebelles et d'éminentes personnalités civiles. Aravena le félicita pour son travail et donna un ultime coup de pouce à sa carrière en le recommandant à la chaîne nationale où ses audacieux reportages firent bientôt de lui la plus fameuse figure du journal télévisé.

L'expérience leur ayant appris qu'à s'entre-dévorer ils ne feraient que favoriser les militaires, les partis réunis en conclave jetèrent les bases d'une plate-forme commune. Les dirigeants exilés mirent quelques jours à rentrer, à s'installer et à commencer à démêler l'écheveau politique. Entre-temps, la droite des milieux d'affaires et l'oligarchie, ralliées *in extremis* au soulèvement, avaient rapidement gagné le Palais et, en l'espace de quelques heures, avaient mis la main sur tous les postes clés, se les arrogeant avec tant d'astuce que, le jour où il prit ses fonctions, le nouveau Président comprit qu'il ne lui restait d'autre recours pour gouverner que de transiger avec elles.

Ce furent là des moments de grande confusion, mais le nuage de poussière finit par retomber, le vacarme s'estompa, et put alors poindre et se lever le premier matin de la démocratie.

En maints endroits, les gens n'étaient même pas au courant du renversement de la dictature, pour la simple raison qu'ils ignoraient que le Général était resté autant d'années au pouvoir. Ils vivaient en marge des événements contemporains. Dans l'excessive géographie de ce pays coexistent en effet toutes les époques de l'histoire. Alors que, depuis la capitale, les dirigeants communiquent par téléphone pour discuter avec leurs homologues du monde entier, il est des zones des Andes où les normes du comportement humain sont celles qu'y apportèrent il y a cinq siècles les conquistadores espagnols, et dans certains villages de la forêt vierge, les gens déambulent sous la voûte des arbres dans le plus simple appareil, comme leurs ancêtres de l'âge de pierre. La dernière décennie avait été marquée de formidables bouleversements et d'inventions prodigieuses, mais, pour beaucoup, elle n'avait différé en rien des précédentes. Quant au peuple, il a le pardon facile; et comme ce pays ignore la peine de mort et la prison à perpétuité, ceux qui avaient tiré profit de la tyrannie, les collaborateurs, les mouchards et les agents de la Sécurité furent bientôt oubliés et purent s'intégrer à nouveau à cette société où il y avait place pour tous.

Je n'ai appris le détail de ce qui s'était produit que bien des années plus tard, quand la curiosité m'incita à feuilleter la presse de l'époque; sur le moment, la nouvelle ne parvint même pas à Agua Santa. Ce jour-là, une fête fut donnée par Riad Halabi afin de réunir des fonds destinés à financer les réparations du bâtiment scolaire. Elle commença de bon matin avec la bénédiction du curé, qui s'était d'abord opposé à cette kermesse, prétexte à jeux d'argent, à pochardises, à coups de couteaux, mais qui avait ensuite fermé les yeux, l'école menaçant de s'effondrer après la dernière tornade. On procéda dans la foulée à l'élection de la Reine de beauté, couronnée par le gouverneur civil d'un diadème de fleurs artificielles et de fausses perles fabriqué par maîtresse Inès, et dans le courant de l'après-midi commencèrent les combats de coqs. Des visiteurs étaient accourus d'autres villages, et quand l'un d'eux, pourvu d'un poste à piles, intervint en criant que le Général avait pris la fuite et que la foule était en train de raser les prisons, de faire de la chair à pâté des agents de la Sécurité, on le fit taire afin qu'il n'allât pas distraire les coqs. Le seul à quitter sa place fut le gouverneur civil, qui regagna à contrecœur son bureau pour entrer en relation avec ses supérieurs de la capitale et demander des instructions. Il revint au bout de deux heures, déclarant qu'il n'y avait pas lieu de se faire du souci pour ce petit contretemps, qu'en effet le gouvernement était tombé, mais que tout continuait comme avant, de sorte que la musique et les danses pouvaient commencer, et servez-moi une autre bière, que nous trinquions à la démocratie! Vers minuit, Riad Halabi fit le compte de l'argent recueilli, le remit à maîtresse Inès et s'en retourna chez lui, épuisé mais satisfait, car son initiative avait porté ses fruits, l'école était assurée d'avoir un toit.

– La dictature a été renversée, lui dis-je aussitôt.

J'étais restée toute la journée à la maison à veiller sur Zulema, en proie à une de ses crises, et je l'avais attendu à la cuisine.

– Je sais, ma fille.

– Ils l'ont annoncé à la radio. Qu'est-ce que ça veut dire?

– Tout cela se passe beaucoup trop loin d'ici pour nous concerner.

Deux années passèrent, la démocratie se consolida. Avec le temps, il ne resta bientôt plus que la corporation des chauffeurs de taxis et une poignée de militaires pour regretter la dictature. Le pétrole continua de jaillir à profusion des entrailles de la terre, et nul ne se préoccupa outre mesure d'en investir les profits, car tout le monde croyait au fond que la prospérité durerait éternellement. Au sein des universités, les mêmes étudiants qui avaient risqué leur vie pour renverser le Général se sentaient bernés par le nouveau gouvernement et accusaient le Président d'être à la solde des intérêts nord-américains. Le triomphe de la Révolution cubaine avait allumé sur tout le continent des brasiers d'illusions. Là-bas, des hommes étaient en train de changer la vie et le vent portait leurs voix jusqu'ici, disséminant de magnifiques paroles. Et voici que le Che rappliquait par ici, une étoile au front, prêt à combattre aux quatre coins du sous-continent. Les jeunes se laissaient pousser la barbe et apprenaient par cœur les théorèmes de Marx et les formules de Fidel. Quand les conditions de la révolution ne sont pas réunies, il appartient au révolutionnaire de les créer, disait un slogan à la peinture indélébile étalé sur les murs de l'Université. Convaincus que jamais le peuple ne s'approprierait le pouvoir sans violence, quelques-uns décrétèrent que l'heure était venue de prendre les armes. Ainsi naquit le mouvement de guérilla.

– Il faut que j'aille les filmer, annonça Rolf Carlé à Aravena.

Il partit rejoindre le maquis sur les pas d'un garçon au teint basané, taciturne et secret, qui le mena de nuit par les sentiers de chèvres jusqu'au refuge de ses camarades. Il devint de la sorte le seul journaliste à entrer en contact direct avec la guérilla, le seul à pouvoir filmer ses campements, le seul à qui ses chefs accordèrent leur confiance. Et c'est également ainsi qu'il fit la connaissance de Huberto Naranjo.

Naranjo avait passé ses années d'adolescence à écumer les quartiers bourgeois à la tête d'une bande de marginaux en guerre contre les escouades de jeunes richards qui sillonnaient la ville sur leurs motos chromées, vêtus de blousons de cuir, armés de chaînes et de couteaux, jouant les loubards de cinéma. Tant que cette racaille dorée restait cantonnée dans son secteur à pendre des chats, à éventrer les sièges des salles de projection, à peloter les bonnes d'enfants dans les squares, à forcer les portes du couvent des Adoratrices pour terroriser les bonnes sœurs, à faire irruption dans les goûters mondains pour pisser sur le gâteau d'anniversaire, l'affaire ne sortait pratiquement pas de la famille. De temps à autre, la police leur mettait la main au collet, les conduisait au commissariat, appelait leurs parents pour régler les choses à l'amiable, et les relâchait aussitôt sans même avoir relevé leurs noms. Ce ne sont là qu'innocentes plaisanteries, disait-on avec indulgence; d'ici quelques années, ils auront mûri, troqué leur blouson de cuir contre un costume-cravate, ils seront alors en âge de diriger l'entreprise paternelle et les destinées du pays. Mais quand ils en étaient venus à envahir les rues du centre pour badigeonner à la moutarde forte les génitoires des clochards, marquer au couteau la figure des prostituées, donner la chasse aux homosexuels de la rue de la République pour les empaler, Huberto Naranjo avait estimé que la coupe était pleine. Il avait rassemblé tous ses potes et mis sur pied la défense du quartier. C'est ainsi que s'était constituée la Peste, la bande la plus redoutée de toute la capitale, qui s'opposait aux motards en batailles rangées, laissant sur le terrain des kyrielles d'adversaires assommés, défigurés, lardés à l'arme blanche. Quand la police survenait à bord de ses fourgons blindés, avec ses chiens dressés et ses équipements anti-émeutes, et qu'elle parvenait à leur tomber dessus par surprise, ceux à peau blanche et casaque noire pouvaient rentrer indemnes dans leurs foyers, les autres étaient tabassés dans les casernes jusqu'à ce qu'on vît le sang courir en minces filets entre les pavés de la cour. Ce ne furent cependant pas les coups qui mirent fin à l'existence de la Peste, mais une raison de force majeure qui conduisit Naranjo loin de la capitale.

Un soir, le Négro, son copain du boui-boui, l'invita à une mystérieuse réunion. Après qu'ils eurent donné le mot de passe, on leur ouvrit et on les mena jusqu'à une pièce sans fenêtres où se tenaient plusieurs étudiants qui se présentèrent sous de faux noms. Huberto s'installa par terre au milieu des autres, tout en se sentant comme un chien dans un jeu de quilles, sa présence et celle du Négro lui paraissant jurer sur le reste du groupe : ni l'un ni l'autre n'étaient sortis de l'Université, ils n'étaient pas même passés par le lycée. Pourtant, il ne tarda pas à remarquer le respect dont ils étaient l'objet, dû au fait que le Négro avait accompli ses obligations militaires en se spécialisant dans le maniement des explosifs, ce qui lui conférait un formidable prestige. Il leur présenta Naranjo comme le chef de la Peste et, tous ayant entendu parler de sa bravoure, ils le reçurent avec des marques d'admiration. C'est là qu'il entendit un jeune type traduire en mots ce qu'il éprouvait confusément depuis des années au fond de sa poitrine. Ce fut une révélation. Il se sentit d'abord incapable de comprendre la plupart de ces discours enflammés, et plus encore de les répéter, mais il eut l'intuition que son propre combat contre les blousons dorés du Club de Campo, tout comme les défis qu'il pouvait lancer aux autorités, n'étaient que des enfantillages à la lumière de ces idées qu'il entendait formuler pour la première fois. Ce contact avec la guérilla bouleversa sa vie. Il découvrit avec étonnement que, pour ces garçons, l'injustice ne faisait pas partie de l'ordre naturel des choses, comme lui-même le pensait, mais relevait du domaine des aberrations humaines, il prit conscience des abîmes d'inégalité qui déterminaient le destin des hommes dès leur naissance, et décida d'enrôler sa propre rage, jusque-là si vaine, au service de cette cause-là.

Le jeune homme mit alors son point d'honneur à entrer dans la guérilla, car une chose était de se battre à coups de chaînes contre les blousons dorés, une autre, bien différente, de pointer une arme à feu contre les Forces armées. Enfant de la rue, il croyait ne pas connaître la peur, il ne reculait pas d'un pouce dans les rixes entre bandes, ni n'implorait clémence dans la cour des casernes, la violence faisait partie pour lui de la routine, mais jamais il n'aurait alors imaginé les paroxysmes qu'elle atteindrait les années suivantes.

Ses premières missions furent circonscrites à la capitale : barbouiller les murs, imprimer des tracts, coller des affiches, fournir des couvertures, se procurer des armes, dérober des médicaments, recruter des sympathisants, chercher des planques, se soumettre à un entraînement paramilitaire. Avec ses camarades, il apprit les mille et une façons d'utiliser un pain de plastic, à fabriquer des bombes artisanales, à saboter des câbles à haute tension, à faire sauter voies de chemin de fer et viaducs pour donner l'impression qu'ils étaient nombreux et bien organisés, ce qui attirait les indécis, renforçait le moral des combattants et sapait celui de l'adversaire. La presse donna d'abord une large publicité à ces actes criminels, comme elle les baptisait, mais interdiction fut bientôt faite de mentionner ces attentats, et le pays n'en fut informé que par la rumeur, par quelques feuilles imprimées à domicile sur des presses de fortune et par les stations de radio clandestines. Les jeunes gens s'évertuaient à mobiliser les masses de toutes les manières possibles, mais leur belle ardeur révolutionnaire butait contre les visages indifférents ou les ricanements des gens. Les faux-semblants de la richesse pétrolière paraient toute chose d'une épaisse couche de je-m'en-foutisme. Huberto Naranjo, lui, piaffait. Lors des réunions, il avait entendu parler du maquis : là-bas étaient les meilleurs éléments, les armes, le levain de la révolution. Vivent les forces populaires, mort à l'impérialisme! disaient slogans, discours, conversations à voix basse; des mots, encore des mots, des milliers de mots qui faisaient du bien et qui faisaient mal à la fois; car la guérilla disposait de beaucoup plus de mots que de balles. Naranjo n'avait rien d'un orateur, il était bien incapable de manier tous ces vocables enflammés, mais il eut tôt fait de se former un jugement politique, et, bien qu'il ne sût pas théoriser à la façon des idéologues, il parvenait à soulever et entraîner par l'impétuosité de son courage. Ses poings solides et sa réputation de brave lui valurent d'être envoyé au front.

Il s'en alla un après-midi sans dire adieu à personne ni fournir d'explications à ses potes de la Peste, avec lesquels il avait pris quelque distance depuis qu'avaient germé ses nouvelles préoccupations. Le seul à être au courant de sa destination était le Négro, qui se serait fait tuer plutôt que d'en parler. Au bout de quelques jours de maquis, Huberto Naranjo comprit que tout ce qu'il avait connu jusque-là n'était qu'une pâle plaisanterie, et que l'heure était venue pour lui de faire sérieusement ses preuves. La guérilla ne ressemblait en rien à une armée de l'ombre, comme il le croyait, mais était composée de groupes de quinze à vingt gars disséminés dans les défilés de montagne, peu nombreux au total, à peine suffisants pour nourrir quelque espoir. Dans quoi je suis allé me fourrer, ces types-là sont cinglés – telle fut sa première pensée, aussitôt balayée, car son objectif était clair : il fallait gagner. Le fait d'être aussi peu les obligeait simplement à donner davantage d'eux-mêmes. Et d'abord à en baver : marches forcées avec un barda de trente kilos sur les épaules, l'arme à la main, une arme sacrée qu'il fallait protéger de l'eau, des chocs, dont il était interdit de se séparer un seul instant; marcher, ramper, grimper, descendre en file indienne, sans un mot, sans boire ni manger, jusqu'à ce que tous les muscles du corps ne soient plus qu'une profonde et interminable plainte, que la peau des mains se hérisse de cloques remplies d'une humeur trouble, que les piqûres d'insectes gonflent les paupières au point de ne pouvoir les rouvrir, que les pieds, en marmelade dans les bottes, se mettent à saigner. Monter, monter toujours plus haut; en baver, en baver sans cesse davantage. Puis le silence : dans ce paysage impénétrable, uniformément vert, il apprit le silence et à se déplacer comme le vent; là, un simple soupir, un frottement du havresac, un cliquetis de l'arme retentissaient comme un carillon et pouvaient coûter la vie. L'ennemi était tout proche. Patience d'attendre dans l'immobilité absolue durant des heures. Dissimule ta trouille, Naranjo, ne va pas la refiler aux autres, tiens bon contre la faim, on a tous l'estomac qui crie famine, endure la soif, on a tous le gosier à sec. Toujours trempé, incommodé par la crasse, l'ankylose, en butte au froid nocturne et à l'atroce chaleur de midi, à la boue, à la pluie, aux moustiques et aux punaises, aux blessures suppurantes, aux entorses et aux crampes. Au début, il ne savait plus où il se trouvait, ne voyant même pas où il posait les pieds ni sur quoi il donnait des coups de machette, foulant les herbes et l'humus du sous-bois, les ronces, les branchages, la caillasse des éboulis, avec, le surplombant, la voûte des arbres si serrés qu'on n'entr'apercevait pas la lumière du soleil; mais il s'y fit, son regard devint celui du tigre, et il apprit à se repérer. Il se départit de son sourire et arbora un visage dur, couleur de terre, aux yeux secs. Pire que la faim était la solitude. Le tenaillait l'obsédant désir de sentir contre sa peau une autre

peau que la sienne et de la caresser, d'être aux
côtés d'une femme, mais il n'y avait là que des
hommes dépourvus de tout contact les uns avec les
autres, murés dans leur propre corps, dans leur
passé, leurs peurs et leurs illusions. Une camarade
venait parfois les rejoindre, et tous désiraient alors
ardemment poser la tête dans son giron, mais cela
aussi était impossible.

Huberto Naranjo se métamorphosa à son tour
en animal des sous-bois, il n'était plus qu'instinct,
réflexes, impulsions, muscles et nerfs, corps
ramassé sur lui-même, sourcils froncés, mâchoires
crispées. La machette et le fusil soudés à ses poings
étaient comme des prolongements naturels de ses
bras. Son ouïe s'affina, sa vue se fit plus perçante,
toujours aux aguets même dans le sommeil. Il
acquit une ténacité à toute épreuve – se battre
jusqu'à la mort ou jusqu'à la victoire, il n'est pas
d'autre alternative, nous allons rêver que nous
réalisons nos rêves, il n'y a plus que le rêve ou la
mort, en avant! Il sortit enfin de lui-même. Au fil
des mois, derrière la façade de granit, quelque
chose commença à s'attendrir tout au fond de
lui-même, qui finit par éclore et donner le jour à
un fruit nouveau. Le premier symptôme en fut la
pitié, ce sentiment inconnu de lui, que nul ne lui
avait jamais témoigné et dont lui-même n'avait
jamais eu l'occasion de faire montre. Quelque
chose de chaud poussait en lui sous la croûte de
silence et d'inflexibilité, comme une affection sans
bornes pour ceux qui l'entouraient, qui le laissa
plus surpris qu'aucun des autres changements qu'il
avait subis jusqu'alors. Il s'était mis à aimer ses
camarades, prêt à donner sa vie pour eux, mû par
un irrépressible désir de les serrer dans ses bras et
de dire à chacun : tu es mon frère et je t'aime.
Bientôt ce sentiment s'élargit jusqu'à embrasser la
multitude anonyme du peuple tout entier, et il

comprit alors que sa rage d'antan lui avait faussé compagnie.

C'est à cette époque que Rolf Carlé fit sa connaissance, et il lui suffit d'échanger trois phrases avec lui pour comprendre qu'il avait affaire à un être d'exception. Il eut le pressentiment que leurs chemins auraient encore maintes fois l'occasion de se croiser, mais il s'empressa de chasser cette idée de sa tête. Il évitait de tomber dans les pièges de la prémonition.

CHAPITRE HUIT

DEUX ans après le départ de Kamal, Zulema s'était définitivement installée dans la neurasthénie, elle avait à nouveau de l'appétit et dormait comme autrefois, mais rien n'éveillait plus en elle le moindre intérêt et elle passait des heures immobile dans son fauteuil de rotin à contempler le patio, absente de ce monde. Mes histoires et les feuilletons radiophoniques étaient les seules choses à faire jaillir une étincelle dans ses yeux, encore que je ne sois pas sûre qu'elle les comprît, car elle ne semblait pas avoir recouvré la mémoire de l'espagnol. Riad Halabi lui installa un poste de télévision, mais comme elle l'ignora et que les images arrivaient aussi brouillées que des messages en provenance d'autres planètes, il finit par décider de le transporter au magasin où voisins et clients pourraient au moins en profiter. Ma patronne ne se souvenait plus guère de Kamal ni ne gémissait sur la perte de son amour, elle s'était tout bonnement laissée sombrer dans l'apathie pour laquelle elle avait toujours montré des dispositions. Sa maladie lui avait servi à fuir les fastidieuses responsabilités de son foyer, les menues contraintes du couple, et jusqu'à elle-même. La morosité et l'ennui lui étaient plus supportables que l'effort à fournir pour mener une existence normale. Peut-être est-ce à cette époque qu'elle se mit à tourner et retourner dans sa tête l'idée de la mort comme stade suprême de la paresse, dans lequel le sang n'aurait plus à battre dans ses veines, l'air à circuler dans ses poumons, où le repos serait total, où il n'y aurait plus à penser, plus à sentir, plus à être. Son mari la conduisit en camionnette jusqu'à l'hôpital régional, à trois heures de route d'Agua Santa, où on lui fit subir quelques examens, avaler des pilules contre le vague à l'âme, pour déclarer enfin qu'il serait possible de la guérir à la capitale à coups d'électrochocs, méthode que Riad Halabi estima inacceptable.

– Le jour où elle se regardera à nouveau dans une glace, elle sera d'aplomb, disais-je en installant ma patronne devant un grand miroir pour tenter de ressusciter sa coquetterie. Vous rappelez-vous comme vous aviez autrefois la peau blanche, Zulema ? Voulez-vous que je vous maquille les yeux ?

Mais la glace ne renvoyait que les contours incertains d'une grosse méduse.

Nous nous fîmes à l'idée que Zulema était devenue une espèce d'énorme plante très fragile, nous renouâmes avec les habitudes de la maison et celles de *La Perle d'Orient*, et je repris mes cours particuliers chez maîtresse Inès. À l'époque où j'avais commencé, j'étais à peine capable de déchiffrer deux syllabes mises bout à bout, j'avais une laborieuse écriture de débutante, mais mon ignorance n'avait rien d'exceptionnel, la majorité des gens du village étant analphabètes. Il te faut apprendre pour pouvoir subvenir un jour à tes besoins, ma fille, me disait Riad Halabi ; il n'est pas bon de dépendre d'un mari, souviens-toi que c'est celui qui paie qui commande. Je devins une mordue des études, particulièrement fascinée par les lettres, l'histoire et la géographie. Mademoiselle Inès n'avait jamais mis les pieds hors d'Agua

Santa, mais elle avait des cartes du monde déployées sur les murs de chez elle; l'après-midi, elle m'expliquait les nouvelles de la radio en m'indiquant les lieux inconnus où étaient survenus tel et tel événements. Puisant dans une encyclopédie et dans les connaissances de ma maîtresse, je pouvais voyager de par le monde. En revanche, pour ce qui était des chiffres, j'étais nulle. Si tu n'apprends pas tes tables de multiplication, comment veux-tu que je te confie le magasin? s'insurgeait le Turc. Je ne l'écoutais guère, seulement soucieuse d'affirmer la meilleure maîtrise possible sur les mots. Je dévorais avec passion le dictionnaire et pouvais rester des heures à chercher des rimes, à vérifier des antonymes ou à résoudre des mots croisés.

A l'approche de mes dix-sept ans, mon corps atteignit ses proportions définitives et mon visage épousa les traits qui, à ce jour, ne m'ont plus lâchée. Je cessai dès lors de me contempler dans la glace pour me comparer aux perfections faites femmes du cinéma et des magazines de mode, et décrétai que j'étais belle pour la simple et unique raison que j'avais envie de l'être. Inutile dorénavant d'y accorder une seconde de plus de réflexion. Je portais les cheveux noués en queue de cheval entre mes omoplates, des robes de coton que je confectionnais moi-même, et des espadrilles en toile. Quelques jeunes gens du village ou les chauffeurs de poids lourds qui faisaient halte pour boire une bière me contaient fleurette, mais Riad Halabi les éconduisait comme un père jaloux.

— Aucun de ces culs-terreux n'est assez bon pour toi, ma fille. Nous allons te chercher un mari avec une bonne situation, qui te respecte et qui t'aime.

— Zulema a besoin de moi et je me sens heureuse ici. Pourquoi irais-je me marier?

— Les filles doivent se marier, autrement elles

restent incomplètes, elles se dessèchent de l'intérieur et s'empoisonnent les sangs; mais tu es encore jeune, rien ne presse. Tu dois préparer ton avenir. Pourquoi ne ferais-tu pas des études de secrétariat? Tant que je vivrai, tu ne manqueras de rien, mais on ne sait jamais ce qui peut arriver, mieux vaut avoir un métier. Quand le moment sera venu de te chercher un fiancé, je t'achèterai de jolies robes et il faudra que tu ailles chez le coiffeur te faire faire une de ces mises en plis comme on en voit maintenant.

Je dévorais tous les livres qui me tombaient sous la main, m'occupais de la malade et de la maison, aidais le patron au magasin. Toujours affairée, je n'étais pas d'humeur à penser à moi-même, mais mes histoires étaient traversées d'aspirations et d'inquiétudes dont j'ignorais qu'elles prenaient source dans mon cœur. Maîtresse Inès me suggéra de les consigner dans un cahier. Je passai dès lors une partie de mes nuits à écrire et y pris tellement goût que les heures filaient sans que je m'en rendisse compte et souvent, le matin, je me levais avec les yeux rouges. Mais c'était pour moi les meilleures heures. J'en venais à douter que rien n'existât vraiment, que la réalité fût autre chose qu'une masse gélatineuse et floue que mes sens n'appréhendaient qu'à demi. Il n'y avait aucune espèce de preuve que tous la perçussent de la même façon, et peut-être Zulema, Riad Halabi et les autres avaient-ils une impression toute différente des choses, peut-être ne voyaient-ils pas les mêmes couleurs, ne percevaient-ils pas les mêmes sons que moi. Et s'il en allait ainsi, chacun vivait alors dans une solitude absolue. Cette pensée me terrifiait. Je puisais quelque réconfort dans l'idée que je pouvais toujours m'emparer de cette gélatine et la modeler pour créer ce que bon me semblait, non pas quelque parodie du réel, à l'instar des mousquetaires et des sphinx de ma patronne yougoslave de jadis, mais un monde à moi, peuplé de personnages bien vivants, sur lequel faire régner une loi dont je pouvais changer à ma guise. De moi dépendait l'existence de tout ce qui prenait naissance, se déroulait et expirait parmi les sables immobiles où germaient mes histoires. En ces dernières je pouvais mettre tout ce que je voulais : prononcer le mot juste suffisait à donner vie. Et j'avais parfois l'impression que cet univers fabriqué grâce aux pouvoirs de l'imagination avait des contours plus solides et durables que la zone floue où vaquaient les êtres de chair et de sang qui m'entouraient.

Riad Halabi menait la même vie que naguère, dévoué aux problèmes d'autrui, accompagnant, conseillant, organisant, sans cesse au service de son prochain. Il présidait le club sportif et était préposé à la gestion de presque tous les projets de la petite communauté villageoise. Deux soirs par semaine, il s'absentait sans fournir d'explications et rentrait fort tard. Lorsque je l'entendais se glisser furtivement par la porte du patio, j'éteignais ma lampe et feignais de dormir pour éviter de lui faire honte. Hormis ces escapades, nous menions comme père et fille une existence semblable. Nous assistions ensemble à la messe, car le village voyait d'un mauvais œil l'inassiduité de mes dévotions, ainsi que l'avait fait maintes fois remarquer maîtresse Inès; quant à lui, il avait décidé qu'à défaut de mosquée, il ne se porterait pas plus mal en allant adorer Allah dans un temple chrétien, d'autant qu'il n'était pas tenu de suivre le rite de près. Il faisait comme les autres hommes qui se tenaient tout au fond de l'église et qui restaient debout, l'air un tantinet goguenard, car il était jugé peu viril de se mettre à genoux. Là, il pouvait réciter ses prières musulmanes sans attirer l'attention. Nous ne rations aucun film au nouveau cinéma qui s'était ouvert à Agua Santa. Si quelque chose de musical ou de très romanesque figurait au programme, nous prenions Zulema entre nous deux et l'y emmenions, la soutenant sous les aisselles comme une invalide.

Quand la saison des pluies prit fin et qu'on eut réparé la route ravagée par la dernière crue, Riad Halabi annonça qu'il s'en repartait pour la capitale, *La Perle d'Orient* étant désapprovisionnée. Je n'aimais pas rester toute seule avec Zulema. Je ne peux faire autrement sans ruiner mon commerce, ma petite fille, cela fait partie de mon travail, mais je reviendrai vite et te rapporterai beaucoup de cadeaux, me disait toujours le patron pour me rassurer avant son départ. Bien que je n'y fisse jamais allusion, la maison me faisait toujours peur, j'avais l'impression que les murs restaient imprégnés des sortilèges de Kamal. Il m'arrivait parfois de rêver de lui et je sentais dans le noir son odeur, sa chaleur, la forme de son corps nu pointant sur moi son sexe dressé. J'invoquais alors ma mère pour qu'elle lui fît débarrasser le plancher, mais elle ne prêtait pas toujours l'oreille à mes appels. En vérité, l'absence de Kamal était si envahissante que je me demande encore comment nous avions fait pour supporter sa présence. La nuit, le vide laissé par le cousin occupait les pièces silencieuses, régnait sur toutes choses, saturait la succession des heures.

Riad Halabi s'en alla un jeudi matin. Dès le vendredi, Zulema remarqua au petit déjeuner l'absence de son mari et murmura alors son nom. C'était sa première marque d'intérêt depuis pas mal de temps, et je redoutai qu'elle ne préfigurât une nouvelle crise, mais en apprenant que son époux était parti en voyage, elle parut soulagée. L'après-midi, pour la distraire, je l'installai dans le patio et m'apprêtai à aller déterrer ses bijoux. Cela faisait des mois qu'on ne leur faisait plus prendre le soleil, aussi eus-je du mal à me rappeler la cachette et je perdis une bonne heure à chercher la boîte avant de remettre la main dessus. Je m'en emparai, nettoyai la terre qui y restait collée, puis la déposai devant Zulema, sortant les bijoux un à un, frottant leur patine avec un chiffon pour rendre son éclat à l'or, leur couleur aux pierres. Je suspendis des anneaux à ses oreilles, passai des bagues à tous ses doigts, des chaînettes et des colliers à son cou, des bracelets à ses avant-bras, et une fois qu'elle fut ainsi parée, j'allai chercher le miroir.

– Regardez comme vous êtes belle, on dirait une idole...

– Cherche un nouvel endroit pour les cacher, m'ordonna Zulema en arabe, ôtant ses bijoux avant de sombrer de nouveau dans l'apathie.

Je me dis que ce n'était pas une mauvaise idée que de changer de cachette. Je replaçai le tout dans la boîte que j'enveloppai d'un sac en plastique pour la protéger de l'humidité, et m'en allai derrière la maison dans un terrain accidenté couvert de broussailles. Je creusai un trou au pied d'un arbre et, à l'aide d'une pierre tranchante, fis une encoche dans le tronc pour me rappeler l'endroit. J'avais entendu dire que les paysans procédaient ainsi pour enfouir leur argent. Cette forme d'épargne était si répandue dans ces parages que bien des années plus tard, quand on construisit l'autoroute, les excavatrices déterrèrent des jarres remplies de billets de banque et de pièces de monnaie auxquels l'inflation avait fait perdre toute valeur.

A la tombée de la nuit, je préparai le dîner de Zulema, puis allai la border et restai sous la véranda à coudre jusqu'à une heure tardive. L'absence de Riad Halabi me pesait, c'est à peine si la sombre demeure laissait filtrer les menus bruits de la nature, les grillons restaient muets, l'air n'était agité d'aucun souffle. Sur le coup de minuit, je décidai d'aller me coucher. J'allumai toutes les lampes, fermai les persiennes afin d'empêcher les crapauds de pénétrer dans les chambres, mais laissai ouverte la porte de derrière pour m'enfuir au plus vite si survenait à l'improviste le fantôme de Kamal ou quelque autre parmi ceux qui peuplaient mes cauchemars. Avant de me mettre au lit, je jetai un dernier coup d'œil sur Zulema et constatai qu'elle dormait paisiblement, étendue sous un simple drap.

Comme à l'accoutumée, je me réveillai dès les premières lueurs du jour et me rendis à la cuisine pour préparer le café, en remplis une tasse et traversai le patio pour aller la porter à la malade. Au passage, j'éteignis les lampes que j'avais laissées allumées la veille, et notai que les ampoules étaient couvertes de lucioles grillées. Je parvins à la chambre de ma patronne, ouvris sans bruit la porte et entrai.

Zulema gisait encore à moitié vautrée sur son lit, mais le reste de son corps avait glissé par terre, bras et jambes écartés, la tête contre le mur, sa chevelure bleu nuit répandue sur les oreillers, une grande tache rouge imprégnant les draps et sa chemise de nuit. Je sentis une odeur plus forte que celle des pétales de fleurs dans les vasques. Je m'approchai lentement, déposai la tasse sur la table de chevet, me penchai sur Zulema et la retournai. Je pus alors constater qu'elle s'était tiré un coup de revolver dans la bouche et que la balle lui avait défoncé le palais.

Je ramassai l'arme, la nettoyai et la remis à sa place dans le tiroir de la commode, entre les piles de linge de corps, là où Riad Halabi avait l'habitude de la ranger. Puis je fis glisser le corps par terre et mis des draps propres. J'allai chercher une cuvette d'eau, une éponge et une serviette, dévêtis ma patronne et m'employai à la laver, car je ne voulais pas qu'on la vît avec une allure aussi négligée. Je lui fermai les yeux, lui maquillai soigneusement les paupières avec du khôl, lui brossai les cheveux et lui passai sa plus jolie chemise de nuit. J'eus beaucoup de mal à la remonter sur son lit, car la mort l'avait changée en bloc de pierre. Quand je fus venue à bout de tout ce désordre, je m'assis au chevet de Zulema pour lui raconter une dernière histoire d'amour, tandis qu'au-dehors la matinée battait son plein avec le tintamarre des Indiens qui débarquaient au village, suivis de leurs vieillards, de leurs mouflets et de leurs clébards, pour demander la charité, comme tous les samedis.

Le chef de la tribu, un homme sans âge en pantalon blanc, coiffé d'un chapeau de paille, fut le premier à faire irruption dans la maison de Riad Halabi. Il venait chercher les cigarettes que le Turc leur distribuait chaque semaine et, voyant le magasin fermé, il avait fait le tour pour passer par la porte de derrière que j'avais laissée ouverte la veille au soir. Il pénétra dans le patio où il faisait encore frais à cette heure, contourna la fontaine, traversa la véranda et s'arrêta sur le seuil de la chambre de Zulema. Il m'aperçut et me reconnut sur-le-champ, car c'est moi qui le recevais habituellement derrière le comptoir de *La Perle d'Orient*. Il laissa errer son regard sur les draps propres, les meubles de bois sombre et luisant, la coiffeuse avec son miroir et ses brosses en argent ciselé, le cadavre de ma patronne pareille à une gisante dans sa chemise de nuit ornée de dentelles. Il remarqua aussi le tas de linges ensanglantés près de la fenêtre. Il s'approcha de moi et, sans mot dire, posa ses mains sur mes épaules. Je me sentis alors redescendre sur terre, la gorge obstruée par un interminable cri.

Quand la police débarqua un peu plus tard, armée de pied en cap, mitrée de casques à visière, défonçant les portes à coups de pied et martelant des ordres, je n'avais pas bougé et l'Indien se tenait toujours là, bras croisés sur la poitrine, cependant que le reste de la tribu s'était agglutiné dans le patio comme un troupeau dépenaillé.

A leur suite avaient afflué les habitants d'Agua Santa, chuchotant, se bousculant, cherchant à voir, envahissant la demeure du Turc où ils n'avaient plus remis les pieds depuis la fête de bienvenue en l'honneur du cousin Kamal. En découvrant le spectacle qui s'offrait à lui dans la chambre de Zulema, le lieutenant prit aussitôt la situation en main. Il commença par chasser les curieux et par faire taire le concert de commentaires en tirant un coup de feu en l'air, puis il fit sortir tout le monde de la pièce afin de ne pas brouiller les empreintes digitales, ainsi qu'il l'expliqua, et, pour finir, à la stupeur de tous, y compris de ses subordonnés, il me passa les menottes. Depuis l'époque où on emmenait les détenus du pénitencier de Santa Maria creuser des routes, il y avait bien des années de cela, jamais on n'avait vu enchaîner personne à Agua Santa.

– Ne bouge pas de là, m'ordonna-t-il tandis que ses hommes passaient la chambre au peigne fin en quête de l'arme, découvraient la cuvette et les serviettes, faisaient main basse sur la recette du magasin et sur les brosses en argent, et bousculaient l'Indien qui s'était incrusté dans la pièce, prompt à s'interposer chaque fois qu'ils s'approchaient de moi.

Sur ces entrefaites arriva maîtresse Inès, encore

en peignoir, car c'était son jour de ménage. Elle voulut s'entretenir avec moi, mais le lieutenant ne la laissa pas faire.

– Il faut prévenir le Turc! s'exclama l'institutrice, mais je suppose que personne ne savait alors où le trouver.

Un tohu-bohu d'allées et venues, d'ordres et de contrordres avaient mis sens dessus dessous l'âme de cette maison. Je calculai que j'en aurais au moins pour deux jours à laver par terre et à tout remettre en état. Sans me rappeler le moins du monde qu'il était parti en voyage, je me demandai pourquoi Riad Halabi permettait un pareil sans-gêne, et quand on emporta le corps de Zulema enveloppé dans un drap, je ne pus davantage y trouver d'explication rationnelle. Le long cri continuait à ronfler dans ma poitrine comme un vent d'hiver, sans pouvoir sortir de ma gorge. Avant d'être traînée jusqu'à la jeep de la police, la dernière chose qu'il me fut donné de voir fut le visage de l'Indien penché sur moi pour me dire à l'oreille quelque chose dont le sens m'échappa.

Conduite au poste de la Garde civile, on m'enferma dans une cellule, un petit réduit à l'atmosphère torride. Je mourais de soif et tentai d'appeler pour réclamer de l'eau. Les mots prenaient naissance en moi, grandissaient, montaient et résonnaient jusque dans ma tête, ils affleuraient à mes lèvres, mais je ne parvenais pas à les expulser, ils me restaient collés au palais. Je m'astreignis à me remémorer des scènes de simple bonheur : ma mère en train de me tresser les cheveux tout en fredonnant une chanson, une fillette chevauchant la croupe patiente d'un puma embaumé, les vagues déferlant dans la salle à manger de la vieille fille, les veillées mortuaires pour de rire en compagnie d'Elvira, ma fière grand-mère. Je fermai les yeux, résignée à prendre mon mal en patience. Au bout de plusieurs heures vint me chercher le même sergent à qui j'avais moi-même servi la veille une bouteille de tafia à *La Perle d'Orient*. Il me laissa plantée devant le bureau de l'officier de permanence et s'assit non loin de là à un pupitre d'écolier pour consigner mes déclarations d'une lente et laborieuse écriture. La pièce était peinte en vert caca d'oie, une rangée de bancs métalliques longeait les murs et une estrade suffisamment haute conférait à la table du chef toute l'autorité requise. Au plafond, les pales d'un ventilateur brassaient l'air, faisant fuir les moustiques sans atténuer pour autant la chaleur moite. Je me représentai en souvenir la fontaine arabe du patio, le bruit cristallin de l'eau courant entre les pierres du jardin, le grand broc de jus d'ananas que préparait maîtresse Inès quand elle me donnait des cours. Le lieutenant fit son entrée et se campa devant moi.

– Ton nom? aboya-t-il, et j'essayai de le lui donner, mais, derechef, les mots restèrent accrochés quelque part en moi et je ne parvins pas à les en détacher.

– C'est Eva Luna, celle qu'a ramassée le Turc au cours d'un de ses voyages, dit le sergent. Ce n'était alors qu'une gamine. Vous ne vous rappelez pas, mon lieutenant, je vous avais même raconté que...

– La ferme, idiot, je ne te demande pas de répondre à sa place!

Il se rapprocha avec un calme menaçant et marcha tout autour de moi en souriant et en me détaillant des pieds à la tête. C'était un bel homme brun, bon vivant et qui faisait des ravages parmi les filles d'Agua Santa. Cela faisait deux ans qu'il était au village où l'avait propulsé la bourrasque des dernières élections, quand on s'était employé à remplacer nombre de fonctionnaires, y compris dans la police, par d'autres qui appartenaient au parti gouvernemental. Je le connaissais, il venait souvent chez Riad Halabi où il restait parfois pour faire une partie de dominos.

– Pourquoi est-ce que tu l'as tuée? Pour la voler? On dit que la Turque est riche et qu'elle a un trésor enfoui dans son jardin. Réponds-moi, petite putain! Où as-tu planqué les bijoux que tu lui as dérobés?

Je mis une éternité à me remémorer le revolver, le corps rigide de Zulema, et tous mes faits et gestes jusqu'à l'arrivée de l'Indien. Je mesurai enfin toute l'étendue du drame et, comprenant ce qui s'était passé, ma langue acheva de se nouer, je n'essayai même plus de répondre. L'officier leva le bras, prit son élan et abattit son poing sur moi. Je n'ai pas gardé souvenir de ce qui suivit. Quand je me réveillai dans la même pièce, ligotée à ma chaise, seule, on m'avait dépouillée de ma robe. Le pire était la soif: ah! le jus d'ananas, l'eau de la fontaine arabe... La nuit était tombée, la pièce éclairée par une ampoule pendue au plafond à côté du ventilateur. Je tentai de bouger, mais tout le corps me faisait mal, surtout les brûlures de cigarettes sur les cuisses. Au bout de quelques instants, le sergent fit son entrée sans sa vareuse d'uniforme, la chemise trempée de sueur, le menton déjà noirci par la barbe. Il nettoya le sang autour de ma bouche et ramena en arrière les mèches collées à mon visage.

– Tu ferais mieux d'avouer. Ne crois pas que le lieutenant en a terminé avec toi, il ne fait que commencer... Tu sais ce qu'il lui arrive de faire aux femmes?

Je tentai de lui dire du regard ce qui s'était vraiment passé dans la chambre de Zulema, mais la réalité se déroba à nouveau et je me revis accroupie par terre dans un coin, le visage enfoui entre les genoux, la natte enroulée autour de mon cou – maman, appelai-je sans voix.

– Tu es encore plus têtue qu'une mule, murmura le sergent avec une sincère expression de commisération.

Il alla chercher de l'eau, me tint la tête pour m'aider à boire, puis il mouilla un mouchoir et me le passa avec soin sur la figure et dans le cou pour nettoyer les traces. Ses yeux croisèrent les miens et il me sourit comme un père.

– J'aimerais te venir en aide, Eva, je ne souhaite pas qu'il te maltraite davantage, mais ce n'est pas moi qui commande ici. Dis-moi comment tu as tué la Turque et où tu as caché ce que tu as volé, et je m'arrangerai avec le lieutenant pour qu'il te traduise tout de suite devant le juge des mineurs. Allez, dis-moi tout... Qu'est-ce qui t'arrive? Tu es devenue muette? Je vais te donner un peu plus d'eau, pour voir si tu recouvres enfin la raison et si nous pouvons nous entendre.

Je bus trois verres d'affilée et le liquide frais coulant dans ma gorge me procura un plaisir si vif que je me pris à mon tour à sourire. Le sergent défit alors les liens qui m'entravaient les poignets, me remit ma robe et me caressa la joue.

– Pauvrette... Le lieutenant reviendra d'ici deux heures, il est allé voir un film et s'envoyer quelques bières, mais il reviendra, tu peux y compter. Quand il rappliquera, je te donnerai un coup pour que tu tournes de l'œil à nouveau, des fois qu'il te fiche la paix jusqu'à demain. Tu veux un peu de café?

La nouvelle de ce qui s'était produit atteignit Riad Halabi bien avant que la presse ne s'en fût fait l'écho. Le message se trouva acheminé de bouche à oreille par des voies détournées jusqu'à la capitale où elle parcourut les rues, les hôtels borgnes, les entrepôts de turqueries, pour atterrir enfin dans le seul et unique restaurant arabe du pays où, en sus des plats typiques, de la musique orientale et du bain de vapeur du premier étage, une créole déguisée en odalisque improvisait à sa façon la danse des sept voiles. Un des serveurs s'approcha de la table où Riad Halabi consommait un échantillonnage de mets de son pays et lui fit la commission de la part de l'aide cuisinier, natif de la même tribu que le chef indien. C'est ainsi qu'il fut mis au courant dès le samedi soir, conduisit sa camionnette comme une étoile filante jusqu'à Agua Santa où il parvint dans la matinée du lendemain, juste à temps pour empêcher le lieutenant de reprendre mon interrogatoire.

— Rendez-moi ma fille, exigea-t-il.

De l'intérieur de la pièce caca d'oie, à nouveau dénudée et ligotée à la chaise, j'entendis la voix de mon patron et faillis ne point la reconnaître, car c'était la première fois qu'il usait de ce ton autoritaire.

— Je ne peux relâcher la suspecte, le Turc, tu devrais comprendre ma position, lui dit le lieutenant.

— Combien?

— D'accord. Viens dans mon bureau, que nous en discutions en privé.

Mais il était trop tard pour me soustraire au scandale. Mes portraits de face et de profil, les yeux bandés d'un rectangle noir dans la mesure où j'étais mineure, avaient été expédiés aux journaux de la capitale et parurent peu après dans la chronique des faits divers sous le titre bizarre : « *Tuée de sang-froid par son bon cœur* », où l'on m'accusait d'avoir assassiné la femme qui m'avait ramassée dans le ruisseau. Je conserve encore un bout de papier jauni, friable comme un pétale desséché, où se trouve consigné le récit de ce crime abominable inventé de toute pièce par la presse, et je l'ai tant relu qu'à certains moments de ma vie j'en suis venue à croire qu'il disait vrai.

– Arrange-là un peu, on va la rendre au Turc, ordonna le lieutenant à l'issue de son entretien avec Riad Halabi.

Le sergent me nettoya du mieux qu'il put, mais renonça à me passer à nouveau ma robe, maculée du sang de Zulema et du mien. J'étais tellement en nage qu'il préféra m'envelopper dans une couverture humide pour dissimuler ma nudité et me rafraîchir par la même occasion. Il ramena un peu d'ordre dans mes cheveux, mais le spectacle que j'offrais n'en était pas moins pitoyable. En m'apercevant, Riad Halabi poussa un hurlement :

– Qu'est-ce que vous avez fait à ma petite fille!

– Ne cherche pas d'histoires, le Turc, car il pourrait lui arriver bien pire, l'avertit le lieutenant. N'oublie pas que je te fais une fleur, mon devoir serait de la garder sous les verrous jusqu'à ce que tout soit élucidé. Qui te dit qu'elle n'a pas tué ta femme?

– Vous savez bien que Zulema était folle et qu'elle a elle-même mis fin à ses jours!

– Je n'en sais rien du tout. Ça n'est pas prouvé. Emmène la fille et cesse de me fatiguer, je peux encore changer d'avis...

Riad Halabi m'entoura de ses bras et nous nous dirigeâmes à pas lents vers la sortie. En franchissant le seuil et en débouchant sur la rue, nous vîmes rassemblés en face du poste tous nos voisins et quelques Indiens qui étaient restés à Agua Santa; immobiles, ils se tenaient en observation de l'autre côté de la place. A peine étions-nous sortis et avions-nous fait deux pas en direction de la camionnette que le chef indien se mit à frapper le sol à coups de talons en une gigue étrange qui produisit un son sourd de tambour.

– Allez tous vous faire voir ailleurs avant que je ne vous force à déguerpir à coups de pistolet! ordonna le lieutenant hors de lui.

Maîtresse Inès ne put se contenir davantage et, usant de l'autorité que lui conféraient tant d'années passées à se faire obéir dans sa classe, elle s'avança, regarda l'officier bien en face et cracha à ses pieds. Que le Ciel te punisse, misérable, dit-elle à claire et intelligible voix, afin que nous pussions tous entendre. Le sergent fit un pas en arrière, redoutant le pire, mais le lieutenant eut un sourire flegmatique et ne répliqua pas. Nul ne bougea jusqu'à ce que Riad Halabi m'eût installée sur le siège du véhicule et eût mis le moteur en marche; alors les Indiens reprirent le chemin de la forêt et les habitants d'Agua Santa se dispersèrent en marmonnant des malédictions contre la police. Voilà ce qui arrive quand on fait venir des gens d'ailleurs, aucun de ces sans-cœur n'est d'ici, autrement ils ne se croiraient pas tout permis, écumait mon patron dans sa camionnette.

Nous rentrâmes à la maison. Portes et fenêtres étaient restées ouvertes, mais flottait encore dans toutes les pièces un relent d'épouvante. L'intérieur avait été mis à sac – ce sont les gardes civils, dirent les voisins; ce sont les Indiens, dirent les gardes civils –, on aurait dit un champ de bataille, le poste de radio et le téléviseur manquaient à l'appel, la moitié de la vaisselle était en miettes, les caves et les réserves sens dessus dessous, les marchandises éparpillées, éventrés les sacs de blé, de farine, de sucre en poudre et de café. Me soutenant toujours par la taille, Riad Halabi foula ces traces de typhon sans prendre le temps de jauger les dégâts et me porta jusque sur le lit où, la veille, gisait encore sa femme.

– En quel état ces chiens t'ont mise..., dit-il en me couvrant.

C'est alors que les mots me revinrent enfin en bouche et s'échappèrent l'un après l'autre de mes lèvres comme une intarissable cantilène – un grand et long nez braqué sur moi sans me voir et elle plus blanche que jamais suçant et léchant, les grillons du jardin et la chaleur de la nuit, tout le monde transpirant, eux en nage et moi aussi, je n'ai rien dit pour qu'on puisse tout oublier, de toute façon il s'est enfui, volatilisé comme un mirage, elle lui a monté dessus et n'en a fait qu'une bouchée, pleurons Zulema l'amour en allé, long et raide le sombre appendice qui s'est introduit en elle, pas en moi, seulement en elle, j'ai cru qu'elle se remettrait à manger et à me réclamer des histoires et à faire prendre le soleil à son or, c'est pour ça que je ne vous ai rien dit, monsieur Riad, un coup de feu qui lui a laissé la bouche fendue comme la vôtre, Zulema toute en sang, la chevelure ensanglantée, la chemise de nuit tachée de sang, la maison inondée de sang, et le boucan assourdissant des grillons, elle lui a monté dessus et n'en a fait qu'une bouchée, puis il s'est enfui comme un voleur, tout le monde en nage, les Indiens sont au courant de ce qui s'est passé, le lieutenant aussi le sait parfaitement, dites-lui de ne pas me toucher, de ne pas me tabasser, je vous jure que je n'ai pas entendu le coup de revolver, la balle lui est entrée par la bouche et lui a défoncé le palais, ce n'est pas moi qui l'ai tuée, je l'ai lavée et habillée pour que vous ne la voyiez pas dans cet état, le café est encore dans la tasse, je ne l'ai pas tuée, c'est elle qui s'est donné la mort, elle toute seule, dites-leur de me relâcher, que ce n'est pas moi, pas moi, pas moi...

– Je le sais, ma petite fille. Tais-toi, je t'en prie...

Et Riad Halabi me berçait, pleurant d'amertume et de compassion.

Mademoiselle Inès et mon patron soignèrent mes plaies et bosses à l'aide de compresses glacées et teignirent à l'aniline noire ma plus belle robe pour l'enterrement. Le lendemain, j'avais toujours de la fièvre et la figure tuméfiée, mais l'institutrice tint à m'habiller en grand deuil des pieds à la tête, avec bas noirs et voile sur la tête, comme le voulait la tradition, pour assister aux obsèques de Zulema qu'on avait repoussées au-delà des vingt-quatre heures réglementaires, le temps de chercher un médecin légiste pour procéder à l'autopsie. Il faut braver la médisance, décréta la maîtresse d'école. Le curé ne vint pas, de sorte qu'il fût bien clair qu'on avait affaire à un suicide et non à un crime, comme l'insinuaient les gardes civils. Par égards pour le Turc, et pour faire la nique au lieutenant, tout Agua Santa défila devant la tombe, chacun m'embrassant et me présentant ses condoléances comme si j'avais été en vérité la fille de Zulema, et non celle qu'on suspectait de l'avoir assassinée.

Quarante-huit heures plus tard, je me sentais déjà mieux et pus aider Riad Halabi à remettre de l'ordre dans la maison et au magasin. La vie reprit son cours, sans la moindre allusion à ce qui s'était passé et sans que les noms de Kamal et de Zulema fussent jamais cités, ce qui ne les empêchait pas de réapparaître l'un et l'autre parmi les ombres du jardin, dans les recoins des chambres, le clair-obscur de la cuisine, lui dans toute sa nudité, les yeux brûlants, elle intacte, blanche et potelée, sans la moindre tache de sperme ou de sang, comme vivant encore de mort naturelle.

En dépit des précautions de maîtresse Inès, la médisance ne faisait que grandir et gonfler comme sous l'effet d'un levain, et les mêmes qui, trois

mois plus tôt, étaient prêts à jurer de mon innocence se mirent à jacasser parce que je vivais seule
sous le même toit que Riad Halabi, sans être unie à
lui par des liens explicables. Quand les ragots,
passant par l'entrebâillement des fenêtres, se
furent introduits jusque dans la maison, ils avaient
déjà pris des proportions terrifiantes : le Turc et
cette gourgandine sont amants, ils ont tué le cousin
Kamal et jeté ses restes à la rivière pour que le
courant et les piranhas les fassent disparaître, c'est
pour cela que la pauvre épouse avait perdu la tête,
et ils l'ont assassinée à son tour pour rester en
tête-à-tête, et à présent ils passent leurs nuits et
leurs journées à se livrer à une bacchanale de
débauches sexuelles et d'hérésies musulmanes, le
pauvre homme n'y est d'ailleurs pour rien, c'est
cette diablesse qui lui a tourneboulé le cerveau.

– Je ne crois pas à ces couillonnades que colpor-
tent les gens, le Turc, mais il n'y a pas de fumée
sans feu. Il faut que je rouvre l'enquête, ça ne peut
pas continuer comme ça, menaça le lieutenant.

– Combien pour aujourd'hui ?

– Passe à mon bureau, nous en reparlerons.

Riad Halabi comprit alors que le chantage ne
connaîtrait jamais de fin et que la situation avait
atteint un point de non-retour. Rien ne serait plus
comme avant, le village allait nous rendre la vie
impossible, il n'était que temps de nous séparer. Il
me l'expliqua ce soir-là en pesant soigneusement
ses mots, assis dans le patio près de la fontaine
arabe, dans son impeccable goyavière de lin blanc.
Il faisait clair de lune, je pouvais distinguer ses
grands yeux tristes, deux olives mouillées, et songeai à tous les bons moments partagés avec cet
homme, que ce fût aux cartes ou aux dominos,
lors des après-midi consacrés à l'apprentissage de
l'alphabet, durant les projections du cinéma ambulant ou les heures passées ensemble à la cuisine à

mijoter des petits plats... J'en conclus que je l'aimais profondément, d'un amour éperdu de reconnaissance. Je sentis une insidieuse douleur me monter le long des cuisses, peser sur ma poitrine, finir par me brûler les paupières. Je m'approchai, contournai la chaise où il était assis, me plaçai contre le dossier et, pour la première fois en tant d'années passées sous le même toit, je m'enhardis à le toucher. Je posai mes deux mains à plat sur ses épaules, et mon menton sur le sommet de son crâne. Pendant un temps impossible à évaluer, il demeura sans bouger, puis, pressentant peut-être ce qui devait se produire, et y aspirant lui-même de tout son être, il sortit son pudique mouchoir et s'en couvrit la bouche. Non, pas ça, lui dis-je; je le lui arrachai et le jetai par terre, puis je refis le tour de la chaise et m'assis sur ses genoux, passant mes bras autour de son cou et le dévisageant sans ciller, tout contre lui. Il exhalait une odeur d'homme soigné, de chemise qu'on vient de repasser et de friction à la lavande. Je déposai un baiser sur sa joue rasée de frais, puis sur son front, sur ses mains brunes et solides. Aïaïaïe! ma petite fille, soupira Riad Halabi, et je sentis son haleine tiède déferler par mon encolure et se répandre par vagues sous mon corsage. Le plaisir me hérissa la peau et me durcit la pointe des seins. Je réalisai que jamais je ne m'étais trouvée aussi près d'un autre être, et qu'il y avait des siècles que je n'avais reçu aucune caresse. Je pris son visage entre mes mains, m'en approchai avec lenteur et l'embrassai longuement sur les lèvres, explorant le dessin singulier de sa bouche, tandis qu'une chaleur soudaine m'embrasait la moelle des os et me faisait frémir le ventre. Peut-être lutta-t-il un bref instant contre son propre désir, mais il eut tôt fait d'y céder pour entrer dans le jeu et m'explorer à son tour, portant notre excitation à un point tel que

272

nous dûmes nous écarter l'un de l'autre pour reprendre souffle.

– Personne ne m'avait encore embrassé sur la bouche, murmura-t-il.

– Moi non plus, lui dis-je, et je le pris par la main pour le conduire jusqu'à la chambre.

– Attends, ma petite fille, je ne veux pas te faire de tort...

– Depuis que Zulema est morte, je n'ai plus eu mes règles. C'est le choc, a dit la maîtresse... Elle pense que je ne pourrai pas avoir d'enfants, avouai-je en rougissant.

Nous restâmes toute la nuit ensemble. Riad Halabi avait passé sa vie à concevoir mille manières de faire sa cour avec un mouchoir sur le visage. C'était un homme attentif et délicat, soucieux de plaire et d'être accepté, aussi avait-il cherché toutes les façons possibles de faire l'amour sans mettre les lèvres à contribution. Il avait transformé ses mains et l'ensemble de son corps massif en instruments ultra-sensibles, capables de combler une femme consentante jusqu'à la transporter au septième ciel. Cette nuit était si décisive pour l'un comme pour l'autre qu'elle aurait pu tourner à quelque rituel empreint de gravité, mais elle se révéla au contraire pleine d'allégresse et même de franche hilarité. Nous pénétrâmes ensemble dans un espace singulier où le temps naturel était aboli et nous pûmes vivre ces heures somptueuses en totale intimité, sans penser à rien d'autre qu'à nous-mêmes, compagnons impudiques et batifoleurs, tout occupés à donner et à recevoir. Riad Halabi était aussi expert que prévenant, et il me dispensa tant de plaisir, cette nuit-là, que bien des années passèrent, bien des hommes passèrent aussi dans ma vie avant qu'il ne me soit donné d'éprouver à nouveau pareille plénitude. Il m'initia aux mille et une ressources de la féminité afin d'apprendre à ne jamais les galvauder. Je reçus avec gratitude le magnifique présent qu'il me faisait en me révélant mon corps, ma propre sensualité; je sus que j'étais née pour connaître cette sorte de jouissance, incapable désormais d'imaginer la vie sans Riad Halabi.

– Laisse-moi rester près de toi, le suppliai-je au petit matin.

– Je suis bien trop âgé pour toi, ma fille. Quand tu auras la trentaine, je serai devenu un vieux gâteux.

– Ça n'a pas d'importance. Profitons plutôt du temps que nous pouvons vivre ensemble.

– Jamais les ragots ne nous laisseraient en paix. Moi, ma vie est faite, alors que tu n'as pas encore commencé la tienne. Tu dois quitter ce village, prendre un autre nom, poursuivre tes études, et tirer un trait sur tout ce qui nous est arrivé. Tu pourras toujours compter sur moi, tu es pour moi plus qu'une fille...

– Je ne veux pas partir, je veux rester près de toi. Ne prête donc pas attention à ce que dégoisent les gens.

– Tu dois m'obéir, j'ai de bonnes raisons d'agir ainsi. Songe que je connais le monde beaucoup mieux que toi. Ils nous persécuteront jusqu'à nous rendre fous, et nous ne pouvons tout de même pas vivre enfermés, ce ne serait pas juste pour toi qui n'es encore qu'une enfant.

Puis, après une longue pause, Riad Halabi ajouta :

– Il y a une chose que je souhaitais te demander depuis plusieurs jours : sais-tu où Zulema a caché ses bijoux ?

– Oui.

– Parfait, ne me le dis pas. A présent, ils sont à toi, mais laisse-les là où ils sont, car tu n'en as pas encore besoin. Je te donnerai de quoi vivre à la capitale, afin que tu ailles à l'école et apprennes un métier qui te permettra de ne dépendre de personne, pas même de moi. Tu ne manqueras de rien, ma petite fille. Quant aux bijoux de Zulema, ils t'attendront et constitueront ta dot le jour ou tu te marieras.

– Je ne me marierai avec personne d'autre que toi; je t'en prie, ne me chasse pas.

– Je le fais parce que je t'aime plus que tout au monde, Eva. Un jour, tu comprendras.

– Jamais je ne le comprendrai! Jamais!

– Chut... Ne parlons pas de cela pour le moment, viens plutôt ici, il nous reste encore quelques heures...

Dans le courant de la matinée, nous nous dirigeâmes ensemble vers la place du village. Riad Halabi portait la valise de vêtements neufs qu'il avait préparée à mon intention, et je marchais en silence, tête haute, une lueur de défi dans le regard afin que nul ne se rendît compte que j'étais à deux doigts d'éclater en sanglots. C'était un jour comme les autres et, à cette heure, les gosses jouaient dans la rue, les commères d'Agua Santa avaient sorti leurs chaises sur le trottoir où elles trônaient, une cuvette au creux de leur jupe, à égrener le maïs. Implacables, les yeux du village nous suivirent jusqu'à l'arrêt de l'autocar. Nul ne m'adressa un signe d'adieu, pas même le lieutenant qui vint juste à passer par là à bord de sa jeep et qui, jouant jusqu'au bout son rôle, détourna la tête comme s'il n'avait rien remarqué.

– Je ne veux pas partir, suppliai-je une dernière fois.

– Ne rends pas les choses plus difficiles pour moi, Eva.

– Tu viendras me voir à la ville? Promets-moi que tu viendras bientôt et que nous referons l'amour.

– La vie est longue, ma petite fille, longue et pleine d'imprévu, on ne sait jamais ce qu'elle nous réserve.

– Embrasse-moi.

– Impossible, on nous regarde. Monte dans le car et n'en descends sous aucun prétexte avant d'être rendue à la capitale. Là-bas, tu prendras un taxi et te rendras à l'adresse que je t'ai indiquée, c'est une pension pour jeunes filles, maîtresse Inès a parlé au téléphone avec la directrice, tu y seras en sécurité.

Je l'aperçus encore à travers la baie, son mouchoir appliqué contre sa bouche.

Je reparcourus la même route que j'avais prise bien des années auparavant, sommeillant à bord de la camionnette de Riad Halabi. Défilèrent sous mes yeux les paysages saisissants de cette région, mais c'est à peine si je les entrevis, car j'avais le regard tourné au-dedans de moi, encore éblouie par la découverte de l'amour. Dès ce moment, je sus d'instinct qu'à chaque fois qu'il m'arriverait d'évoquer Riad Halabi, jusqu'à la fin de mes jours, mon sentiment de gratitude à son égard ne prendrait pas une ride, et tel a bien été le cas jusqu'ici. J'essayai néanmoins de mettre ces heures à profit pour me dégager des réminiscences langoureuses et pour procéder, la tête froide, à un bilan des années écoulées et à l'inventaire de mes possibilités. J'avais jusqu'alors vécu sous les ordres d'autrui, avide d'affection, sans autre futur que le lendemain, sans autre fortune que mes belles histoires. J'avais besoin de déployer en permanence des efforts d'imagination pour suppléer à tout ce dont j'avais manqué. Ma mère elle-même n'était qu'une ombre fugitive qu'il me fallait redessiner chaque jour pour ne pas la perdre dans les labyrinthes de la mémoire. Je me répétai l'une après l'autre les paroles prononcées au cours de la nuit précédente, et compris que vouloir à présent faire mon amant de cet homme que j'avais aimé cinq années durant comme un père constituait un impossible projet. Je contemplai mes mains meurtries par les travaux domestiques, me les passai sur le visage, palpant sous la peau la forme de mon crâne, j'enfouis mes doigts dans mes cheveux et, dans un soupir, me dis : ça suffit. Je me répétai à voix haute que c'en était assez, assez, assez. Puis je pris dans mon sac le papier où était inscrit le nom du pensionnat de jeunes filles, le froissai dans mon poing et le jetai par la baie vitrée.

Je débarquai à la capitale à un moment où y régnait une certaine confusion. En descendant du car avec ma valise, je jetai un coup d'œil autour de moi et remarquai des manèges pour le moins inquiétants : des policiers couraient en rasant les murs ou en zigzaguant entre les voitures en stationnement, et on entendait des coups de feu claquer tout près de là. Aux questions du chauffeur, les flics répondirent en hurlant que nous devions dégager les lieux, qu'un type était en train de tirer à la carabine du haut de l'immeuble du coin. Les passagers empoignèrent leurs bagages et s'égaillèrent précipitamment. Je les imitai, hébétée, ne sachant où diriger mes pas. Je ne reconnaissais pas la ville.

A la sortie de la gare routière, je sentis qu'il y avait quelque chose d'anormal dans l'air, l'atmosphère paraissait électrique, les gens fermaient portes et fenêtres, les commerçants baissaient le rideau de fer de leurs boutiques, les rues commençaient à se vider. Je voulus héler un taxi pour quitter ces lieux au plus vite, mais aucun ne s'arrêta et comme on ne voyait circuler aucun autre moyen de transport, je n'eus d'autre solution que de continuer à marcher avec mes souliers neufs qui me martyrisaient les pieds. J'entendis un ronflement de trombe et, levant les yeux, j'aperçus un hélicoptère tournoyant dans le ciel comme un gros taon égaré. Quelques personnes me croisèrent d'un pas pressé et je tentai de me renseigner sur ce qui se passait, mais nul ne le savait au juste : coup d'Etat, parvins-je seulement à saisir en guise d'explication. J'ignorais alors la signification de ces mots, mais l'instinct me commanda de ne pas rester sur place et je repris ma marche sans but précis, portant à la main ma valise qui se faisait de plus en plus lourde. Une demi-heure plus tard, je m'arrêtai devant un hôtel qui ne payait guère de mine et y entrai, ayant calculé que mes moyens me permettraient d'y séjourner un certain temps. Puis je me mis en quête d'un travail.

Tous les matins, je partais l'espoir au cœur, et rentrais tous les après-midi exténuée. Après avoir parcouru les petites annonces des journaux, je me présentais partout où on demandait du personnel, mais, au bout de quelques jours, je compris qu'à moins d'être disposée à danser toute nue ou à faire des amabilités aux clients d'un bar, je n'avais de chances que d'être employée comme servante, et ça, j'en avais eu mon compte. Je traversai quelques moments de désespoir où je fus sur le point de décrocher le téléphone et d'appeler Riad Halabi, mais je me retins. Finalement, le propriétaire de l'hôtel, toujours assis dans sa loge, ayant remarqué mes allées et venues, devina quelle était ma situation et s'offrit à m'aider. Il m'expliqua que, sans lettre de recommandation, on avait le plus grand mal à trouver un emploi, surtout en cette période de vive agitation politique, et il me remit une carte à l'intention d'une de ses amies. En arrivant à l'adresse indiquée, je reconnus les parages de la rue de la République et ma première impulsion fut de rebrousser chemin, mais, en y réfléchissant à deux fois, je me dis qu'il ne coûtait rien de se renseigner. Je n'eus cependant pas le temps de trouver l'entrée de l'immeuble : prise dans une manifestation de rue, je me sentie entraînée par plusieurs jeunes courant à mes côtés dans la direction de la petite place jouxtant l'église des Séminaristes. Les étudiants brandissaient le poing, vociféraient, clamaient des slogans, avec moi au milieu d'eux qui ne comprenais toujours rien à ce qui se passait. Un garçon s'époumonait, accusant le gouvernement d'être vendu à l'impérialisme et de trahir le peuple, deux manifestants escaladèrent le portail de l'église pour y suspendre un drapeau, tandis que les autres hurlaient en chœur : le fascisme ne passera pas! le fascisme ne passera pas! Sur ces entrefaites débloqua un détachement de militaires, distribuant à profusion coups de crosse et coups de feu. Je pris mes jambes à mon cou, en quête de quelque refuge où attendre que s'apaisent le désordre régnant sur la place et le rythme de ma respiration. Je remarquai alors que la porte latérale de l'église était entrouverte et, sans marquer la moindre hésitation, je me faufilai à l'intérieur. Les bruits du dehors parvenaient encore jusque-là, mais amortis, comme si les événements s'étaient déroulés à une époque révolue. Je me laissai choir sur le banc le plus proche et sentis aussitôt s'abattre sur moi toute la fatigue accumulée au cours de ces dernières journées, posai mes pieds sur la barre transversale et calai ma tête contre le dossier. La paix régnant en ces lieux me rasséréna, je me sentais bien dans ce havre ombreux bordé de colonnes et de saints immobiles, plein de silence et de fraîcheur. Je songeai à Riad Halabi, j'aurais voulu être près de lui comme en chaque fin de journée, tout au long de ces années passées, assis côte à côte au jardin à l'heure du coucher du soleil. Ce souvenir de notre amour me fit frémir et je le chassai aussitôt. Plus tard, remarquant que les échos de la rue s'étaient estompés et que les vitraux laissaient filtrer un jour plus faible, je calculai qu'il devait s'être écoulé pas mal de temps et jetai un regard circulaire dans l'église. C'est alors que j'aperçus, assise sur un autre banc, une femme si belle que je la pris fugitivement pour quelque apparition divine. Elle se retourna et m'adressa un petit signe amical.

— Toi aussi, tu as été prise dans ce chahut? me demanda la splendide inconnue d'une voix caverneuse, en s'approchant pour s'asseoir à mes côtés. Des troubles ont éclaté un peu partout, on dit que les étudiants se sont retranchés dans l'Université et que plusieurs régiments se sont mutinés; ce pays est un sac d'embrouilles, et j'ai bien peur que la démocratie ne fasse long feu.

Je la contemplai avec émerveillement, détaillant sa silhouette d'animal de course, ses doigts fuselés, ses yeux pathétiques, le dessin classique de son nez et de son menton, et j'eus l'impression de l'avoir déjà rencontrée auparavant, ou du moins de l'avoir déjà vue en songe. Elle aussi me dévisagea avec un sourire dubitatif sur ses lèvres peintes.

— Je t'ai déjà vue quelque part...

— Je crois bien que moi aussi.

— Tu n'es pas la petite fille qui savait raconter tant d'histoires... Eva Luna?

— Si.

— Tu ne me reconnais pas? Je suis Melecio.

— Ça n'est pas possible... Que t'est-il donc arrivé?

— Tu sais ce que c'est que la réincarnation? C'est comme de naître une seconde fois. Disons que je me suis réincarnée.

J'effleurai ses bras nus, ses bracelets d'ivoire, une boucle de sa chevelure, en proie à une émotion aussi vive que si je m'étais retrouvée devant un personnage surgi de ma propre imagination. Melecio, Melecio – son nom remonta du plus profond de moi-même avec le lot de merveilleux souvenirs attachés à cette créature depuis l'époque de la Madame. Je vis des larmes noirâtres mêlées de maquillage couler le long de ce parfait visage, je l'attirai pour l'embrasser, d'abord timidement, puis avec une joie débordante : Melecio, Eva, Melecio...

– Ne m'appelle plus comme ça, désormais mon nom est Mimi.

– Il me plaît, il te va bien.

– Comme nous avons changé, toutes les deux ! Ne fais pas ces yeux-là, je ne suis pas un pédé, mais un transsexuel.

– Un quoi ?

– Je suis né homme par erreur, à présent je suis femme.

– Comment as-tu fait ?

– Dans la douleur. J'ai toujours su que je n'étais pas comme les autres, mais c'est en prison que j'ai décidé de forcer la main à la nature. Cela tient du miracle que nous nous soyons rencontrées... et justement dans une église ! Cela faisait au moins vingt ans que je n'étais plus entrée dans une église ! s'esclaffa Mimi en séchant ses dernières larmes.

Melecio avait été arrêté au cours de la Révolte des Putes, mémorable tapage public qu'il avait lui-même déclenché avec sa malencontreuse missive au ministre de l'Intérieur sur la corruption de la police. Celle-ci avait investi le cabaret où il travaillait et, sans lui laisser le temps de passer des vêtements de ville, l'avait embarqué avec son bikini en fausses perles et diamants en toc, sa traîne en plumes d'autruche roses, sa perruque blonde et ses escarpins argentés. Son apparition à la caserne avait déchaîné une tornade de ricanements et d'insultes ordurières, on l'avait tabassé dans les grandes largeurs avant de le placer une quarantaine d'heures dans la cellule des condamnés les plus dangereux. Puis on l'avait remis aux mains d'un psychiatre qui était en train d'expérimenter un traitement de l'homosexualité par persuasion émétique. Six jours et six nuits durant, il l'avait soumis à toute une série de drogues qui l'avaient laissé à demi mort, tout en lui présentant des photos d'athlètes, de danseurs et de mannequins mâles, convaincu de susciter ainsi chez lui un réflexe conditionné de répulsion vis-à-vis des gens de son sexe. Au sixième jour, en dépit de son tempérament d'ordinaire si pacifique, Melecio était sorti de ses gonds, avait attrapé le médecin par la peau du cou et s'était mis à le mordre comme une hyène, et il l'eût étranglé de ses propres mains si on ne le lui avait retiré à temps. On en déduisit qu'il avait développé un syndrome de répulsion vis-à-vis du psychiatre en personne, on le qualifia d'incurable et on l'expédia à Santa Maria où échouaient les délinquants sans espoir de passer en jugement et les prisonniers politiques qui avaient survécu aux interrogatoires. Fondé sous la dictature du Bienfaiteur, modernisé sous celle du Général avec des grilles toutes neuves et des cellules supplémentaires, le pénitencier avait une capacité de trois cents détenus, mais il s'en entassait alors plus d'un millier et demi. Melecio fut transféré à bord d'un appareil militaire jusqu'à un village fantôme qui avait connu la prospérité au temps de la ruée vers l'or et qui agonisait depuis l'apogée du pétrole. De là, attaché comme une bête, on le conduisit en fourgonnette, puis à bord d'une vedette, jusqu'à l'enfer où il devait moisir jusqu'à la fin de ses jours. Il mesura du premier coup d'œil l'ampleur de son infortune. Un mur d'enceinte d'environ un mètre cinquante de haut était surmonté de gros barreaux derrière lesquels les prisonniers pouvaient contempler l'immuable moutonnement vert de la végétation et l'eau jaunâtre du fleuve. Liberté, liberté! jaillirent leurs supplications quand ils virent s'approcher le véhicule du lieutenant Rodriguez, accompagnant la nouvelle fournée de détenus pour procéder à son inspection trimestrielle. Les lourds battants métalliques s'ouvrirent et ils s'avancèrent jusqu'au tout dernier district, où les accueillit une foule hurlante. On expédia directement Melecio au pavillon des homosexuels, où les gardiens le mirent aux enchères parmi les caïds. Dans son malheur, il eut encore de la veine, car on le laissa là, au Harem, où une cinquantaine de délinquants privilégiés s'étaient constitué un domaine bien à eux et s'étaient organisés pour survivre.

– A l'époque, je n'avais pas encore entendu parler du Maharishi et je ne bénéficiais d'aucune aide spirituelle, dit Mimi en frissonnant à cette évocation et en sortant de son sac à main une image en couleur où apparaissait un barbu en robe de prophète, entouré de symboles astraux. Si j'ai échappé à la folie, c'est que j'étais sûre que la Madame ne me laisserait jamais tomber. Tu te souviens d'elle? C'est une amie fidèle, elle n'a eu de cesse de se démener jusqu'à me faire libérer, elle a passé des mois à graisser la patte aux juges, à mettre en branle ses relations au sein du gouvernement, elle est même allée trouver le Général en personne pour me faire sortir de là-bas.

Lorsqu'il quitta Santa Maria, un an plus tard, Melecio n'était plus que l'ombre de lui-même. Le paludisme et la faim lui avaient fait perdre vingt kilos, une infection rectale l'obligeait à marcher plié en deux comme un vieillard, et l'épreuve de la violence avait rompu les digues séparant ses émotions : il pouvait passer sans transition aucune des larmes au rire le plus hystérique. Lors de sa remise en liberté, il ne put croire à ce qui était en train de lui arriver, persuadé qu'il ne s'agissait que d'un stratagème visant à l'accuser de tentative de fuite pour mieux lui tirer dans le dos, mais il se trouvait si affaibli qu'il se résigna à son sort. On lui fit repasser le fleuve en vedette, puis on le ramena en voiture jusqu'au village fantôme. Descends, pédé ! – ses gardes le poussèrent, il tomba à genoux dans la poussière ambrée et resta là à attendre le coup de grâce, mais rien ne vint. Il entendit le bruit du moteur s'éloigner, leva les yeux et se retrouva en présence de la Madame qui, sur l'instant, ne le reconnut pas. Elle l'attendait avec un petit avion privé qu'elle avait loué, et le transporta directement jusqu'à une clinique de la capitale. Au cours de cette année-là, elle avait fait le plein d'argent grâce à la traite des putes par voie maritime, et elle consacra à Melecio tout ce qu'elle avait mis de côté.

– C'est grâce à elle que je suis encore en vie, me raconta Mimi. Elle a dû quitter le pays. S'il n'y avait ma *mamma*, je me ferais faire un passeport à mon nouveau nom de femme, et je partirais vivre avec elle.

La Madame n'avait pas émigré de son propre gré, mais pour fuir la justice, à la suite du scandale provoqué par la révélation que vingt-cinq jeunes filles avaient trouvé la mort sur un bateau à destination de Curaçao. J'en avais entendu parler à la radio, deux ans auparavant, chez Riad Halabi, et j'avais gardé souvenir de cette affaire, mais jamais je n'aurais songé qu'il était question de la dame à l'imposant pétard chez qui m'avait jadis laissée Huberto Naranjo. Les cadavres étaient ceux de filles de la Dominique et de Trinidad, embarquées clandestinement dans une cache hermétiquement close où le volume d'air leur permettait tout juste de rester enfermées une douzaine d'heures. Par suite de complications administratives, elles étaient demeurées deux jours d'affilée dans les soutes du bateau. Avant le départ, les filles recevaient un acompte en dollars, et la promesse d'un emploi sûr. Cet aspect de l'affaire était du ressort de la Madame, qui s'en acquittait jusqu'au bout avec honnêteté, mais, sitôt arrivées à destination, on leur confisquait leurs papiers et les mettait à tapiner dans les lupanars de bas étage où elles se retrouvaient piégées par les menaces et l'endettement. Accusée d'être à la tête du réseau de traite des putes pour tout l'archipel des Caraïbes, la Madame avait failli moisir en prison jusqu'à la fin de ses jours, mais ses puissantes relations lui étaient de nouveau venues en aide et, nantie de faux papiers, elle avait pu s'éclipser à temps. Elle avait alors passé un an ou deux à vivre de ses rentes, essayant de ne point trop se faire remarquer, mais son esprit inventif avait besoin d'une soupape d'échappement et elle avait fini par monter une affaire d'accessoires sado-masochistes dont le succès fut tel que, des quatre points cardinaux, affluaient les commandes pour ses ceintures de chasteté pour messieurs, ses martinets à sept queues, ses colliers de chien méchant à usage humain, entre cent autres instruments d'humiliation.

— Il va faire nuit, il vaut mieux nous en aller, dit Mimi. Où vis-tu ?

— Pour le moment, à l'hôtel. Je viens seulement d'arriver, j'ai passé ces dernières années à Agua Santa, un trou perdu.

— Viens donc habiter chez moi, je vis toute seule.

— Je crois qu'il me faut trouver moi-même mon chemin.

— La solitude n'est bonne pour personne. Allons

chez moi, et quand tout ce raffut sera terminé, tu aviseras ce qui te convient le mieux – fit Mimi en se regardant dans un miroir de poche et en retouchant son maquillage, quelque peu altéré par les vicissitudes de cette journée.

L'appartement de Mimi se trouvait à proximité de la rue de la République dont on apercevait l'éclat jaunâtre des lampadaires, rouge des enseignes. Les quelque deux cents mètres naguère dédiés à une débauche bon enfant s'étaient mués en un labyrinthe de néons et de matière plastique, conglomérat d'hôtels, de bars, de caboulots et de bordels de tous acabits. Mais s'y dressaient également l'Opéra, le meilleur restaurant français de la ville, le Séminaire et plusieurs immeubles résidentiels, car dans la capitale comme sur le reste du territoire, tout était désormais pêle-mêle. Dans les mêmes quartiers, les demeures seigneuriales jouxtaient les plus misérables bicoques, et chaque fois que les nouveaux riches tentaient de s'installer dans un lotissement réservé, l'année ne s'achevait pas sans qu'ils se retrouvassent encerclés par les baraques des nouveaux pauvres. Cette démocratie urbaniste valait pour d'autres domaines de la vie nationale, et c'est ainsi qu'on avait parfois quelque peine à faire la différence entre un ministre et son chauffeur, tous deux paraissant de la même extraction sociale, portant des costumes similaires et se traitant l'un l'autre sans façon, ce qui pouvait passer à première vue pour un mépris des bonnes manières, mais exprimait plutôt, au fond, un sens affirmé de leur dignité respective.

– J'aime ce pays, avait déclaré un jour Riad Halabi, assis dans la cuisine de maîtresse Inès.

Riches et pauvres, Noirs et Blancs : une seule classe, un même peuple. Chacun se sent propriétaire du sol qu'il foule, il n'y a ni hiérarchie ni protocole, nul n'est supérieur à l'autre par la naissance ou la fortune. Je viens d'une terre bien différente : chez moi, on ne compte pas les castes et les règles, l'homme naît et meurt toujours à la même place.

– Ne vous laissez pas prendre aux apparences, lui avait objecté maîtresse Inès. En fait de couches sociales, ce pays est un véritable millefeuille.

– Peut-être, mais n'importe qui a la possibilité de monter ou de descendre, il lui est loisible d'être millionnaire, président ou clochard, selon son goût de l'effort, sa chance et les desseins d'Allah.

– Quand a-t-on vu un Indien riche ? un Noir général ou banquier ?

L'institutrice avait raison, mais personne ne voulait admettre que la race eût quelque chose à voir là-dedans, tout un chacun se glorifiant d'être métis. Les immigrants en provenance des quatre coins de la planète se fondaient à leur tour dans la masse sans rencontrer de préjugés, et, au bout de deux générations, les Chinois eux-mêmes ne pouvaient plus prétendre être de purs Asiatiques. Seule l'ancienne oligarchie remontant à une époque antérieure à l'Indépendance se distinguait par le type et la couleur de peau, mais ses membres n'y faisaient jamais la moindre allusion entre eux, c'eût été d'un impardonnable mauvais goût dans une société apparemment si fière de son sang mêlé. En dépit de son passé colonial, de ses dictateurs militaires et de ses tyrans civils, c'était bien la terre promise, le pays de la liberté dont dissertait Riad Halabi.

– Ici, l'argent, la beauté ou le talent ouvrent toutes les portes, m'expliqua Mimi.

– A défaut des deux premiers, la peine que je me

donne à raconter des histoires est peut-être un cadeau du Ciel...

En fait, je n'étais pas persuadée que ce talent pût trouver une quelconque application pratique, il ne m'avait jusqu'alors servi qu'à colorer un peu la vie et à me transporter en d'autres mondes quand la réalité me devenait insupportable; l'activité de conteur me semblait un métier périmé par les progrès de la radio, de la télévision et du cinéma, je croyais dur comme fer que tout ce qui se transmettait sur les ondes ou se projetait sur écran était véridique, alors que mes propres récits n'étaient presque toujours qu'un tas d'affabulations dont j'étais la première à me demander d'où je pouvais les sortir.

– Si c'est là ce que tu aimes faire, inutile d'aller chercher ailleurs.

– Mais personne ne paie pour écouter des histoires, Mimi, et il faut bien que je gagne ma vie!

– Peut-être finiras-tu par trouver quelqu'un qui paie pour ça. Il n'y a d'ailleurs pas le feu : tant que tu resteras avec moi, tu ne manqueras de rien.

– Je ne veux pas être une charge pour toi. Riad Halabi me disait que la liberté commence avec l'indépendance économique.

– Tu auras vite fait de te rendre compte que la charge, c'est moi. J'ai davantage besoin de toi que tu n'as besoin de moi, je suis une femme bien seule...

Je restai avec elle cette nuit-là, la suivante et encore celle d'après, et ainsi pendant plusieurs années que je mis à profit pour extirper de mon cœur l'impossible amour que je portais à Riad Halabi, achever de devenir femme et apprendre à tenir le gouvernail de mon existence, certes pas toujours de la façon la plus stylée, mais on m'accordera qu'il me fut souvent imparti de naviguer en eaux troubles.

On m'avait tant de fois ressassé que naître femme était la pire des guignes, que j'eus quelque peine à comprendre les efforts déployés par Melecio pour en devenir une. Je ne voyais vraiment pas l'avantage qu'il pouvait en tirer, mais tel était son désir et, pour le satisfaire, il était prêt à subir toutes sortes de supplices. Sous la direction d'un praticien spécialisé dans ce genre de métamorphoses, il avait ingéré des hormones capables de transformer un éléphant en oiseau migrateur, il avait éliminé ses poils à coups d'épilations électriques, s'était flanqué des seins et des fesses en silicone, et injecté de la paraffine là où il estimait nécessaire d'en mettre. Le résultat était troublant, c'est le moins qu'on puisse dire. Nue, on se trouvait en présence d'une amazone à la superbe poitrine et à la peau de bébé, mais dont le pubis culminait en attributs masculins qui, pour être quelque peu atrophiés, n'en était pas moins parfaitement perceptibles.

– Il me manque encore une opération, me dit Mimi. La Madame a appris qu'à Los Angeles on fait des miracles, qu'ils peuvent là-bas me transformer pour de bon en femme, mais ils en sont encore au stade expérimental, et, par-dessus le marché, ça coûte les yeux de la tête.

Pour elle, le sexe était ce qu'il y avait de moins intéressant dans la féminité; d'autres choses l'attiraient bien davantage : les robes, les parfums, les étoffes, les parures, les cosmétiques. Son plaisir, elle le trouvait dans le crissement des bas quand elle croisait les jambes, dans l'imperceptible froufroutement de sa lingerie, la caresse de sa chevelure sur ses épaules. A l'époque, elle aurait aimé avoir un compagnon pour le choyer, le servir, qui lui aurait offert sa protection et prodigué une affection durable, mais la chance ne lui avait guère souri. Elle se trouvait reléguée dans les limbes de l'androgynie. La prenant pour un travesti, d'aucuns lui faisaient des approches, mais elle se refusait à ces relations équivoques, elle se considérait comme une vraie femme et recherchait les hommes virils; de leur côté, ceux-ci avaient beau se laisser fasciner par sa beauté, ils n'osaient se montrer avec elle, de peur d'être traités de pédérastes. Il n'en avait pas manqué pour la courtiser et la séduire à seule fin de voir comment elle était, une fois nue, et comment elle s'y prenait pour faire l'amour; ils trouvaient particulièrement excitant d'enlacer un monstre aussi admirable. Sitôt qu'un amant faisait irruption dans sa vie, tout gravitait autour de lui, elle se transformait en esclave prête à satisfaire ses pires lubies, pour se faire pardonner de n'être manifestement pas une femme à part entière. En de pareilles circonstances, quand je la voyais sombrer et se vautrer dans la soumission, je tentais de la prémunir contre sa propre folie, je la raisonnais, essayant peu à peu de la dégager de cette passion dangereuse. Tu es jalouse, fiche-moi la paix, s'irritait alors Mimi. Presque toujours, l'élu de son cœur était du genre redresseur de torts, celui que se donnent les petits julots rouleurs de mécaniques; il restait quelques semaines à vivre à ses crochets, perturbant l'existence réglée de son intérieur, imprégnant l'air des relents de son passage et causant tant de chambardement que j'en perdais ma bonne humeur et menaçais à plusieurs reprises de transporter mes pénates ailleurs. Mais ce que Mimi avait de plus sain en elle finissait par se rebiffer, elle parvenait à dominer ses sentiments et à mettre son bourreau à la porte. Parfois, la rupture était violente; d'autres fois, c'était lui qui, sa curiosité satisfaite, finissait par se lasser et s'en aller, et elle s'écroulait alors sur son lit, malade de désespoir. Jusqu'à ce qu'elle s'amourachât de nouveau, nous retrouvions toutes deux, pour un temps, nos petites habitudes. Je veillais à ce que Mimi prît ses hormones, ses somnifères et ses vitamines; elle s'occupait de mon éducation, de mes cours d'anglais, de mes livres, de l'auto-école, et elle collectait des histoires dans la rue pour me les rapporter en cadeau. La souffrance, l'humiliation, la peur et la maladie l'avaient profondément marquée, réduisant en miettes l'illusion de ce monde cristallin où elle aurait aimé vivre. Ce n'était pas une ingénue, bien que jouer à le paraître fît partie de ses artifices de séduction; mais aucune douleur, aucune violence n'était parvenue à entamer son être le plus intime.

J'ai l'impression que moi non plus, je n'avais pas beaucoup de chance en amour, même si les hommes n'étaient pas rares à me tourner autour. De temps en temps, je succombais à quelque passion absolue qui m'électrisait jusqu'à la moelle des os. Alors je n'attendais pas que l'autre eût fait le premier pas, je prenais l'initiative, essayant de recréer à chaque nouvelle étreinte l'extase partagée naguère avec Riad Halabi, mais le résultat n'était pas à la hauteur. Un certain nombre se défilèrent, peut-être quelque peu effrayés par mon audace, pour me débiner ensuite dans leurs conversations entre amis. Pour ma part, je me sentais libre, convaincue de ne pas risquer de tomber enceinte.

— Tu devrais aller consulter un médecin, insistait Mimi.

— Ne te fais pas de soucis, je me porte à merveille. Tout rentrera dans l'ordre le jour où je cesserai de rêver de Zulema.

Mimi collectionnait les boîtes en porcelaine, les animaux en peluche, les poupées, les coussins qu'elle brodait à ses moments de loisirs. Sa cuisine ressemblait à un rayon d'articles ménagers et elle les utilisait tous, aimant confectionner des petits plats, bien qu'elle fût elle-même végétarienne et s'alimentât comme un lapin. Elle considérait la viande comme un poison mortel, conformément aux nombreux enseignements du Maharishi dont le portrait trônait au salon et dont la philosophie guidait sa vie. C'était un souriant grand-père au regard liquide, un savant homme que l'illumination divine avait touché par le biais des mathématiques. Ses calculs lui avaient démontré que l'univers – et à plus forte raison les créatures qui le peuplaient – était réglé par le pouvoir des nombres, bases de la connaissance cosmogonique depuis Pythagore jusqu'à nos jours. Il avait été le premier à mettre la science des nombres au service de la futurologie. Le gouvernement l'avait même appelé une fois en consultation à propos de certaines affaires d'Etat, et Mimi s'était trouvée dans la foule qui l'avait accueilli à l'aéroport. Avant de le voir s'engouffrer dans la limousine officielle, elle avait pu toucher le bord de sa robe.

– L'homme aussi bien que la femme – il n'y a pas de différence entre eux sur ce plan-là – sont des modèles réduits de l'univers, tout événement à l'échelle des astres s'accompagne par conséquent de manifestations au niveau humain, et chaque individu est ainsi en relation avec un ordre planétaire donné, conforme à la configuration élémentaire qui lui est associée depuis le jour où ses poumons ont inhalé un premier souffle de vie, récita Mimi d'une traite, sans reprendre sa respiration. Tu as compris ?

– Parfaitement, lui certifiai-je.

Et il est vrai qu'à compter de ce jour nous n'avons jamais eu de problèmes : quand rien d'autre ne marche, nous communiquons entre nous dans le langage des astres.

CHAPITRE NEUF

LES filles de Burgel et Rupert tombèrent simultanément enceintes, éprouvèrent de conserve les malaises propres à la gestation, s'arrondirent comme un duo de nymphes de la Renaissance et donnèrent le jour à leurs premiers-nés à quelques jours d'intervalle. Les petits étant venus au monde exempts de tares visibles, les grands-parents poussèrent un profond soupir de soulagement et fêtèrent l'événement par un fastueux double baptême dans lequel ils dilapidèrent une bonne part de leurs économies. Les mamans ne purent attribuer la paternité de leurs mouflets à Rolf Carlé, comme elles en éprouvaient peut-être le secret désir, car les nouveau-nés fleuraient bon la cire, et cela faisait plus d'un an qu'elles n'avaient pas eu le plaisir de batifoler en sa compagnie, non par mauvais vouloir de leur part, mais parce que les maris s'étaient révélés beaucoup plus dégourdis que prévu et leur avaient laissé peu d'occasions de se retrouver seules avec lui. A chacune des visites sporadiques de Rolf Carlé, son oncle, sa tante et les deux jeunes mères de famille l'accablaient de leurs cajoleries, et les fabricants de bougies le comblaient ostensiblement d'égards, mais sans le quitter un instant des yeux, de sorte que, pour raison de force majeure, les prouesses érotiques étaient passées au second plan.

Pourtant, de temps à autre, les trois cousins parvenaient à s'éclipser vers quelque pinède ou dans une chambre inoccupée de la pension et à se payer ensemble une franche rigolade en souvenir du bon vieux temps.

Les années passant, les deux jeunes femmes eurent d'autres enfants et s'installèrent dans leur rôle d'épouses, mais sans se départir de cette fraîcheur qui avait tant séduit Rolf Carlé lorsqu'il les avait vues pour la première fois. L'aînée resta toujours aussi joviale et chahuteuse, usant d'un vocabulaire de flibustier et capable d'ingurgiter cinq chopes de bière d'affilée sans perdre son quant-à-soi. La cadette garda ce brin de coquetterie qui la rendait si pimpante, même si le teint de pêche de son adolescence avait quelque peu terni. L'une comme l'autre continuèrent d'exhaler cette odeur de cannelle, de clou de girofle, de vanille et de citron dont la simple évocation suffisait à embraser l'âme de Rolf, ainsi qu'il lui était parfois arrivé à des milliers de kilomètres de distance, se réveillant en sursaut en pleine nuit avec l'impression qu'elles étaient au même moment en train de rêver de lui.

De leur côté, Burgel et Rupert prirent peu à peu de la bouteille, tout en élevant leurs chiens et en flanquant des crampes d'estomac aux touristes avec leurs préparations culinaires peu banales; sans cesser pour autant de se chamailler pour des broutilles, ils s'aimaient gaillardement, de plus en plus charmants. Tant d'années de vie commune avaient gommé leurs différences et, au fil du temps, ils avaient fini par se ressembler de corps et d'esprit, jusqu'à avoir l'air de deux jumeaux. Pour amuser leurs petits-enfants, Burgel se collait parfois sous le nez une grosse moustache de brins de laine et enfilait les effets de son mari, tandis que lui-même s'attifait d'un soutien-gorge bourré de chiffons et d'une jupe appartenant à son épouse, suscitant parmi les enfants de joyeux quiproquos. Le règlement de la pension s'était relâché, et nombre de couples irréguliers faisaient le déplacement jusqu'à la Colonie pour passer une nuit dans ce gîte, car l'oncle et la tante n'ignoraient pas qu'il n'est rien de meilleur que l'amour pour conserver le bois en état, et qu'eux-mêmes n'avaient plus la même ardeur qu'autrefois, en dépit des énormes portions de ragoût aphrodisiaque dont ils faisaient leur ordinaire. Ils accueillaient les tourtereaux avec sympathie, sans poser de questions sur leur situation au regard de l'état civil, ils leur donnaient les meilleures chambres et leur servaient de délicieux petits déjeuners, enchantés par ces entorses aux interdits qui favorisaient la bonne santé de leur artisanat et celle de leurs meubles.

A cette époque, la situation politique s'était stabilisée après que le gouvernement eut étouffé une tentative de putsch et fut parvenu à juguler les tendances chroniques à la subversion d'une poignée de militaires. Le pétrole continuait de jaillir de terre comme un intarissable torrent de richesses, assoupissant les consciences et incitant à remettre tous les problèmes à un hypothétique lendemain.

Entre-temps, Rolf Carlé était devenu un fameux globe-trotter. Il avait réalisé plusieurs documentaires qui avaient rendu son nom célèbre bien au-delà des frontières nationales. Il avait arpenté tous les continents et parlait couramment quatre langues. Monsieur Aravena, promu directeur de la Télévision nationale depuis la chute de la dictature, partisan d'émissions vivantes et audacieuses, l'envoyait chercher l'information à la source. Il le considérait comme le meilleur reporter de son équipe et, en son for intérieur, Rolf n'en disconvenait pas. Les dépêches d'agence déforment les faits, fiston, lui disait Aravena, il vaut toujours mieux aller y voir de ses propres yeux. C'est ainsi que Carlé avait filmé des catastrophes, des guerres, des prises d'otages, des procès, des couronnements de rois, des conférences au sommet, entre autres événements qui l'avaient tenu éloigné du pays. A certains moments, quand il se retrouvait enlisé jusqu'aux genoux dans un marécage vietnamien, ou forcé d'attendre pendant des jours dans un trou en plein désert, à demi mort de soif, la caméra sur l'épaule, la mort dans son dos, le souvenir de la Colonie ramenait un sourire sur ses lèvres. Pour lui, ce village de contes de fées juché sur un sommet perdu d'Amérique du Sud constituait un sûr refuge où son esprit pouvait toujours trouver la paix. C'est là qu'il s'en revenait quand il se sentait ployer sous les atrocités du monde, pour s'allonger à l'ombre des arbres et contempler le ciel, se rouler par terre en compagnie de ses neveux et des chiens, s'asseoir en fin de journée à la cuisine pour regarder sa tante touiller le contenu des marmites, son oncle régler le mécanisme d'une pendule. Là, il donnait libre cours à sa vanité en éberluant la famille par le récit de ses aventures. Mais s'il ne s'autorisait qu'avec eux ces innocentes vantardises, c'est qu'au fond il se savait pardonné d'avance.

La nature de son travail l'avait empêché de créer un foyer, ainsi que sa tante Burgel l'en pressait avec de plus en plus d'insistance. Il ne s'éprenait plus avec la même facilité qu'à vingt ans et commençait à se faire à l'idée de la solitude, convaincu qu'il aurait beaucoup de mal à trouver la femme idéale, tout en ne se demandant jamais si lui-même remplirait les conditions requises par elle dans l'improbable cas où cette créature parfaite surgirait sur son chemin. Il connut deux ou trois coups de foudre qui se conclurent en déceptions, quelques amies fidèles en diverses capitales, qui l'accueillaient avec la plus grande gentillesse quand d'aventure il passait par là, et des conquêtes en nombre suffisant pour assouvir son amour-propre, mais les passades le laissaient désormais froid et il commençait à tirer sa révérence dès le premier baiser. C'était devenu un homme aux yeux en alerte cernés de fines ridules, à la peau hâlée semée de taches de rousseur. Le fait d'avoir assisté aux premières loges à tant d'événements violents ne l'avait point endurci, il pouvait encore succomber aux émois de l'adolescence, la tendresse le faisait toujours fondre, et si les cauchemars d'antan le poursuivaient encore de temps à autre, s'y mêlaient à présent des rêves heureux de cuisses roses et de jeunes chiots. Tenace, il ne tenait pas en place et ignorait la fatigue. Il souriait souvent et avec un tel air de sincérité qu'il se faisait partout des amis. Derrière l'œilleton de la caméra, il n'était cependant plus le même, plus rien ne comptait que l'image à capter, quel que fût le risque.

C'est par un après-midi de septembre, à un coin de rue, que je rencontrai Huberto Naranjo. Il rôdait dans les parages, espionnant à distance une fabrique d'équipements militaires. Il était descendu à la capitale pour s'approvisionner en armes et en godillots – que peut faire en montagne un homme sans brodequins? – et, par la même occasion, convaincre ses chefs de la nécessité de changer de stratégie, car les Forces armées étaient en train de décimer ses gars. Barbe rasée et cheveux courts, vêtu d'un costume de ville, il tenait à la main une discrète mallette. Rien de commun, chez lui, avec les affiches offrant une récompense pour la capture d'un barbu à béret noir qui, du haut des murs, considérait avec défi les passants. La prudence la plus élémentaire voulait que, même s'il venait à tomber nez à nez avec sa propre mère, il devait passer son chemin comme s'il ne l'avait point remarquée, mais j'avais surgi devant lui à l'improviste, et peut-être avait-il alors relâché sa vigilance. Il prétendit qu'il m'avait vue traverser la rue et reconnue aussitôt à mes yeux, bien qu'il ne me restât pour ainsi dire plus rien de la fillette qu'il avait laissée chez la Madame, il y avait de cela des années, afin qu'elle en prît soin comme de sa propre sœur. Il n'avait eu qu'à tendre la main pour m'empoigner par un bras. Je m'étais retournée avec frayeur, et c'est alors qu'il avait murmuré mon nom. Je tentai de me remémorer où je l'avais déjà rencontré, mais cet homme à l'aspect de fonctionnaire, malgré sa peau tannée par les intempéries, ne ressemblait en rien à l'adolescent au toupet gominé et aux bottes à talonnettes semées de rivets argentés qui avait été le héros de mon enfance et le personnage principal de mes rêveries amoureuses. C'est alors qu'il commit sa seconde imprudence :

– Je suis Huberto Naranjo...

Je lui tendis la main, ne trouvant sur l'instant d'autre façon de le saluer, et à l'un comme à l'autre le rouge monta aux joues. Nous restâmes au coin de la rue à nous dévisager, stupéfaits, nous avions plus de sept longues années à nous raconter, mais nous ne savions par quel bout commencer. Je sentis une tiède langueur me ramollir les genoux, mon cœur sur le point d'éclater, et d'un seul coup me reprit la passion qu'une aussi longue absence avait pu faire croire oubliée : c'était comme si je n'avais jamais cessé de l'aimer et, en l'espace de trente secondes, j'en tombai de nouveau amoureuse.

Cela faisait longtemps que Huberto Naranjo endurait de vivre sans femmes. Plus tard, je sus que, pour lui, ce manque de tendresse et de relations sexuelles était ce qu'il y avait de plus dur à supporter dans le maquis. À chacune de ses descentes à la capitale, il se précipitait dans le premier bordel venu et, durant quelques instants toujours trop brefs, il s'abîmait dans l'humiliant marasme d'une sensualité avide et véhémente, en fin de compte morbide, qui assouvissait à peine ses appétits accumulés et ne lui procurait en fait aucun plaisir. Quand il pouvait se payer le luxe d'n retour sur lui-même, il se sentait envahi par un ardent désir de tenir dans ses bras une fille qui ne fût qu'à lui et de la posséder toute, une fille qui l'attendît, qui le désirât et lui restât fidèle. Enfreignant toutes les règles qu'il imposait à ses propres combattants, il m'invita à prendre un café.

Ce jour-là, je revins très tard à la maison, flottant au-dessus du sol, en état de transe.

– Tu n'as jamais eu le regard aussi clair. Qu'est-ce qui t'arrive ? m'interrogea Mimi qui me connaissait comme sa poche et était capable de deviner mes chagrins et mes joies, y compris à distance.

– Je suis amoureuse.

– Encore ?

– Cette fois, c'est sérieux. Cet homme-là, je l'ai attendu des années.

– Je vois : la rencontre des âmes-sœurs. Qui est-ce ?

– Je ne peux pas te le dire, c'est un secret.

– Comment ça, tu ne peux pas me le dire ! » Elle me prit par les épaules, décomposée. « Tu viens seulement de tomber sur lui et il s'interpose déjà entre nous ?

– C'est bon, ne te fâche pas. C'est Huberto Naranjo, mais personne ne doit mentionner son nom.

– Naranjo? Le même que celui de la rue de la République? Et pourquoi tant de mystère?

– Je l'ignore. Il m'a dit que tout bavardage peut lui coûter la vie.

– J'ai toujours su que ce type tournerait mal! J'ai connu Huberto Naranjo alors qu'il n'était encore qu'un môme, je lui ai fait les lignes de la main et j'ai lu son destin dans les cartes, ce n'est pas quelqu'un pour toi. Ecoute-moi bien : celui-là est né pour être politicien ou bandit de grands chemins, et je parie qu'il trempe dans la contrebande, le trafic de marijuana ou quelque autre sale affaire.

– Je ne te permets pas de parler ainsi de lui!

Nous habitions alors non loin du Club de Campo, le quartier le plus huppé de la capitale; nous avions dégoté là un logement ancien de superficie modeste, à la portée de notre bourse. Mimi s'était acquis une renommée dont elle n'aurait jamais osé rêver et était devenue d'une beauté telle qu'elle n'avait plus l'air faite de simple matériau humain. Elle avait mis à se perfectionner en vue de devenir actrice la même force de volonté qui lui avait servi à transformer sa nature masculine. Elle s'était défaite de toutes les extravagances qui pouvaient passer pour de la vulgarité, elle en était venue à dicter la mode avec ses toilettes griffées et ses maquillages d'ombres et de lumière, elle avait châtié son langage, réservant quelques grossièretés aux seuls cas d'urgence, elle avait passé deux années à étudier la comédie dans un atelier théâtral, et le maintien dans un institut spécialisé dans la formation des reines de beauté où elle avait appris à monter en voiture jambes croisées, à mordiller les feuilles d'artichaut sans altérer le tracé de son rouge à lèvres, à descendre l'escalier en traînant après elle une invisible étole d'hermine. Elle ne cherchait pas à dissimuler son changement de sexe, tout en n'en parlant guère elle-même. La presse à sensation avait exploité cette aura de mystère, attisant le feu du scandale et de la médisance. Sa situation avait alors connu un revirement spectaculaire. Dans la rue, les gens se retournaient sur son passage pour la contempler, les lycéens l'assaillaient pour solliciter un autographe, elle avait passé contrat pour des feuilletons télévisés et des représentations théâtrales à l'occasion desquelles elle avait montré des dons de cabotine tels qu'on n'avait pas vu la pareille dans ce pays depuis 1917, quand le Bienfaiteur avait fait venir de Paris Sarah Bernhardt, déjà âgée mais encore resplendissante, quoique en équilibre sur une seule jambe. L'apparition sur scène de Mimi garantissait un parterre plein à craquer, les gens accourant de province pour voir cette créature mythologique dont on disait qu'elle avait des nichons de femme et un braquemart de vrai jules. On la conviait à des défilés de mode, comme juré dans les concours de beauté, à des galas de charité. Elle avait fait son entrée triomphale dans la haute société lors du bal de Carnaval, quand les plus anciennes familles l'avaient adoubée en la recevant dans leurs salons du Club de Campo. Ce soir-là, Mimi avait fait se pâmer l'assistance en se présentant costumée en homme dans un somptueux déguisement de roi du Siam, couverte de fausses émeraudes, avec moi à son bras, parée en reine. D'aucuns se souvenaient de l'avoir applaudie, bien des années auparavant, dans quelque sordide cabaret de sodomites, mais, loin de nuire à son prestige, cela ne faisait qu'aiguiser la curiosité dont elle était l'objet. Mimi était consciente qu'elle ne serait jamais acceptée comme membre à part entière de cette oligarchie qui pour l'instant recherchait sa compagnie, elle n'était qu'une attraction exotique destinée à rehausser ses fêtes, mais l'accès à ce milieu la fascinait et, pour se justifier, elle soutenait que ce pouvait être de quelque utilité pour sa carrière d'artiste. Ce qui compte, dans ce métier, c'est d'avoir des relations, me disait-elle quand je la plaisantais sur ce genre de frivolités.

Le succès de Mimi nous assurait le bien-être matériel. Nous habitions à présent en face d'un square où les nurses allaient promener les rejetons de leurs maîtres et où les chauffeurs faisaient pisser les chiens de race. Avant de déménager, Mimi avait fait cadeau à nos voisines de la rue de la République de ses collections d'animaux en peluche et de coussins brodés, et avait emballé dans des cartons les figurines de papier mâché qu'elle avait fabriquées de ses propres mains. J'avais eu la malencontreuse idée de l'initier à cet artisanat et, pendant toute une époque, elle avait consacré l'essentiel de ses loisirs à préparer de la pâte pour modeler les choses les plus biscornues. Pour décorer son nouveau logis, elle avait engagé un professionnel qui faillit avoir un collapsus en découvrant ses créations en Matériau universel. Il la supplia de les remiser là où elles ne pourraient point altérer ses plans d'architecte d'intérieur, et Mimi s'y engagea dans la mesure où cet homme était fort agréable, d'âge mûr, avec des tempes grises et de beaux yeux noirs. Entre eux deux se fit jour une amitié si sincère qu'elle fut persuadée d'avoir enfin rencontré le partenaire annoncé par le zodiaque. L'astrologie ne se trompe jamais, Eva, il est écrit dans mon thème que sur le second versant de mon existence, je vivrai un grand amour...

Longtemps le décorateur nous rendit de fréquentes visites, exerçant une influence décisive sur notre style de vie. A son contact, nous nous familiarisâmes avec des raffinements jusqu'alors inconnus, apprîmes à choisir les vins – jusque-là, nous croyions que le rouge se buvait le soir, le blanc à midi –, à apprécier les œuvres d'art, à nous intéresser aux nouvelles du monde. Nous consacrions nos dimanches aux galeries de peinture, aux musées, au théâtre, à la cinémathèque. C'est en sa compagnie que j'assistai pour la première fois à un concert, et j'en tirai une impression si extraordinaire que je restai soixante-douze heures sans dormir, la musique continuant à retentir en moi, et quand je pus enfin trouver le sommeil, je rêvai que j'étais un instrument à cordes en bois blond, incrusté de nacre et aux chevilles en ivoire. Il fut un temps où je ne ratai aucune prestation de l'Orchestre national, je prenais place dans une loge au premier balcon et, dès que le chef levait sa baguette et que la salle se remplissait de sons, mes larmes se mettaient à couler comme si un tel plaisir était plus que je ne pouvais supporter. Le décorateur nous fit un intérieur tout blanc, garni de meubles modernes et de quelques brimborions anciens, si différent de ce que nous avions imaginé que nous passâmes des semaines à tournicoter dans les pièces, dépaysées, tremblant de bouger quelque objet et de ne plus nous souvenir ensuite de sa place exacte, ou de nous asseoir dans quelque fragile fauteuil extrême-oriental et de le faire s'écrouler en laissant échapper le moindre vent. Mais, ainsi qu'il nous l'avait certifié d'entrée de jeu, le bon goût sécrète une certaine accoutumance, nous finîmes par nous y habituer et même par nous moquer de certaines de nos incongruités passées. Un jour, cependant, cet homme délicieux annonça qu'il partait pour New York où il avait été engagé par quelque magazine, il boucla ses valises et prit congé de nous, sincèrement désolé, laissant Mimi au trente-sixième dessous.

– Calme-toi, Mimi. S'il est parti, c'est que ce n'était pas l'homme de ta vie. Le vrai ne tardera pas à apparaître, lui dis-je, et l'imparable logique de cet argument la requinqua quelque peu.

Le temps passant, l'impeccable harmonie de la décoration souffrit quelques altérations, mais l'ambiance de notre intérieur n'en fut que plus accueillante. Tout commença par la marine. J'avais raconté à Mimi ce qu'avait représenté pour moi le tableau du vieux garçon et de la vieille fille, et elle avait décrété que ma fascination était d'origine génétique, qu'elle provenait à coup sûr de quelque ancêtre navigateur qui m'avait passé dans le sang cette invincible nostalgie de la mer. Comme cela collait à merveille avec la légende du grand-père hollandais, nous fîmes toutes deux les antiquaires et les ventes aux enchères, jusqu'à mettre la main sur une huile avec rochers, vagues, mouettes et nuages, que nous achetâmes sans barguigner et installâmes en bonne place, détruisant net l'effet des gravures japonaises qu'avait si minutieusement choisies notre ami. Par la suite, je fis peu à peu l'acquisition de toute une parentèle afin de la suspendre au mur, sous la forme de vieux daguerréotypes délavés par le temps : un ambassadeur constellé de décorations, un explorateur à moustaches en crocs et fusil de chasse à deux coups, un aïeul aux sabots de bois et à la pipe en terre cuite regardant avec fierté la ligne bleue du futur. Lorsque j'eus ainsi réuni toute une lignée, nous nous mîmes à chercher avec soin une image de Consuelo. Je rejetai toutes celles qui se présentèrent, mais, au terme d'une longue pérégrination, nous dénichâmes enfin une gracieuse et souriante jeune femme en robe de dentelles, protégée par une ombrelle sur fond de rosiers grimpants. Elle était suffisamment belle pour incarner maman. Enfant, je n'avais jamais vu Consuelo qu'en tablier et savates, attelée aux tâches domestiques les plus rebutantes, mais j'ai toujours su qu'elle était en secret pareille à l'exquise dame à l'ombrelle, car c'est ainsi qu'elle se métamorphosait quand nous nous retrouvions seules dans la chambre de bonne, et c'est ainsi que je veux la conserver dans mon souvenir.

J'employai ces années à essayer de rattraper le temps perdu. Je bachotais dans un cours du soir pour obtenir un diplôme qui, par la suite, ne me fut d'aucune utilité, mais qui me paraissait alors indispensable. Le jour, je travaillais comme secrétaire à la fabrique d'équipements militaires, et c'est la nuit que je remplissais mes cahiers d'histoires. Mimi m'avait suppliée de laisser tomber ma place de gagne-petit et de me consacrer tout entière à l'écriture. Depuis qu'elle avait vu les gens faire la queue devant une librairie pour donner à tour de rôle leurs livres à signer à un Colombien mousta-chu en tournée triomphale, elle me faisait crouler sous les cahiers neufs, les dictionnaires, les stylos. Voilà un bon métier, Eva, tu n'aurais pas à te lever si tôt, et il n'y aurait personne pour te donner des ordres... Elle rêvait de me voir vivre pour la littérature, mais j'avais surtout besoin de gagner ma croûte et, sur ce plan-là, l'écriture est un terrain friable.

Peu après que j'eus quitté Agua Santa pour m'installer à la capitale, j'avais cherché la trace de Marraine, car la dernière fois que j'avais eu de ses nouvelles, elle n'était pas bien. Elle ne vivait pas loin, dans une chambre du vieux quartier prêtée par de bonnes âmes qui l'avaient recueillie par pitié. Elle ne possédait pas grand-chose en dehors du puma embaumé – miraculeusement conservé, en dépit du temps qui passe et des avanies de la pauvreté – et de ses saints, car, comme elle disait, il faut avoir son autel à domicile, on dépense ainsi en cierges sans gaspiller en curés. Elle avait perdu quelques dents, dont celle en or, vendue par nécessité, et de ses chairs opulentes il ne restait qu'un pâle souvenir, mais elle était toujours aussi maniaque de la propreté et s'arrangeait pour se laver chaque soir à l'aide d'un broc. Son esprit était dans un tel dérangement que je compris qu'il serait impossible de la faire sortir du labyrinthe personnel où elle s'était égarée, et me bornai à lui rendre de fréquentes visites pour lui faire avaler ses vitamines, nettoyer sa chambre, lui apporter des gourmandises, ainsi que de l'eau de rose afin qu'elle s'en parfumât comme autrefois. Je voulus la mettre dans une maison de repos, mais personne ne voulut en entendre parler, on prétendait qu'elle n'était atteinte d'aucune maladie grave et qu'il y avait bien d'autres priorités, les services médicaux ne prenaient pas en compte des cas comme le sien. Un matin, la famille qui l'hébergeait m'appela d'un ton inquiet : Marraine faisait une crise de neurasthénie et n'avait pas cessé de pleurer depuis douze jours.

– Allons la voir, je t'accompagne, me dit Mimi.

Nous arrivâmes à l'instant même où, à bout de résistance, elle venait de se trancher la gorge avec un rasoir. Nous pûmes juste entendre depuis la rue un hurlement à ameuter tout le quartier; nous bondîmes jusque chez elle et la trouvâmes baignant dans une mare de sang qui s'élargissait en lac entre les pattes du puma embaumé. Elle s'était entaillée d'une oreille à l'autre, mais vivait encore et nous regardait, pétrifiée d'épouvante. Elle s'était sectionné les muscles retenant sa mâchoire, ses joues avaient été comme aspirées et elle arborait un affreux sourire édenté. Je flageolai sur mes jambes et dut m'appuyer au mur pour ne pas tomber, mais Mimi s'agenouilla à côté d'elle et, de ses ongles effilés de mandarin, rapprocha les lèvres de la blessure, stoppant le ruissellement qui emportait la vie, jusqu'à l'arrivée d'une ambulance. Tandis que je n'arrêtais pas de claquer des dents, elle veilla à garder ses ongles dans la même position tout au long du trajet. Mimi est une femme vraiment épatante. Les médecins de l'hôpital introduisirent Marraine dans la salle d'opération et la reprisèrent comme une chaussette, la sauvant par miracle.

En ramassant ses petites affaires dans la pièce qu'elle avait occupée, je découvris dans un sac la tresse de ma mère, rousse et toute luisante comme la peau de l'aspic. Oubliée là durant toutes ces années, elle s'était ainsi épargnée de finir en perruque. Je l'emportai, avec le puma. La tentative de suicide servit au moins à ce qu'on s'occupât de la malade, et à peine fut-elle autorisée à quitter le service des urgences qu'on l'interna chez les fous. Au bout d'un mois, nous pûmes lui rendre visite.

– C'est pire que le pénitencier de Santa Maria, décréta Mimi. Nous allons la faire sortir d'ici.

Attachée par une corde à un poteau en ciment planté au centre d'une cour, Marraine ne pleurait plus, mais demeurait silencieuse et immobile parmi les autres démentes, avec son cou tout couturé. Elle demanda qu'on lui restituât ses saints, car, sans eux, elle ne savait plus à quoi se vouer et les démons la persécutaient pour lui arracher son fils, le monstre à deux têtes. Mimi s'évertua à la guérir grâce aux influx positifs, comme le prescrivait le manuel du Maharishi, mais la malade se révéla imperméable aux thérapies ésotériques. C'est à cette époque qu'elle commença à se toquer du pape, elle voulait absolument le rencontrer afin de lui demander l'absolution de ses péchés; pour la tranquilliser, je lui promis de l'emmener à Rome, sans songer qu'un jour nous verrions le souverain pontife en chair et en os distribuer ses bénédictions sous les tropiques.

Nous l'arrachâmes à l'asile, la baignâmes, lui arrangeâmes les quelques mèches qu'elle avait encore sur le crâne, la vêtîmes de neuf et la transférâmes avec tous ses saints dans une clinique privée sise sur le littoral, au milieu des palmiers, des cascatelles d'eau douce et des perroquets en volières. C'était un endroit pour riches, et si on l'y accepta, en dépit de son allure, c'est que Mimi était amie du directeur, un psychiatre argentin. On l'installa dans une chambre peinte en rose, avec vue sur la mer et musique d'ambiance; le tarif était assez élevé, mais cela valait la peine, car aussi loin que remontent mes souvenirs, c'était la première fois que je voyais Marraine la mine réjouie. Mimi régla la première mensualité, mais c'était à moi de payer. Aussi me mis-je à travailler à la fabrique.

— Ce n'est pas digne de toi, prétendait Mimi. Etudie plutôt pour devenir écrivain.

— Ça, ça ne s'apprend nulle part.

Huberto Naranjo avait resurgi subitement dans ma vie et se volatilisa de même quelques heures plus tard, sans me fournir d'explications, ne me laissant de son passage qu'une odeur de forêt, de poudre et de gadoue. Je me remis à vivre dans son attente, reconstituant maintes fois, au fil de cette longue patience, l'après-midi de notre première étreinte, quand, après avoir pris ensemble un café presque sans échanger un mot, nous regardant avec une détermination passionnée, nous allâmes en nous tenant par la main jusque dans un hôtel, roulâmes tous deux sur le lit, et qu'il m'avoua ne m'avoir jamais aimée comme une sœur, mais avoir passé toutes ces années sans cesser de penser à moi.

– Embrasse-moi, je ne puis me permettre d'aimer personne, mais je me sens tout aussi incapable de te quitter, embrasse-moi encore, murmura-t-il au cours de notre étreinte, après quoi il demeura avec des yeux de statue, en nage et tremblant.

– Où vis-tu? Comment aurai-je de tes nouvelles?

– Ne cherche pas à me joindre, je reviendrai dès que je pourrai.

Et il me reprit comme un fou, avec avidité et gaucherie.

Je restai un certain temps sans entendre parler de lui, et Mimi fit remarquer qu'en cédant ainsi dès la première fois, il fallait s'y attendre : tu devais te faire prier, combien de fois ne te l'ai-je pas répété, les hommes nous font du rentre-dedans pour coucher avec nous, et quand ils ont obtenu ce qu'ils voulaient, ils nous regardent de haut; à présent il te considère comme une fille facile, tu auras beau faire le pied de grue, il ne reviendra pas. Huberto Naranjo réapparut cependant, il m'aborda dans la rue, nous allâmes de nouveau à l'hôtel et nous aimâmes pareillement. A compter de ce jour-là, j'eus le sentiment qu'il finirait toujours par revenir, même s'il laissait régulièrement entendre que cette fois-là était la dernière. Il avait refait irruption dans ma vie, entouré d'un halo de mystère, traînant avec lui quelque chose d'héroïque et de terrible à la fois. Il avait fait s'envoler mon imagination et je crois que c'est pour cette raison que je me résignai à l'aimer dans de si précaires conditions.

– Tu ne sais rien de lui. Sûr qu'il est marié et

gratifié d'une demi-douzaine de mioches, mau-
gréait Mimi.

– Tu as le ciboulot complètement déformé par
les feuilletons. Tous ne sont pas comme le méchant
de la télé!

– Je sais ce que je dis. Moi, on m'a élevée pour
être un homme, je suis allée à l'école des garçons,
j'ai joué avec eux et me suis évertuée à les accompagner au stade et dans les bars. J'en connais bien
plus long que toi sur le sujet. J'ignore ce qu'il en
est ailleurs, mais, dans ce pays, on ne peut se fier à
aucun. Les visites de Humberto n'obéissaient pas à
un programme prévisible, ses absences pouvaient
se prolonger deux semaines ou bien plusieurs
mois. Il ne me téléphonait pas, ne m'écrivait
jamais, ne me faisait parvenir aucun message, et,
brusquement, alors que je m'y attendais le moins,
il m'interceptait en pleine rue comme s'il avait été
au courant de mes allées et venues et s'était tenu
tapi dans l'ombre. Il apparaissait toujours sous les
traits de quelqu'un de différent, parfois avec des
moustaches, d'autres fois avec une barbe, ou bien
coiffé d'une nouvelle manière, comme déguisé.
Cela me faisait peur et m'attirait en même temps,
j'avais l'impression d'aimer simultanément plusieurs hommes. Je rêvais d'un nid pour nous tout
seuls, aspirais à lui préparer des petits plats, à laver
son linge, à dormir chaque nuit à ses côtés, à
déambuler avec lui dans les rues sans but précis en
se tenant par la main comme un vrai couple. Je le
savais affamé d'amour, de tendresse, de justice, de
bonheur, de tout. Il me prenait comme s'il voulait
étancher une soif multiséculaire, puis il murmurait
mon nom et, d'un seul coup, ses yeux se remplissaient de larmes. Nous évoquions le passé, nos
rencontres quand nous étions enfants, mais ne
faisions aucune allusion au présent ni à l'avenir.
Parfois, nous ne parvenions même pas à rester

ensemble une petite heure, il avait l'air traqué, m'étreignait avec angoisse et s'éclipsait précipitamment. Quand le temps nous était moins compté, je pouvais parcourir son corps avec dévotion, l'explorer, décompter ses menues cicatrices, ses marques, constater qu'il avait maigri, que ses mains étaient devenues plus calleuses, sa peau plus rêche, qu'est-ce que tu as là, c'est rien, viens donc. Chaque adieu me laissait un goût amer dans la bouche, mélange de passion, de dépit et de quelque chose qui ressemblait à de la pitié. Pour ne pas l'inquiéter, je feignais parfois une satisfaction que j'étais loin d'éprouver. J'avais tellement envie de le retenir et de m'attirer son amour que j'avais choisi de me ranger aux conseils de Mimi et n'avais mis en pratique aucune des recettes apprises dans les albums didactiques de la Madame, pas plus que je ne l'initiai aux savantes caresses de Riad Halabi, ne m'ouvris à lui de mes phantasmes, ni ne lui indiquai celles de mes cordes sensibles que Riad avait su faire vibrer, car je pressentais qu'il m'aurait alors bombardé de questions : où, avec qui, quand as-tu fait cela? En dépit des vantardises de coureur de jupons que je lui avais entendu débiter à l'époque de son adolescence, ou peut-être parce que telle était sa nature, il se montrait un peu pudibond avec moi : c'est que je te respecte, me disait-il, car tu n'es pas comme les autres – comme qui? enchaînais-je, et il se mettait alors à sourire, ironique et distant. Par prudence, je ne lui parlai pas de ma passion de jeunesse pour Kamal, ni de mon vain amour pour Riad, ni de mes éphémères relations avec d'autres amants. Le jour où Huberto me questionna sur mon pucelage, je lui demandai : que t'importe ma virginité, puisque tu ne peux toi non plus me faire cadeau de la tienne, mais sa réaction fut si vive que je préférai passer sous silence ma merveilleuse nuit avec Riad Halabi, et inventai que les policiers d'Agua Santa m'avaient violée lors de mon arrestation pour la mort de Zulema. Nous eûmes alors une discussion absurde et, pour finir, il s'excusa : je suis une brute, pardonne-moi, ce n'est pas ta faute, Eva, mais ces canailles me le paieront, j'en fais le serment, ils le paieront.

– Quand nous pourrons mener une vie plus tranquille, les choses se passeront mieux, soutenais-je lors de mes conversations avec Mimi.

– S'il ne te rend pas heureuse maintenant, c'est qu'il ne le fera jamais. Je ne comprends pas pourquoi tu te cramponnes à lui, ce type-là ne me revient pas du tout.

Longtemps mes rapports avec Huberto Naranjo mirent mon existence sens dessus dessous, j'étais tout à la fois déprimée, harcelée et perturbée par mon désir de le conquérir et de le retenir à mes côtés. Je dormais mal, en proie à d'atroces cauchemars, je perdais tout sens commun et n'arrivais plus à me concentrer sur mon travail ni sur mes histoires; en quête d'un répit, j'en venais à chaparder les tranquillisants dans l'armoire à pharmacie et en absorbais en cachette. Mais, le temps aidant, le fantôme de Huberto Naranjo finit par rapetisser, se faire moins omniprésent, prendre des proportions moins envahissantes, je pus me trouver des raisons de vivre qui ne se réduisaient plus au désir que j'avais de lui. Je continuais à être suspendue à ses visites, car je l'aimais et me sentais l'âme d'un personnage de tragédie ou d'une héroïne de roman, mais je parvins à mener une existence plus paisible et à me remettre à écrire la nuit. Je me remémorai la ferme décision que j'avais prise, lorsque j'étais tombée amoureuse de Kamal, de ne plus jamais souffrir l'intolérable brûlure de la jalousie, et m'y tins avec une détermination aussi têtue que mélancolique. Je ne m'autorisai pas à supposer qu'il profitait de nos séparations pour courir après d'autres femmes, ni à penser qu'il n'était qu'un bandit de grands chemins, comme le soutenait Mimi; je préférais imaginer qu'il existait à son comportement quelque raison supérieure, qu'il y avait là une grande aventure à laquelle je n'avais point accès, un univers viril régi par d'implacables lois. Huberto Naranjo s'était engagé au service d'une cause qui devait être à ses yeux plus importante que notre amour. Je m'étais résolue à le comprendre et à l'accepter. Je nourrissais les sentiments les plus romanesques pour cet homme qui me revenait chaque fois de plus en plus rude, robuste et taciturne, mais je cessai de faire des plans d'avenir. C'est le jour où on abattit deux policiers près de la fabrique où je travaillais que j'eus confirmation de mes soupçons : le secret de Huberto avait bien quelque chose à voir avec la guérilla. On leur avait tiré dessus à la mitraillette d'une voiture en marche. Aussitôt, la rue se remplit de badauds; patrouilles et ambulances envahirent le quartier. A l'intérieur de la fabrique, les machines furent stoppées, les ouvriers alignés dans la cour, on fouilla l'endroit de fond en comble, puis on finit par nous relâcher avec ordre de rentrer chez nous, toute la ville étant en ébullition. Je me dirigeai vers l'arrêt d'autobus où je tombai sur Huberto Naranjo qui m'attendait. Cela faisait bientôt deux mois que je ne l'avais pas revu et j'eus du mal à le reconnaître, car il paraissait avoir brusquement vieilli. Cette fois, je n'éprouvai aucun plaisir à me retrouver dans ses bras, et ne cherchai pas à le simuler : j'avais la tête ailleurs. Assis sur le lit, nus sur les draps rêches, j'eus alors l'impression que nous nous éloignions chaque jour davantage l'un de l'autre, et j'en eus de la peine pour nous deux.

– Pardonne-moi, je ne me sens pas très bien. La journée a été terrible, on a tué deux policiers, je les connaissais, ils étaient toujours de garde à cet endroit et me disaient bonjour. L'un s'appelait Socrate, tu parles d'un nom pour un flic, mais c'était un homme très gentil. On les a assassinés en leur tirant dessus.

– On les a exécutés, corrigea Huberto Naranjo. C'est le peuple qui les a exécutés. Il ne s'agit pas d'un assassinat, tu dois employer les mots qu'il faut. Ce sont les policiers qui sont les assassins.

– Qu'est-ce qui te prend? Ne me dis pas que tu es partisan du terrorisme!

Il éloigna son visage du mien et, me regardant droit dans les yeux, m'expliqua que la violence, c'était le gouvernement qui l'exerçait. Le chômage, la pauvreté, la corruption, l'injustice sociale n'étaient-ils pas autant de formes de violence? L'Etat se livrait à toutes sortes d'abus et d'exactions, ces policiers-là étaient des sbires du régime, ils défendaient les intérêts de leurs ennemis de classe et leur exécution était un acte légitime; le peuple, lui, ne faisait que lutter pour sa libération. Je restai un long moment sans répondre. Je compris soudain ses absences, ses cicatrices et ses silences, son côté toujours pressé, la fatalité qui se peignait sur son visage, et ce terrible magnétisme qui émanait de sa personne, électrisant l'air autour de lui et me retenant captive comme un insecte ébloui.

– Pourquoi ne m'as-tu rien dit avant?

– Il valait mieux que tu ne sois pas au courant.

– Tu ne me fais pas confiance?

– Essaie de comprendre : il s'agit d'une guerre.

– Si j'avais su, toutes ces années auraient été plus faciles pour moi.

– Le seul fait de nous voir est déjà une folie.

Songe à ce qui t'arriverait si on venait à te soupçonner et à t'interroger!

– Je ne dirais rien!

– Ils sont capables de faire parler les muets. J'ai
besoin de toi, je ne peux pas vivre sans toi, mais
chaque fois que je viens ici, je me sens coupable de
mettre en danger l'organisation et la vie de mes
camarades.

– Emmène-moi avec toi.

– Je ne peux pas, Eva.

– Il n'y a pas de femmes au maquis?

– Non. Cette lutte est très dure, mais il viendra
des temps meilleurs et nous pourrons alors nous
aimer d'une autre façon.

– Tu ne vas pas sacrifier et ta vie et la
mienne!

– Qui parle de sacrifice? Nous bâtissons une
société différente, un jour nous serons tous libres
et égaux...Je me remémorai ce lointain après-midi
où les deux enfants perdus que nous étions
s'étaient connus sur une place. A l'époque, il se
considérait déjà comme un petit mâle plein de
morgue, capable de diriger son propre destin,
soulignant en revanche combien j'étais désavanta-
gée d'être née fille, contrainte de me plier à toutes
sortes de tutelles et de limites. A ses yeux, je ne
serais jamais qu'une gosse dépendante. Huberto
pensait ainsi depuis qu'il avait l'âge de raison, et il
était bien peu probable que la révolution eût modi-
fié cet état d'esprit. Je compris alors que nos
problèmes n'avaient rien à voir avec les vicissitudes
de la guérilla; même s'il parvenait à faire tant soit
peu passer son rêve dans la réalité, l'égalité ne
serait pas pour moi. Pour Naranjo et ses semblables, le peuple ne semblait composé que d'hommes; nous autres femmes devions aider à la lutte,
mais nous étions exclues d'emblée des décisions et
du pouvoir. Sa révolution ne changerait rien de

fondamental à mon sort; quelles que fussent les circonstances, il me faudrait continuer jusqu'à la fin de mes jours à me frayer un chemin par mes propres moyens. Peut-être est-ce à cet instant que je me rendis compte que ma guerre à moi est de celles dont on n'entrevoit jamais le terme, qu'il vaut donc mieux la faire dans la joie et la bonne humeur, sans attendre, pour commencer à se sentir bien, que la vie entière ait passé à escompter une hypothétique victoire. J'en conclus qu'Elvira avait bien raison, qu'il faut être vaillante et se battre sans arrêt.

Ce jour-là, nous nous séparâmes fâchés, mais Huberto Naranjo revint au bout de deux semaines et je l'attendais, comme toujours.

CHAPITRE DIX

L'ESCALADE du mouvement de guérilla ramena Rolf Carlé au pays.

— Pour l'heure, c'en est fini des voyages touristiques à travers le monde, mon garçon, lui dit Aravena derrière son bureau directorial.

Il avait beaucoup grossi, était malade du cœur et les seuls plaisirs à émoustiller encore ses sens étaient la bonne chère, l'arôme de ses cigares et quelques coups d'œil furtifs aux triomphants mais désormais intouchables fessiers des filles d'oncle Rupert lors de ses escapades à la Colonie, mais les limitations physiques n'avaient en rien entamé sa curiosité professionnelle.

— La guérilla commence à faire problème, et le moment est venu de chercher à savoir de quoi il retourne. Toute l'information que nous recevons est censurée, le gouvernement ment comme un arracheur de dents et les radios rebelles ne font pas mieux. Je veux qu'on me dise combien d'hommes il y a au maquis, de quelle sorte d'armement ils disposent, qui les soutient quels sont leurs plans – bref, je veux tout savoir.

— Vous ne pourrez pas diffuser ça à l'antenne.

— Nous avons besoin de connaître ce qui se passe, Rolf. Je pense que ces hommes sont des cinglés, mais il n'est pas exclu qu'une nouvelle

Sierra Maestra soit en train de se développer sous nos yeux, sans que nous nous en apercevions.

— Et si c'était le cas, que feriez-vous?

— Rien. Notre rôle n'est pas d'infléchir le cours de l'Histoire, mais de simplement enregistrer les faits.

— Vous ne pensiez pas de la sorte du temps du Général!

— En prenant de la bouteille, j'ai appris un certain nombre de choses. Va, observe, filme ce que tu peux et raconte-moi tout.

— Pas si simple. Ils ne me permettront pas de venir mettre le nez dans leurs campements.

— C'est la raison pour laquelle j'ai choisi de te le demander à toi, et à personne d'autre de l'équipe. Tu es déjà allé parmi eux voici quelques années. Comment s'appelait ce type qui t'avait tellement impressionné?

— Huberto Naranjo.

— Peux-tu entrer de nouveau en relation avec lui?

— Je l'ignore, peut-être n'est-il plus de ce monde.

On dit que l'armée en a massacré un bon nombre, et que d'autres ont déserté. Quoi qu'il en soit, le sujet me plaît et je vais voir ce que je peux faire.

Huberto Naranjo était tout ce qu'il y a de vivant et n'avait aucunement déserté, mais personne ne l'appelait plus par ce nom-là. A présent, il était le commandant Rogelio. Cela faisait des années qu'il n'avait cessé de guerroyer, pieds bottés et arme au poing, les yeux toujours grands ouverts pour percer l'ombre ou les ténèbres. Son existence n'était qu'une succession de violences, mais jalonnée aussi d'instants d'euphorie, de minutes sublimes. Chaque fois qu'il était sur le point de recevoir un groupe de nouveaux combattants, il sentait son

318

cœur bondir dans sa poitrine comme avant un rendez-vous avec la femme de sa vie. Il allait les accueillir aux limites du campement et les découvrait, encore intacts, remplis d'optimisme, bien disposés sur un rang comme le leur avait inculqué leur chef de patrouille, arborant encore leur air de citadins, les mains tout juste couvertes d'ampoules, exemptes des callosités des vétérans, le regard benoît, harassés mais souriants. C'étaient ses petits frères, ses grands fils, ils venaient se battre et, à compter de cet instant, il était comptable de leurs vies, il lui appartenait de soutenir leur moral, de leur apprendre à survivre, de les rendre durs comme le granit, aussi courageux qu'une lionne défendant sa portée, rusés, agiles et résistants, afin que chacun d'eux finît par valoir cent soldats. C'était si bon de les avoir ainsi devant soi qu'il sentait sa gorge se serrer. Il enfonçait ses mains dans ses poches et les saluait de trois ou quatre phrases abruptes pour ne pas laisser paraître son émotion.

Il aimait également s'accroupir avec ses camarades autour d'un feu de camp, chaque fois qu'il était possible d'en allumer un. On ne restait jamais très longtemps au même endroit et il fallait une parfaite connaissance du terrain, s'y mouvoir comme un poisson dans l'eau, comme disait le manuel du guérillero. Mais il y avait aussi des jours creux et on se mettait parfois à chanter, à jouer aux cartes, à écouter de la musique à la radio comme des gens tout à fait ordinaires. Par intervalles, lui-même devait descendre à la capitale pour rencontrer ses différents contacts, il arpentait alors les rues en se disant qu'il était un homme comme les autres, il respirait ces odeurs mêlées de cuisine, d'essence et de poubelles dont il avait déjà perdu le souvenir, contemplant d'un regard neuf les enfants, les femmes vaquant à leurs occupations ménagères, les chiens errants, comme s'il n'était qu'un élément anonyme de cette multitude, et non un individu recherché. Soudain, il découvrait le nom du commandant Rogelio placardé en lettres noires sur un mur, et, en se voyant ainsi cloué au pilori en pleine rue, il se rappelait avec un mélange de peur et de fierté que sa présence en ces lieux était formellement déconseillée, qu'il ne menait pas une vie comme les autres, qu'il était un combattant.

Les guérilleros venaient pour la plupart de l'Université, mais Rolf Carlé ne chercha pas à se fondre parmi la masse des étudiants pour trouver quelque façon d'accéder au maquis. Son visage apparaissait trop souvent au cours du journal télévisé et était familier à tous. Il se souvint du contact qu'il avait utilisé quelques années auparavant, quand il avait interviewé pour la première fois Huberto Naranjo, aux tout débuts de la lutte armée, et dirigea ses pas vers le boui-boui du Négro. Il trouva ce dernier dans sa cuisine, les traits un peu plus usés, mais toujours plein d'allant. Ils se serrèrent la main non sans méfiance. Les temps avaient changé, la répression était devenue un travail de spécialistes, et la guérilla elle-même n'était plus un vague idéal de jeunes gens obnubilés par l'espoir de changer le monde, mais un affrontement implacable, sans quartier. Après quelques entrées en matière, Rolf Carlé aborda le vif du sujet.

— Je n'ai rien à voir avec tout ça, répondit le Négro.

— Je ne suis pas un mouchard et ne l'ai jamais été. Si je ne t'ai pas dénoncé en l'espace de toutes ces années, pourquoi le ferais-je maintenant ? Parles-en à tes chefs, dis-leur qu'ils m'accordent une chance, qu'ils me laissent au moins leur expliquer ce que je souhaite faire...

L'homme le dévisagea un long moment, scrutant

chacun de ses traits, et sans doute approuva-t-il ce qu'il put y lire, car Rolf Carlé perçut un certain changement dans son attitude.

– Je repasserai te voir demain, Négro, lui dit-il.

Il revint le lendemain, et chaque jour suivant pendant près d'un mois, jusqu'à obtenir enfin le rendez-vous espéré et pouvoir exposer quelles étaient ses intentions. Le Parti avait estimé que Rolf Carlé pouvait constituer un atout non négligeable : ses reportages étaient excellents, il avait l'air d'un type honnête, il avait ses entrées à la télévision et était l'ami d'Aravena; bref, il n'était pas inutile de pouvoir compter sur quelqu'un comme lui, et les risques ne seraient point trop grands si l'affaire était menée avec toutes les précautions voulues.

« Il faut informer la population, toute victoire suscite des ralliements », déclaraient les dirigeants du mouvement.

« Inutile d'alarmer l'opinion, je ne veux pas un seul mot sur la guérilla, nous la neutraliserons par le silence. Ce sont tous des hors-la-loi et ils seront alors traités comme tels », décrétait pour sa part le président de la République.

Cette fois, la randonnée de Rolf Carlé au maquis se révéla bien différente de celle qu'il avait effectuée naguère : plus rien d'une excursion sac au dos d'écolier en vacances. Il fit une bonne part du trajet les yeux bandés, véhiculé dans le coffre d'une voiture, à demi asphyxié et défaillant de chaleur, puis on l'achemina de nuit à travers champs, privé du moindre indice de l'endroit où il se trouvait; ses guides se relayaient sans que personne se montrât disposé à lui adresser la parole, et il passa deux jours pleins dans des granges ou divers refuges, transbahuté de droite et de gauche sans être autorisé à poser la moindre question. Entraînée dans les écoles de contre-guérilla, l'armée régulière traquait les rebelles, elle avait installé des postes mobiles en travers des routes, arrêtait et fouillait tous les véhicules. Franchir ses barrages n'était pas une partie de plaisir. Des troupes spécialisées avait pris leurs quartiers dans des centres opérationnels disséminés sur tout le territoire; le bruit courait qu'ils servaient aussi de camps de prisonniers et de centres de torture. Les militaires bombardaient les montagnes, ne laissant derrière eux que ruines et cendres. N'oubliez jamais le code éthique du révolutionnaire, ressassait le commandant Rogelio : là où nous passons, il ne saurait y avoir d'exactions, respectez les biens, payez pour tout ce que vous consommez, il faut que la population constate la différence entre l'armée gouvernementale et nous, qu'elle sache comment les choses se passeront dans les zones libérées par la Révolution. Rolf Carlé eut ainsi la révélation qu'à peu de distance des centres urbains s'étendait tout un territoire en proie à la guerre, mais c'était là un sujet prohibé. La lutte n'était mentionnée que par les radios clandestines, qui se faisaient l'écho des exploits de la guérilla : oléoduc dynamité, poste attaqué, détachement de l'armée pris en embuscade.

Au bout de cinq jours de trajet, promené comme un vulgaire colis, il se retrouva enfin à flanc de montagne, se frayant passage parmi la végétation à coups de machette, l'estomac dans les talons, crotté des pieds à la tête et dévoré par les moustiques. Ses guides l'abandonnèrent au milieu d'une clairière avec ordre de ne bouger sous aucun prétexte, de ne pas allumer de feu, de ne faire aucun bruit. Il attendit là dans la seule compagnie des singes criards. Au petit jour, alors qu'il était sur le point de perdre patience, il vit apparaître deux garçons barbus et déguenillés, le fusil à bout de bras.

– Bienvenue, camarade, lui lancèrent-ils avec un large sourire.

– Ça n'est pas trop tôt, répondit-il d'un ton exténué.

Rolf Carlé tourna le seul long métrage existant sur la guérilla de cette époque avant que la déroute n'ait mis fin au rêve révolutionnaire et que la pacification n'ait rendu les survivants à une vie normale, faisant des uns des fonctionnaires, d'autres des députés ou des chefs d'entreprises. Il séjourna un certain temps parmi le groupe du commandant Rogelio, se déplaçant la nuit d'un emplacement à un autre à travers un terrain sauvage et accidenté, prenant parfois quelque repos durant le jour, tenaillé par la faim, la fatigue, la peur. Cette vie de maquisards était très rude. Il avait vu de près plusieurs conflits, mais ce combat d'embuscades et d'attaques-surprises dans un isolement et un silence complets, à se sentir toujours épié, lui parut le pire. Les effectifs totaux de la guérilla étaient incertains, organisés en groupes restreints pour se mouvoir avec plus de facilité. Responsable de l'ensemble du secteur, le commandant Rogelio se déplaçait de l'un à l'autre. Rolf put assister à l'instruction des nouvelles recrues, aida à monter des installations-radio, à mettre sur pied des relais d'urgence, il apprit à ramper sur les coudes, à endurer la douleur, et, à force de vivre parmi eux, de les écouter, il finit par comprendre les motivations qui poussaient ces jeunes gens à accepter de tels sacrifices. La vie des campements était régie par la discipline militaire, mais, à la différence des troupes régulières, on y manquait d'équipements appropriés, de médicaments, de vivres, d'abris, de moyens de transport et de transmissions. Il pleuvait parfois pendant des semaines d'affilée, impossible d'allumer le moindre feu pour se sécher, on se serait cru dans une forêt recouverte par la mer. Rolf avait l'impression de marcher sur une corde mal tendue au-dessus de l'abîme; la mort était omniprésente, embusquée derrière l'arbre le plus proche.

– Nous ressentons tous la même chose, ne te fais pas de bile, on finit par s'y habituer, lui dit le commandant d'un ton badin.

Les réserves de vivres étaient considérées comme sacrées, mais il arrivait que tel ou tel, incapable de résister, chapardât une boîte de sardines. Les punitions étaient sévères : non seulement il était indispensable de rationner la nourriture, mais il fallait avant tout inculper le prix de la solidarité. Parfois, l'un d'eux craquait et se laissait tomber par terre en pleurant et en appelant sa mère, le commandant s'approchait alors de lui, l'aidait à se relever et l'emmenait à l'écart, hors de la vue des autres, pour le consoler à voix basse. S'il venait à constater la moindre trahison, le même homme était capable d'exécuter l'un des siens de ses propres mains.

– Ici, c'est mourir ou être blessé qui est normal, et il faut s'y tenir prêt. L'exception est d'avoir la vie sauve, et quant à la victoire, elle tiendra du miracle, dit à Rolf le commandant Rogelio.

Ces quelques mois laissèrent Rolf vidé, avec l'impression d'avoir pris un sacré coup de vieux. A la fin, il ne savait plus très bien où il en était, ni ce qui l'avait conduit ici, il avait perdu la notion du temps, une heure lui paraissait durer une semaine, mais une semaine pouvait passer aussi brusquement que dans un rêve. L'information en tant que telle, l'essence des choses étaient difficiles à cerner, il était entouré d'un étrange silence, silence sans un seul mot, mais chargé en même temps de présages, peuplé de tous les bruits de la forêt, de cris stridents et de murmures, de voix lointaines portées par le vent, de gémissements et de lamentations de somnambules. Il apprit à dormir par à-coups, debout ou assis, de jour comme de nuit, à demi inconscient de fatigue, mais toujours sur ses gardes, le moindre chuintement le faisant bondir. Dégoûté par l'état de crasse et de puanteur où il se trouvait, il rêvait de s'immerger dans une eau limpide, de pouvoir se savonner jusqu'aux os, et il eût donné n'importe quoi pour un bol de café bouillant. Au cours des affrontements avec l'armée régulière, il lui fut donné de voir tomber les mêmes hommes avec qui il avait partagé une cigarette la nuit précédente. Il se penchait sur eux, caméra au poing, et les filmait mécaniquement, comme s'il avait contemplé ces cadavres à très grande distance, par la lunette d'un télescope. Il me faut éviter à tout prix de perdre la raison, se répétait-il comme il avait déjà eu souvent coutume de le faire dans des circonstances analogues. Lui revenaient des images de son enfance, quand il était allé ensevelir les morts du camp de concentration, et des visions plus récentes d'autres guerres. Il savait d'expérience que tout laissait trace en lui, que chaque événement imprimait sa marque dans sa mémoire; il pouvait parfois s'écouler pas mal de temps avant qu'il ne se rendît compte à quel point tel ou tel épisode l'avait impressionné, c'était comme si le souvenir s'en était congelé quelque part en lui-même, et, soudain, par quelque jeu d'associations, réapparaissait devant lui avec une insupportable acuité. Il lui arrivait aussi de se demander pourquoi diable il s'entêtait à rester là, au lieu de tout envoyer balader et de s'en revenir à la capitale, comme s'il n'aurait pas mieux valu quitter ce labyrinthe cauchemardesque, s'en aller trouver refuge pour un temps à la Colonie et laisser ses cousines le dorloter dans leur doux arôme de cannelle, de clou de girofle, de vanille et de citron. Mais ces instants de doute ne parvenaient pas à le faire renoncer et il suivait les guérilleros partout, la caméra sur l'épaule, à la manière dont les autres portaient leur arme. Un après-midi, on ramena le commandant Rogelio sur une civière improvisée portée par quatre garçons, enveloppé dans une couverture, claquant des dents et se tordant de douleur; il avait été piqué par un scorpion.

– On ne va pas jouer les femmelettes, personne n'est jamais mort d'un bobo comme ça, parvint-il à murmurer. Laissez-moi tranquille, ça va passer tout seul.

Rolf Carlé éprouvait des sentiments contradictoires vis-à-vis de cet homme, il ne se sentait jamais à l'aise en sa présence, devinait qu'il ne lui faisait pas confiance, mais, du même coup, il se demandait pourquoi il lui laissait carte blanche pour effectuer son travail. Son extrême dureté l'indisposait, mais il ne pouvait qu'admirer ce qu'il parvenait à tirer de ses gars. De la capitale lui arrivaient des godelureaux sans un poil au menton et, en l'espace de quelques mois, il réussissait à en faire des soldats aguerris, insensibles à la douleur et à la fatigue, tout en s'arrangeant de quelque façon pour préserver en chacun les purs idéaux de l'adolescence. Il n'y avait pas d'antidote contre la piqûre de scorpion, et la trousse de premiers secours était quasiment vide. Rolf resta aux côtés du patient, l'emmitouflant, le faisant boire, l'aidant à se laver. Au bout de quarante-huit heures, la température baissa et le commandant leva sur lui des yeux souriants. Il comprit alors que, en dépit de tout, ils étaient amis.

L'information collectée parmi les guérilleros ne

suffisait pas à Rolf Carlé : il lui manquait l'autre moitié, celle de l'autre camp. Il prit congé du commandant Rogelio sans s'attarder en vaines paroles : l'un comme l'autre connaissaient les consignes, et il eût été inconvenant de les rappeler. Sans s'ouvrir à personne de ce qu'il avait vécu au maquis, Rolf Carlé parvint à se faire introduire dans les centres opérationnels des Forces armées, il accompagna les soldats dans leurs expéditions, s'entretint avec leurs officiers, obtint une interview du président et extorqua même l'autorisation de suivre des exercices d'entraînement militaire. Au terme de sa mission, il disposait de milliers de mètres de pellicule impressionnée, de centaines de clichés, de nombreuses heures d'enregistrements sonores, ayant rassemblé sur le sujet plus d'informations que n'importe qui d'autre dans le pays.

– Tu crois que la guérilla l'emportera, Rolf ?

– A franchement parler, non, monsieur Aravena.

– Ceux de Cuba y sont bien parvenus. Ils ont fait la preuve qu'on pouvait battre une armée régulière.

– Cela remonte déjà à pas mal d'années, et les yankees ne laisseront pas d'autres révolutions se faire. A Cuba, les conditions étaient différentes, on se battait là-bas contre une dictature, avec l'appui de la population. Ici, nous avons une démocratie bourrée de défauts, mais dont le peuple est fier. La guérilla ne bénéficie d'aucune sympathie dans l'opinion et, à quelques exceptions près, elle n'a pu recruter que parmi les étudiants des universités.

– Que penses-tu d'eux ?

– Ils sont idéalistes et courageux.

– Je veux visionner tout ce que tu as pu récolter, exigea Aravena.

– Je vais faire un prémontage, pour supprimer tout ce qu'il n'est pas possible de montrer pour le moment. Ne m'avez-vous pas dit un jour que nous n'étions pas là pour infléchir le cours de l'Histoire, mais pour livrer des faits?

– Je ne me ferai décidément jamais à ta vantardise, Rolf. Comme ça, ce que tu as filmé serait capable de changer les destinées du pays?

– Oui.

– La place de ce matériau est dans mes archives.

– Il ne saurait tomber sous aucun motif aux mains des Forces armées, ce serait un coup fatal porté aux gars du maquis. Je ne les trahirai pas et je suis sûr qu'à ma place vous agiriez de même.

Le directeur de la Télévision nationale acheva en silence de fumer son cigare, tout en considérant sans l'ombre d'un sarcasme son jeune protégé à travers la fumée, réfléchissant, se remémorant les années d'opposition à la dictature du Général et ce qu'il ressentait alors.

– Tu n'apprécies guère qu'on te donne des conseils, mais, pour une fois, tu dois m'écouter, lui dit-il enfin. Planque tes bobines en lieu sûr, car le gouvernement connaît leur existence et on essaiera de te les soutirer de gré ou de force. Fais ton montage, supprime et conserve ce qui te chante, mais je te mets en garde: c'est comme d'entreposer de la nitroglycérine. Bon, peut-être viendra-t-il un jour où nous pourrons ressortir ce fameux documentaire, et qui sait si, d'ici une dizaine d'années, nous n'aurons pas l'occasion de montrer ce qui risquerait aujourd'hui, d'après toi, de chambouler le cours de l'Histoire!

Rolf Carlé débarqua le samedi suivant à la Colonie, porteur d'une valise fermée par un cadenas, qu'il remit à ses oncle et tante en leur recommandant de n'en parler à personne et de la tenir cachée jusqu'à ce qu'il revînt lui-même la chercher. Burgel l'enveloppa dans un rideau de matière plastique et Rupert l'enfouit sous un tas de planches de son atelier de menuiserie, sans proférer le moindre commentaire.

La sirène retentissait sur le coup de sept heures du matin, les portes de la fabrique s'ouvraient et deux cents femmes, dont je faisais partie, y pénétraient en troupeau, défilant devant les surveillantes qui nous fouillaient des pieds à la tête en vue de prévenir tout acte de sabotage. On confectionnait là depuis les brodequins des troufions jusqu'aux épaulettes des généraux, et tout était mesuré et soupesé pour empêcher que le moindre bouton, la moindre agrafe, le moindre bout de fil ne vînt à tomber entre des mains criminelles, comme disait le capitaine, car ces enfoirés sont capables d'imiter nos uniformes et de se mêler à la troupe pour refiler la patrie aux communistes, maudits soient ces salauds! Les vastes salles dépourvues de fenêtres étaient éclairées de tubes au néon, l'air était pulsé à travers des conduits fixés au plafond, en bas s'alignaient les machines à coudre et, à deux mètres du sol, courait tout le long des murs une étroite passerelle arpentée par les contremaîtres; leur mission consistait à veiller à ce que le rythme du travail ne se relâchât pas et à ce qu'aucun flottement, pas le moindre petit frisson ou embarras ne vînt perturber la production. A la même altitude se trouvaient les bureaux, modestes cubicules abritant officiers, comptables et gratte-papiers. Montait de partout un formidable rugissement de cataracte qui obligeait à porter des boules de coton dans les oreilles et à se faire comprendre par signes. A midi, la sirène perçait ce boucan assourdissant pour appeler au casse-croûte de la mi-journée; la cantine servait un déjeuner indigeste mais qui calait l'estomac, calqué sur l'ordinaire des conscrits. Pour nombre d'ouvrières, il constituait le seul et unique repas de la journée, et certaines en mettait de côté une partie pour l'emporter chez elles, bravant la honte de défiler devant les surveillantes avec ces restes enveloppés dans du papier. Tout maquillage était interdit et il fallait porter les cheveux courts, ou bien ramassés dans un foulard : un jour, l'axe d'une bobineuse avait happé les mèches d'une des femmes et quand on avait coupé l'électricité, il était trop tard, la machine lui avait arraché le cuir chevelu. Néanmoins, les plus jeunes essayaient de rester coquettes en se parant de foulards de couleurs gaies, de jupes courtes, d'un peu de rouge, s'évertuant à attirer l'attention d'un chef et à améliorer ainsi leur sort en montant deux mètres au-dessus du sol, à l'étage des employés, où salaire et conditions de travail étaient moins indignes. Bien qu'elle n'eût jamais été authentifiée, l'histoire d'une ouvrière qui avait réussi à épouser un officier enflammait l'imagination des novices, mais les plus anciennes se gardaient bien de lever les yeux vers de telles chimères, travaillant en silence et au plus vite pour améliorer leur quotepart.

De temps à autre, le colonel Tolomeo Rodriguez venait en tournée d'inspection. Son arrivée glaçait l'atmosphère et faisait encore monter le bruit. L'importance de son grade et la puissance que dégageait toute sa personne étaient telles qu'il n'avait nul besoin d'élever la voix ou de gesticuler pour inspirer le respect : un simple regard suffisait. Il passait tout en revue, compulsait les registres, faisait irruption dans les cuisines, interrogeait les ouvrières : vous êtes nouvelle ? qu'est-ce qu'on a mangé aujourd'hui ? il fait trop chaud ici, poussez donc la ventilation; on dirait que vous avez mal aux yeux, passez au bureau qu'on vous accorde un congé. Rien ne lui échappait. Certains sous-fifres le haïssaient, mais tous le redoutaient et on racontait que le Président lui-même le ménageait, car tous les jeunes officiers lui étaient respectueusement attachés et il pouvait à tout moment être tenté de se rebeller contre le pouvoir constitutionnel.

Je ne l'avais jamais aperçu que de loin, car mon bureau était situé tout au bout du couloir, et rien dans mon activité ne méritait qu'il vînt l'inspecter; pourtant, même à cette distance, j'avais pu ressentir toute l'autorité qui émanait de lui. C'est un jour de mars qu'il me fut donné de faire sa connaissance. Je l'observais à travers la vitre qui me séparait du couloir, quand il se retourna brusquement; nos regards se croisèrent. En sa présence, l'ensemble du personnel laissait ses yeux errer dans le vague, nul n'osait le dévisager, mais je ne pus baisser les paupières et restai suspendue à l'éclat de ses prunelles, hypnotisée. J'eus l'impression qu'il s'écoula ainsi un long moment. Puis il finit par marcher dans ma direction. Le bruit m'empêchait d'entendre ses pas, et c'était comme s'il s'était avancé en flottant dans les airs, suivi à distance respectueuse par le capitaine et son secrétaire. Quand le colonel me salua d'une légère inclinaison de tête, je pus apprécier de près sa haute taille, l'expressivité de ses mains, ses cheveux drus et fournis, ses belles dents régulières. Il était aussi attirant qu'un grand fauve. Ce soir-là, à la sortie de la fabrique, une limousine noire était garée devant le portail et une ordonnance me tendit un carton avec un mot manuscrit du colonel Tolomeo Rodriguez m'invitant à partager son dîner.

– Le Colonel attend votre réponse, dit l'homme au garde-à-vous.

— Dites-lui que cela m'est impossible, que j'ai un autre engagement.

En débarquant à la maison, je fis part de ce qui s'était passé à Mimi qui, négligeant le fait que cet homme était l'ennemi de Huberto Naranjo, s'attacha à considérer la situation sous l'angle des feuilletons d'amour dont elle se repaissait durant ses heures creuses, concluant que je m'étais comportée comme il le fallait : il est toujours bon de se faire prier, me rabâcha-t-elle comme en tant d'autres occasions.

— Tu dois être la première à oser lui refuser une invitation; je parie que dès demain il reviendra à la charge, pronostiqua-t-elle.

Ce ne fut pas le cas. Je restai sans nouvelles de lui jusqu'au vendredi suivant où il effectua une visite-surprise à la fabrique. En apprenant qu'il se trouvait dans les bâtiments, je me rendis compte que je n'avais fait que l'attendre tous ces derniers jours, lorgnant en direction du couloir, m'appliquant à deviner ses pas à travers le crépitement des machines à coudre, appréhendant son apparition et désirant en même temps le revoir avec une impatience dont j'avais presque perdu le souvenir car, depuis le début de ma liaison avec Huberto Naranjo, il ne m'arrivait plus de connaître pareils tourments. Mais l'officier ne vint même pas à proximité de mon bureau, et quand retentit la sirène de midi, je poussai un soupir de soulagement et de dépit mêlés. Par la suite, il m'arriva encore de songer à lui à diverses reprises.

Dix-neuf jours plus tard, revenant le soir à la maison, je tombai sur le colonel Tolomeo Rodriguez en train de prendre le café avec Mimi. Il était assis dans un des fauteuils extrême-orientaux, il se leva aussitôt et me tendit la main sans sourire.

— J'espère ne pas vous déranger, dit-il. Je suis venu parce que je désirais vous parler.

– Il veut te causer, répéta Mimi, aussi livide que les gravures accrochées au mur.

– Je suis resté un certain temps sans vous voir, puis j'ai décidé de prendre la liberté de venir vous rendre visite, reprit-il du ton cérémonieux dont il usait fréquemment.

– C'est pour ça qu'il est là, renchérit Mimi.

– Accepteriez-vous mon invitation à dîner?

– Il veut que tu ailles manger avec lui, traduisit à nouveau Mimi au bord de l'évanouissement.

A peine avait-il fait son entrée qu'elle l'avait remis et que lui étaient revenus en bloc tant de souvenirs : car c'était bien le même homme qui, à l'époque la plus sombre de sa vie, venait inspecter tous les trois mois le pénitencier de Santa Maria. Elle s'était décomposée, bien qu'elle fût persuadée qu'il ne pourrait faire le rapprochement entre le misérable détenu du Harem, en proie au paludisme, le crâne rasé, le corps couvert de plaies, et cette femme splendide qui lui servait à présent le café.

Pourquoi ne me dérobai-je pas à nouveau? Peut-être ne fut-ce pas l'effet de la crainte, comme je le pensai sur le moment, mais simplement l'envie d'être avec lui. Je pris une douche pour me laver de la fatigue de la journée, passai ma robe noire, me brossai les cheveux et réapparus au salon, partagée entre un sentiment de curiosité et une vive colère contre moi-même, car je sentais bien que j'étais en train de trahir Huberto. D'un geste quelque peu guindé, l'officier m'offrit son bras, mais je passai devant lui sans même le frôler, sous le regard affligé de Mimi qui ne parvenait pas encore à se remettre de ses émotions. Je montai à bord de la limousine en espérant que le voisinage n'eût pas remarqué l'escorte de motards et n'allât point penser que j'étais devenue la maîtresse de quelque général. Le chauffeur nous conduisit jusqu'à un des restaurants les plus huppés de la capitale, un petit palais versaillais où le chef quittait ses fourneaux pour venir saluer le gratin de sa clientèle et où un vieillard décoré d'une écharpe présidentielle, muni d'une coupelle d'argent, venait goûter les vins. Le colonel paraissait dans son élément; quant à moi, je me sentais comme une naufragée au milieu de ces sièges de brocart bleu, de ces somptueux candélabres et de ce bataillon de serveurs. On me passa un menu rédigé en français et Rodriguez, devinant ma perplexité, choisit pour moi. Je me retrouvai devant un tourteau que je ne sus par quel bout attraper, mais le maître d'hôtel s'employa à extraire la chair de la carapace et à la disposer dans mon assiette. Confrontée à la batterie de couteaux à bouts ronds ou pointus, aux verres de deux couleurs différentes, aux rince-doigts, je sus gré à Mimi des cours qu'elle m'avait fait prendre à l'institut des reines de beauté, et à l'ami décorateur des enseignements qu'il m'avait dispensés, car je pus me débrouiller sans sombrer dans le ridicule, jusqu'au moment où, entre le hors-d'œuvre et la viande, on vint me présenter un sorbet à la mandarine. Je contemplai interloquée la minuscule boule blanche couronnée d'une feuille de menthe, et m'enquis des raisons qui poussaient à servir les desserts avant le second plat. Rodriguez rit de bon cœur, et ce rire eut la vertu d'effacer les galons de sa manche et d'ôter plusieurs années aux traits de son visage. A compter de cet instant, tout devint plus facile. A mes yeux, il n'avait plus rien d'un haut dignitaire, et je me pris à le détailler à la lueur des bougies palatines. Il voulut savoir pourquoi je le regardais ainsi, à quoi je répondis que je lui trouvais de grands airs de ressemblance avec mon puma embaumé.

— Racontez-moi votre vie, colonel, lui demandai-je au dessert.

Je crois que cette requête le laissa d'abord décontenancé et lui fit même dresser l'oreille, mais il dut ne pas tarder à se rendre compte que je n'avais rien d'un agent de l'ennemi, et c'est comme si j'avais lu dans ses pensées : ce n'est là qu'une pauvre fille de la fabrique, quels peuvent donc bien être ses liens de parenté avec cette comédienne de télévision, très bien roulée d'ailleurs, celle-ci, beaucoup mieux même que cette gosse mal fagotée, j'ai failli inviter l'autre à sa place, on dit pourtant que c'est un travelo, on a du mal à le croire, mais, de toute façon, je ne peux courir le risque d'être vu en compagnie de cette sorte de dégénéré. Il finit par me parler de son enfance dans la propriété familiale, dans une campagne stérile couverte de steppes balayées par le vent, où l'eau et la végétation avaient un prix tout particulier, où les gens tiraient leur vigueur de vivre sur un sol aride. Ce n'était pas un homme de la partie tropicale du pays, il gardait le souvenir de longues chevauchées à travers plaine, de midis torrides et secs. Son père, un cacique local, l'avait placé à dix-huit ans dans les Forces armées, sans lui demander son avis, pour mettre ton point d'honneur à servir comme il faut la patrie, mon fils, lui avait-il ordonné. Et ainsi avait-il fait, sans l'ombre d'une hésitation, car la discipline prime tout, qui sait obéir saura commander. Il avait fait des études d'ingénieur et de sciences politiques, avait voyagé, lu quelque peu, il aimait beaucoup la musique et se déclarait plutôt frugal, ne buvant presque pas; il était marié, père de trois filles. En dépit de sa réputation de sévérité, il fit preuve ce soir-là d'une joyeuse humeur et, à la fin, me remercia de lui avoir tenu compagnie : il s'était bien amusé, dit-il, j'étais décidément quelqu'un d'original, assura-t-il bien qu'il ne m'eût pas entendu prononcer trois phrases, ayant lui-même accaparé la conversation.

– C'est moi qui vous remercie, colonel. Je n'étais jamais venue ici, c'est un endroit très chic.

– Ce ne doit pas être la première fois, Eva. Pourrions-nous nous revoir la semaine prochaine?

– A quoi bon?

– Eh bien, pour mieux nous connaître...

– Vous voulez coucher avec moi, colonel? Il laissa choir ses couverts et, pendant près d'une minute, resta les yeux rivés à son assiette.

– C'est une question brutale et qui mérite donc une réponse similaire, finit-il par lâcher. C'est mon désir, en effet. Acceptez-vous?

– Non, merci bien. Les aventures sans amour me donnent le cafard.

– Je n'ai pas dit que l'amour était exclu.

– Et votre femme?

– Mettons les choses au point : mon épouse n'a rien à faire dans cette conversation et nous ne la mentionnerons jamais plus. Parlons plutôt de nous deux. Ce n'est pas à moi de vous dire une chose pareille, mais, si j'en décide ainsi, je puis vous rendre très heureuse.

– Cessons de tourner autour du pot, colonel. J'imagine en effet que vous détenez beaucoup de pouvoir, que vous pouvez faire tout ce que vous voulez, et que vous ne vous en privez d'ailleurs pas, n'est-il pas vrai?

– Vous faites erreur. Mes fonctions m'imposent des responsabilités et des devoirs envers la patrie, et je ne suis pas près de renoncer à les assumer. Je suis un soldat, je n'ai pas pour habitude d'abuser de mes privilèges, encore moins de ce genre-là. Je n'ai nullement l'intention de faire pression sur vous, je ne cherche qu'à vous séduire, et suis sûr d'arriver à mes fins, car nous sommes attirés l'un vers l'autre. Je vous ferai changer d'avis, et vous verrez que vous finirez par m'aimer.

– Excusez-moi, mais j'en doute.

– Il faudra vous y faire, Eva, répliqua-t-il en souriant, car je ne vous laisserai pas en paix tant que vous ne m'aurez pas accepté.

– Dans ce cas, ne perdons pas de temps. Je ne me sens pas de taille à discuter avec vous, car cela pourrait mal tourner pour moi. Allons-y tout de suite, finissons-en en quatrième vitesse, après quoi vous pourrez me laisser tranquille.

L'officier se leva, le visage cramoisi. Aussitôt, deux maîtres d'hôtel accoururent avec empressement, et les gens des tables voisines se retournèrent pour nous observer. Alors il se rassit et demeura un moment silencieux, le corps rigide, le souffle saccadé.

– Je ne sais quelle sorte de fille tu es, dit-il enfin en me tutoyant pour la première fois. En temps normal, j'accepterais ton défi et nous nous rendrions aussitôt en quelque endroit intime, mais j'ai décidé de conduire cette affaire d'une tout autre manière. Je ne vais pas te supplier. Je suis sûr que c'est toi qui me relanceras; pour peu que tu aies de la chance, ma proposition sera toujours valable. Téléphone-moi dès que tu souhaiteras me voir, ajouta sèchement Rodriguez en me tendant une carte de visite au coin supérieur orné de l'écusson national, où son nom s'étalait en italiques.

Je rentrai relativement tôt à la maison, cette nuit-là. Mimi fut d'avis que je m'étais conduite comme une folle : ce militaire était un type puissant, à même de nous causer bien des ennuis, n'aurais-je pas pu me montrer un peu plus aimable? Le lendemain, je renonçai à mon emploi, ramassai mes affaires et quittai définitivement la fabrique, afin d'échapper à cet homme qui représentait tout ce contre quoi Huberto Naranjo avait risqué sa vie depuis tant d'années.

— Il n'est pas de mal dont ne finisse par sortir un bien, décréta Mimi en constatant que la roue de la fortune, décrivant un demi-tour, m'avait replacée sur le chemin que je n'aurais, selon elle, jamais dû quitter. A présent, tu vas pouvoir te mettre sérieusement à écrire.

Elle était installée à la table de la salle à manger devant ses tarots disposés en éventail, où elle pouvait lire que mon destin était de raconter des histoires et que tout le reste n'était que temps perdu, comme j'en avais eu moi-même l'intuition du jour où j'avais lu *Les Mille et Une Nuits*. Mimi prétendait que chacun naît avec un talent particulier, que de sa découverte dépendent la chance ou l'infortune, mais que ce ne sont pas les récriminations à ce sujet qui manquent en ce bas monde, car on ne compte pas les savoir-faire inutiles, comme celui d'un de ses amis qui était capable de rester trois minutes sous l'eau sans respirer, ce qui lui faisait une belle jambe. Pour sa part, elle était tranquille, elle savait quel était le sien. Elle venait de commencer à tourner un feuilleton télévisé dans le rôle de la méchante Alejandra, rivale de Belinda, une jeune demoiselle aveugle qui, à la fin, recouvrait la vue, comme il arrive toujours dans ces cas-là, pour convoler avec le jeune premier. Les brochures des dialogues traînaient un peu partout dans la maison, qu'il lui fallut apprendre par cœur grâce à mon aide. Je devais interpréter tous les autres rôles : (*Luis Alfredo plisse les paupières pour ne pas pleurer, car les hommes ne pleurent pas.)* Laisse-toi aller à tes sentiments... Permets-moi de régler moi-même le coût de l'opération de tes yeux, mon amour. *(Belinda tressaille, elle a tellement peur de perdre l'être aimé.)* Je voudrais tant être sûre de toi..., mais il existe une autre femme dans ta vie, Luis Alfredo. *(Il fait face à ses belles prunelles sans éclat.)* Alejandra ne représente rien pour moi, elle ne fait que convoiter la fortune des Martinez de la Roca, mais elle ne parviendra pas à ses fins. Personne ne pourra jamais nous séparer, ma Belinda. *(Il l'embrasse et elle s'abandonne à cette sublime étreinte, laissant entendre au public qu'il pourrait bien se passer alors quelque chose de plus... ou peut-être bien que non. Panoramique de la caméra découvrant Alejandra qui les espionne par l'entrebâillement de la porte, défigurée par la jalousie. Raccord sur le studio B.)*

– Dans les téléfilms, tout est question de confiance. Il faut y croire, un point c'est tout, dissertait Mimi entre deux répliques d'Alejandra. Si tu te mets à vouloir les analyser, tu en enlèves la magie et flanques tout par terre.

Elle certifiait que le premier venu était tout à fait capable de concocter des drames comme celui de Belinda et de Luis Alfredo, mais que je pouvais à plus forte raison y réussir, moi qui avais passé des années à en entendre débiter à la cuisine, persuadée qu'il s'agissait de faits divers authentiques et qui m'étais sentie si flouée en constatant que la réalité n'avait rien à voir avec ce qu'on racontait à la radio. Mimi m'exposa les avantages incontestables qu'il y avait à travailler pour la télévision, où n'importe quelle divagation trouvait à prendre corps et où chaque personnage, si extravagant fût-il, avait la possibilité de planter une aiguille dans l'âme non prévenue du public, effet que réussissait rarement à atteindre un livre. Ce soir-là, elle débarqua avec une douzaine de pâtisseries et une lourde boîte enveloppée de papier-cadeau. C'était une machine à écrire : pour que tu te mettes au travail, me dit-elle. Nous passâmes une partie de la nuit assises sur le lit à siroter du vin, à grignoter des douceurs et à discuter du scénario idéal, un imbroglio de passions et de divorces, avec des bâtards, des ingénues et des méchants, des riches et des pauvres, capable dès la première minute de prendre le spectateur aux tripes et de le garder prisonnier du petit écran tout au long de deux cents bouleversants épisodes. Nous nous endormîmes toutes couvertes de sucre en poudre, le vin nous était monté à la tête; je fis des rêves remplis d'hommes jaloux et d'ingénues aveugles.

Je m'éveillai dès l'aube. C'était un mercredi, le temps était doux, il pluvinait, rien ne distinguait ce jour-là des autres jours de mon existence, et pourtant, il y est resté serti comme une date unique, à moi seule réservée. Depuis que maîtresse Inès m'avait enseigné l'alphabet, j'avais passé pratiquement toutes mes nuits à écrire, mais je sentis cette fois-ci qu'il s'agissait de quelque chose de différent, qui pouvait m'orienter ailleurs. Je me préparai un café noir et m'installai devant ma machine, m'emparai d'une feuille de papier bien blanc, bien propre, comme un drap tout frais repassé où faire l'amour, et l'introduisis dans le rouleau. Je me sentis alors toute bizarre, comme si un vent d'allégresse m'avait intérieurement sillonnée tout au long de mes os, de mes veines. J'eus l'impression que cela faisait vingt ans et plus que cette page m'attendait, que je n'avais vécu jusqu'ici que pour cet instant-là, et mon vœu le plus ardent fut qu'à compter de cette minute, mon seul et unique métier consistât désormais à capter les histoires en suspens dans l'air le plus ténu, afin de les faire miennes. J'inscrivis mon nom, puis les mots affluèrent sans effort, une chose s'enchaînant à la suivante, puis à une autre encore. Les personnages émergeaient des ténèbres où ils étaient restés tapis pendant des années; se détachaient dans la lumière de ce mercredi leur physionomie, leur voix, leurs passions et leurs obsessions respectives. S'agençaient des récits conservés dans ma mémoire génétique bien avant ma naissance, et nombre d'autres que j'avais consignés au fil des ans dans mes cahiers. Je commençai à me ressouvenir de faits où nous vivions parmi les idiots, les cancéreux et les embaumés du professeur Jones; je vis réapparaître un Indien piqué par un aspic et un tyran aux mains dévorées par la lèpre; je sauvai de l'oubli une vieille fille au cuir chevelu arraché comme par une bobineuse, un haut dignitaire dans son fauteuil de velours épiscopal, un Arabe au cœur généreux, et tant d'autres, hommes et femmes, dont j'avais la vie à portée de main, à même d'en disposer selon mon bon plaisir. Peu à peu, le passé se muait en présent, je m'appropriais aussi bien le futur, les morts reprenaient vie avec l'illusion d'accéder à l'éternité, les dispersés se trouvaient rassemblés, tout ce que l'oubli avait naguère estompé acquérait à nouveau des contours précis.

Nul ne vint m'interrompre et je passai presque toute la journée à écrire, si absorbée que j'en oubliai même de déjeuner. Sur le coup de quatre heures de l'après-midi, je vis une tasse de chocolat surgir dans mon champ de vision.

– Tiens, je t'ai apporté quelque chose de chaud...

Je considérai cette haute et mince silhouette drapée dans un kimono bleu et restai quelques instants sans pouvoir remettre Mimi, car je me trouvais pour l'heure en pleine forêt, sur les pas d'une fillette à l'ample chevelure flamboyante. Je poursuivis à ce rythme en omettant toutes les directives reçues : qu'un scénario se dispose sur deux colonnes, que chaque épisode doit comporter vingt-cinq scènes, qu'il convient de faire très attention aux changements de décors, qui coûtent cher, aux trop longues tirades dans lesquelles les acteurs s'embrouillent, que chaque phrase importante doit être répétée trois fois, et que l'argument doit rester des plus simples, le public auquel on s'adresse étant composé par principe de sombres crétins. Sur la table s'était mis à grandir un tas de feuillets parsemés d'annotations, de corrections, de hiéroglyphes et de taches de café, mais je n'avais qu'à peine commencé à dépoussiérer mes souvenirs et à entretisser des destins, j'ignorais tout à fait où j'allais et quel serait le dénouement, pour autant qu'il y en eut un. J'avais l'impression que la fin ne surviendrait qu'avec ma propre mort, et me laissai séduire par l'idée d'être moi aussi un personnage de cette histoire, d'avoir ainsi la faculté de m'inventer une vie et d'en déterminer le terme. Le scénario se compliquait, les personnages se révélaient de plus en plus rebelles. Je travaillais – si on peut appeler travail une pareille fête – de nombreuses heures par jour, de l'aube à la nuit tombée. J'avais cessé de prendre soin de moi, mangeais quand Mimi s'occupait de m'alimenter et me couchais quand elle me mettait au lit, tout en restant plongée en rêve dans cet univers à peine éclos, tenant mes personnages par la main afin que leurs frêles contours ne retournassent se dissoudre dans la nébuleuse des histoires à jamais inracontées.

Au bout de trois semaines, Mimi estima que

l'heure était venue de donner quelque débouché pratique à ce délire, avant que je ne finisse par disparaître, engloutie sous mes propres mots. Elle obtint un rendez-vous avec le directeur de la télévision en vue de lui proposer ce canevas, car elle jugeait dangereux pour mon équilibre mental de prolonger un pareil effort s'il n'y avait nul espoir de le voir porter à l'écran. A la date convenue, elle se vêtit tout de blanc – d'après son horoscope, c'était sa couleur fétiche pour ce jour-là –, glissa entre ses seins une médaille du Maharishi et me força à la suivre. Marchant à ses côtés, je me sentis comme toujours l'âme en paix, sereine, protégée par le rayonnement de cette créature mythologique.

Aravena nous reçut dans son bureau tout en verre et en matière plastique, derrière une imposante table de travail qui dissimulait mal le fâcheux arrondi de sa panse de bon vivant. Je me sentis déçue à la vue de ce gros lard aux yeux de ruminant, un cigare à demi consumé entre les dents, si différent de l'homme bouillant d'énergie que j'avais imaginé à la lecture de ses articles. L'air distrait, car la part la moins intéressante de son travail lui imposait de voir défiler devant lui la parade des gens du spectacle, Aravena nous salua à peine, sans même tourner la tête dans notre direction, regardant par la fenêtre où se découpaient les toits voisins et les gros nuages d'un orage sur le point d'éclater. Il me demanda combien de temps il me fallait encore pour parachever mon scénario, jeta un coup d'œil sur la chemise du manuscrit qu'il tenait entre ses doigts mous, et marmonna qu'il en prendrait connaissance dès qu'il en aurait le loisir. Je tendis la main pour récupérer mon feuilleton, mais Mimi me l'arracha aussitôt pour le lui restituer, l'obligeant du même coup à la dévisager, à regarder ses yeux papilloter d'un battement

343

d'ailes fatal, le rouge de ses lèvres peintes s'humidifier, tandis qu'elle lui proposait de venir dîner à la maison le samedi suivant, quelques amis seulement, une petite réunion intime, dit-elle dans cet irrésistible susurrement qu'elle s'était forgé pour dissimuler la tessiture de ténor avec laquelle elle était venue au monde. Un brouillard palpable, une fragrance obscène, une toile d'araignée à toute épreuve achevèrent de prendre le bonhomme dans leurs rêts. Il resta un long moment figé, le manuscrit à la main, interloqué, car je suppose qu'il n'avait encore jamais été la cible d'un appel aussi dépravé. La cendre de son cigare tomba sur la table sans même qu'il s'en rendît compte.

– Tu avais besoin de l'inviter à la maison? reprochai-je à Mimi dès que nous fûmes dehors.

– Même si ce devait être la dernière chose qu'il me soit donné de faire de mon vivant, je m'arrangerai pour qu'il te prenne ce scénario.

– Tu ne penses tout de même pas le séduire...

– Comment crois-tu qu'on obtienne quelque chose dans ce milieu?

Ce samedi-là débuta sous la pluie et l'eau ne cessa de tomber de la journée et de la soirée, cependant que Mimi s'affairait aux préparatifs d'un dîner ascétique à base de riz complet, considéré comme le comble du raffinement depuis que macrobiotiques et végétariens s'étaient mis à terroriser l'humanité avec leurs théories diététiques. Le gros lard va crever de faim, marmonnai-je en râpant des carottes, mais Mimi demeura inflexible, s'attachant par priorité à disposer des fleurs dans les vases, à faire brûler des bâtonnets d'encens, à sélectionner des disques et à disposer un peu partout des coussins de soie, car il était également devenu du dernier chic de se déchausser et de se vautrer par terre. Il y avait huit invités, tous gens de scène, à l'exception d'Aravena qui débarqua en compagnie de ce type aux cheveux cuivrés que l'on voyait de temps en temps, caméra au poing, sur les barricades de quelque révolution exotique, comment le nommait-on déjà? Je lui serrai la main avec l'impression confuse de l'avoir déjà rencontré.

Après dîner, Aravena me prit à part et me confessa la fascination que Mimi exerçait sur lui. Il n'était pas parvenu à détacher sa pensée d'elle, elle lui faisait l'effet d'une brûlure toute récente.

– Elle représente la féminité absolue. Nous sommes tous quelque peu androgynes, avec plus ou moins du mâle et de la femelle, mais elle a réussi à extirper d'elle-même jusqu'au dernier vestige de l'élément masculin et à se doter de ces courbes splendides, uniques... Elle est totalement femme, elle est tout simplement adorable, dit-il en s'épongeant le front avec son mouchoir.

Je tournai les yeux vers mon amie si proche et familière, et considérai ses traits dessinés aux crayons et aux pinceaux, sa poitrine et ses hanches rondes, son ventre lisse, aride pour la maternité comme pour le plaisir, chaque ligne de son corps modelée avec une inexorable ténacité. J'étais la seule à connaître à fond la secrète nature de cette créature de fiction, engendrée dans la douleur pour combler les rêves d'autrui, elle-même frustrée de ses propres rêves. Il m'a été donné de la voir sans maquillage, triste et abattue, de me tenir à côté d'elle lors de ses dépressions, de ses maladies, de ses insomnies, de ses accès de fatigue, et je voue une affection sans bornes à l'être fragile et contradictoire dissimulé derrière les plumes et le strass.

Je me demandai alors si cet homme à la lippe gourmande et aux doigts boudinés saurait creuser assez profond en elle pour y découvrir la compagne, la mère, la sœur qu'était en réalité Mimi. Celle-ci, à l'autre bout de la pièce, sentit peser sur elle le regard de son nouvel admirateur. J'eus envie de l'empêcher d'aller plus loin, de la protéger, mais je me retins.

— Voyons, Eva, raconte donc une histoire à notre ami, dit-elle en se laissant tomber à côté d'Aravena.

— Quel genre voudriez-vous?

— Mettons quelque chose d'un peu coquin, fit-elle d'une voix pleine de sous-entendus.

Je m'assis en tailleur à la manière des Indiens, fermai les yeux et, durant quelques instants, laissai errer mon esprit parmi les dunes d'un désert immaculé, comme je le fais chaque fois que je m'apprête à inventer quelque récit. Bientôt émergèrent de ces sables une femme en cotillon de taffetas jaune, puis, par petites touches, les paysages glacés puisés par ma mère dans les magazines du professeur Jones, et les jeux imaginés par la Madame pour les fêtes du Général. Je me mis à raconter. Mimi prétend que j'ai une voix spéciale pour les histoires, une voix qui, tout en étant la mienne, paraît également venir d'ailleurs, comme si elle sortait de terre pour me monter à travers le corps. Je sentis les contours de la pièce s'estomper, noyés parmi les nouveaux horizons que j'avais assemblés en pensée. Les invités s'étaient tus.

« *La vie était rude, en ce temps-là, dans le Sud. Non pas dans le sud de ce pays-ci, mais tout en bas de la carte du monde, là où les saisons sont cul par-dessus tête et où l'hiver ne commence pas à Noël, ainsi qu'il en va dans les nations civilisées, mais au beau milieu de l'année, comme dans les contrées barbares... »*

Quand j'eus fini de parler, Rolf Carlé fut le seul à ne pas applaudir avec les autres. Par la suite, il m'avoua qu'il avait mis un bon moment à s'en revenir de cette pampa australe à travers laquelle s'éloignaient mes deux amants, chargés d'un sac rempli de pièces d'or; et à peine avait-il repris ses esprits qu'il avait décidé de porter mon histoire à l'écran, avant que les fantômes de ce gredin et de cette friponne ne se fussent installés comme chez eux dans ses propres rêves. Je me demandai d'où me venait cette impression de familiarité que me donnait Rolf Carlé; ce ne pouvait être du simple fait de l'avoir vu à la télévision. Je passai en revue les années passées pour vérifier si nous nous étions rencontrés auparavant, mais ce n'était pas le cas, et je ne connaissais non plus personne qu'il m'eût rappelé. Il fallait absolument que j'en aie le cœur net. Je m'approchai et lui effleurai le dos de la main.

— Ma mère aussi avait la peau semée de taches de rousseur...

Rolf Carlé resta sans bouger, mais ne fit rien non plus pour arrêter mes doigts.

— On m'a dit que tu es allé dans la montagne avec les guérilleros...

— J'ai été en beaucoup d'endroits.

— Raconte-moi...

Nous nous assîmes par terre et il répondit à toutes mes questions. Il me parla également de son métier qui le transportait d'un bout à l'autre de la planète, observant le monde à travers son objectif. Nous ne vîmes pas passer le reste de la soirée et ne remarquâmes même pas le départ des autres invités. Il fut le dernier à prendre congé, et je crois bien qu'il le fit à regret, Aravena s'entêtant à le prendre à sa remorque. Sur le pas de la porte, il annonça qu'il allait s'absenter quelques jours, pour filmer les troubles qui avaient éclaté à Prague où les Tchèques affrontaient à coups de cailloux les tanks de l'envahisseur. Je voulus lui dire au revoir d'un baiser, mais il se borna à me serrer la main avec une petite inclinaison de tête qui me parut un tantinet solennelle.

Quatre jours plus tard, quand Aravena me fit venir pour signer le contrat, il pleuvait toujours autant; son luxueux bureau était encombré de seaux et de bassines pour recueillir l'eau qui dégouttait du plafond. Ainsi que me l'exposa sans ambages le directeur, mon scénario était très loin d'épouser les schémas habituels; en fait, tout ça n'était qu'un salgimondis de personnages biscornus et d'anecdotes invraisemblables, il y manquait une véritable intrigue, mes héros n'étaient pas beaux, ils ne vivaient pas dans l'opulence, on était dans l'incapacité de suivre le fil des événements, le public ne pourrait que s'y perdre, bref, son avis était qu'il ne se trouverait personne d'un tant soit peu sensé pour courir le risque de produire un méli-mélo pareil, mais que lui-même allait le faire, parce qu'il ne résistait pas à l'envie de scandaliser le pays avec des extravagances aussi grotesques, et parce que Mimi le lui avait demandé.

– Continue d'écrire, Eva, je suis curieux de savoir comment ce chapelet d'insanités va se terminer, me dit-il en guise d'au revoir.

Les inondations avaient commencé dès le troisième jour de pluie; au cinquième, le gouvernement décréta l'état d'urgence. Les catastrophes dues au mauvais temps étaient si courantes que nul ne prenait la précaution de balayer les caniveaux et de déboucher les égouts, mais, cette fois, les éléments se déchaînèrent d'une façon qui passait tout ce qu'on pouvait imaginer. L'eau arracha les chaumières des collines, le fleuve qui traverse la capitale se mit à déborder, envahissant les maisons, emportant les automobiles, les arbres et la moitié des installations du stade. Les cameramen de la télévision nationale montèrent à bord de canots pneumatiques pour filmer les sinistrés sur les toits de leurs habitations, attendant patiemment d'être secourus par les hélicoptères de l'armée. Quoique transis et affamés, beaucoup d'entre eux chantaient, car il n'est rien de plus stupide que d'augmenter le malheur en se lamentant sur son sort. Le déluge tourna court au bout d'une semaine, grâce à la méthode empirique qui avait déjà été employée, des années auparavant, pour venir à bout de la sécheresse. L'évêque sortit en procession en brandissant le Nazaréen, et tout un chacun lui emboîta le pas, priant et formant des vœux à l'abri de son parapluie, sous les quolibets des employés de la météo qui étaient entrés en contact avec leurs collègues de Miami et pouvaient certifier que, d'après les indications des ballons-sondes et les octas mesurant la nébulosité du ciel, l'averse allait durer neuf jours supplémentaires. Ce qui n'empêcha pas le ciel de se dégager quelque trois heures après que le Nazaréen eut regagné sa place sur le maître-autel de la cathédrale, trempé comme une serpillière malgré le baldaquin sous lequel on avait tenté de l'abriter. Sa perruque avait déteint, un liquide noirâtre dégoulinait sur son visage, et les plus dévots se jetèrent à genoux, convaincus que la statue s'était mise à saigner. Ces faits renforcèrent le prestige de la religion catholique et rassérénèrent quelques âmes rendues inquiètes par l'emprise idéologique des marxistes et par le débarquement des premiers groupes mormons, composés d'énergiques et candides jeunes gens en chemisettes à manches courtes qui s'immisçaient dans les foyers pour convertir à l'improviste les familles non prévenues.

Quand la pluie eut cessé et qu'on put évaluer ce qu'il en coûterait pour réparer les dégâts et rétablir une vie normale dans la capitale, on vit apparaître, flottant non loin de la place du Père de la Patrie, un cercueil de fabrication modeste, mais en parfait état de conservation. L'eau l'avait charrié depuis un bidonville des collines qui surplombaient la ville à l'ouest, le courant l'avait porté au long des rues transformées en torrents, et avait fini par le déposer intact en plein centre. En ouvrant le couvercle, on y découvrit une vieille femme qui dormait le plus tranquillement du monde. Je l'aperçus aux informations télévisées de la matinée, appelai aussitôt la chaîne pour tenter d'apprendre quelques détails, puis me dirigeai en compagnie de Mimi vers les abris de fortune improvisés par l'armée pour héberger les sinistrés. Nous parvînmes ainsi devant de vastes tentes militaires où s'entassaient des familles entières dans l'attente du beau temps. Nombreux étaient ceux qui avaient perdu jusqu'à leurs papiers d'identité, mais, sous les bâches, personne ne broyait du noir, le désastre était un bon prétexte pour prendre quelque repos, et l'occasion de se faire de nouveaux amis, on attendrait le lendemain pour voir comment se tirer de ce mauvais pas, pour l'heure on n'allait pas verser des larmes inutiles sur ce que l'eau avait emporté. C'est là que nous retrouvâmes Elvira, hâve et farouche, assise sur une paillasse, narrant à un petit cercle d'auditeurs attentifs comment elle avait échappé au déluge à bord de son arche bizarre. C'est ainsi que je récupérai ma grand-mère. En la voyant sur le petit écran, je l'avais reconnue aussitôt, malgré ses cheveux blancs et la carte de géographie que dessinaient les rides sur son visage;

notre longue séparation ne lui avait pas même effleuré l'esprit, elle était au fond restée la même femme qui troquait jadis ses portions de bananes frites contre mes histoires et contre le droit de jouer à la morte au fond de son cercueil. Je me frayai un passage, me ruai sur elle et l'étreignis à l'étouffer, comme pour rattraper toutes ces années d'absence. De son côté, Elvira m'embrassa sobrement, comme si le temps s'était abstenu de couler dans son âme, que nous nous étions simplement quittées de la veille, et que tous les changements intervenus dans mon aspect n'étaient dus qu'à sa vue fatiguée, qui lui donnait la berlue.

– Imagine un peu, mon petit oiseau : avoir si souvent dormi dans cette caisse pour être prête le jour où la mort viendrait me prendre, et, en fin de compte, ce qui est venu me chercher, c'est la vie! Plus jamais je ne m'allongerai dans un cercueil, pas même lorsque ce sera mon tour d'aller au cimetière. Je veux qu'on m'enterre debout, comme un arbre!

Nous la ramenâmes à la maison. Au cours du trajet en taxi, Elvira dévisagea Mimi : jamais elle n'avait rien vu de pareil, elle lui faisait l'effet d'une grande poupée. Un peu plus tard, elle la palpa sur toutes les coutures, de ses mains expertes de cuisinière, et déclara qu'elle avait la peau plus blanche et douce au toucher que celle des oignons, les seins aussi fermes que des citrons verts, qu'elle sentait aussi bon que le gâteau aux amandes de la Pâtisserie Suisse, puis elle chaussa ses besicles pour l'examiner de plus près, et la chose ne fit alors plus aucun doute pour elle : ce ne pouvait être une créature de ce monde, mais bel et bien un archange, conclut-elle. Dès le premier instant, Mimi sympathisa aussi avec elle, car en dehors de moi et de sa *mamma*, dont jamais l'amour ne lui avait fait défaut, elle n'avait pas de famille, tous les siens lui avaient tourné le dos en la voyant affublée d'un corps de femme. Elle aussi avait besoin d'une grand-mère. Elvira accepta notre hospitalité, puisque nous insistions tellement, l'inondation ayant au surplus emporté tous ses biens, à l'exception du cercueil à propos duquel Mimi n'émit aucune objection, bien qu'il s'harmonisât assez mal avec le reste de la décoration intérieure. Mais Elvira n'y tenait plus. Il lui avait sauvé la vie, et elle n'était pas disposée à courir ce risque une seconde fois.

Quelques jours plus tard, Rolf Carlé s'en revint de Prague et me téléphona. Il passa me chercher à bord d'une jeep délabrée par les mauvais traitements, nous filâmes vers le littoral et arrivâmes en milieu de matinée sur une plage aux eaux translucides et aux sables roses, bien différente de la mer aux vagues hérissées où j'avais si souvent vogué dans la salle à manger des célibataires. Nous barbotâmes, puis nous nous étendîmes au soleil; quand la faim se fit sentir, nous nous rhabillâmes et partîmes en quête d'une gargote où manger quelque friture. Nous passâmes l'après-midi à contempler le bord de mer, à boire du vin blanc et à nous raconter nos vies. Je lui parlai de cette époque de mon enfance où on me plaçait comme bonniche dans des maisons étrangères, d'Elvira sauvée des eaux, de Riad Halabi, entre autres épisodes, tout en omettant Huberto Naranjo auquel je ne fis jamais aucune allusion, conformément aux solides usages de la clandestinité. De son côté, Rolf Carlé me raconta les privations de la guerre, la disparition de son frère Jochen, son père pendu à un arbre, le camp de prisonniers...

— C'est étrange, jamais je n'avais encore traduit ces choses-là en mots.

— Pour quelle raison?

— Je ne sais. J'ai l'impression qu'il s'agit de secrets, de la part la plus sombre de mon passé, dit-il avant de rester un long moment silencieux, le regard posé sur la mer, ses yeux gris chargés d'une expression nouvelle.

– Qu'est devenue Katharina?

– Elle est morte tristement, seule dans un hôpital.

– D'accord, elle est morte, mais pas comme tu le dis. Cherchons-lui plutôt une belle fin. C'était un dimanche, le premier jour ensoleillé de la saison. Katharina s'est réveillée pleine d'entrain et l'infirmière l'a assise sur la terrasse dans une chaise longue, les jambes enveloppées dans une couverture. Ta soeur est restée à contempler les oiseaux qui commençaient à faire leurs nids dans les corniches du bâtiment, les bourgeons à peine éclos dans la ramure des arbres. Elle se sentait à l'abri et en sécurité, comme lorsqu'elle s'endormait dans tes bras, sous la table de la cuisine, et, de fait, à ce moment précis, c'est à toi qu'elle songeait. La mémoire lui faisait certes défaut, mais tout son être conservait intacte cette chaleur que tu avais su lui donner, et toutes les fois qu'elle se sentait contente, c'est ton nom qu'elle murmurait. C'est justement ce qu'elle était en train de faire, épelant ton nom avec allégresse, quand son esprit s'est détaché d'elle, sans même qu'elle s'en soit rendu compte. Peu après, ta mère est venue lui rendre visite, comme chaque dimanche, elle l'a trouvée immobile, toute souriante, elle lui a alors fermé les yeux, lui a déposé un baiser sur le front, puis elle a acheté à son intention une châsse de jeune mariée où elle l'a étendue sur son voile blanc.

– Et ma mère, tu n'aurais pas pour elle aussi un sort plus enviable? demanda Rolf Carlé d'une voix brisée.

– Si. De retour du cimetière, elle est rentrée chez elle et s'est aperçue que les voisins avaient disposé des fleurs dans tous les vases, pour qu'elle se sente moins seule. Le lundi étant le jour où on confectionnait le pain, elle a ôté sa robe de sortie, a noué son tablier et s'est mise à préparer la pâte. Elle se sentait l'âme en repos, tous ses enfants étant heureux là où ils se trouvaient : Jochen avait rencontré une femme comme il faut et avait fondé quelque part une famille, Rolf faisait sa vie en Amérique, et Katharina, enfin libre des attaches terrestres, pouvait désormais voler à sa guise...

– D'après toi, pourquoi ma mère n'a-t-elle jamais accepté de venir me rejoindre ici?

– Je ne sais... Peut-être ne souhaite-t-elle pas quitter son pays?

– Elle est seule et âgée, elle serait bien mieux à la Colonie, avec mes oncle et tante.

– Tout le monde n'est pas fait pour émigrer, Rolf. Elle est en paix, occupée à entretenir son jardin et ses souvenirs.

CHAPITRE ONZE

Pendant une huitaine de jours, le charivari suscité par l'inondation fut tel qu'aucune autre nouvelle ne se détacha dans la presse et que, sans Rolf Carlé, le massacre perpétré dans un centre opérationnel des Forces armées fût pour ainsi dire passé inaperçu, noyé sous les eaux bourbeuses du déluge et par les manœuvres troubles du pouvoir. Un groupe de détenus politiques s'étaient mutinés et, après avoir confisqué leurs armes à leurs gardiens, s'étaient retranchés dans un quartier des baraquements. Homme fougueux, prompt à décider, le commandant, s'abstenant de solliciter des instructions, s'était borné à donner l'ordre de les réduire en bouillie, et ses directives avaient été prises au pied de la lettre. On les avait pilonnés avec tout un arsenal de guerre, en massacrant ainsi un nombre indéterminé; il n'y avait pas eu de blessés, les survivants ayant été regroupés dans une cour où on les avait achevés sans une ombre de clémence. Une fois dissipée l'ivresse du carnage, quand ils eurent décompté les cadavres, les gardiens comprirent qu'il leur serait difficile d'expliquer leur fait d'armes à l'opinion, et qu'ils seraient également bien en peine de confondre la presse en alléguant qu'il s'agissait là de rumeurs dénuées de fondement. La déflagration des tirs de mortiers avait tué des milliers d'oiseaux en plein vol, dont les cadavres étaient tombés du ciel sur plusieurs kilomètres à la ronde : impossible de les justifier, personne n'étant disposé à ajouter foi à quelque nouveau miracle du Nazaréen. Indice supplémentaire, une implacable puanteur s'échappait des fosses communes, saturant l'atmosphère. Leur première mesure consista à interdire l'approche des lieux aux curieux et à tenter de recouvrir le secteur d'une chape de solitude et de silence. Le gouvernement n'avait pas le choix et endossa l'initiative du commandant de la place. On ne peut tout de même pas laisser attaquer les forces de l'ordre, ce sont des choses qui mettent la démocratie en péril, ronchonna le Président en colère dans l'intimité de son cabinet. Ils échafaudèrent alors une explication selon laquelle les rebelles s'étaient éliminés les uns les autres, et ressassèrent si bien cette fable qu'ils finirent eux-mêmes par y croire. Mais Rolf Carlé en savait trop long sur ce genre d'affaires pour gober la version officielle, et, sans attendre qu'Aravena l'en eût chargé, il alla fourrer son nez là où les autres n'osaient s'aventurer. Ses amis du maquis lui fournirent une part de la vérité, et il eut confirmation du reste auprès des gardiens qui avaient exterminé les prisonniers : deux ou trois bières suffirent à les faire parler, car ils n'en pouvaient plus d'être assiégés par la mauvaise conscience. Au bout de trois jours, alors que commençait à s'estomper l'odeur des cadavres et qu'on avait balayé jusqu'à la dernière menue charogne d'oiseau, Rolf Carlé avait réuni les preuves irréfutables de ce qui s'était passé et était prêt à en découdre avec la censure, mais Aravena le prévint qu'il ne devait pas se faire d'illusions, qu'on n'en piperait mot à l'antenne. Il eut sa première dispute avec son maître, l'accusa d'être timoré, complice, mais l'autre demeura intraitable. Il parla alors à deux députés de l'opposition, leur montra ses films et ses clichés, afin qu'ils vissent de leurs propres yeux les méthodes utilisées par le gouvernement pour combattre la guérilla, et le traitement bestial réservé aux détenus. Ces documents furent présentés au Congrès, dont les membres dénoncèrent la tuerie, exigeant que les fosses fussent rouvertes et les coupables jugés. Tandis que le Président déclarait au pays qu'il était disposé à ce que l'enquête fût menée jusqu'au bout, quelles qu'en fussent les conséquences et dût-il lui-même renoncer à sa charge, un détachement de jeunes recrues aménagea en hâte un plateau sportif couvert d'asphalte, bordé d'une double haie, pour finir de dissimuler le charnier, les dossiers de l'affaire s'égarèrent dans les chemins tortueux de l'administration judiciaire, et les patrons de la presse écrite furent convoqués au ministère de l'Intérieur pour y être avertis des risques encourus en cas de diffamation des Forces armées. Rolf Carlé ne lâcha pas prise et fit montre d'une telle ténacité qu'il finit par avoir raison de la prudence d'Aravena et des échappatoires des parlementaires : ceux-ci votèrent un blâme bénin au commandant, et un décret stipulant que les prisonniers politiques devaient être traités conformément aux termes de la Constitution, bénéficier de jugements publics et purger leurs peines en maisons d'arrêt, et non dans des centres spéciaux. D'où il résulta que neuf guérilleros incarcérés au fort El Tucán furent transférés au pénitencier de Santa Maria, mesure qui n'atténua en rien l'atrocité de leur sort, mais qui empêcha le scandale de grandir et mit un point final à une affaire déjà enlisée dans l'indifférence générale.

La même semaine, Elvira déclara qu'il y avait un revenant au jardin, mais nous n'y prêtâmes aucune espèce d'attention. Amoureuse, Mimi écoutait tout d'une oreille distraite et était bien trop absorbée par les turbulentes passions de mon feuilleton. La machine à écrire tintinnabulait toute la sainte journée, ne me laissant guère le courage de m'occuper d'affaires aussi banales.

— Il y a une âme en détresse dans cette maison, mon petit oiseau, insistait Elvira.

— Où ça?

— Elle passe le mur par-derrière. C'est un esprit d'homme, et moi je dis qu'il serait bon de prendre des dispositions. Dès demain, je vais acheter du liquide contre les revenants.

— Tu veux le lui donner à boire?

— Mais non, ma petite fille, tu as de ces idées! C'est pour en débarrasser la maison. Il faut en passer partout, sur les murs et par terre.

— Ça représente beaucoup de travail. On ne le vend pas en vaporisateur?

— Que non, ma petite fille! Ces trucs modernes ne marchent pas avec les âmes des défunts.

— Je t'assure, grand-mère, que je n'ai rien vu...

— Moi si. Il est habillé comme toi et moi, et tout noir de peau comme saint Martin de Porres, mais ce n'est pas un être humain, mon petit oiseau, et quand je l'entr'aperçois, j'en ai la chair de poule. Ce doit être l'âme de quelqu'un qui cherche son chemin, qui n'est peut-être pas encore tout à fait mort.

— Peut-être bien, grand-mère.

Il ne s'agissait pas du tout de quelque ectoplasme ambulant, comme on put le constater le jour même, quand le Négro vint sonner à la porte et qu'Elvira, épouvantée à sa vue, tomba le derrière par terre. Venant me trouver de la part du commandant Rogelio, il avait rôdé dans la rue sans oser demander après moi, de peur d'attirer l'attention.

— Tu te souviens de moi? me dit-il. Nous nous sommes rencontrés à l'époque de la Madame, je travaillais au boui-boui de la rue de la République. La première fois que je t'ai vue, tu n'étais encore qu'une morveuse.

N'en menant pas large, dans la mesure où Naranjo n'avait jamais recours aux intermédiaires et où l'époque incitait à se défier de tout le monde, je le suivis jusqu'à une station-service de banlieue. Le commandant Rogelio m'attendait, planqué dans un dépôt de pneus. Il me fallut quelques secondes pour m'accoutumer à l'obscurité et découvrir cet homme que j'avais tant aimé et qui m'était devenu à présent si lointain. Cela faisait plusieurs semaines que nous ne nous étions vus, et je n'avais pas eu l'occasion de lui raconter les changements intervenus dans ma vie. Après nous être embrassés au milieu des barils de carburant et des bidons d'huile noirâtre, Huberto me réclama un plan de la fabrique, car il songeait à dérober des uniformes pour déguiser en officiers plusieurs de ses hommes. Il avait décidé de s'introduire ainsi à l'intérieur du pénitencier de Santa Maria afin de délivrer ses camarades, infligeant au passage un coup sévère au gouvernement et un affront indélébile aux Forces armées. Son projet tomba à l'eau lorsque je l'informai que j'étais bien en peine de collaborer avec lui, ayant quitté mon emploi et n'ayant plus accès aux bâtiments. J'eus alors la malencontreuse idée de lui narrer mon dîner au restaurant en compagnie du colonel Tolomeo Rodriguez. Je me rendis compte de sa colère, car il se mit à me poser des questions d'un ton exquis, avec ce rire moqueur que je connais par cœur. Nous décidâmes de nous revoir le dimanche suivant au Jardin zoologique.

Ce soir-là, après s'être admirée elle-même dans l'épisode quotidien du feuilleton télévisé, en compagnie d'Elvira pour qui le fait de la voir simultanément en deux endroits différents était une preuve supplémentaire de sa nature céleste, Mimi fit irruption dans ma chambre pour me souhaiter bonne nuit, comme elle le faisait toujours, et me surprit en train de tracer des traits sur une feuille de papier. Elle voulut savoir de quoi il retournait.

– Ne va pas te fourrer dans un guêpier pareil ! s'exclama-t-elle d'une voix terrorisée dès qu'elle fut au courant du projet.

– J'y suis obligée, Mimi. Nous ne pouvons continuer à fermer les yeux sur ce qui se passe dans ce pays.

– Si, nous pouvons continuer ! C'est ce que nous avons fait jusqu'à présent, et nous nous en trouvons très bien ! Par-dessus le marché, personne ici ne s'intéresse à rien, et tes guérilleros n'ont pas la moindre chance de l'emporter. Songe à la manière dont nous avons débuté, Eva ! Moi, j'ai eu la déveine de naître femme dans un corps d'homme, on m'a persécutée en tant que pédé, on m'a violée, torturée, jetée en prison, et regarde où j'en suis maintenant, tout cela à la force de mes seuls poignets ! Et toi ? Tout ce que tu as jamais fait, c'est travailler, encore travailler, tu n'étais qu'une bâtarde avec dans les veines un méli-mélo de sangs de toutes les couleurs, sans famille, sans personne pour t'éduquer, te vacciner ou te donner des vitamines. Et pourtant nous nous en sommes sorties. Et tu veux gâcher tout ça ?

D'une certaine façon, c'était vrai que nous avions réussi à régler quelques vieux comptes avec la vie. Pour avoir été jadis si pauvres, nous ne connaissions pas la valeur de l'argent, et il nous filait entre les doigts comme du sable, mais nous en gagnions désormais en suffisance pour le gaspiller en superflu. Nous nous croyions riches. J'avais reçu un acompte sur mon feuilleton, somme qui me paraissait fabuleuse, que je sentais peser dans ma poche. De son côté, Mimi estimait aborder l'âge d'or de son existence. Elle avait fini par mettre au point un parfait dosage de ses pilules multicolores et se trouvait si bien dans sa peau qu'elle avait l'impression d'être née dedans. Il ne lui restait plus trace de sa timidité d'autrefois, et elle pouvait aller jusqu'à blaguer de ce qui la remplissait naguère de honte. En sus d'interpréter le rôle d'Alejandra dans la série télévisée, elle répétait celui du chevalier d'Eon, travesti du dix-huitième siècle et agent secret qui avait passé sa vie à servir les rois de France en atours féminins, ce dont on n'eut la révélation qu'à son décès à l'âge de quatre-vingt-deux ans, lors de la toilette du mort. Elle réunissait toutes les conditions pour jouer ce personnage, et le plus célèbre dramaturge du pays avait écrit la pièce spécialement à son intention. Mais ce qui la comblait le plus, c'est qu'elle croyait avoir enfin rencontré l'homme de sa vie, celui que lui avaient signalé les astres et qui était censé lui tenir compagnie dans son âge mûr. Depuis qu'elle fréquentait Aravena, toutes les illusions de sa prime jeunesse avaient refait surface; jamais elle n'avait connu une relation semblable : il n'exigeait rien d'elle, la couvrait de cadeaux et de cajoleries, l'emmenait dans les endroits les plus courus, où tout un chacun pouvait l'admirer, la couvait comme un collectionneur d'art. C'est la première fois que tout marche comme sur des roulettes, Eva, ne cours pas au-devant des compli-cations, me supplia-t-elle, mais je brandis les argu-ments tant de fois entendus dans la bouche de Huberto Naranjo, et lui répliquai que nous étions deux marginales condamnées à toujours lutter pour arracher la moindre miette; à supposer même que nous eussions rompu les chaînes qui nous entravaient depuis le jour de notre conception, n'en continuaient pas moins à se dresser autour de nous les murs d'une plus vaste prison, car la question n'était pas de changer nos conditions de vie particulières, mais de transformer la société tout entière. Mimi écouta mon discours jusqu'au bout, mais, lorsqu'elle reprit la parole, elle le fit de sa voix d'homme, avec des gestes d'une détermination qui contrastait singulièrement avec les frisottis de sa chevelure et avec la dentelle saumon ornant les poignets de sa robe de chambre.

– Tout ce que tu viens de dire est d'une naïveté confondante. Au cas improbable où ton Naranjo triompherait avec sa révolution, je donne ma main à couper qu'il ne lui faudrait pas longtemps pour abuser du pouvoir, de la même façon que tous ceux qui y accèdent un jour.

– Ce n'est pas vrai. Il est différent des autres. Il ne songe pas à lui-même, mais au peuple.

– Pour l'instant, oui, parce que ça ne lui coûte rien. C'est un fugitif qui se cache au cœur de la forêt, mais c'est à la tête du pays qu'il faudrait le voir pour en juger. Ecoute, Eva, les types comme Naranjo sont incapables de changer radicalement les choses, ils ne font que modifier un peu les règles du jeu, tout en évoluant dans la même échelle de valeurs : autoritarisme, rivalité, arrivisme, répression, c'est toujours la même chanson.

– S'il n'en est pas capable, qui d'autre alors ?

– Toi et moi, par exemple. C'est l'esprit du monde qu'il faut changer. Mais, pour en arriver là, il reste encore beaucoup à faire, et comme je te vois prête à tout et que je ne peux te laisser seule, j'irai au zoo avec toi. Ce dont cet idiot a besoin, ce n'est pas d'un plan de la fabrique d'uniformes, mais de celui du pénitencier de Santa Maria.

La dernière fois que le commandant Rogelio l'avait rencontrée, elle s'appelait Melecio, était pourvue des attributs d'un homme normalement constitué et travaillait comme professeur d'italien dans un institut de langues étrangères. Bien que

Mimi apparût fréquemment dans les pages des magazines et à la télévision, il ne l'avait point reconnue, pour la simple raison qu'il vivait dans un tout autre univers, totalement à l'écart de ces frivolités, occupé à manier les armes à feu et à écraser les vipères dans la montagne. Je lui avais souvent parlé de mon amie, mais il ne s'attendait cependant pas à trouver près de la cage aux singes cette femme toute vêtue d'écarlate dont la beauté le laissa interdit, terrassant tous ses préjugés en la matière. Non, il ne s'agissait assurément pas d'un pédé déguisé, mais d'une femelle olympienne capable de couper le souffle à un dragon.

Bien qu'il fût impossible à Mimi de passer inaperçue, nous nous arrangeâmes pour nous fondre dans la foule, déambulant parmi les nuées de gosses anonymes et jetant du maïs aux pigeons comme n'importe quelle famille au cours de la promenade dominicale. Dès la première tentative du commandant Rogelio pour nous assener ses théories, elle le stoppa net d'une de ses tirades réservées aux cas extrêmes. Elle lui exposa clairement qu'il pouvait garder pour lui ses beaux discours, car elle n'était pas aussi candide que moi; qu'elle consentait pour cette fois à lui donner un coup de main, afin de se débarrasser de lui au plus vite et dans l'espoir qu'on l'expédierait d'une balle dans la tête en enfer, de sorte qu'il ne revînt plus abuser de sa patience; mais qu'elle n'était point disposée à tolérer qu'il se mît par-dessus le marché à l'endoctriner en lui débitant ses mots d'ordre cubains, et qu'il pouvait aller se faire pendre ailleurs, car elle avait assez de problèmes comme ça pour éprouver le besoin de s'embarrasser en plus d'une révolution étrangère, qu'est-ce qu'il s'était imaginé, elle se souciait comme d'une guigne du marxisme et de cette brochette de rebelles mal rasés, la seule chose qui l'intéressait, c'était de pouvoir vivre en paix, et il valait mieux qu'il se le tînt pour dit, car autrement elle allait le lui expliquer d'une tout autre manière. Puis elle s'assit sur un banc en ciment, cuisses écartées, et lui griffonna un plan sur son carnet de chèques à l'aide d'un crayon à sourcils.

Les neuf guérilleros transférés du fort El Tucán à Santa Maria avaient été mis au mitard. Arrêtés sept mois auparavant, ils avaient résisté à tous les interrogatoires sans que rien ne fût venu ébranler leur résolution de se taire, ni leur souhait de s'en retourner un jour au maquis pour reprendre la lutte. Le débat au Congrès leur avait valu de figurer à la première page des journaux et les avait hissés au rang de héros aux yeux des étudiants de l'Université qui avaient tapissé la capitale d'affiches à leur effigie.

« Que l'on ne sache plus rien d'eux », avait ordonné le Président, misant sur la mauvaise mémoire des gens.

« Dites aux camarades que nous les libérerons », avait ordonné le commandant Rogelio, misant sur l'audace de ses hommes.

De cette geôle n'avait jamais pu s'échapper qu'un bandit de nationalité française, il y avait des années de cela : il était parvenu jusqu'à la mer en descendant le fleuve à bord d'un radeau de fortune flottant grâce aux cadavres ballonnés de quelques chiens crevés, mais, depuis lors, nul ne s'y était plus hasardé. Vaincus par la chaleur, le manque de nourriture, les maladies et la violence qu'ils devaient endurer tout au long de leur peine, les forces manquaient déjà aux droits-communs pour traverser la cour, *a fortiori* n'auraient-ils pas eu celles de s'aventurer en forêt dans l'improbable éventualité d'une évasion. Les détenus spéciaux, quant à eux, n'avaient aucune chance d'y parvenir, à moins d'être capables d'ouvrir les portes blindées, de maîtriser les gardiens armés de mitraillettes, de traverser l'ensemble des bâtiments, de franchir le mur, de nager au milieu des piranhas sur toute la largeur d'un fleuve immense, puis de s'enfoncer dans la jungle, tout cela à mains nues et au dernier stade de l'épuisement. Le commandant Rogelio n'ignorait rien de ces formidables obstacles; impassible, il n'en déclarait pas moins qu'il les tirerait de là, et aucun de ses hommes ne mettait en doute sa promesse, encore moins les neuf condamnés au mitard.

Une fois surmonté son premier mouvement de rage, il eut l'idée de se servir de moi pour attirer le colonel Tolomeo Rodriguez dans un piège.

– D'accord, pourvu que vous ne lui fassiez aucun mal, répondis-je.

– Il s'agit de le séquestrer, non de le tuer. Si c'est pour l'échanger contre nos camarades, nous le traiterons avec autant d'égards qu'une pucelle. Pourquoi t'intéresses-tu donc tellement à cet homme?

– Pour rien... Je t'avertis qu'il ne sera pas facile de le prendre par surprise, il est armé et accompagné de gardes du corps. Ce n'est pas un imbécile.

– Je suppose qu'il ne traîne pas son escorte après lui lorsqu'il sort avec une femme.

– Tu es en train de me demander de coucher avec lui?

– Non! Seulement de lui donner rendez-vous à l'endroit que nous t'indiquerons, et d'occuper son attention. Nous interviendrons aussitôt. Une opération propre, sans coups de feu ni remue-ménage.

— Je devrai le mettre en confiance, ce qui ne sera pas possible dès la première sortie. Cela demande du temps.

— Je finis par penser que ce Rodriguez t'a tapé dans l'œil... Je jurerais que tu as envie de coucher avec lui, essaya de badiner Huberto Naranjo, mais d'une voix tonitruante.

Je ne répondis rien, car j'avais l'esprit ailleurs, songeant que séduire Rodriguez pouvait se révéler un exercice intéressant, quoique je fusse aussi peu certaine de ce dont j'étais capable : le livrer à ses ennemis ou, au contraire, faire en sorte de le mettre en garde. Comme disait Mimi, je n'étais pas préparée idéologiquement à cette guerre. Je me pris à sourire sans m'en rendre compte, et je crois que ce sourire furtif bouleversa sur-le-champ les projets de Huberto, qui décréta vouloir en revenir à son plan initial. Mimi fut d'avis que cela équivalait à se suicider, elle connaissait le système de surveillance, les visiteurs étaient annoncés par radio et s'il s'agissait d'un groupe d'officiers, ainsi que Naranjo prétendait accoutrer ses hommes, le directeur en personne viendrait les attendre à l'aérodrome militaire. Le pape lui-même n'aurait pu pénétrer au pénitencier sans faire contrôler son identité.

— Dans ces conditions, nous devons introduire des armes à l'intérieur pour nos camarades, dit le commandant Rogelio.

— Tu n'es pas un peu dérangé? s'esclaffa Mimi. De mon temps déjà, ça n'aurait pas été de la tarte, on fouillait tout le monde à l'entrée comme à la sortie. Maintenant c'est impossible, ils disposent d'un appareil pour détecter les objets métalliques; tu auras beau avoir avalé ton arme, ils la découvriront quand même.

— Peu importe. De toute façon, je les tirerai de là.

Au cours des jours suivant cette rencontre au zoo, nous eûmes d'autres rendez-vous avec lui pour affiner les détails qui, au fur et à mesure que s'allongeait leur liste, montraient à l'évidence combien ce projet était insensé. Rien ne put cependant l'en détourner. La victoire est à ceux qui n'ont pas froid aux yeux, répliquait-il quand nous lui montrions du doigt tous les dangers. Je lui esquissai le plan de la fabrique d'uniformes, tout comme Mimi lui avait dessiné celui du pénitencier, nous minutâmes les va-et-vient des gardiens, nous nous imprégnâmes de toutes leurs habitudes et nous allâmes jusqu'à étudier la direction des vents, la luminosité et la température de chaque heure du jour. Mimi se laissa gagner peu à peu par l'enthousiasme contagieux de Huberto et finit par perdre de vue l'objectif final, oubliant qu'il s'agissait de libérer des prisonniers et considérant l'affaire comme une sorte de jeu de société. Fascinée, elle traçait des croquis, dressait des listes, échafaudait des stratégies, faisant désormais l'impasse sur les risques, persuadée au fond d'elle-même que tout cela resterait au stade des intentions et ne connaîtrait jamais de traduction pratique, comme tant d'autres projets qui avaient jalonné l'histoire nationale. L'entreprise était si audacieuse qu'elle méritait pourtant d'aboutir. Avec six guérilleros choisis parmi les plus braves et les plus chevronnés, le commandant Rogelio partirait planter sa tente parmi les Indiens dans les parages de Santa Maria. Disposé à leur prêter main-forte après que l'armée eut envahi son village, semant sur son passage huttes incendiées, bêtes éventrées et filles violées, le chef de la tribu avait offert de leur faire traverser le fleuve et de les guider en forêt. Ils communiqueraient avec les détenus par le truchement de deux Indiens employés aux cuisines de la prison. Au jour dit, les prisonniers devaient se tenir prêts à désarmer quelques gardiens et à se faufiler jusque dans la cour, d'où le commandant Rogelio et ses hommes les feraient s'évader. Encore fallait-il que les guérilleros réussissent à sortir de leurs cellules de sécurité : Mimi mit le doigt sur ce point faible du plan, sans qu'il fût d'ailleurs besoin d'une grande expérience pour parvenir à une telle conclusion. Quand le commandant Rogelio décida que l'opération aurait lieu au plus tard le mardi de la semaine suivante, elle le considéra entre ses longs faux cils en poils de vison : elle vit là un premier indice que l'affaire pouvait être sérieuse. Une décision d'une telle importance ne pouvait être prise au petit bonheur : elle sortit son jeu de tarots, le pria de couper de la main gauche, étala les cartes conformément à un ordre établi depuis la haute époque de la civilisation égyptienne, et entreprit de déchiffrer le message des forces surnaturelles, cependant qu'il la regardait faire avec une moue sarcastique, ronchonnant qu'il fallait être devenu cinglé pour faire dépendre le succès d'une telle entreprise de cette extravagante créature.

– Ce ne peut pas être un mardi, mais samedi prochain, décréta-t-elle en retournant un roi et en constatant qu'il avait la tête en bas.

– Ce sera le jour que j'indiquerai, répliqua-t-il en ne laissant planer aucune équivoque sur ce qu'il pensait de ce genre de fatras.

– Les cartes disent samedi, et tu n'es pas de taille à défier les tarots.

– Mardi !

– Chaque samedi après-midi, la moitié des gardiens va s'envoyer en l'air au bordel d'Agua Santa, et l'autre moitié regarde le base-ball à la télévision.

Argument imparable en faveur de l'art des diseuses de bonne aventure ! Ils en étaient à discuter de ces diverses possibilités quand je me pris soudain à évoquer le Matériau universel. Le commandant Rogelio et Mimi quittèrent des yeux les cartes et me dévisagèrent avec perplexité. C'est ainsi que, sans l'avoir cherché, je finis par me retrouver en compagnie d'une demi-douzaine de guérilleros à malaxer du papier mâché à l'intérieur d'une hutte indigène, non loin de la maison du Turc où j'avais passé les plus belles années de mon adolescence.

Je refis mon entrée dans Agua Santa à bord d'une voiture bringuebalante équipée de plaques dérobées, conduite par le Négro. L'endroit n'avait pas beaucoup changé, la rue principale s'était quelque peu allongée, on voyait de nouvelles maisons, divers magasins, quelques antennes de télévision, mais tout le reste était demeuré immuable, que ce soit le raffut des grillons, l'implacable touffeur de la mi-journée ou le cauchemar de la forêt vierge commençant dès le bord de la route. Les habitants enduraient avec patience et opiniâtreté ce bain de vapeur bouillante et l'usure des ans, presque coupés du reste du pays par une végétation implacable. Au départ, nous ne devions pas nous y arrêter, notre destination étant le village d'Indiens à mi-chemin de Santa Maria, mais dès que j'aperçus les toits de tuiles des habitations, les rues luisantes de la dernière averse, les femmes assises devant leur porte sur leurs chaises paillées, les souvenirs déferlèrent avec une force si inéluctable que je suppliai le Négro de passer devant *La Perte d'Orient*, juste pour y jeter un coup d'œil, fût-ce de loin. Tant de choses s'étaient écroulées à cette époque-là, tant de gens étaient morts ou étaient partis sans se retourner, que j'imaginais le magasin irrémédiablement réduit à l'état de vestige, ravagé par le temps et les mauvaises farces de l'oubli; aussi fus-je abasourdie de le voir surgir devant moi comme un mirage resté intact. Sa façade avait été refaite, son enseigne fraîchement repeinte, sa vitrine exhibait tout un luxe d'outils agricoles, de comestibles, de batteries de cuisine en aluminium, sans compter deux mannequins flambant neufs à perruques d'un jaune filasse. Tout cela arborait un tel air de rénovation que je ne pus me retenir de descendre de voiture pour aller regarder par la porte du magasin. L'intérieur aussi avait été rajeuni grâce à un comptoir moderne, mais les sacs de grains, les rouleaux d'étoffes à bon marché et les bocaux remplis de bonbons étaient identiques à ceux d'autrefois.

Riad Halabi était en train de faire ses comptes près de la caisse, vêtu d'une goyavière en linon et se dissimulant la bouche derrière un mouchoir tout blanc. C'était bien le même homme que j'avais gardé en mémoire, pour lui pas une minute ne s'était écoulée, il était demeuré aussi intact que se conserve parfois le souvenir d'un premier amour. Je m'approchai timidement, animée par la même tendresse qu'à dix-sept ans, quand je m'étais assise sur ses genoux pour le prier de me faire présent d'une nuit d'amour et lui offrir cette virginité que ma marraine s'était mise en tête de vérifier à l'aide d'une cordelette à sept nœuds.

– Bonjour... Vous avez de l'aspirine?

C'est tout ce que je trouvai à dire. Riad Halabi ne leva pas les yeux, continuant à crayonner son livre de comptes et se bornant à me renvoyer d'un geste vers l'autre bout du comptoir.

– Adressez-vous à ma femme, zézaya-t-il à cause de son bec-de-lièvre.

Je me retournai, persuadée de me retrouver devant maîtresse Inès devenue l'épouse du Turc, ainsi que je m'étais souvent imaginé que les choses finiraient par se passer, mais je découvris à sa place une gamine qui ne devait pas avoir plus de quatorze ans, une petite boulotte à la peau foncée, aux lèvres peintes et à l'expression mielleuse. J'achetai mes aspirines en songeant que, bien des années auparavant, le même homme m'avait renvoyée sous prétexte que j'étais trop jeune, alors qu'à l'époque sa femme actuelle devait porter des couches! Qui peut dire quel aurait été mon destin si j'étais demeurée à ses côtés? Du moins suis-je convaincue d'une chose : il m'aurait rendue heureuse au lit. Je souris à la gamine aux lèvres écarlates, avec un mélange de complicité et d'envie, et sortis de là sans même avoir échangé un regard avec Riad Halabi, contente pour lui : il avait l'air d'aller bien. A compter de ce jour, je n'en ai plus gardé que le souvenir du père qu'il avait en réalité été pour moi, image qui lui va beaucoup mieux que celle de l'amant d'une seule nuit. Dehors, le Négro rongeait son frein : l'intermède n'était pas prévu au programme.

– Taillons-nous. Le commandant a bien précisé que personne ne devait nous voir dans ce trou merdeux où tout le monde te connaît.

– Ce n'est pas un trou merdeux. Sais-tu pourquoi il s'appelle Agua Santa? C'est parce qu'il s'y trouve une source qui lave les péchés.

– Ne me fais pas chier avec tes histoires.

– C'est pourtant vrai, si tu te baignes dans son eau, tu ne te sens plus coupable de rien.

– Je t'en supplie, Eva, monte et foutons le camp.

– Pas si vite! J'ai encore quelque chose à faire ici, mais il nous faut attendre la nuit, c'est plus sûr...

La menace du Négro de me planter seule au bord de la route se révéla tout à fait inutile, car lorsque j'ai quelque chose dans la tête, on me fait rarement changer d'avis. Du reste, mon concours était indispensable pour délivrer les prisonniers, et c'est ainsi qu'il dut non seulement accéder à ma demande, mais, sitôt le soleil couché, creuser un trou dans le sol. En passant derrière les maisons, je l'avais conduit jusqu'à un terrain accidenté recouvert d'une épaisse végétation, et lui avais indiqué un endroit bien précis.

– Nous allons déterrer quelque chose, lui dis-je.

Il obtempéra, se disant qu'à moins que la chaleur ne m'eût mis le cerveau en capilotade, cela aussi devait faire partie du plan.

Il ne fut pas nécessaire de se donner un tour de reins, le sol glaiseux était humide et meuble. A un peu plus de cinquante centimètres de profondeur, nous découvrîmes un paquet enveloppé de plastique, tout couvert de moisissures. Je le nettoyai avec un pan de mon chemisier et le déposai dans mon sac sans même l'ouvrir.

– Qu'est-ce qu'il y a dedans? voulut savoir le Négro.

– Une dot de jeune mariée.

Les Indiens nous reçurent dans une clairière de forme ovale où brûlait un feu, seule source de lumière dans les ténèbres de la forêt. Un grand toit triangulaire fait de branches et de feuilles tenait lieu d'abri commun, sous lequel pendaient à différents niveaux un certain nombre de hamacs. Les adultes portaient quelque pièce de vêtement, habitude qu'ils avaient contractée au contact des villages voisins, mais les enfants allaient tout nus, car dans les étoffes imprégnées en permanence d'humidité pullulaient les parasites et poussait une mousse blafarde, source de divers maux. Les filles avaient les oreilles ornées de fleurs et de plumes, une femme donnait un de ses seins à téter à son mouflet, l'autre à un jeune chiot. Je scrutai ces visages un à un, en quête de mes propres traits, mais n'y découvris que l'expression apaisée de ceux qui ont fait le tour de toutes les questions. Le chef fit deux pas en avant et nous salua d'une légère inclinaison de tête. Il avait un maintien altier, de grands yeux très écartés, des lèvres charnues, les cheveux coupés en cimier avec une tonsure sur le sommet du crâne où il arborait avec orgueil les cicatrices de nombreux tournois à coups de fléau. Je le remis sur-le-champ : c'était le même homme qui, chaque samedi, conduisait sa tribu pour demander l'aumône à Agua Santa, celui qui m'avait trouvée un matin assise près du cadavre de Zulema, qui avait fait prévenir Riad Halabi du malheur qui était arrivé, et qui, le jour de mon arrestation, était resté planté devant la Garde civile à battre le sol comme un tambour d'alarme. J'aurais voulu savoir comment il s'appelait, mais le Négro m'avait d'avance expliqué que ce genre de question était ici de la dernière grossièreté : pour ces Indiens, nommer quelqu'un revient à violer son intimité, ils considèrent comme une aberration de désigner un étranger par son nom ou de permettre à ce dernier d'en faire autant, aussi valait-il mieux m'abstenir de faire des présentations qui risquaient d'être mal interprétées. Le chef me regarda sans montrer la moindre émotion, mais j'eus l'intime conviction qu'il m'avait lui aussi reconnue. D'un signe, il nous montra le chemin et nous conduisit jusqu'à une cabane sans fenêtres, imprégnée d'une odeur de chiffon roussi, sans autre mobilier que deux tabourets, un hamac et une lampe à pétrole.

Les instructions étaient d'attendre le reste du groupe, qui nous rejoindrait peu avant la nuit du fameux vendredi. Je m'enquis de Huberto Naranjo, car je m'étais figurée que nous passerions ces quelques jours ensemble, mais nul ne put me donner de ses nouvelles. Je me laissai tomber toute habillée dans le hamac, dérangée par l'incessant brouhaha de la forêt, par l'humidité, les moustiques et les fourmis, la peur que vipères et araignées venimeuses ne vinssent se glisser le long des cordes ou bien, nichées dans le toit de palmes, ne se laissassent tomber sur moi durant mon sommeil. Je ne pus fermer l'œil. Je tuai le temps en m'interrogeant sur les raisons qui m'avaient conduite jusqu'ici, sans parvenir à aucune conclusion précise, les sentiments que je portais à Huberto ne me paraissant pas constituer un motif suffisant. Je me sentais de jour en jour plus éloignée de l'époque où je ne vivais que pour nos rendez-vous furtifs, tournicotant comme une luciole autour d'un feu mourant. Je crois que si j'avais accepté de prendre part à cette aventure, ce n'était que pour me mettre à l'épreuve, pour voir si, me mêlant à cette guerre peu ordinaire, je parviendrais de nouveau à me rapprocher de cet homme que j'avais naguère aimé sans rien attendre en retour. Ce qui ne m'empêchait pas de me retrouver seule, cette nuit-là, recroquevillée dans un hamac infesté de punaises, sentant le chien mouillé et le moisi. En tout cas, je n'étais pas là par conviction politique, car j'avais beau avoir souscrit aux postulats de cette utopie révolutionnaire et me laisser émouvoir par le courage désespéré de cette poignée de combattants, j'avais l'intuition qu'ils étaient déjà bel et bien vaincus. Je ne parvenais pas à écarter ce fatal présage qui tournait autour de moi depuis un certain temps, inquiétude diffuse qui se transformait en douloureux éclairs de lucidité quand je me retrouvais face à Huberto Naranjo. En dépit de la passion qui embrasait son regard, je ne pouvais que constater le climat de déroute qui l'enserrait peu à peu. Pour impressionner Mimi, je serinais ses discours, mais je pensais en fait que la guérilla n'était pas possible dans ce pays. Je me refusais néanmoins à imaginer la fin de ces hommes et de leurs rêves. Cette nuit-là, incapable de trouver le sommeil dans le gîte des Indiens, je me sentis profondément abattue. La température baissant, j'eus froid et sortis me pelotonner près des braises du foyer afin d'y passer le reste de la nuit. A peine perceptibles, de pâles rayons filtraient à travers le feuillage et je remarquai que, comme à l'accoutumée, la lune avait sur moi une influence apaisante.

A l'aube, je prêtai l'oreille au réveil des Indiens sous leur toit communautaire : encore tout engourdis dans les mailles de leurs hamacs, ils devisaient et riaient. Quelques femmes allèrent chercher de l'eau et leurs mouflets leur emboîtèrent le pas en imitant des cris d'oiseaux ou de quadrupèdes de la forêt. Avec le lever du jour, je pus mieux contempler le village : quelques huttes couleur de suie, du même noir que la boue, ployant sous le souffle de la forêt, entourées d'un bout de terre cultivée où poussaient des plants de yucca, du maïs et quelques bananiers, seuls biens de cette tribu dépouillée au fil des générations par la rapacité étrangère. Aussi démunis que leurs ancêtres des débuts de l'histoire américaine, ces Indiens avaient su résister aux bouleversements de la colonisation sans renoncer tout à fait à leurs coutumes, à leur langue et à leurs dieux. Des magnifiques chasseurs qu'ils avaient été jadis ne subsistait qu'un petit troupeau de nécessiteux, mais, pour grands qu'eussent été leurs malheurs, ceux-ci n'avaient pas estompé le souvenir du paradis perdu ni la foi dans les légendes promettant de le recouvrer un jour. Il leur arrivait encore assez souvent de sourire. Ils possédaient quelques poules, deux cochons, trois pirogues, du matériel de pêche et ces quelques plantations rachitiques protégées de haute lutte contre l'invasion des broussailles. Ils passaient leur temps à ramasser du bois et à chercher leur subsistance, à tresser hamacs et paniers, à tailler des flèches pour les vendre sur le bord de la route aux touristes de passage. Il arrivait parfois que l'un d'eux partît à la chasse et, si la chance était de son côté, il ramenait un ou deux volatiles, voire un petit jaguar qu'il répartissait entre les siens sans y toucher lui-même, afin de ne pas offenser l'esprit de sa proie.

Le Négro et moi allâmes nous débarrasser de l'automobile. Nous la conduisîmes jusque dans l'épaisseur des fourrés, puis la précipitâmes dans quelque insondable ravin, à l'écart de la cacophonie des cacatoès et de la sarabande des singes, où nous suivîmes sa chute sans fracas, amortie par les feuilles géantes et les lianes sinueuses, jusqu'à ce qu'elle disparût, engloutie par la végétation qui se referma sur son passage sans en laisser subsister la moindre trace. Au fil des heures suivantes débarquèrent un à un les six guérilleros, venus à pied par des chemins différents, équipés comme ceux qui ont une longue habitude des nuits à la belle étoile. Jeunes et résolus, sereins et solitaires, ils avaient les mâchoires solides, le regard aiguisé, la peau boucanée par les intempéries, le corps semé de cicatrices. Pour ce qui est des mots, ils s'en tinrent avec moi au strict nécessaire; leurs gestes étaient mesurés, comme pour éviter tout gaspillage d'énergie. Ils avaient planqué une partie de leurs armes, qu'ils ne récupéreraient qu'au moment de passer à l'attaque. Guidé par un indigène, l'un d'eux s'enfonça dans le dédale de la forêt afin d'aller se poster sur la rive du fleuve et d'observer le pénitencier à la jumelle; trois autres se dirigèrent vers l'aérodrome militaire où ils devaient disposer des explosifs, conformément aux instructions du Négro; les deux derniers prirent toutes les dispositions requises en vue de la retraite. Tout un chacun fit ce qu'il avait à faire, en s'abstenant de toute démonstration et de tout commentaire, comme s'il avait vaqué à quelque occupation de routine. En fin de journée, une jeep déboucha du sentier. Je souhaitais tellement que ce fût enfin Huberto Naranjo que je me précipitai au-devant d'elle. J'avais beaucoup pensé à lui, escomptant qu'un ou deux jours passés ensemble viendraient modifier du tout au tout nos rapports, et, avec un peu de chance, nous rendraient cet amour qui avait naguère rempli ma vie et qui paraissait aujourd'hui tout fané. La dernière chose que j'aurais pu imaginer, c'est que du véhicule descendrait Rolf Carlé en personne, sac au dos et caméra sur l'épaule. Nous nous regardâmes interloqués, car aucun de nous deux ne s'attendait à rencontrer l'autre en ces lieux et en pareilles circonstances.

– Qu'est-ce que tu fais là? lui demandai-je.

– Je viens pour le scoop, fit-il en souriant.

– Quel scoop?

– Celui qui éclatera samedi.

– Tiens donc... Comment es-tu au courant?

– Le commandant Rogelio m'a demandé de venir le filmer. Les autorités s'évertuent à taire la vérité; moi, je suis venu voir si on pouvait la raconter. Et toi, qu'est-ce que tu es venue faire ici?

– Mettre la main à la pâte.

Rolf Carlé dissimula la jeep, puis partit avec son attirail sur les pas des guérilleros. Devant la caméra, ceux-ci se masquaient le visage avec leurs foulards, afin de ne pas être reconnus ultérieurement. Entre-temps, je m'occupai du Matériau universel. Dans la pénombre de la hutte, je déployai sur le sol de terre battue un morceau de plastique et y rassemblai les divers ingrédients, ainsi que m'avait appris à le faire ma patronne yougoslave. Au papier détrempé j'ajoutai une proportion égale de farine et de ciment, liai le tout avec un peu d'eau et pétris jusqu'à obtenir une pâte consistante de teinte grisâtre, comme de la cendre diluée dans du lait. Je l'aplatis à l'aide d'une bouteille, sous le regard attentif du chef de tribu et d'une bande de marmots qui échangeaient des commentaires dans leur langue chantante, gesticulant et grimaçant. Je confectionnai ainsi une sorte de crêpe épaisse et souple dont j'enveloppai des pierres choisies pour leur forme ovoïde. Le modèle à reproduire était une grenade à main des Forces armées; poids : trois cents grammes; rayon d'action : dix mètres; portée : vingt-cinq mètres; métal : foncé. On aurait dit un petit ananas blet. Par comparaison avec l'éléphanteau des Indes, les mousquetaires, les bas-reliefs de tombes pharaoniques, entre autres œuvres tirées du même matériau par la Yougoslave, la fabrication de cette fausse grenade était l'enfance de l'art. Je dus cependant m'y reprendre à plusieurs fois, car cela faisait longtemps que j'avais perdu la main, sans compter que l'angoisse m'embourbait la cervelle et me raidissait les doigts. Quand j'eus obtenu les proportions exactes, je calculai qu'il ne me restait plus assez de temps pour confectionner les grenades, les laisser durcir, les colorier, puis attendre que le vernis fût sec; aussi eus-je l'idée de mélanger tout de suite la peinture à la pâte, afin de gagner une ou deux opérations, mais, ce faisant, le matériau perdait de sa plasticité. A bout de patience, je me mis à marmonner des malédictions et à gratter jusqu'au sang mes piqûres de moustiques.

Le chef des Indiens, qui avait suivi avec la plus grande curiosité chaque étape du processus de fabrication, quitta la hutte et s'en revint peu après avec une poignée de feuilles et une sorte de poêlon en grès. Il s'accroupit à mes côtés et se mit à mâchonner flegmatiquement les feuilles. Au fur et à mesure qu'il les réduisait en bouillie, il les recrachait dans le récipient. Sa bouche et ses dents étaient devenues noirâtres. Il pressa ensuite cette mélasse dans un carré de chiffon et en tira un liquide à la sombre onctuosité de sang végétal, qu'il me tendit. J'incorporai à ma pâte un peu de cette salive : en séchant, la couleur restait analogue à celle du modèle, et les admirables vertus du Matériau universel n'étaient en rien altérées.

Les guérilleros revinrent dans le courant de la nuit et, après avoir partagé avec les Indiens quelques morceaux de cassave et de poisson bouilli, s'installèrent pour dormir dans la hutte qu'on leur avait assignée. La forêt était devenue dense et enténébrée comme un grand temple, les voix s'étaient faites plus basses, les Indiens eux-mêmes ne parlaient qu'en chuchotant. Peu après rappliqua Rolf Carlé; il me trouva assise devant les bûches encore embrasées, les bras noués autour de mes jambes, la tête enfouie entre mes genoux. Il s'accroupit à mes côtés.

– Qu'est-ce que tu as?

– J'ai peur.

– De quoi?

– Des bruits, de cette obscurité, des esprits maléfiques, des sales bestioles, des serpents et des soldats, de ce que nous allons faire samedi, j'ai peur qu'on ne nous tue tous...

– Moi aussi j'ai peur, mais je ne raterais ça pour rien au monde!

Je lui pris la main et la tins serrée quelques instants dans la mienne; sa peau était brûlante et j'eus à nouveau l'impression de le connaître depuis au moins mille ans.

– Quelle paire d'idiots nous faisons! dis-je en essayant de rire.

– Raconte une histoire pour nous changer les idées, demanda alors Rolf Carlé.

– Quel genre te plairait?

– Quelque chose que tu n'as encore raconté à personne. Invente-la pour moi.

« *Il était une fois une femme dont le métier était de raconter des histoires. Elle allait partout, proposant sa marchandise : récits d'aventures, à suspense, d'horreur ou de débauche, le tout à un prix équitable. Par une belle journée d'août, elle se trouvait vers midi au milieu d'une place, quand elle vit s'avancer vers elle un homme superbe, dur et délié comme un sabre. L'arme à la bretelle, il était las, tout couvert de la poussière de lieux lointains; quand il s'arrêta, elle nota qu'émanait de lui une profonde odeur de tristesse, et elle sut d'emblée que cet homme s'en revenait de la guerre. La solitude et la violence lui avaient planté des éclats de fer dans l'âme et l'avaient amputé de la faculté de s'aimer soi-même. Tu es celle qui raconte des histoires? demanda l'étranger. Pour te servir, répondit-elle. L'homme sortit cinq pièces d'or et les lui déposa dans la main. Eh bien, vends-moi donc un passé, dit-il, car le mien est trop plein de gémissements et de sang versé, impossible de m'en servir pour traverser la vie, d'autant que j'ai participé à tant de combats que j'ai fini par égarer là-bas jusqu'au nom de ma mère. Elle ne put se dérober, car elle redoutait que l'étranger ne s'écroulât au beau milieu de la*

place, soudain réduit à une poignée de poussière,
comme il finit par arriver à ceux qui manquent
par trop de bons souvenirs. Elle lui fit signe de
s'asseoir à ses côtés et, voyant ses yeux de près, sa
pitié s'envola et elle éprouva un puissant désir de
l'emprisonner dans ses bras. Elle se mit à parler.
Tout l'après-midi et la nuit suivante, elle s'em-
ploya à bâtir un bon passé à ce guerrier, investis-
sant dans cette tâche toute sa vaste expérience et
la passion que l'inconnu avait éveillée en elle. Ce
fut un très long monologue, car elle tenait à lui
offrir un destin romanesque, et il lui fallut tout
inventer depuis sa naissance jusqu'au jour d'au-
jourd'hui : ses rêves et ses désirs et ses secrets, la
vie de ses parents, celle de ses frères et sœurs, et
jusqu'à la géographie et l'histoire de sa terre
natale. L'aube finit par se lever et, dès les premiè-
res lueurs du jour, elle put constater que l'odeur
de tristesse s'était dissipée. Elle soupira, ferma les
yeux et, sentant son esprit vide comme celui d'un
nouveau-né, elle comprit que, dans son empresse-
ment à le satisfaire, elle lui avait cédé sa propre
mémoire; elle ne savait plus ce qui était à elle,
mesurant à quel point elle lui appartenait désor-
mais et combien leurs deux passés étaient noués
en une seule et même tresse. Elle s'était si bien
laissé emporter par son propre récit qu'elle ne
pouvait à présent reprendre ses mots, elle n'en
avait d'ailleurs aucune envie et s'abandonna au
plaisir de se fondre avec lui dans la même his-
toire... »

Quand j'eus fini de parler, je me levai, secouai la
poussière et les feuilles collées à mes vêtements et
regagnai la hutte où m'étendre dans le hamac. Rolf
Carlé demeura assis devant le feu.

Le commandant Rogelio arriva le vendredi à l'aube, de manière si discrète que les chiens n'aboyèrent même pas quand il se faufila à l'intérieur du village; en revanche, ses hommes remarquèrent sa présence, car ils dormaient les yeux grands ouverts. Je m'arrachai à l'engourdissement des deux dernières nuits et sortis l'embrasser, mais il m'arrêta d'un geste que je fus la seule à percevoir; il avait raison, il eût été impudique de se livrer à des effusions intimes devant des hommes qui avaient été privés d'amour depuis si longtemps. Les guérilleros l'accueillirent à grands renforts de bourrades et de grasses plaisanteries, et je pus mesurer alors combien leur confiance en lui était totale, car à compter de cet instant la tension qui régnait parmi eux se relâcha, comme si sa seule présence avait constitué une assurance-vie pour les autres. Il avait apporté une valise contenant les uniformes pliés et repassés avec soin, les galons, les casquettes et les bottes réglementaires. J'allai quérir la fausse grenade et la lui déposai dans la main.

– Bien, fit-il d'un ton approbateur. Dès aujourd'hui, nous introduirons la pâte à l'intérieur du pénitencier. Le détecteur de métaux n'y verra que du feu. Cette nuit, les camarades pourront se fabriquer leurs armes.

– Ils sauront s'y prendre? questionna Rolf Carlé.

– Tu crois que nous allions oublier ce détail? répondit en riant le commandant Rogelio. Nous leur avons fait passer le mode d'emploi, et, à l'heure qu'il est, ils ont déjà sûrement rassemblé les pierres nécessaires. Il ne leur restera plus qu'à les recouvrir et à laisser sécher quelques heures.

– Il faut garder la pâte enveloppée dans le plastique, si on veut qu'elle ne perde pas son humidité, expliquai-je à mon tour. Les reliefs se gravent avec un manche de cuiller, puis on laisse durcir. En séchant, la teinte devient plus foncée, et ça finit par ressembler à du métal. Pourvu qu'ils n'oublient pas de placer les fausses goupilles avant que tout ne soit solidifié !

– On aura tout vu dans ce pays, soupira Rolf Carlé, jusqu'à des armes fabriquées comme des pâtés en croûte. Personne ne voudra croire à mon reportage !

Deux garçons du village ramèrent sur leur esquif jusqu'au pénitencier où ils remirent un gros sac aux Indiens des cuisines. Au milieu des bananes vertes, des tronçons de yucca et de deux ou trois fromages, le Matériau universel, avec son innocent aspect de pâte à pain, n'attira point l'attention des gardiens, habitués à voir livrer quelques modestes provisions. Pendant ce temps-là, les guérilleros passèrent de nouveau en revue les détails de leur plan, puis aidèrent les membres de la tribu à boucler leurs préparatifs de départ. Les familles firent un balluchon de leurs misérables biens, rassemblèrent vivres et ustensiles et ficelèrent les poules par les pattes. Même si ce n'était pas la première fois qu'ils se voyaient contraints de migrer d'un endroit à un autre de cette région, ils en étaient profondément marris, car ils avaient vécu plusieurs années dans cette clairière, c'était un bon emplacement, à proximité d'Agua Santa, de la route nationale et du fleuve. Dès le lendemain, il leur faudrait avoir abandonné leurs lopins, car à peine les militaires découvriraient-ils la part qu'ils avaient prise à l'évasion des détenus que de terribles représailles s'abattraient sur eux; pour des motifs bien moins graves, ils fondaient comme une tornade sur les populations indigènes, massacrant des tribus entières et effaçant toute trace de leur séjour sur terre.

— Pauvres gens! Il en reste déjà si peu..., murmurai-je.

— Eux aussi auront leur place dans la révolution, déclara le commandant Rogelio.

Mais les Indiens se moquaient bien de la révolution, comme de tout ce qui pouvait venir de cette race abominable; ils étaient d'ailleurs bien incapables de prononcer un mot aussi long. Ils ne partageaient pas l'idéal des guérilleros, ne croyaient pas à leurs promesses et ne comprenaient rien à leurs motivations; s'ils avaient accepté de leur prêter main-forte dans ce projet dont ils ne mesuraient guère l'enjeu, c'est parce que les militaires étaient leurs ennemis jurés et qu'ils avaient ainsi l'occasion de venger quelques-unes des humiliations sans nombre dont ils avaient pâti au fil des années. Le chef de la tribu l'avait d'ailleurs parfaitement compris : le village étant situé non loin du pénitencier, ils auraient beau se tenir hors du coup, cela n'empêcherait pas l'armée de leur faire porter le chapeau. On ne leur laisserait même pas le temps de s'expliquer : aussi, tant qu'à subir de toute façon les conséquences, mieux valait que ce fût pour la bonne cause. Ils coopéraient donc avec ces barbus taciturnes qui, eux au moins, ne venaient pas rafler leur nourriture ni tripoter leurs filles; puis ce serait pour eux l'exode. Cela faisait déjà quelques semaines que le chef avait décidé de l'itinéraire à suivre : un chemin qui s'enfonçait toujours plus profond dans l'épaisseur des feuillages, dans l'espoir que cette inextricable végétation stopperait l'avancée des militaires et les protègerait encore pour un temps. Car tel avait été leur lot depuis cinq cents ans : chasse à l'homme et extermination.

Le commandant Rogelio envoya le Négro à bord de la jeep acheter une paire de chevreaux. A la tombée du jour, nous nous assîmes autour du feu en compagnie des Indiens, fîmes rôtir les deux bêtes sur les braises et débouchâmes quelques bouteilles de rhum mises de côté en vue de cet ultime festin. Ce furent de beaux adieux, en dépit de l'angoisse qui imprégnait l'atmosphère. Nous bûmes avec modération, les jeunes entonnèrent quelques chansons et Rolf Carlé suscita l'admiration en effectuant des tours de passe-passe et en prenant quelques photos instantanées grâce à son prodigieux appareil, capable de recracher en une minute le portrait des Indiens ébahis. Pour finir, deux hommes se portèrent volontaires pour monter la garde, et tous les autres allèrent prendre quelque repos, car il nous restait encore du pain sur la planche.

Tandis que je prenais le hamac, les guérilleros se casèrent par terre dans la seule hutte disponible, éclairée par la lampe à pétrole qui clignotait dans un coin. Je m'étais figurée que je passerais ces heures en tête-à-tête avec Huberto, jamais nous n'étions restés ensemble pendant une nuit complète, mais je me satisfis de cet arrangement : la compagnie des gars me tranquillisa, je pus enfin surmonter mes affres, me détendre et somnoler. Je me mis alors à rêver que je faisais l'amour tout en me balançant sur une escarpolette. Les volants de dentelle et le taffetas des jaunes cotillons laissaient voir mes genoux et mes cuisses, j'étais tirée en arrière, suspendue en l'air, le temps d'apercevoir sous moi le sexe puissant d'un homme qui m'attendait. L'escarpolette s'immobilisait un bref instant tout en haut de sa course, je levai alors les yeux au ciel qui avait viré au pourpre, puis redescendait à toute allure m'embrocher sur le pal. L'épouvante me fit rouvrir les jeux et je me retrouvai baignant dans une buée tiède; je tendis l'oreille aux rumeurs inquiétantes du fleuve dans le lointain, aux clameurs des oiseaux de nuit, aux parlotes des animaux dans l'épaisseur du sous-bois. La toile rugueuse du hamac m'irritait le dos à travers mon chemisier, les moustiques ne cessaient de me tourmenter, mais j'étais si engourdie que je me sentais incapable de faire un geste pour les chasser. Je sombrai de nouveau dans une profonde torpeur, en nage, rêvant cette fois que je voguais sur un étroit canot, enlacée à un amant au visage dissimulé sous un masque en Matériau universel; il me pénétrait au rythme de la houle, me laissant toute couverte de bleus, tuméfiée, la gorge sèche, heureuse, heureuse, baisers tumultueux, présages, le chant de cette forêt remplie de mirages, une dent en or remise en gage d'amour, un sac de grenades éclatant sans bruit et disséminant dans les airs un pullulement d'insectes phosphorescents... Je me réveillai en sursaut dans la pénombre de la hutte et restai un moment sans savoir où j'étais, ni ce que signifiait ce tressaillement dans mon ventre. A la différence des autres fois, ce ne fut pas le fantôme de Riad Halabi qui m'apparut alors, venu de l'autre côté de la mémoire me dispenser ses caresses, mais la silhouette de Rold Carlé assis par terre en face de moi, le dos calé à son sac, une jambe repliée, l'autre allongée, les bras croisés sur la poitrine, en train de me contempler. Je ne pus discerner ses traits, mais perçus l'éclat de ses yeux et de ses dents lorsqu'il me sourit.

– Qu'est-ce qui t'arrive? murmura-t-il.

– La même chose qu'à toi, lui répondis-je également à voix basse, afin de ne pas réveiller les autres.

– Je crois que j'étais en train de faire un rêve…

– Moi aussi.

Nous sortîmes discrètement et nous dirigeâmes vers la petite esplanade au centre du village, où nous nous assîmes près des braises moribondes, entourés par l'intarissable chuchotement de la forêt, éclairés faiblement par les rayons de lune qui perçaient le feuillage. Nous restâmes silencieux, un peu à l'écart l'un de l'autre, sans chercher à retrouver le sommeil. Nous attendîmes ensemble l'aube du samedi.

Quand le jour commença à poindre, Rolf Carlé alla chercher de l'eau pour faire du café. Je me levai et me dégourdis les jambes, le corps endolori comme si j'avais reçu une raclée, mais je me sentais enfin apaisée. Je remarquai alors que mon pantalon était auréolé d'une tache rougeâtre et j'en fus stupéfaite, car cela faisait des années qu'une chose pareille ne m'était point arrivée, j'avais même presque fini par l'oublier. Je me pris à sourire, contente, car cela voulait dire que je ne rêverais jamais plus de Zulema et que mon corps avait surmonté sa peur de l'amour. Tandis que Rolf Carlé soufflait sur les braises pour ranimer le feu et suspendait la cafetière à un crochet, je retournai à la cabane, sortis un corsage propre de mon sac, le déchirai en lambeaux pour m'en servir comme de serviettes, et me dirigeai vers le fleuve. Les vêtements mouillés, j'en revins en chantonnant.

Sur le coup de six heures du matin, tout le monde était fin prêt pour entamer cette journée décisive pour nos destins respectifs. Nous dîmes adieu aux Indiens et les vîmes partir en silence, emportant enfants, cochons, poules, chiens et ballots, et disparaissant dans les feuillages comme une cohorte d'ombres. Restèrent seulement en arrière ceux qui allaient aider les guérilleros à passer le fleuve et qui les guideraient au retour à travers la forêt. Rolf Carlé fut l'un des premiers à partir, sac au dos et caméra à la main. Puis les autres s'en allèrent à leur tour, chacun de son côté.

Huberto Naranjo me dit adieu en déposant sur mes lèvres un baiser chaste et sentimental : fais bien attention à toi, toi aussi, rentre directement chez toi et essaie de ne pas attirer l'attention, ne t'en fais pas, tout se passera bien – mais quand nous reverrons-nous ? – il faudra que je me cache quelque temps, ne m'attends pas – un autre baiser et je me jetai à son cou, l'étreignis avec fougue, frottant mon visage à sa barbe, les yeux humides, car j'étais aussi en train de me détacher d'une passion mutuelle de plusieurs années. Je montai dans la jeep où le Négro m'attendait, le moteur déjà en marche, pour me conduire vers le nord, jusqu'à un village éloigné où je devais prendre le car à destination de la capitale. Huberto Naranjo m'adressa un signe de la main et nous sourîmes l'un et l'autre en même temps. Toi qui es mon meilleur ami, veille à ce qu'il ne t'arrive pas malheur, je t'aime beaucoup, murmurai-je, sûre qu'il était en train de bredouiller les mêmes mots. Je trouvais formidable de pouvoir continuer à compter l'un sur l'autre, de rester proches pour s'aider et se protéger, et de le faire sur un mode apaisé, puisque notre relation avait évolué, trouvant finalement le registre qui aurait toujours dû être le sien : nous étions copains, comme un frère et une sœur liés par une tendre et légèrement incestueuse affection. Nous murmurâmes à nouveau : toi aussi, fais bien attention à toi.

Je voyageai tout le jour, malmenée par les hoquets du véhicule qui avançait en cahotant sur une route aménagée pour les poids lourds; les pluies l'avaient ravinée jusqu'à l'os, défonçant l'asphalte et y creusant des trous où les boas faisaient leur nid. Dans un virage, la végétation s'ouvrit soudain comme un impossible éventail de verts de toutes nuances, et la lumière du jour vira au blanc pour laisser place à l'illusion parfaite du Palais des Pauvres, flottant à une quinzaine de centimètres au-dessus de l'humus qui tapissait le sol. Le chauffeur stoppa le car et les passagers portèrent leurs mains à leur gorge, n'osant respirer durant les brèves secondes que dura le sortilège avant de se dissiper en douceur. Le palais s'évanouit, la forêt se remit en place, le jour recouvra sa transparence habituelle. Le chauffeur remit le moteur en marche et nous regagnâmes nos places, encore sous le coup de l'émerveillement. Chacun s'absorba dans la recherche de ce qu'avait pu signifier l'apparition et nul ne desserra les dents jusqu'à la capitale, que nous mîmes de nombreuses heures à atteindre. Je ne sus moi non plus interpréter le mirage, bien qu'il m'eût paru presque naturel, l'ayant déjà entr'aperçu des années auparavant à bord de la camionnette de Riad Halabi. Cette fois-là, j'étais à demi assoupie et il m'avait secouée lorsque les éclairages du Palais avaient soudain illuminé la nuit; nous étions tous deux descendus pour nous précipiter vers la vision, mais avant que nous eussions pu l'atteindre, les ténèbres l'avaient déjà enveloppée.

Je ne pouvais détacher ma pensée de ce qui allait

se passer à cinq heures de l'après-midi au pénitencier de Santa Maria. Je me sentais les tempes
prises dans un étau et maudissais cette morbidité
qui me conduisait à me tourmenter avec les pires
présages. Fais en sorte que ça se passe bien, oui,
aide-les et que tout se passe bien, demandai-je à
ma mère, ainsi que je le faisais toujours dans les
moments cruciaux, et je pus vérifier une fois de
plus à quel point son esprit était imprévisible : il lui
arrivait de surgir sans préavis, me causant une
peur bleue, mais, dans des occasions comme celle-
ci, où je l'appelais de toute urgence, elle ne donnait
aucun signe qu'elle m'eût entendue.

Le paysage et la chaleur accablante me ramenè-
rent en souvenir à mes dix-sept ans, quand j'avais
effectué ce même trajet, nantie d'une valise de
vêtements neufs, de l'adresse d'un pensionnat de
jeunes filles et de la toute récente révélation du
plaisir. J'avais alors décidé d'empoigner les rênes
de mon propre destin et, depuis cette époque, il
m'était arrivé bien des choses, j'avais l'impression
d'avoir vécu plusieurs vies, d'être partie chaque
soir en fumée pour renaître de mes cendres chaque
lendemain matin. J'essayai de m'assoupir, mais les
signes de mauvais augure ne me laissaient pas
l'esprit en paix, et même la vision du Palais des
Pauvres n'était pas parvenue à me débarrasser du
goût de soufre que j'avais dans la bouche. Un jour,
Mimi avait examiné mes pressentiments à la
lumière des vagues préceptes du manuel du Maharishi, et elle en avait conclu que je ne devais point
m'y fier, car ils n'annonçaient jamais quelque
événement important, mais de simples bricoles,
alors que les choses capitales qui pouvaient m'arriver me prenaient toujours au dépourvu. Mimi
m'avait ainsi démontré que mes capacités divina-
toires étaient aussi rudimentaires que vaines. Fais

que tout se passe bien, priai-je à nouveau ma mère.

C'est dans un état calamiteux que je débarquai à la maison dans la soirée du samedi, couverte de poussière collée par la sueur, à bord d'un taxi qui m'avait conduite de la gare routière à ma porte en longeant le jardin public illuminé de becs de gaz, le quartier chic du Club de Campo avec ses rangées de palmiers, ses résidences de millionnaires et d'ambassadeurs, ses nouvelles constructions de verre et d'acier. Je me retrouvais sur une tout autre planète, à des années-lumière du village indigène et de cette poignée de garçons au regard enfiévré, sur le point de livrer une lutte à mort avec des simulacres de grenades. En voyant toutes les fenêtres de la maison éclairées, j'eus un moment de panique, imaginant que la police m'avait précédée, mais je n'eus pas le loisir de rebrousser chemin, car Mimi et Elvira m'avaient déjà ouvert. J'entrai comme une automate et me laissai choir dans un fauteuil; je ne souhaitais plus qu'une chose : que tout cela n'eût été que les péripéties d'une histoire sortie de mon cerveau dérangé, qu'il n'y eût rien de vrai dans le fait qu'à cette heure précise, Huberto Naranjo et Rolf Carlé pouvaient être morts. Je contemplai le salon comme si je le découvrais pour la première fois, et il me parut plus accueillant que jamais avec son capharnaüm de meubles, les improbables ancêtres protecteurs dans leurs cadres suspendus aux murs, et, dans un coin, le puma embaumé qui avait gardé son immuable expression de férocité en dépit des multiples et diverses avanies qui s'étaient abattues sur lui au long de son demi-siècle d'existence.

– Qu'il fait bon d'être ici...

Ce fut un cri du cœur.

– Que diable s'est-il passé? m'interrogea Mimi

après m'avoir examinée pour vérifier que j'étais en bon état.

– Je ne sais pas. Je les ai laissés alors qu'ils en étaient encore aux préparatifs. L'évasion a dû avoir lieu autour de cinq heures, avant que les prisonniers ne regagnent leurs cellules. C'est à ce moment-là qu'ils devaient susciter une mutinerie dans la cour pour distraire l'attention des gardiens.

– Si c'était le cas, on l'aurait déjà annoncé à la radio ou à la télévision; or on n'a parlé de rien.

– Tant mieux. Si on les avait tués, ça se saurait déjà, alors que si l'évasion a réussi, le gouvernement restera muet jusqu'à ce qu'il trouve une façon de maquiller la nouvelle.

– Ces derniers jours ont été terribles, Eva. Je n'ai pas pu travailler, j'étais malade de peur, je me disais qu'on t'avait arrêtée, que tu étais morte, piquée par un aspic ou dévorée par les piranhas. Maudit Naranjo, je me demande encore ce qui nous a prises de nous mêler à une pareille folie! s'exclama Mimi.

– Aïe, voilà mon petit oiseau qui veut jouer les éperviers! Je suis peut-être vieux jeu, mais je n'aime point le désordre, et dis-moi un peu ce que vient faire une gamine comme toi dans des affaires d'hommes? Ça n'est pas pour en arriver là qu'on t'a donné à boire des décoctions de citrons coupés en quartiers, soupira Elvira tout en allant et venant dans la maison, servant le café au lait, préparant le bain et des effets propres. Allez, une bonne trempette dans l'eau avec du tilleul, il n'y a rien de tel pour faire passer les frayeurs!

– Il serait préférable que je prenne une douche, grand-mère...

Mimi se réjouit fort d'apprendre qu'au bout de tant d'années mes règles étaient revenues, mais Elvira estima qu'il n'y avait aucune raison de se féliciter de cette saleté, encore heureux qu'elle-même eût passé l'âge de ce genre d'ennuis, ce serait tellement mieux si les humains pondaient des œufs comme les poules. Je sortis de mon sac le paquet déterré à Agua Santa et le déposai sur les genoux de mon amie.

– Qu'est-ce que c'est que ça?

– Ta dot. Pour que tu les vendes, que tu te fasses opérer à Los Angeles et puisse ainsi te marier.

Mimi ôta l'emballage maculé de terre, faisant apparaître un humble coffret rongé par l'humidité et les termites. Elle dut forcer le couvercle pour l'ouvrir, faisant rouler au creux de sa jupe les joyaux de Zulema, étincelants comme si on venait tout juste de les faire briller : l'or d'un jaune encore plus soutenu qu'autrefois, et les émeraudes, les topazes, les grenats, les perles et les améthystes enjolivés d'un nouvel éclat. Toutes ces parures, qui me paraissaient quelconques à l'époque où je leur faisais prendre le soleil dans le patio de Riad Halabi, ressemblaient aux présents de quelque calife entre les mains de la plus belle femme du monde.

– Où as-tu chapardé ça? Ne t'ai-je pourtant pas appris le respect du bien d'autrui et l'honnêteté, mon petit oiseau? marmonna Elvira avec épouvante.

– Je ne l'ai pas volé, grand-mère. Au milieu de la forêt, il y a une ville tout en or pur. En or sont les pavés des rues, en or les tuiles des maisons, en or les charrettes du marché et les bancs des places, et sont également en or les dents de tous les habitants. Là-bas, les enfants jouent avec des pierres précieuses comme celles-ci...

– Je ne les vendrai pas, Eva. Je vais les porter. Cette opération est quelque chose de barbare : ils te coupent tout, puis ils te fabriquent un vagin de femme avec un bout de boyau.

– Et Aravena?

– Il m'aime comme je suis.

Elvira et moi poussâmes une double exclamation de soulagement. A mes yeux, tout cela n'était en effet qu'une épouvantable boucherie dont le résultat final ne pouvait être qu'une pâle imitation de la Nature; quant à Elvira, l'idée de mutiler l'archange lui paraissait tout bonnement sacrilège.

Très tôt, le dimanche, alors que nous étions encore endormies, on sonna à la porte. Elvira se leva en bougonnant et trouva sur le seuil un type mal rasé traînant avec lui un sac à dos, portant un sombre engin sur l'épaule, les dents étincelant dans son visage noirci par la poussière, la fatigue et le soleil. Elle ne reconnut pas Rolf Carlé. Mimi et moi apparûmes à cet instant en chemise de nuit et nous n'eûmes pas besoin de le questionner : son sourire parlait de lui-même. Il venait me chercher, ayant décidé de me cacher jusqu'à ce que les esprits se fussent calmés, car il était convaincu que l'évasion allait déclencher un tohu-bohu aux conséquences imprévisibles. Il craignait que quelqu'un du village ne m'eût aperçue et n'eût fait le rapprochement avec celle qui travaillait jadis à *La Perle d'Orient*.

– Je t'avais bien dit qu'il ne fallait pas nous fourrer dans un guêpier pareil! se lamenta Mimi, le visage nu, méconnaissable sans son camouflage.

Je m'habillai et préparai une petite valise avec quelques vêtements. Dans la rue était garée l'automobile d'Aravena, qui l'avait prêtée le matin même à Rolf quand celui-ci était allé lui porter à domicile plusieurs rouleaux de pellicule, accompagnés de la nouvelle la plus ahurissante de ces dernières années. Jusque-là, c'est le Négro qui l'avait véhiculé, sa mission consistant ensuite à faire disparaître la jeep, de sorte qu'on ne pût remonter la piste de son propriétaire. Le directeur de la Télévision nationale n'était pas accoutumé à se lever aux aurores, et quand Rolf lui eut narré de quoi il retournait, il s'était cru encore embarqué dans quelque rêve. Pour se remettre les idées en place, il avait avalé un demi-verre de whisky et allumé son premier cigare de la journée, puis il s'était assis pour réfléchir à ce qu'il convenait de faire de ce qu'on venait de lui déposer entre les mains, mais son interlocuteur ne lui avait guère laissé le temps de méditer : son travail n'était pas terminé et il avait alors demandé à lui emprunter les clés de sa voiture. Aravena les lui avait remises en employant exactement les mêmes mots que Mimi : ne va pas te fourrer dans un guêpier pareil, fiston. J'y suis déjà jusqu'au cou, lui avait répondu Rolf.

— Tu sais conduire, Eva?

— J'ai pris des leçons, mais je n'ai aucune pratique.

— J'ai les yeux qui se ferment. A cette heure-ci, il n'y a pas beaucoup de circulation, roule doucement et prends la direction de Los Altos, du côté des montagnes.

Quelque peu effrayée, je m'installai au gouvernail de ce vaisseau tendu de cuir rouge, mes doigts mal assurés tournèrent la clé de contact, le moteur se mit en marche et nous démarrâmes en hoquetant. Moins de deux minutes plus tard, mon compagnon dormait à poings fermés et il ne se réveilla qu'au bout de deux heures, quand, parvenus à un croisement, je le secouai pour lui demander la direction à prendre. C'est ainsi que nous parvînmes à la Colonie ce dimanche-là.

Burgel et Rupert nous accueillirent par ces sonores et débordantes démonstrations d'affection auxquelles il fallait s'attendre de leur part, et s'employèrent aussitôt à préparer un bain pour leur neveu qui, malgré son petit somme en voiture, arborait l'air ravagé d'un survivant de tremblement de terre. Rolf Carlé se délassait dans un nirvana d'eau chaude quand accoururent les deux cousines, pressées par la curiosité, car c'était bien la première fois qu'il débarquait à la maison en compagnie d'une femme. Nous fîmes toutes trois connaissance à la cuisine, passant une demi-minute à nous détailler, nous mesurer, nous jauger, d'abord avec une méfiance bien naturelle, puis avec les meilleures dispositions du monde : d'un côté deux blondes opulentes aux joues comme des pommes, vêtues de jupes de feutre brodé, de corsages amidonnés et de tabliers de dentelle destinés à séduire les touristes; et moi de l'autre, bien moins à croquer. Les cousines étaient telles que je les avais imaginées d'après la description que m'en avait faite Rolf, mais de dix ans plus âgées, et je me réjouis que, pour lui, elles fussent restées figées dans une éternelle adolescence. Je crois qu'elles avaient tout de suite compris qu'elles avaient affaire à une rivale, et elles durent se trouver bien étonnées de me voir si différente d'elles-mêmes – peut-être se fussent-elles senties flattées si Rolf avait choisi une de leurs répliques –, mais, comme l'une et l'autre étaient la bonté même, elles balayèrent toute jalousie et m'accueillirent comme une sœur. Elles allèrent chercher les marmots qui composaient à présent leur petite famille, et me présentèrent leurs maris, grands et débonnaires, fleurant bon la bougie de fantaisie. Puis elles aidèrent leur mère à préparer le repas. Peu après, assise à la table, entourée de cette réconfortante tribu, une progéniture de chien policier aux pieds, un morceau de jambon accompagné de purée de patates douces dans la bouche, je me sentis à mille lieues du pénitencier de Santa Maria, de Huberto Naranjo et des grenades en Matériau universel, si bien que, sur l'instant, quand on eut allumé la télévision pour écouter les nouvelles et qu'un militaire vint raconter en détails l'évasion des neuf guérilleros, je dus faire effort pour comprendre de quoi il voulait parler.

Intimidé, suant à grosses gouttes, le directeur du pénitencier témoigna qu'un groupe de terroristes armés de mitrailleuses et de bazookas étaient venus donner l'assaut à bord d'hélicoptères, cependant que, dans l'enceinte de la prison, les criminels incarcérés avaient neutralisé leurs gardes à l'aide d'explosifs. Pointant une baguette sur un plan des bâtiments, il décrivit par le menu l'itinéraire des susdits, depuis l'instant où ils avaient quitté leurs cellules jusqu'à celui où ils s'étaient évanouis dans la forêt. Il ne put expliquer comment ils avaient pu se procurer des armes en déjouant les détecteurs d'objets métalliques, car cela paraissait relever de la magie : c'était bien simple, les grenades leur avaient poussé dans le creux de la main. Le samedi, vers cinq heures de l'après-midi, alors qu'on les conduisait aux latrines, ils avaient brandi ces explosifs au nez de leurs gardiens, menaçant de les faire sauter tous s'ils refusaient de se rendre. Livide d'insomnie, le directeur arborait une barbe de deux jours. D'après son récit, les sentinelles en faction dans ce quartier de la prison avaient opposé une courageuse résistance, mais, n'ayant pas le choix, elles avaient dû remettre leurs armes. Ces serviteurs de la patrie – internés pour l'heure à l'Hôpital militaire, avec interdiction de recevoir des visites et *a fortiori* des journalistes – avaient été légèrement contusionnés, puis bouclés dans un cachot, de sorte qu'ils avaient été dans l'incapacité de donner l'alarme. Simultanément, des complices avaient provoqué une échauffourée parmi les détenus qui se trouvaient dans la cour, et les escadrons de rebelles massés à l'extérieur avaient sectionné les câbles électriques, fait sauter la piste d'atterrissage de l'aérodrome situé à cinq kilomètres de là, rendu impraticable la route par où les véhicules motorisés pouvaient accéder à la prison, et mis la main sur les vedettes de patrouille. Puis ils avaient lancé par-dessus les murs d'enceinte des filins munis de grappins de haute montagne, ils avaient déroulé des échelles de corde, et c'est par cette voie que s'étaient évadés les détenus – acheva de déclarer l'homme en uniforme, la baguette tressautant dans sa main. Un présentateur à la voix gutturale vint le remplacer pour certifier qu'il s'agissait à l'évidence d'une action du communisme international, que la paix du sous-continent était en jeu, que les autorités n'auraient de cesse de rattraper les coupables et de découvrir les complices. Le journal se termina par un bref communiqué : le général Tolomeo Rodriguez venait d'être nommé commandant en chef des Forces armées.

Entre deux rasades de bière, oncle Rupert émit l'avis qu'il faudrait expédier tous ces guérilleros en Sibérie pour voir si le séjour serait de leur goût, jamais on n'a encore vu quelqu'un franchir le mur de Berlin pour passer du côté des cocos, c'est toujours dans l'autre sens, pour échapper aux rouges, et où ils en sont à Cuba, là-bas on ne trouve même pas de papier hygiénique, et n'allez pas me rebattre les oreilles avec la santé, l'éducation, le sport et toutes ces conneries qui, en fin de compte, ne sont d'aucune espèce d'utilité quand vous avez besoin de vous torcher le cul, débita-t-il en ronchonnant. Un clin d'œil de Rolf Carlé me fit comprendre qu'il était préférable de s'abstenir de tout commentaire. Burgel changea de chaîne pour suivre le nouvel épisode du feuilleton, interrompu la veille au moment précis où, par l'entrebâillement de la porte, la méchante Alejandra espionnait Belinda et Luis Alfredo en train de s'embrasser fougueusement : j'aime mieux ça, maintenant ils nous montrent les baisers de tout près, avant c'était de l'escroquerie, les amoureux se regardaient dans le blanc des yeux en se prenant les mains, et juste au moment où allait commencer le meilleur, on nous montrait la lune; ça n'est pas pour dire, mais le nombre de lunes qu'on a dû se farcir, on restait sur sa faim sans voir ce qui se passait après, tenez, regardez, voilà Belinda qui bouge les yeux, pour moi elle n'est pas vraiment aveugle. Je faillis lui raconter les quelques privautés que recelaient le scénario tant de fois répété avec Mimi, mais, par bonheur, je m'en gardai, car c'eût été lui gâcher ses illusions. Les deux cousines et leurs époux continuèrent à regarder béatement la télévision tandis que leur marmaille roupillait dans les fauteuils et qu'au-dehors le jour tombait, calme et frisquet. Rolf me prit par le bras et m'emmena faire un tour.

Nous allâmes nous promener le long des rues sinueuses de cet insolite village d'un autre siècle, incrusté dans un contrefort tropical avec ses maisonnettes proprettes, ses jardinets fleuris, ses vitrines remplies de pendules à coucous, son minuscule cimetière aux dalles alignées selon les lois d'une irréprochable symétrie, impeccable et absurde. Nous nous arrêtâmes dans une courbe de la plus haute ruelle pour contempler la voûte du ciel, les lumières de la Colonie déroulée à nos pieds sur le versant de la montagne comme un vaste tapis. Le bruit de nos pas ayant cessé de résonner sur le trottoir, j'eus alors la sensation de me trouver dans un monde nouveau-né, où le bruit n'avait pas encore été créé. Pour la première fois, il m'était donné d'écouter vraiment le silence. Jusqu'alors, ma vie n'avait été faite que de bruits, parfois presque imperceptibles comme les chuchotements des fantômes de Zulema et de Kamal, ou le murmure de la forêt au lever du jour, d'autres fois assourdissants, comme la radio dans les arrière-cuisines de mon enfance. J'éprouvai la même exaltation qu'à faire l'amour ou qu'à inventer des histoires, et j'aurais voulu accaparer cet espace muet pour le conserver à l'instar d'un trésor. Je humai l'odeur des pins, abandonnée à cette nouvelle volupté. Mais Rolf Carlé se mit soudain à parler, et l'enchantement se dissipa, me laissant aussi frustrée que je l'avais été, gamine, quand une poignée de neige s'était réduite en eau entre mes doigts. Rolf me donna sa propre version de ce qui s'était passé au pénitencier de Santa Maria, qu'il avait réussi à filmer en partie et qu'il tenait, pour le reste, du Négro.

Le samedi après-midi, le directeur et la moitié des gardiens se trouvaient au bordel d'Agua Santa, ainsi que Mimi l'avait prévu, si éméchés qu'en entendant l'explosion ravager l'aérodrome, ils s'étaient crus le jour du Nouvel An et n'avaient pas pris la peine de se reculotter. A la même heure, Rolf Carlé s'approchait de l'île à bord d'une pirogue, son matériel dissimulé sous un tas de palmes, cependant que le commandant Rogelio et ses hommes en grand uniforme, après avoir traversé le fleuve à bord d'une vedette raflée aux factionnaires qui la gardaient à quai, se présentaient devant l'entrée principale du pénitencier en actionnant leur sirène et en faisant tout un cirque. Les supérieurs n'étant pas là pour dire ce qu'il fallait faire, et les visiteurs ayant l'air d'officiers de haut grade, nul ne s'était mis en travers de leur chemin. C'était le moment où, dans leurs cellules, les guérilleros touchaient leur unique repas quotidien à travers un guichet aménagé dans les portes blindées. L'un d'eux avait alors commencé à se plaindre d'effroyables douleurs au ventre, je meurs, au secours, on m'a empoisonné, et ses camarades, dans leurs cachots, joignirent aussitôt leurs clameurs à la sienne, assassins, assassins, vous êtes en train de nous trucider. Deux matons étaient entrés pour faire taire le malade; ils l'avaient trouvé tenant une grenade dans chaque main, et avec une telle détermination dans le regard qu'ils n'avaient plus osé respirer. Le commandant avait fait sortir ses compagnons et leurs complices des cuisines sans tirer un seul coup de feu, sans violence ni précipitation, puis il s'était servi de la même embarcation pour les transporter sur l'autre rive, d'où ils s'étaient enfoncés dans la forêt, guidés par les Indiens. Rolf avait tout filmé au téléobjectif, puis il s'était laissé dériver en aval jusqu'à l'endroit où il devait retrouver le Négro. Alors que leur jeep roulait à vive allure en direction de la capitale, les militaires ne s'étaient pas encore concertés pour bloquer les routes et déclencher la chasse à l'homme.

— Je suis contente pour eux, mais je ne vois pas très bien à quoi peuvent te servir ces prises de vues, puisque tout cela est censuré.

— Nous les montrerons.

— Tu n'ignores pas quelle sorte de démocratie est la nôtre, Rolf. Sous couvert d'anticommunisme, il n'y a guère plus de liberté que du temps du Général...

— Si on nous interdit de diffuser l'information, comme ce fut déjà le cas avec la tuerie du Centre opérationnel, nous raconterons la vérité dans le prochain feuilleton télévisé.

— Qu'est-ce que tu me chantes là?

— Ta propre série va sortir dès qu'on en aura terminé avec cette stupide histoire d'aveugle et de millionnaire. Il faut que tu te débrouilles pour introduire la guérilla et l'attaque du pénitencier dans le script. J'ai une pleine valise de films sur la lutte armée. Tu y trouveras tout ce dont tu auras besoin.

– Jamais ils ne permettront une chose pareille...

– Dans vingt jours ont lieu les élections. Le futur président voudra se donner des airs de libéralisme et se montrera plus coulant sur le plan de la censure. De toute façon, on peut toujours alléguer qu'il ne s'agit que de fiction, et comme le feuilleton est bien plus populaire que le journal télévisé, tout le monde saura ce qui s'est passé à Santa Maria.

– Et moi? La police se demandera comment j'ai su tout ça.

– Ils ne te feront rien, car ce serait reconnaître que tu dis la vérité, répondit Rolf Carlé. A propos d'histoires, j'ai repensé à la signification de celle que tu m'as racontée l'autre jour, où une femme vend un passé tout neuf à un homme qui s'en revient de guerre...

– Tu en es encore à te torturer les méninges avec ça? Quand je te dis que tu es lent à réagir...

Les élections présidentielles se déroulèrent régulièrement dans un climat de calme, comme si l'exercice des droits civiques avait procédé d'une vieille habitude, et non d'un miracle plus ou moins récent, comme c'était le cas. La victoire alla au candidat de l'opposition, ainsi que l'avait prédit Aravena dont le flair politique, loin de diminuer avec l'âge, s'était au contraire aiguisé. Peu après, Alejandra périt dans un accident de voiture et Belinda recouvra la vue, puis, enveloppée de mètres et de mètres de tulle blanc, couronnée de faux diamants et de fleurs d'oranger en cire, elle convola avec le sémillant Martinez de la Roca. Le pays tout entier poussa un profond soupir de soulagement, car sa patience avait été mise à rude épreuve à force de supporter quotidiennement les mésaventures de ces gens depuis bientôt une année pleine. Mais la Télévision nationale ne laissa pas souffler les patients téléspectateurs, et enchaîna aussitôt sur la diffusion de mon propre feuilleton que, dans un élan sentimental, j'avais intitulé *Boléro*, en hommage à ces airs qui avaient bercé mon enfance et qui avaient servi de point de départ à un si grand nombre de mes histoires. Le public fut interloqué par le premier épisode, et ne parvint pas à s'en remettre au cours des suivants. Je crois bien que personne ne comprit à quoi rimait cette histoire abracadabrante, les gens étaient habitués à ce qu'on leur servît de la jalousie, du dépit, de l'ambition ou pour le moins de la virginité, or rien de cela n'apparaissait sur le petit écran et ils s'endormaient chaque soir, l'esprit emberlificoté par un méli-mélo d'Indiens empoisonnés, d'embaumeurs dans leurs chaises roulantes, de maîtres d'école pendus par leurs propres élèves, de ministres déféquant sur des sièges de velours épiscopal, entre autres atrocités qui ne résistaient à aucune analyse logique et échappaient à toutes les lois connues du feuilleton commercial. Bien qu'il eût commencé par dérouter, *Boléro* finit néanmoins par prendre son essor et l'on vit bientôt certains maris rentrer chez eux de bonne heure pour pouvoir suivre l'épisode du jour. Attendu que le gouvernement avait avisé monsieur Aravena – confirmé à son poste en raison de son prestige et grâce à son habileté de vieux renard – qu'il lui revenait de veiller au respect de la morale, des bonnes mœurs et des valeurs patriotiques, je dus sabrer dans les activités licencieuses de la Madame et voiler les origines de la Révolte des Putes, mais le reste fut conservé à peu près tel quel. Mimi tint un rôle de tout premier plan, interprétant son propre personnage avec tant de justesse qu'elle devint l'actrice la plus populaire du monde du spectacle. Le flou entourant sa vraie nature ne contribua pas peu à sa gloire, car, en la voyant, on avait du mal à croire les rumeurs selon lesquelles elle aurait jadis été un homme, ou, pis encore, celles disant qu'elle l'était demeurée par certains détails de son anatomie. Il ne manqua pas de gens pour attribuer ce triomphe à ses amours avec le directeur de la chaîne, mais, comme ni l'un ni l'autre ne se donnèrent la peine de démentir, les ragots finirent par s'éteindre de leur belle mort.

Je rédigeais chaque jour un nouvel épisode, totalement immergée dans le monde que je créais grâce au pouvoir universel des mots, devenue moi-même un être éparpillé, reproduite à l'infini, contemplant mon propre reflet dans de multiples miroirs, vivant des vies sans nombre, m'exprimant par une kyrielle de voix. Les personnages en venaient à atteindre un tel degré de réalité qu'ils débarquaient tous en même temps à la maison, sans le moindre respect pour l'ordre chronologique de l'histoire, les vivants avec les morts et chacun avec ses différents âges sur les épaules, tant et si bien qu'on voyait Consuelo-enfant ouvrir le gésier des poules dans le même temps qu'une Consuelo-adulte en tenue d'Eve dénouait ses cheveux pour consoler un moribond; Huberto Naranjo arpentait le salon en culotte courte, leurrant les gogos avec des poissons sans queue, et resurgissait soudain au premier étage, la boue de la guerre attachée à ses bottes de commandant; Marraine s'avançait avec un déhanchement superbe, comme en ses plus belles années, et tombait nez à nez avec elle-même, édentée et le cou tout reprisé, priant sur la terrasse

finis-je par demander, incapable de me contenir davantage.

– Pour vous proposer un marché.

Et il entreprit de m'informer, toujours sur le même ton doctoral, qu'il détenait un dossier complet sur presque toute ma vie, depuis les coupures de presse relatives à la mort de Zulema jusqu'aux preuves de mes rapports récents avec Rolf Carlé, ce cinéaste engagé que les services de la Sécurité avaient également à l'œil. Non, il n'était pas en train de me menacer, il était mon ami, ou, pour mieux dire, un de mes humbles admirateurs. Il avait examiné le script de *Boléro,* où figuraient entre bien d'autres choses certains détails particulièrement affligeants sur la guérilla et cette malencontreuse évasion des détenus du pénitencier de Santa Maria.

– Vous me devez des explications, Eva.

Je faillis relever les genoux sur le fauteuil de cuir et m'enfouir le visage entre mes bras, mais je restai immobile, scrutant le dessin du tapis avec une attention exagérée, sans trouver dans le vaste répertoire de mon esprit fantaisiste de quoi lui assener une réplique adéquate. La main du général Tolomeo Rodriguez m'effleura à peine l'épaule : non, je n'avais rien à craindre, ainsi qu'il me l'avait déjà dit, mieux même, il n'était pas dans ses intentions de s'immiscer dans mon travail, je pouvais continuer mon feuilleton, il n'objectait même rien à ce colonel du cent huitième épisode qui lui ressemblait de manière fort troublante, il avait beaucoup ri à cette lecture et le personnage n'était pas si méchant, il avait même l'air plutôt correct, ça oui, très sourcilleux pour ce qui est de l'honneur sacré des Forces armées, ce sont des choses avec lesquelles on ne plaisante pas. Il n'avait qu'une seule observation à formuler, ainsi qu'il l'avait exposé au directeur de la Télévision lors d'une récente entrevue : il conviendrait de modifier cette pitrerie des armes en papier mâché, et d'éviter toute allusion à la maison de passe d'Agua Santa; non seulement cela tournait en dérision les gardes et autres fonctionnaires du pénitencier, mais, au surplus, le comble de l'invraisemblance paraissait atteint. Il me rendait service en prescrivant ces petits changements; sans doute la série gagnerait-elle d'ailleurs beaucoup à ce qu'on ajoutât quelques morts et blessés de part et d'autre, le public aime bien ça et on éviterait ainsi ce ton de bouffonnerie particulièrement inadmissible dans des affaires d'une telle gravité.

– Ce que vous proposez serait en effet plus théâtral, mais la vérité est que les guérilleros se sont évadés sans violence, général.

– Je vois que vous êtes mieux renseignée que je ne le suis. Mais nous n'allons pas discuter de secrets militaires, Eva. J'espère que vous ne me contraindrez pas à prendre certaines mesures, et que vous retiendrez ma suggestion. Laissez-moi vous dire en passant combien j'admire votre travail. Comment faites-vous? Comment écrivez-vous, veux-je dire?

– Je fais ce que je peux... La réalité est un sacré méli-mélo, nous ne parvenons pas à l'embrasser ni à la déchiffrer, dans la mesure où tout se produit en même temps. Pendant que vous et moi devisons ici, Christophe Colomb, dans votre dos, est en train de découvrir l'Amérique, et ces mêmes Indiens qui l'accueillent sur le vitrail de la fenêtre continuent à vivre nus en forêt à quelques heures de route de ce bureau, tout comme ils y seront encore dans cent ans. J'essaie de trouver mon chemin dans ce labyrinthe, de mettre un peu d'ordre dans tout ce chaos, de rendre ainsi l'existence un peu plus tolérable. Quand j'écris, je raconte la vie comme il me plairait qu'elle soit.

– D'où vous viennent les idées?

– Des événements qui ont lieu, de certains autres qui sont survenus avant ma naissance, de ce que je picore dans la presse, les conversations des gens.

– Sans oublier les films tournés par ce Rolf Carlé, je présume.

– Vous ne m'avez pas donné rendez-vous pour parler de *Boléro*, général. Dites-moi plutôt ce que vous attendez de moi.

– Vous avez raison, ce feuilleton a d'ailleurs déjà fait l'objet d'une discussion avec monsieur Aravena. Si je vous ai fait venir, c'est que la guérilla est vaincue. Le Président a l'intention d'en finir avec cette lutte si préjudiciable à la démocratie et si coûteuse pour notre pays. Il annoncera bientôt un plan de paix et proposera l'amnistie aux guérilleros qui accepteront de déposer les armes, qui se déclareront prêts à respecter les lois et à s'intégrer à la société. Je puis vous donner la primeur d'une autre information : le Président songe à légaliser le Parti communiste. Je suis en désaccord avec cette mesure, je dois l'avouer, mais mon rôle n'est pas de contester l'Exécutif. Par contre, je l'ai prévenu que les Forces armées ne permettraient jamais que des représentants d'intérêts étrangers répandent des idées pernicieuses parmi la population. Nous défendrons au prix de nos vies les principes des fondateurs de la Patrie. Pour nous résumer, Eva, nous sommes en train de faire une offre unique à la guérilla. Vos amis auront ainsi la possibilité de rentrer dans le rang, conclut-il.

– Mes amis?

– Je fais allusion au commandant Rogelio. Je pense que la plupart de ses hommes se rabattront sur l'amnistie, si lui-même l'accepte; à cette fin, je souhaite pouvoir lui expliquer qu'il s'agit là d'une issue honorable, et de sa seule chance, car je ne lui en donnerai pas d'autre. J'ai besoin que quelqu'un qui ait sa confiance nous mette en contact, et ce quelqu'un-là peut être vous-même.

Pour la première fois depuis le début de notre entretien, je le regardai droit dans les yeux, persuadée que le général Tolomeo Rodriguez avait perdu la tête s'il pensait m'amener à attirer mon propre frère dans un guet-apens – décidément, le destin aime bien les retournements de situation, me dis-je : il n'y a pas si longtemps, c'est Huberto Naranjo qui me demandait de faire de même avec toi !

– Je vois que vous ne me faites pas confiance..., murmura-t-il sans esquiver mon regard.

– J'ignore de quoi vous voulez parler.

– Je vous en prie, Eva, je mérite au moins que vous ne me sous-estimiez pas. Je connais votre amitié pour le commandant Rogelio.

– Raison de plus pour ne pas me demander ça.

– Je vous le demande parce qu'il s'agit d'un marché équitable : il peut leur valoir la vie sauve, et il me fait gagner du temps. Mais je comprends que vous hésitiez à me croire sur parole. Vendredi, le Président annoncera ces mesures au pays, j'espère alors que vous n'aurez plus aucun doute et serez disposée à collaborer pour le bien de tous, notamment pour celui de ces terroristes qui n'ont plus le choix qu'entre la pacification ou la mort.

– Ce sont des combattants, pas des terroristes, général.

– Appelez-les comme vous voudrez, cela ne change rien au fait qu'ils sont en marge de la loi, que je dispose de tous les moyens de les anéantir et qu'au lieu de cela je leur lance une bouée de sauvetage.

J'acceptai d'y réfléchir, calculant que cela me donnerait un bref sursis. L'espace d'un instant, me traversa l'esprit le souvenir de Mimi scrutant la position des planètes dans le firmament et déchiffrant le sens occulte des tarots pour pronostiquer l'avenir de Huberto Naranjo : je te l'ai toujours dit, ce garçon finira dans la peau d'un politicien ou d'un bandit de grands chemins. Je ne pus retenir un sourire, car l'astrologie et les cartes étaient peut-être en passe de se fourvoyer à nouveau. J'eus la vision fugitive du commandant Rogelio dans l'hémicycle du Congrès, livrant dans un fauteuil de velours la même sorte de combats qu'il menait pour l'heure dans la montagne, un fusil à la main... Le général Tolomeo Rodriguez me raccompagna jusqu'à la porte, et, au moment de prendre congé, retint ma main entre les siennes.

— Je me suis trompé sur vous, Eva. Pendant des mois, à bout de patience, j'ai espéré votre appel, mais je suis quelqu'un de très orgueilleux, et je tiens toujours parole. Je vous avais dit que je n'exercerais aucune pression sur vous, et je ne l'ai pas fait. Mais, aujourd'hui, je m'en mords les doigts.

— Vous faites allusion à Rolf Carlé ?

— Je suppose que c'est quelque chose qui ne durera pas.

— Et moi, j'espère bien que c'est pour toujours.

— Rien n'est pour toujours, ma fille. Sauf la mort.

— J'essaie aussi de vivre la vie comme j'aimerais qu'elle soit... comme un roman.

— Vous ne me laissez donc aucun espoir ?

— Je crains bien que non. Ce qui ne m'empêche pas de vous dire merci pour votre galanterie, général Rodriguez.

Et, me haussant sur la pointe des pieds pour arriver au niveau de son visage martial, je lui plaquai un rapide baiser sur la joue.

FIN

AINSI que je l'avais diagnostiqué, Rolf Carlé est un homme lent à réagir en certains domaines. Lui, si prompt quand il s'agit de capter une image avec sa caméra, se débrouille comme un manche avec ses propres sentiments. Au cours de ses trente et quelques années d'existence, il avait appris à vivre en solitaire et avait à cœur de défendre pied à pied ses petites habitudes, malgré les sermons exaltant les vertus de la vie conjugale que lui prodiguait sa tante Burgel. Peut-être est-ce pour ces raisons qu'il avait tant tardé à se rendre compte que quelque chose avait changé en lui, le jour où il m'avait entendu raconter une histoire, assise à ses pieds parmi des coussins de soie.

Après l'évasion de Santa Maria, Rolf m'avait déposée à la Colonie chez ses oncle et tante, puis était rentré le soir même à la capitale, car il ne pouvait manquer à aucun prix le charivari qui avait éclaté d'un bout à l'autre du pays quand les radios de la guérilla s'étaient mises à diffuser la voix des fugitifs, lançant des mots d'ordre révolutionnaires et se payant la tête des autorités. Harrassé, mort de sommeil, l'estomac dans les talons, il avait passé les quatre jours suivants à interviewer acteurs et témoins de l'affaire, depuis la maquerelle du bordel d'Agua Santa jusqu'au directeur de la prison, qu'on avait renvoyé, sans oublier le commandant Rogelio en personne qui réussit à faire sur le petit écran une apparition d'une vingtaine de secondes, avec son béret noir orné d'une étoile, le visage masqué par un foulard, avant que la retransmission ne se trouvât interrompue pour des raisons techniques indépendantes de notre volonté, avait-on dit. Le jeudi, Aravena avait été convoqué à la Présidence; on lui avait sèchement recommandé, s'il souhaitait garder son poste, de mieux contrôler son équipe de reporters. Ce Carlé ne serait pas un étranger, par hasard? Non, Excellence, il est naturalisé, vous pouvez consulter son dossier. Bon, de toute façon, avertissez-le de ne pas mettre son nez dans les affaires de sécurité intérieure, car il pourrait le regretter. Le directeur avait fait venir son protégé au bureau, était resté enfermé avec lui cinq minutes, et il en était résulté que Rolf, le même jour, avait regagné la Colonie, avec pour instructions précises de n'en pas bouger et de se retirer de la circulation jusqu'à ce que se fussent dissipés les remous autour de son nom.

Il pénétra dans la grande maison toute en bois où n'avaient pas encore afflué les touristes de fin de semaine, criant bonjour à la cantonade, comme à son habitude, mais sans laisser le temps à sa tante de lui fourrer dans la bouche une première portion de gâteau, non plus qu'aux chiens de le débarbouiller de la tête aux pieds. Il partit aussitôt à ma recherche, car cela faisait plusieurs semaines qu'un fantôme en jaunes cotillons venait le déranger en rêve, l'asticotant pour s'esquiver aussitôt, lui faisant prendre flamme et le transportant au septième ciel, peu avant l'aube, quand il réussissait à l'enlacer après plusieurs heures d'une poursuite effrénée, et le laissant profondément révolté quand il se réveillait seul, en nage, appelant dans le vide. L'heure était venue de mettre un nom sur ce trouble grotesque. Il me trouva assise sous un eucalyptus, travaillant apparemment à mon feuilleton, guettant en réalité son arrivée du coin de l'œil. Je fis en sorte que la brise agitât doucement l'étoffe de ma robe et que le jour déclinant me donnât un air de sérénité aux antipodes de cette garce goulue qui venait perturber ses nuits. Je le sentis m'observer de loin durant quelques minutes. Je suppose que, finalement, il décida de ne pas tourner davantage autour du pot et se prépara à venir m'exposer sans ambages son point de vue, tout en y mettant les formes auxquelles son sens de la courtoisie l'avaient habitué. Il s'approcha à grands pas et entreprit de m'embrasser de la manière dont ces choses-là se passent dans les romans roses, de la manière dont j'espérais qu'il procéderait depuis au moins un siècle, de la manière dont, quelques instants auparavant, je m'étais appliquée à décrire le tête-à-tête de mes deux principaux personnages dans *Boléro*. Je profitai de ce qu'il était tout près de moi pour renifler discrètement mon partenaire et identifier ainsi son odeur. Je compris alors pourquoi, depuis le premier jour, j'étais persuadée de l'avoir déjà rencontré quelque part. Au bout du compte, tout se résumait au simple fait qu'après l'avoir si longtemps cherché partout, j'avais enfin trouvé mon homme. Il avait l'air d'éprouver la même chose, et peut-être même était-il parvenu à des conclusions similaires, moyennant bien sur certaines réserves, vu son esprit rationnel. Nous continuâmes à nous caresser et à nous susurrer de ces mots que seuls les nouveaux amants ont l'audace de proférer, épargnés qu'ils sont encore par les préjugés des médiocres.

Au terme de nos échanges de baisers sous l'eucalyptus, le soleil se coucha, il commença à faire sombre et la température chuta brusquement, comme toujours quand la nuit tombe sur ces montagnes. C'est en état de lévitation que nous allâmes proclamer la bonne nouvelle de notre amour tout juste inauguré. Rupert courut aussitôt en aviser ses filles, puis descendit à la cave chercher ses bouteilles de vin vieux, cependant que Burgel, émue au point de se mettre à chanter dans sa langue maternelle, commençait à découper et à accommoder les ingrédients de son ragoût aphrodisiaque, et que dans la cour éclatait une franche nouba parmi les chiens qui avaient été les premiers à capter nos rayonnantes vibrations. La table fut dressée pour un somptueux festin, on mit les petits plats dans les grands, tandis que les fabricants de bougies, tranquillisés dans leur for intérieur, trinquaient au bonheur de leur ancien rival, et que les deux cousines, riant et papotant sous cape, allaient retaper l'édredon et disposer des fleurs fraîchement coupées dans la meilleure chambre d'hôtes, celle-là même où, des années auparavant, elles avaient pris sur le tas leurs premières leçons de volupté. A l'issue du souper familial, Rolf et moi nous retirâmes dans la chambre qu'on nous avait préparée. Nous pénétrâmes dans une pièce spacieuse pourvue d'une cheminée où flambaient des rondins d'épineux, d'un lit surélevé garni d'un édredon de la plus aérienne légèreté et d'une moustiquaire tombant du plafond, blanche comme un voile de mariée. Cette nuit-la et toutes les suivantes, nous nous ébattîmes avec une ardeur inépuisable, jusqu'à ce que les poutres de la demeure en vinssent à briller de l'éclat resplendissant de l'or.

Puis, les mois et les années passant, nous nous sommes aimés sans fioritures pendant des laps de temps de plus en plus raisonnables, jusqu'à ce que l'amour finisse par s'user et s'effilocher, réduit en charpie...

... Ou peut-être bien qu'il n'en a pas été ainsi.

Peut-être avions-nous eu la chance de tomber sur un amour exceptionnel et n'ai-je pas eu besoin de l'inventer de toutes pièces; partant du principe qu'on peut modeler la réalité sur ses propres désirs, peut-être me suis-je bornée à le parer des plus beaux atours pour en faire perdurer le souvenir. Sans doute en rajoutai-je un peu, racontant par exemple que notre lune de miel avait passé toute mesure, que l'âme de ce village d'opérette et l'ordre de la Nature en avaient été chamboulés, qu'à nous entendre soupirer les ruelles ébahies avaient retenu leur souffle, que les tourterelles avaient installé leurs nids dans les pendules à coucous, que les amandiers du cimetière avaient fleuri en l'espace d'une nuit et que les chiennes d'oncle Rupert s'étaient retrouvées en chaleur hors de la période voulue. J'écrivis aussi que, durant ces semaines bénies, le temps s'était étiré, puis entortillé sur lui-même, puis retourné comme un foulard de magicien, tant et si bien que Rolf Carlé — dépouillé de ses grands airs et de ses manières guindées, conjurant enfin ses cauchemars — s'était mis à chanter des airs de son adolescence, et moi-même à effectuer la danse du ventre apprise jadis dans la cuisine de Riad Halabi, puis, entre rires et rasades de vin vieux, à raconter une ribambelle d'histoires, y compris quelques-unes qui finissaient bien...

IMPRIMÉ EN FRANCE PAR BRODARD ET TAUPIN
Usine de La Flèche (Sarthe).
LIBRAIRIE GÉNÉRALE FRANÇAISE - 6, rue Pierre-Sarrazin - 75006 Paris.

ISBN : 2 - 253 - 05354 - 6 ◈ 30/6789/9